HERDEIRO DA ESCURIDÃO

PAUL CLEAVE

EDITORA FUNDAMENTO

Editor e edição de texto: Editora Fundamento
Capa e editoração eletrônica: Ctrl S Comunicação (Kelly Sumeck)
CTP e impressão: SVP – Gráfica Pallotti
Tradução: Mariana Junqueira Vargas

Imagem da capa por Getty Images.

Publicado originalmente na Nova Zelândia por Black Swan em 2010.
Publicado originalmente na Austrália por Black Swan em 2010.

Dados Internacionais de Catalogação na Publicação (CIP)
(Câmara Brasileira do Livro, SP, Brasil)

Cleave, Paul
Herdeiro da Escuridão / Paul Cleave; [versão brasileira da editora] - 1. ed. - São Paulo, SP: Editora Fundamento Educacional, 2011.

Título original: Blood men

1. Ficção neozelandesa. I. Título.

10-11610 CDD-823

Índice para catálogo sistemático
1. Ficção: Literatura neozelandesa em inglês 823

Fundação Biblioteca Nacional

Depósito legal na Biblioteca Nacional, conforme Decreto nº 1.825, de dezembro de 1907.

Impresso no Brasil

Telefone: (41) 3015 9700
E-mail: info@editorafundamento.com.br
Site: www.editorafundamento.com.br

Este livro foi impresso em papel clarex 80 g/m^2 e a capa em cartão supremo alta alvura 250 g/m^2.

HERDEIRO DA ESCURIDÃO

PAUL CLEAVE

EDITORA FUNDAMENTO

prólogo

Apareci nos jornais pela primeira vez aos 9 anos de idade. Estive nos jornais de todas as cidades do país, quase sempre na primeira página. Apareci até em jornais internacionais. Em preto e branco, um pouco borrado, estava com o rosto virado para o peito de meu pai, com as pessoas ao nosso redor. A partir daí, fui mostrado na TV, em revistas, em mais e mais jornais; sempre a mesma foto. Nunca quis nada disso, tentei evitar, mas não tive escolha.

Meu pai, bem, ele também apareceu nos jornais. Também esteve nas primeiras páginas. Houve mais fotos dele do que minhas, já que ele é quem foi preso. Eu estava apenas de carona, tentando escapar da polícia, quando vieram buscá-lo. Não sabia de nada. Minha mãe me puxou para longe dele enquanto eu chorava. A polícia o algemou, e eu jamais o vi novamente, até esta semana. Ele era meu pai, é claro, mas foi bem fácil deixar de amar o cara quando ficou claro que ele nunca havia sido realmente o homem que pensávamos que fosse. Meu pai acabou preso por possuir gostos que as pessoas não apreciavam muito – mesmo as pessoas da cidade de Christchurch.

Minha mãe morreu um ano depois. Tomou um coquetel de venenos e comprimidos para fugir do ódio e das acusações públicas. Sobraram-me, então, médicos e psiquiatras para me estudar. Estavam curiosos a meu respeito. Todos estavam. Meu pai era um homem ligado ao sangue. Ele havia assassinado onze prostitutas durante um período de vinte e cinco anos e isso levou algumas pessoas de bem em Christchurch a se perguntarem se eu acabaria como ele. Meu pai foi tão sutil que ninguém percebeu que havia um serial killer em Christchurch. Ele não divulgou o fato, simplesmente fez o que queria fazer, sem alarde, sem sujeira; às vezes elas eram encontradas, às vezes não, e aquelas que não foram encontradas nunca foram dadas como desaparecidas. Ele era um homem de família e nos amava, fazia tudo por nós. Nunca encostou um dedo na minha mãe ou na minha irmã ou em mim e dava duro para colocar comida na mesa, para nos dar tudo o que podia para tornar nossa vida melhor do que a dele havia sido durante a infância. O monstro dentro dele nunca esteve em nossa casa, ficava escondido na escuridão juntamente com o sangue e a carne daquelas pessoas que ele matava, mas eventualmente – pelo menos 11 vezes que ele admitira – meu pai saía à noite e se encontrava com aquele monstro. Ele não era meu pai naqueles momentos, era alguma outra coisa. Nunca perguntei o quê, exatamente. No início, eu nem poderia. No início, não me era permitido vê-lo e depois, quando cresci o suficiente para decidir por mim mesmo, eu não quis.

Eu tinha 10 anos de idade quando o julgamento começou. Foi um circo. Minha mãe ainda estava viva, mas minha irmã e eu estávamos desorientados. Nossa mãe sempre gritava conosco quando estava sóbria e chorava quando estava bêbada. Assim, quando ela gritava sóbria, desejávamos que estivesse bêbada e chorando e vice-versa. Logo os comprimidos e a bebida fizeram o estrago esperado, mas não tão rápido quanto ela desejava. Dessa forma, quando percebeu que isso não era o suficiente, ela usou uma gilete. Não sei quanto tempo levou para ela sangrar até a morte. Talvez ela ainda estivesse viva quando a encontramos. Segurei na mão de minha irmã e observamos seu corpo pálido, não mais gritando ou chorando.

A família da minha mãe não quis saber de nós, porém os pais do meu pai nos deram abrigo. As outras crianças na escola me provocavam, batiam em mim, roubavam minha mochila pelo menos uma vez por semana e a enfiavam em alguma privada. O psiquiatra vinha de vez em quando com seus testes e suas perguntas. Minha foto aparecia nos jornais ocasionalmente, sempre a mesma foto, embora o intervalo entre essas ocorrências começasse a se espaçar. Eu era quase uma celebridade. Era o filho de um serial killer, o que levou algumas pessoas de bem de Christchurch a pensarem que eu seguiria os passos dele.

Minha irmã, Belinda, seguiu o caminho das vítimas de meu pai. Já estava nas ruas, transando por dinheiro, aos 14 anos. Aos 16, era uma viciada; seus gostos se reduziam a líquidos baratos que podiam ser injetados nas veias. Aos 19, estava morta. Eu era o último da família – o monstro de meu pai havia levado todos embora.

Claro que o pequeno Eddie cresceu; tenho minha própria família agora. Uma esposa. Uma filha. Contei a minha esposa quem eu era algum tempo depois de nos conhecermos. Ela ficou assustada no princípio. Felizmente, pôde me conhecer. Viu que não havia monstros em mim.

Há aqueles que acham que meu pai tinha um gene que ele passou para mim. Há aqueles que acreditam que estou destinado a ser um homem ligado ao sangue também – digo isso e olho o sangue da mulher afundada no banco do carona encharcando o estofamento.

Acham que o mesmo sangue corre em nós dois. Estão errados – eu digo e acelero o carro até os 60 quilômetros por hora, direto contra o muro.

sete dias antes

Capítulo 1

O despertador me arrastando para a manhã da sexta-feira antes do recesso de Natal soa como um tiro de laser de um filme de ficção científica antigo, daqueles em que a produtora estoura o orçamento com efeitos especiais. Consigo abrir os olhos até a metade. Sinto-me como se estivesse de ressaca, embora não beba há séculos. Estico-me e desligo o alarme e quase pego no sono, quando Jodie empurra minhas costas. Tomara que neste ano Papai Noel me traga um despertador que não faça barulho.

– Você tem que levantar – diz ela.

Levo alguns segundos para me concentrar em suas palavras e as deixo deslizar comigo em direção ao abismo escuro do sono.

– Mas eu não quero – escuto-me dizer.

– Você tem que levantar. É sua responsabilidade levantar e me arrastar para fora da cama.

– Pensei que fosse sua vez de me arrastar para fora da cama – viro-me na cama para ver seu rosto. O sol brilha por detrás das cortinas, feixes de luz iluminam o teto. Fecho os olhos para não vê-los. Aperto-os bem e finjo que é noite mais uma vez. – Só mais cinco minutos. Prometo.

– Foi o que você disse há cinco minutos, na primeira vez que desliguei o alarme.

– Teve uma primeira vez?

– Vamos lá. É sexta-feira. Temos todo o fim de semana pela frente.

– É Natal – eu respondo. – Temos duas semanas pela frente.

– Ainda não entramos no recesso – ela me lembra e volta a me empurrar.

Sento-me na beirada da cama e bocejo por dez segundos antes de agarrar suas mãos e tentar tirá-la da cama também, não querendo passar sozinho por esse pesadelo de acordar. Ela se esconde embaixo dos lençóis e começa a rir. Sam entra no quarto e começa a rir também.

– A mamãe é um fantasma – ela diz e pula em cima da mãe.

Debaixo dos lençóis ouve-se um "uuuhh" e depois mais risadas. Deixo-as e vou tomar banho, a água quente me recobra a consciência completamente. Termino o banho e tenho a metade do rosto barbeado quando Jodie entra no banheiro e segue em direção ao chuveiro, atrás de mim.

– Só mais quatro dias de trabalho – ela diz e boceja.

– Eu sei.

– Estamos quase no fim de semana. E aí, mais três dias. Nem isso. O último dia é sempre curto.

– Parece que você sabe somar.

– Ossos do ofício.

Jodie fala isso porque é contadora. Ser casado com uma contadora não é o fim do mundo, mas provavelmente isso é porque sou contador também. Foi assim, claro, que nos conhecemos. Contadores servem de tema para milhares de piadas, e nosso relacionamento talvez contribua para esses estereótipos, eu não sei.

Jodie liga o pequeno rádio do banheiro em forma de pinguim. Ela gira uma nadadeira do animal até encontrar uma estação com algo decente para ouvir e, em seguida, gira a outra nadadeira para aumentar o volume. Ela canta junto com Paul Simon uma canção sobre "cinquenta formas de deixar sua amante" e o contador em mim se pergunta como ele chegou àquele número, quantas foram as tentativas. Meu pai tinha maneiras muito particulares de deixar suas amantes, e estou bastante certo de que são maneiras que nunca foram consideradas por Paul Simon, como corte os pulsos dela. Jodie não sabe toda a letra e preenche as partes que não sabe cantarolando alto.

Coloco a roupa e chego à sala. Brinquedos e livros escolares estão espalhados pelo chão e a TV está ligada, com personagens de desenho animado de rostos alegres dançando na tela. Sam está terminando sua tarefa de casa enquanto assiste à TV, desenvolvendo a habilidade multitarefa na tenra idade em que a tarefa escolar é executada principalmente com giz de cera e canetinhas – todo tipo de coisa colorida que faz todo tipo de bagunça colorida. A sala é pequena, especialmente com a árvore de Natal ocupando um canto inteiro. A casa toda está apertada demais e é por isso que vamos comprar uma nova. Hoje é o último dia de aula de Sam até o fim de janeiro e ela age como uma criança que acabou de descobrir a cafeína.

Abro as cortinas, o sol se esparrama pela sala de estar e pela cozinha, refletindo-se em cada superfície de metal e parecendo tão próximo quanto meu vizinho ao lado. Os álamos enfileirados na via foram derrotados pelo calor, as folhas queimadas pendem em direção ao solo, os gramados das casas vão todos secando conforme o sol bate neles. O ar-condicionado faz hora extra nesses dias, separando o mundo lá fora do mundo aqui dentro em uma dúzia de graus. As férias de Sam começam em mais ou menos sete horas, e seu nível de ansiedade está alto, e meu nível de estresse está alto, e Jodie está com os dois níveis altos. Tenho quase certeza de que há um poltergeist vivendo nesta casa; ele aparece à noite e faz de tudo para garantir que nada fique arrumado em nenhum lugar.

Sinto o cheiro de café vindo da cozinha. Nossa cozinha é cheia de eletrodomésticos modernos, a maioria estava na moda nos anos 50 e está na moda novamente, montes de aço inoxidável e curvas por todo lado. Sirvo uma tigela de cereal para Sam e ela começa a comer, estou no segundo pedaço de torrada quando Jodie vem do corredor em direção à sala de jantar. Seu cabelo escuro em volta dos ombros ainda está levemente úmido e sua pele tem cheiro de sabonete líquido. Ela se inclina, beija meu rosto e rouba o resto da minha torrada.

– Pagamento pelo beijo – sussurra ela e pisca para mim.

– Deveria ter feito panquecas. Teria custado mais caro para você.

Nosso gato, Mogo, passa por baixo dos pés de Jodie antes de pular para cima da mesa e me encarar. Mogo é um gato malhado, com demasiada personalidade e pouquíssima paciência. Às vezes, acho que ele tem pensamentos parecidos com os que meu pai provavelmente teve em todos aqueles anos passados. Ele nunca come quando sou eu que sirvo a comida, espera sempre Jodie para tomar conta dele. Nunca fica perto de mim nem quer que eu o acaricie. Gatos nunca se aproximam de mim; há algo em mim de que eles não gostam. O mesmo com cães.

Terminamos o café da manhã e juntamos nossos apetrechos para sair. Jodie está com sua pasta, Sam tem sua mochila, eu estou com minha pasta e é hora de sair. São 8h30 e a música do Paul Simon não me sai da cabeça. Sair na rua é como atravessar uma parede de calor. É a vez de Jodie levar Sam à escola. Depois de trocarmos beijos e abraços por todos os lados, as portas dos carros se fecham, ligamos os motores e partimos para destinos diferentes. Dentro do meu carro está um forno. Os vizinhos acenam ao levarem os filhos para a escola também, outros caminham antes que o dia fique quente demais, alguns cuidam do jardim. Na vizinhança, há lixeiras para coleta seletiva na frente de todas as casas, o lixo da semana está pronto para ser recolhido e esvaziado, os recipientes verdes com tampas amarelas cobrem as ruas. No caminho para o trabalho, passo por vans estacionadas na beira da estrada com seus reboques. Pessoas sentadas em cadeiras dobráveis leem revistas enquanto vendem lírios e árvores de Natal.

O centro está separado do resto da cidade por quatro avenidas compridas que criam uma caixa gigante dentro da qual há uma rede de ruas paralelas construídas na forma de um tabuleiro de damas, os edifícios levantados entre elas se dividem em dois tipos: os feios, construídos há cem anos, e os levemente menos feios, construídos nos anos seguintes. A maior parte desse cenário poderia ser incorporada a um romance de Sherlock Holmes sem que ninguém pudesse perceber muita diferença, a não ser o próprio Holmes, que se perguntaria por que Baker Street, de um território de vagabundagem para batedores de carteira e viciados em heroína, havia repentinamente se transformado em um território de membros de gangues e cheiradores de cola.

A rotina dos motoristas lentamente sai do controle à medida que a cidade se aproxima do Natal; o trânsito está mais pesado do que ontem, mas não tão pesado quanto estará amanhã. Há algumas prostitutas trabalhando de manhã cedo, ou talvez ultratarde da noite, nas esquinas da cidade; seus olhos sem vida me seguem enquanto passo por elas, há sorrisos forçados em seus rostos, a maquiagem borrada e gasta após uma longa noite, suas roupas curtas cheiram a fumaça e exaustão.

Nunca vi ninguém encostar o carro e escolher uma delas a esta hora da manhã – seria como transar com alguma coisa do filme *A madrugada dos mortos*. Eu me pergunto se elas tiram o dia de folga no Natal, se esta é uma época feliz para elas, se vão para casa, enfiam gorros de Papai Noel, entoam cânticos de Natal ou enfeitam a casa.

Ligo o rádio e tenho que passar por quatro estações até encontrar DJs que não estejam rindo das mesmas piadas de sexo velhas e cansativas que os DJs contam nos últimos vinte anos. Na estação que escolho, eles mencionam que faz 27°C e que vai fazer ainda mais calor; lembram-nos de que há racionamento de água, que o aquecimento global está aí e que estamos a apenas sete dias do Natal.

No caminho para a cidade, pego quase todos os semáforos no vermelho, as pessoas cozinham em seus carros enquanto a temperatura aumenta. Levo vinte e cinco minutos para chegar ao prédio do estacionamento, tendo já sobrevivido a toda a fúria do trânsito do Natal de Christchurch. Dirijo até o 8º andar, vencendo as rampas estreitas nas curvas entre os andares; alguns motoristas se movem sobre elas com mais cuidado do que eu, outros as tratam como pista de corrida. Desço as escadas e começo a suar. No pé da escada, passo por um mendigo chamado Henry e ele me diz que sou um santo depois que lhe dou uns trocados. Henry segura uma Bíblia na mão, então talvez ele tenha mesmo um olho bom para esse tipo de coisa ou talvez seja a garrafa de vodca barata que ele tem na outra mão. Desse ponto, falta apenas mais uma caminhada de dois minutos para chegar ao trabalho. As calçadas estão cheias de pessoas com caras abatidas, resignadas diante do dia que está a sua frente, seja nos prédios comerciais, nas lojas ou dormindo embaixo dos bancos do parque. Algumas esperam o Natal, umas estão ansiosas, outras provavelmente nem estão cientes de sua proximidade. O sol continua subindo. Há céu azul em qualquer direção que se olhe e um terrível sentimento de que não veremos mais nuvens neste ano.

O escritório de contabilidade emprega quase cinquenta pessoas e é um dos maiores e certamente um dos mais caros da cidade. Seu prestígio se torna evidente diante dos nomes sonoros e importantes dos sócios, Goodwin, Devereux & Barclay, em razão de sua localização elevada e da sua vista privilegiada da cidade. Fica em um dos edifícios mais modernos de Christchurch, que se divide basicamente entre escritórios de advocacia e companhias de seguros. Nossa empresa ocupa os três últimos andares de quinze; o maior escritório do edifício. O salão de entrada distribui ar frio e as pessoas se enfileiram para tomar o elevador. Subo pela escada, onde o ar cheira a mofo, e suo mais ainda.

Trabalho no 13º andar, onde a vista não é tão boa quanto a dos chefes lá em cima, mas é melhor do que a dos advogados lá em baixo. Distribuo alguns bons-dias, que levam mais tempo nesta época do ano, pois as pessoas parecem sempre querer saber o que as outras vão fazer no Natal. Os que mais perguntam parecem ser aqueles com grandes planos.

Muitos de nós contamos com a sorte de ter uma sala, porém outros ficam em baias. Sou um dos sortudos e, além disso, minha sala fica no final de um corredor com pouca circulação. É aqui que eu lido com muitos impostos e com poucas pessoas. Lanço minha pasta sobre a mesa e afundo na cadeira, puxando a camisa úmida para longe do corpo. Minha sala é grande o suficiente para caber uma mesa e uma pessoa sentada em um dos lados, não muito mais do que isso. Em todo o andar, a maior parte do espaço livre nas paredes está coberta de desenhos escolares que os pais trazem de seus filhos. Árvores de Natal desenhadas com giz de cera e cães com sete patas lembram a todos que preferiríamos estar em outro lugar. A minha sala não é diferente. Fico olhando alguns desenhos que Sam fez, dando um tempo para me refrescar antes de me debruçar sobre a pilha em que estou trabalhando. O escritório foi contratado por uma empresa engarrafadora de água, a McClintoch Spring Water, em busca de incentivos fiscais. É uma empresa cuja campanha publicitária utilizou imagens de Jesus para ganhar um monte de dinheiro no ano passado.

Encontro-me com Jodie para o almoço às 12h30 na frente de um café, na rua conhecida como "a faixa": uma via com bares alinhados que se desdobram em clubes noturnos mais tarde, com fluxo de pessoas dentro e fora desses locais e mesas que se espalham em direção às calçadas. Agora me chamam de "senhor", porque tenho quase 30 anos, mas, se eu viesse aqui à noite, provavelmente me pediriam para me retirar por ser velho demais. Os cafés estão quase lotados, algumas pessoas estão vermelhas de calor, outras estão sentadas debaixo da sombra de guarda-sóis gigantes, o cheiro de comida e colônia torna o ar denso. Todas as garçonetes usam camisetas pretas justas. Quase todas estão com os cabelos presos em rabos de cavalo que balançam quando elas caminham. Do outro lado da rua, o Rio Avon está praticamente parado, os mosquitos são atraídos pelo cheiro do mato na água estagnada e uma enguia morta boia de barriga para cima.

Conversamos enquanto comemos, o único assunto é a casa que queremos comprar. Jodie escolhe uma salada de frango que provavelmente só tem frango no nome; ela parece não conseguir encontrar nenhuma carne ali. Eu me debruço sobre um prato de nachos. A comida é boa, não é ótima, mas é cobrada como se fosse a melhor da cidade. Talvez eles cobrem um adicional por olharmos para as garçonetes em suas camisetinhas.

A casa nova terá um cômodo extra, grande o suficiente para eu colocar uma mesa de sinuca; Jodie quer um equipamento de aeróbica. Provavelmente não vamos usar nenhum, mas a parte divertida desse estágio é sonhar. Uma casa nova será emocionante para Sam também. Mas, antes disso, teremos que passar pela emoção do Natal. Sam está na idade perfeita para o Natal: ainda acredita em Papai Noel.

A garçonete aparece para perguntar como está a comida quando nós dois estamos de boca cheia e não podemos responder. Ela parece entender isso como um bom sinal e segue em frente para a próxima mesa. Certamente estamos apenas a alguns graus de atingir os 35ºC e a garçonete está prestes a derreter e virar uma poça de carne quando o relógio se aproxima das 13 horas e a sombra corre o risco de incendiar. Pagamos a conta e a garçonete nos oferece o sorriso dos condenados.

Basta uma caminhada de cinco minutos até o banco. Um lado da rua está morno na sombra; o outro, quase incandescente. As calçadas estão cobertas de chiclete derretido e de adolescentes com skates usando roupas largas com capuz, aperfeiçoando a imagem de rapper que os garotos adoram hoje em dia e a partir da qual os estilistas ganham milhões. Eu me pergunto quanto calor eles podem aguentar até tirar o capuz. Somos parados a cada cem metros mais ou menos por pessoas que tentam nos convencer a participar de algum abaixo-assinado para salvar as baleias, o meio ambiente, acabar com a fome no mundo. Há festões pendurados nos postes e nas fachadas dos edifícios, árvores decoradas e neve de mentira no chão das vitrines, Papais Noéis de plástico e renas por todo lado. As pessoas se apressam em seus horários de almoço para tentar se espremer em alguma loja, algumas carregam pacotes e presentes, outras ostentam olhares perdidos em seus rostos.

O banco fica praticamente bem no meio do centro da cidade, num prédio alto onde o atendimento ao público é feito no andar térreo e ninguém sabe ao certo o que há nos outros andares. Tem ar-condicionado, cerca de 50 vasos de plantas e um guarda que fica cuidando do relógio. Acabamos chegando cedo e somos conduzidos a um grupo de cadeiras confortáveis para matar o tempo. Ninguém nos oferece nada para beber. Há prateleiras cheias de propagandas do banco na parede ao nosso lado, vários pôsteres anunciando taxas de juros; jovens famílias com casas novas, crianças pequenas e largos sorrisos são a imagem mais comum. Por nós, tudo bem. Mas, uma vez que se tenha visto um pôster, não há muito mais para se ver: só mais pacotes com taxas de juros variáveis e fixas e mais sorrisos de pessoas vibrando por se tornarem escravas de suas hipotecas. Há símbolos de porcentagem colados por todo lado.

Então, às 13h13, dois minutos antes de nosso horário com o consultor da hipoteca, seis homens carregando espingardas entram calmamente pela porta.

Capítulo 2

A criminalidade está em plena escalada. Violência doméstica, atropelamento de pedestres por garotos que disputam rachas, roubo e assassinato. Essa é a norma em Christchurch, fatos corriqueiros que ocorrem no dia a dia da cidade. A escalada do crime se dá como em qualquer outra estatística, como a inflação, o custo de vida, o sobe e desce do preço do combustível e do mercado imobiliário. A mesma coisa em relação ao índice de homicídios – não há como prever ou medir em um gráfico, mas é tratado como os demais crimes: uma estatística, uma porcentagem.

Mas isso...

Ele nem tem certeza do que é isso.

O detetive inspetor Schroder para o carro. Há duas viaturas à paisana bloqueando a entrada do beco, mesmo assim é possível ver o corpo atrás delas. O detetive Landry está debruçado sobre um dos carros, faz anotações e ocasionalmente cobre a boca com a mão para tossir enquanto o médico-legista fornece os detalhes, usando tanto gestos quanto palavras. Schroder sai do carro e se aproxima.

– Diabo de show, Carl – diz Landry.

– E você achou que eu ia querer dar uma olhada.

– Bem, achei, sim. Achei que você ia gostar de um pouco de ar fresco.

– Um pouco de ar fresco. Deve estar uns 40 graus aqui fora.

– Esse vento noroeste... Não sei por que, mas os loucos ficam ainda mais loucos – Sheldon, o médico-legista, suspira antes de tirar os óculos e limpá-los com a barra da camisa –, não que seja uma desculpa – acrescenta –, eu faço isso há muito tempo, eu sei.

– E então, o que nós temos aqui? – Schroder pergunta, ao entrar no beco. Olhando dali, o corpo não parece melhor do que parecia quando estava atrás do volante.

Landry e o legista o seguem.

O sangue do morto formou uma poça ao redor dele, criando um perímetro de aproximadamente 1 metro, pelo qual Schroder não pode passar sem contaminar a cena do crime, as pegadas que se veem ali são de Sheldon. Os membros da vítima estão completamente retorcidos, sobretudo as pernas. A esquerda está dobrada para a frente e se quebrou em algum lugar na articulação do joelho, de forma que o tornozelo foi parar na virilha.

O homem tem três ventosas presas ao corpo, uma em cada mão e a terceira fixa ao redor do joelho direito. A quarta está caída no chão a cerca de meio metro do corpo, a alça arrebentou com a queda.

O beco fica na sombra, por isso está mais fresco ali do que na rua, porém, dos dez andares do edifício, os últimos nove estão diretamente sob a luz do sol. Mesmo com todo o calor, o beco tem cheiro de mofo. Há lixeiras enfileiradas de um lado, tábuas de madeira quebradas e caixas de papelão alinhadas do outro. Os becos de Christchurch estão sempre entulhados com alguma coisa, mas normalmente não são corpos. Ele olha para cima, protegendo os olhos do sol forte refletido no vidro das janelas e depois observa o rosto do cadáver: um homem com grandes costeletas à la Elvis, feições desfiguradas e ferimentos na cabeça cujos fluidos escorrem pelo asfalto arrebentado.

– Viu? Eu disse que era um show – Landry diz. – Não há muito o que fazer, a não ser empacotar o Batman aqui num saco e levá-lo para o necrotério.

– Acho que ele tentava alguma coisa mais parecida com o Homem-Aranha – Schroder diz.

– Seja como for, o fato de estar completamente nu, exceto pela capa de chuva, nos diz que ele é só um merda.

– Talvez.

– Como assim? Pelo que vemos aqui, ele estava prestes a estuprar alguém – Landry diz. – Vestido desse jeito, é óbvio que não estava tentando ver TV a cabo de graça. Acho que ele teve o que merecia.

Schroder acena com a cabeça. Ainda assim, se ele planejava mesmo espiar o apartamento de alguém, é claro que deveria haver um jeito mais fácil.

Todos se viram ao mesmo tempo quando os carros da imprensa estacionam e se preparam para atacar a cena do crime. Câmeras e repórteres escalam a barreira policial e se movem ao redor dela para chegar mais perto. Policiais os empurram para trás. As câmeras são erguidas sobre os ombros e o sol reflete nas lentes.

– O show agora tem público – diz Landry.

– Temos que cobri-lo – diz Schroder enquanto olha para cima e observa os outros prédios ao redor deles.

Landry tem razão, é um grande show. As pessoas se aglomeram nas janelas, todas olhando e apontando, suas caras ostentam absoluto entusiasmo. Os repórteres esquadrinham os edifícios em volta em busca de um local privilegiado de onde possam invadir a privacidade do homem morto. Um policial chega e cobre a vítima com um lençol branco que esconde a vista do público. O sangue não secou por completo e parte dele mancha o tecido.

– Alguma coisa nos bolsos? – Schroder pergunta.

– Nada.

– Terminei – diz Sheldon. – O que aconteceu aqui parece bastante óbvio, mas poderei dizer mais quando o levarmos até o necrotério. Arrebentado do jeito que está, deve ter chegado bem alto.

– Não tenho tanta certeza – Schroder diz. – Tudo isto aqui tem alguma coisa que não se encaixa.

Landry e Sheldon dirigem os olhos para o corpo, para o prédio, para o corpo novamente e depois de volta para Schroder.

– Você pode desenvolver sua tese, Carl? O que exatamente está faltando? Um morto seminu com ventosas presas ao corpo na frente de um prédio com duas dezenas de janelas... o que pode não se encaixar aqui?

– Eu não entendo – Schroder diz –, quer dizer, parece um esforço incrível para alguém apenas espiar umas janelas. O problema é que nem todo o esforço do mundo teria adiantado muito. Esse negócio das ventosas, isso é mito. Não tem como escalar prédios desse jeito. Não dá.

Schroder recua um passo para reduzir a claridade e observa a lateral do edifício. Nenhum dos andares tem sacada.

– Isso tudo quer dizer que ele partiu de um andar mais alto. Talvez seja um morador daqui – diz Landry. – Provavelmente escalou a partir do 6º ou 7º andar e caiu do 6º ou 7º andar. Espere um pouco, Carl, não o chamamos aqui para fazermos papel de bobo. Não existe nenhum crime aqui.

– Se não existe crime, então por que me chamaram?

Landry encolhe os ombros e, quando fala, uma veia lhe salta na testa e começa a pulsar.

– Uma vez na vida, a vítima é alguém que merecia. Uma vez na vida, a vítima não é uma menina que sorriu para o cara errado e foi esfaqueada por isso. Dá um tempo, Carl, quantas vezes vimos isso, hein? E, desta vez, bem... desta vez, ficou 1 x 0 para os mocinhos.

– Como ninguém o encontrou antes? – Schroder pergunta.

– Tinha um carro estacionado em frente ao beco que bloqueava a visão. Pertence a um dos inquilinos. Normalmente, ele o deixa estacionado ali durante a noite. Só veio tirar o carro meia hora atrás.

– Hora da morte: 12 horas – diz Sheldon.

– Então me diga uma coisa. Quando ele saiu do apartamento para escalar a parede, você acha que fechou a janela?

– O quê? – pergunta Landry.

– Nenhuma das janelas está aberta.

Os três estudam a lateral do prédio. Não seria possível a vítima sair para sua escalada e ter se dado ao trabalho de fechar a janela. Não seria possível escalar mais de um metro antes que as ventosas cedessem.

– Merda – diz Landry.

Ele tira um maço de cigarros do bolso e brinca com um deles entre os dedos.

– Talvez ele tenha conseguido escalar toda a parede desde o chão – sugere Sheldon.

– Não pode ser – Schroder diz. – Olhe para cima. Experimente. Faça o que quiser, mas isso não funciona.

– Como você pode ter tanta certeza? – pergunta Landry.

– Eu vi no Discovery Channel.

– Talvez ele tenha tomado o elevador até o terraço e depois descido pela parede – diz Landry.

– Dê mais uma olhada – diz Schroder. – Entre o terraço e os apartamentos do último andar, há uma faixa de concreto de cerca de 2 metros. Isso tudo aqui não é o que parece. Esse cara foi vítima de alguma coisa.

– Ainda não entendo – diz Landry ao colocar o cigarro de volta no maço. – O que você diz faz sentido, eu sei, mas há outras possibilidades.

– Como o quê? – pergunta Schroder, tentando alcançar o celular que toca em seu bolso.

– Talvez as ventosas tenham funcionado.

– Ou alguém tenha vestido o cara desse jeito – aponta Schroder – e o tenha jogado do terraço.

Ele atende à chamada. Do outro lado da linha, uma mulher fala rapidamente e trinta segundos depois ele já está de volta ao carro, dirigindo-se ao banco em alta velocidade, lutando por posições com os repórteres que se deslocam na mesma direção.

Capítulo 3

Parece um filme. Algo tão incrivelmente implausível e tão distante de meus pensamentos que não consigo compreender. Na verdade, eu olho para o lado por um segundo, apenas essa fatia normal da vida no dia a dia desse banco normal onde coisas anormais não acontecem, olho para os pôsteres destinados às famílias e taxas de juros flutuantes, olho Jodie sentada na minha frente e então, de alguma forma, de alguma forma, tudo se torna real.

As duas grandes portas de vidro automáticas se abrem igualmente para esses homens da mesma forma que se abriram para mim e minha mulher. Os seis homens entram em três grupos de dois. O primeiro vai para a esquerda, o segundo, para a direita, o terceiro grupo segue reto. Tudo acontece por trás de Jodie e ela não tem ideia do que se passa. Continua falando. Alguns reparam nos homens um segundo antes de voltar para o que estavam fazendo, até que entendem realmente o que viram e a incredulidade em suas caras seria talvez cômica em outra circunstância. Outros parecem perceber imediatamente, quem sabe sejam pessoas que já viram suficientemente esse tipo de coisa na TV para saberem o que acontece em seguida. Esses vão sumindo de vista, deslizando para trás das mesas. Tudo isso e os homens não fizeram o mínimo ruído.

Jodie observa meu rosto. Escuta todos ofegando coletivamente. Ela vira a cabeça para ver o que está acontecendo. Uma mulher grita.

Os seis homens usam toucas ninjas. Vestem moletons e calças jeans pretas e poderiam ter saído recentemente de um show de heavy metal. Movimentam-se com calma, mas vigorosamente, cercados de um ar de confiança que as armas lhes conferem. Parece que são os donos do banco. Parece que nunca, em suas vidas, alguém lhes disse não. A delegacia de polícia fica a cinco minutos a pé daqui, o que significa que o tempo está correndo. Jodie busca minha mão e eu seguro a dela.

– O próximo que se mexer vai ter a cabeça arrancada – um deles berra e a maioria fica paralisada, apenas alguns continuam correndo, outros se escondem atrás de alguma coisa que remotamente cubra seus corpos.

A cara do segurança fica quase tão branca quanto a camisa. Ele fica absolutamente imóvel. Está armado com um rádio e a consciência de que não ganha mais que um salário mínimo para estar aqui e ele se pergunta o que qualquer uma dessas coisas vai adiantar contra seis homens pesadamente armados. Não demora muito para ele chegar a uma resposta, a menos que estivesse pensando em não fazer nada mesmo, o que ele faz com perfeição. Ergue as mãos para o ar, porém não consegue fazer mais nada, nem se esquivar, antes que um dos dois homens que foi em sua direção vire a arma e lhe dê uma violenta coronhada na mandíbula. A cabeça do segurança é lançada para trás num estalido cruel. Ele cai no chão, tombando imóvel, com os membros retorcidos para todo lado. Com tudo isso, apenas quinze segundos se passaram. Talvez um alarme silencioso tenha sido acionado ou talvez o banco tenha cortado alguns desses equipamentos para poder oferecer as taxas de juros competitivas anunciadas nos cartazes. Os funcionários do banco estão de boca aberta e olhos arregalados. Qualquer treinamento que tenham recebido foi pelos ares, uma fotografia de um instante, como se alguém apertasse a tecla de pausa na vida real.

– Vai dar tudo certo – eu digo, enquanto seguro firme a mão de Jodie.

Ela me olha como se não acreditasse que vai dar tudo certo. Está pálida e apavorada, eu também. Gostaria que tivéssemos pedido no almoço algo que demorasse mais para preparar.

O mesmo cara que berrou se aproxima dos caixas.

– Todo mundo desse lado do balcão vem para cá – diz ele, apontando para a extrema esquerda da fileira de guichês. Ninguém se mexe. – Agora! E todo mundo para o chão!

Todos nos movimentamos ao mesmo tempo, arrastando os pés no chão, todos curvados e se movendo de forma desconfortável, como idosos em uma casa de repouso fugindo da figura da Morte. Não solto a mão de Jodie. Sentamos no chão, talvez umas 20 pessoas, todas apavoradas, todas pensando a mesma coisa: que deveríamos ter dado mais valor ao Natal no ano passado.

Os seis homens, em três equipes de dois, se espalham pelas laterais. Um deles se vira e aponta a arma para a porta, pronto para mais clientes desavisados, embora toda a frente do banco seja de vidro e todos lá fora estejam olhando fixamente para nós. O homem que vocifera as instruções alcança o guichê.

– Você aí – berra ele, apontando a espingarda para uma mulher atrás do balcão. Toda a maquiagem do mundo não seria capaz de esconder a constrição de suas feições. – Leve isso até o cofre e encha – ele atira algumas sacolas no balcão, mas ela não se mexe. – Agora! – ele diz.

– O quê?

– Encha as sacolas ou morra. A escolha é sua.

Ela entende e apanha as sacolas.

– Ajude-a – diz, apontando para outra caixa. – Você também – diz ele apontando para uma terceira. – Você vai junto – acrescenta, balançando a arma para uma quarta pessoa. – E, se vocês todas não voltarem aqui em dois minutos, abriremos fogo contra todo o resto aqui. Entendeu?

Assim que as quatro somem, a porta de uma sala se abre. Todos se viram para aquela direção. Um homem de gravata rosa com as mangas arregaçadas aparece com as mãos para o alto e sua cabeça se move de um lado para outro como se estivesse se esquivando de tiros de um franco-atirador.

– P... p... por favor, sou o gerente, por favor, não machuquem ninguém e...

Não consegue dizer mais nada. A espingarda ressoa pelo banco e as pessoas gritam. O gerente não é arremessado para trás como nos filmes, fica parado de pé no local onde foi atingido. A cabeça se curva para baixo de forma que ele parece analisar o severo ferimento no peito, parece reparar que o sangue vermelho se espalha pela camisa, quando então a gravidade age sobre as feições de seu rosto, fazendo-o parecer triste. Seu corpo se dobra na altura da cintura, seu traseiro recua, enquanto os pés permanecem no mesmo lugar. Assim, quando ele vai para o chão, seu corpo está dobrado ao meio, com as pernas estendidas e o rosto contra o joelho, permanecendo nessa posição, com os braços ao lado do corpo. A parede contra a qual ele estava em pé tem riscos de sangue e o vidro próximo à porta está estilhaçado, outros pequenos projéteis ficaram fincados na parede. O gerente parece fazer alongamento ou se aquecer para uma sessão de ioga.

– Meu Deus – sussurro e vejo os lábios de outras pessoas dizendo a mesma coisa, mas não ouço as palavras, pois ainda há um zumbido em meus ouvidos.

As pessoas cobrem o rosto com as mãos. Outras choram. Um homem de uns 60 e tantos ou 80 e poucos anos se urinou. Uma mulher desmaiou, sua cara enfiada no chão parece muito mais relaxada do que qualquer outra pessoa aqui.

Jodie aperta minha mão tão forte que quase quebra meus dedos.

– Fique calma – digo. – Apenas fique calma.

– Todo mundo calado! – um dos homens berra e então dispara outro tiro, dessa vez contra o teto.

Uma chuva de gesso cai e se deposita em seus ombros como caspa.

As quatro pessoas retornam do cofre. As sacolas estão abarrotadas e evidentemente pesadas. Elas conseguem levantá-las e as colocam em cima do guichê.

– Muito lento – diz o homem, dirigindo-se à primeira caixa que escolheu. Engatilha a espingarda e aponta para o peito dela. – Você vem com a gente – ordena.

– Não, não... – diz ela.

– Espere!

Todo mundo se volta para a direção da voz. Demora um pouco para eu me dar conta de que todos se voltaram para minha direção e mais um pouco para perceber a razão disso: fui eu que falei. O homem com a espingarda apontada para a caixa vira a cabeça em minha direção.

– O quê? – diz ele.

– Eddie – diz Jodie –, o que você está fazendo?

Não tenho a menor ideia. As pessoas me olham como se eu fosse uma aberração, como se nunca tivessem escutado um cara branco de 29 anos falando dentro de um banco antes. Apoio-me sobre os joelhos e então me levanto, movimento-me levemente, ainda sem a menor ideia do que estou fazendo ou de por que gritei.

– Eu disse espere – repito.

Minha voz é firme.

– Todos nós ouvimos o que você disse – diz ele – e acho que todos querem saber o que você pretende fazer agora.

– Vocês conseguiram o que queriam – digo e a garota para quem ele apontava a arma aproveita a distração dele para se abaixar atrás do guichê. Todos ali atrás fazem o mesmo.

O homem se vira para onde ela estava antes.

– Ei, volte aqui!

Ela não responde.

– Por favor, você não precisa machucar mais ninguém – eu digo.

– Não sabia que era você quem dava as ordens aqui – diz ele, procurando a mulher atrás do guichê. Não consegue vê-la.

– Eddie – diz Jodie.

– Está tudo bem, Jodie.

– Temos que ir – o outro homem diz, com o dedo pressionado contra o ouvido, escutando alguma coisa pequena. – A polícia está a apenas dois minutos daqui.

– Merda – diz o primeiro homem, que agora me encara. – Muito bem, amigo, você está se oferecendo.

– Vou fazer o que vocês quiserem desde que não machuquem mais ninguém.

Ele me responde com uma risada curta e sombria.

– Não, você entendeu tudo errado. Você não se ofereceu para nada, você foi em frente e ofereceu essa coisinha bonita do seu lado.

– Não – eu digo ao homem que se dirige a mim. Ergo a mão e faço um gesto para que ele pare. Ele nem diminui o passo. Agarra meu braço e me acerta na lateral do rosto, forte o suficiente para me derrubar.

– Eddie... – Jodie é puxada e obrigada a se levantar.

As coisas ficam fora de foco. Estou caído de lado. Apoio as mãos no chão e me levanto. Há duas Jodies. Há doze homens armados. Eles apanham as sacolas de dinheiro e se dirigem para a porta. Ninguém mais se mexe. Ninguém mais ajuda. Os doze homens voltam a ser seis, estão junto da porta e estão com Jodie. Imagino que, se os policiais estão a apenas dois minutos daqui, provavelmente estão de carro e por certo o trânsito do horário de almoço faz com que estejam se arrastando para cá.

– Eddie – Jodie grita, esticando os braços em minha direção, e dois deles tentam arrancá-la para fora.

Consigo ficar em pé, desequilibrado, indo para a esquerda e para a direita. Tropeço em meus pés e perco o equilíbrio, tombando violentamente sobre a palma das mãos. Eles atiram as sacolas de dinheiro para dentro de uma van e cinco entram nela juntos. O sexto homem ainda segura minha esposa.

Saio do banco. Ninguém me segue. Há pessoas na rua, mas estão todas abaixadas atrás dos carros estacionados e encolhidas em frente às lojas. As vitrines pintadas com cenas natalinas têm rostos prensados contra o vidro. As cabeças dos garotos de capuz saem de trás de uma fileira de motos apontando celulares para nós. Não escuto sirenes nem vejo policial algum. Há carros parados a cerca de vinte metros nas duas direções. O homem empurra Jodie na minha direção. Ela grita e se desequilibra. Tenta se equilibrar, mas acho que vai cair, vai tombar na calçada.

Ele ergue a espingarda. Aponta bem para ela. E não hesita, apenas puxa o gatilho. *Atire nas costas dela, Jack.*

– Não! – eu grito, mas a palavra se perde na explosão.

Minha esposa tomba na calçada. O atirador pula para dentro da van e fecha a porta. O motorista pisa fundo, o motor ronca alto e os pneus cantam soltando fumaça. Alcanço minha esposa no instante em que a van dobra a esquina, furando um sinal vermelho e nos deixando em paz.

Capítulo 4

Mantenha-a viva, Clive.

Não sei por que fico pensando na música que Jodie cantava nesta manhã, talvez a última música que ela ouvirá na vida. Enquanto o vapor do chuveiro tornava o ar denso, o rádio em forma de pinguim tocava canções clássicas em uma estação de hits clássicos. As palavras estão na minha cabeça, mas não parecem minhas, é como se alguém as tivesse colocado lá, como se um professor de inglês ou um comediante ruim tivesse conseguido chegar lá e as implantado.

Ela está morta, Fred – e não se preocupe, você terá notícias minhas em breve.

Grito por socorro, mas a única coisa que as pessoas têm coragem de fazer é sair seja lá de qual buraco estavam escondidas e apontar câmeras de celulares para mim enquanto outras fazem ligações. Tento estancar o sangue, mas ele continua a fluir.

– Jodie, oh, meu Deus, Jodie, vai dar tudo certo – digo e a viro de lado para ver o seu rosto enquanto faço pressão nas suas costas.

Há muito sangue. Muitíssimo sangue mesmo. Escorre por entre meus dedos. É como água, preciso de mais mãos. Mais ajuda.

Preciso de um milagre.

Os olhos de Jodie estão abertos e ela os dirige para mim, mas seu foco está além de mim, em algum lugar a quilômetros de distância.

– Vai dar tudo certo – eu digo. – Eu prometo.

– Meus pés doem – ela diz e sorri.

E continua a olhar através de mim, e no momento seguinte percebo que ela não vê mais absolutamente nada.

– Jodie...

Há buracos demais em seu peito, não consigo cobrir todos. Sua face está pálida, exceto ao redor do nariz, quebrado e achatado pela queda. O sangue se espalhou ali e ela tem um corte profundo no lábio superior que foi atingido por um dente.

– Por favor, Jodie, não faça isso, não faça isso – eu falo. – Não me deixe sozinho.

Mas é o que Jodie está fazendo.

– Jodie, por favor – digo.

Mas minhas palavras se tornam apenas sussurros.

As pessoas se aproximam agora para ver melhor, para ter um ângulo melhor, uma foto mais nítida. Ninguém oferece ajuda. Talvez saibam que não adianta nada. Nenhuma pessoa sai do banco, talvez ainda estejam em choque ou talvez tentem salvar o gerente e o guarda. Ouvem-se sirenes a distância e o som vai ficando mais alto, logo chegam carros da polícia e ambulâncias, todos atrasados demais. A segurança que trazem permite que os espectadores se aproximem, assistam, apontem e se deleitem com o drama. Dois paramédicos correm na direção de Jodie, cada um leva uma maleta de primeiros socorros.

– Saia do caminho – um deles diz.

– Ela está...

– Saia – ele repete.

Dou passagem para eles. Os dois homens se abaixam do lado dela. Um deles desliza uma tesoura na blusa dela e expõe o ferimento. A expressão dele permanece inalterada. Já viu tudo isso antes.

– Sem pulso – o outro diz. – Parece que não...

– Eu sei, eu sei – o primeiro diz.

Ele tira gazes de sua maleta e as aperta contra o peito de Jodie como se tentasse fechar o buraco. Viram o corpo com as costas para baixo e, enquanto um inicia a RCP, o outro carrega um desfibrilador. Eles deixam o aparelho de lado e insistem com a ressuscitação que, nesse momento, não poderia ser mais inútil.

– Aplique o choque – diz o primeiro.

Por um instante, os dois homens se olham, as palavras não saem, mas entendo o que eles dizem. Ambos sabem que não adianta. Ambos acham que é tarde demais. Um dos dois calcula que é melhor pelo menos fazer uma encenação, já que estou vendo tudo.

Colocam dois eletrodos sobre o peito dela, mas trabalham vagarosamente, metodologicamente, a linguagem corporal deles admite a derrota. O corpo de Jodie se curva para cima na hora em que os volts passam por ela, tensionando sua coluna. A piscina de sangue no chão sob ela aumenta enquanto os buracos em suas costas aumentam e diminuem como pequenas frestas.

– De novo.

Tentam de novo. E então uma terceira vez. E então começam a guardar todas as coisas.

– Lamento – um deles diz.

– Façam alguma outra coisa – suplico.

– Não há mais nada que fazer.

– Tem que haver.

– O estrago foi grande demais. Ela se foi. Mesmo que tivéssemos chegado antes, não poderíamos ter feito nada. O tiro... Sinto muito, meu amigo – ele diz, sacudindo lentamente a cabeça.

– Ela não pode morrer assim.

– Ela já está morta. Está morta desde o momento em que foi atingida.

– Não, não, você está errado. Ela só pode morrer daqui a uns cinquenta anos. Vamos envelhecer juntos.

– Lamento, amigo, realmente gostaria que pudéssemos fazer alguma coisa.

Dou um passo em sua direção. Ele recua.

– Você pode fazer alguma coisa – eu digo. – Você pode salvá-la.

O parceiro dele se aproxima. Eles já passaram por essa situação antes.

– Eu disse "ajude-a".

– Lamento, amigo. Fizemos tudo o que podíamos.

Policiais armados estão tomando as ruas. Um deles se dirige a nós.

– Por favor... – imploro. – Tem que haver alguma coisa...

– Gostaria que houvesse, gostaria mesmo – ele diz, os dois se afastam e se dirigem ao banco, de onde saem outros dois paramédicos, empurrando uma maca onde está o guarda, por enquanto vivo.

Um policial se aproxima, mas se detém e decide dar uma mão a outro policial que afixa a fita policial amarela por todo lado, tornando a rua muito mais colorida, misturando a cena do crime à atmosfera natalina da cidade – festão, Papais Noéis falsos, pirulitos em forma de bengalas, neve de mentira e sangue de verdade.

Sento-me no chão e abraço minha esposa. Ajeito sua cabeça em meu colo e acaricio seu cabelo. Cerro seus olhos, mas eles continuam abrindo até a metade. O chão está manchado de sangue e gaze, há uma luva de látex ensanguentada em sua perna. Um homem de terno vem até mim e se abaixa.

– Lamento muito sua perda – diz ele e eu duvido que ele realmente entenda o que signifiquem as palavras lamentar ou perda. Ninguém entende. – A van, você viu a placa? Você viu alguma coisa?

– Eles a mataram.

– Senhor, por favor, isso é importante. Se você...

– Eles queriam um voluntário. Devia haver umas vinte e cinco pessoas naquele banco. Eles podiam ter levado qualquer pessoa, mas levaram Jodie. É uma chance de 4%. Acrescente que uma pessoa já estava morta e fica o quê? – olho para ele. – Quanto é? Diga! – eu berro. – Diga!

– A van. Você viu?

– Eu só vi a Jodie. Queria ter visto mais. Queria que nunca tivéssemos vindo aqui hoje. Queria... – as palavras me faltam.

– Tudo bem, tudo bem, senhor. Você tem que se afastar dela agora, tem que nos deixar fazer nosso trabalho.

– Afaste-se de mim – digo e as palavras saem uniformes e vigorosas.

Ele não discute. Ele se afasta e não vejo para onde vai. Por um instante, ninguém mais se aproxima de mim. Eles veem minha esposa morta e sabem que não fui eu que atirei nela, então me deixam em paz. Em algum outro lugar da cidade, estão perseguindo a van, talvez já a tenham encontrado. E tenha havido um tiroteio e todos os seis assaltantes do banco estejam mortos. Estão todos morrendo lentamente devido a terríveis, terríveis ferimentos de bala.

Quero que essa gente morra. Preciso que morram. Carros da imprensa aceleram para chegar ao local e freiam bruscamente atrás das barreiras levantadas. Os repórteres pulam para fora dos carros como se estivessem pegando fogo. Dúzias de lentes e centenas de olhos me encarando – tenho certeza de que alguns estão fazendo a conexão, suas sinapses queimam, pensando: conhecemos esse cara, conhecemos esse cara. A maneira com que os olhos deles quase pulam para fora de seus crânios enquanto me encaram com entusiasmo e a maneira com que tentam empurrar os policiais que formam a barreira evidenciam que estão sedentos por uma história. Quero caminhar entre eles, esfregar o sangue da minha esposa na cara deles, nas mãos deles, quero trazê-los para dentro da história e perguntar qual é a sensação, como é que eles podem lucrar com tamanho sofrimento.

Não tenho forças e, mesmo que tivesse, apenas contribuiria para o frenesi deles, pois forneceria a eles mais munição e os ajudaria a ganhar mais dinheiro. Tudo o que posso fazer é aninhar minha esposa em meus braços e observar a vida se esvair dela, enquanto a raiva e o desespero tomam conta de mim e as lágrimas caem livremente, pingando sobre o rosto de Jodie.

A polícia empurra a barreira ainda mais para trás. Tentam desobstruir a rua, mas essa gente não pode perder esse ótimo espetáculo. Discussões se transformam em competições para ver quem grita mais alto. Alguns repórteres berram perguntas em cima de mim. No final das contas, a polícia está em maior número. A polícia sempre está em maior número. Aparecem repórteres nas janelas de prédios vizinhos, filmando-nos dos andares de cima.

Uma mulher se aproxima e põe a mão sobre meu ombro e me diz que preciso soltar Jodie. Não quero, porém sei que tenho que fazê-lo.

– Arrume alguma coisa para cobri-la – digo.

– Senhor...

– Por favor.

Ela retorna com um lençol branco grosso. Amasso uma ponta para fazer o melhor travesseiro possível e sobre ele recosto a cabeça de

Jodie. Estendo o resto sobre ela. Dou um passo para trás e não consigo me afastar da figura debaixo do lençol. Ainda posso sentir o gosto do almoço em minha boca, posso sentir a mão dela na minha quando caminhávamos em direção ao banco.

– Tomaremos conta dela – diz a mulher e segura meu braço com as mãos. – Por favor, é hora de entrar – ela fala e deixo que me guie, enquanto minha esposa é deixada lá fora, minha esposa agora um item, um pedaço de evidência, eu me inclino e vomito antes de pisar novamente dentro do banco.

Capítulo 5

Onde há espaço, os carros dão passagem para ele, a sua sirene adverte a urgência. O problema é que nem sempre há espaço, por isso ele fica preso em cruzamentos, retido pelo trânsito que ganha vida própria nas tardes de sexta-feira. Os carros que tentam lhe dar passagem acabam trancando a rua, as pessoas entram em pânico e quase causam acidentes. Schroder já soube que os assaltantes do banco tiveram êxito na fuga. Soube das vítimas, que há policiais armados suficientes na cena do crime, porém é tarde demais.

O quarteirão inteiro está isolado. O Cara das Ventosas não está mais nos pensamentos de Schroder quando ele estaciona atrás da barreira, agacha-se para passar por baixo da fita da polícia e adentrar o local do massacre. Há um corpo no meio da rua com um lençol cobrindo-o. A mulher. Há centenas de espectadores e dúzias de repórteres e ele pensa que, por pior que seja para as pessoas que estavam no banco, por pior que seja para a mulher morta na rua, hoje é um ótimo dia para a mídia e para a multidão. Um dia ruim para os tiras é ouro para o noticiário das 18 horas. Alguns artistas de rua se posicionam atrás das demais pessoas e fazem malabarismo com objetos de cores fortes, em busca de uns trocados, na aglomeração de pessoas.

Dentro do banco, as pessoas estão brancas, perdidas e confusas, há maquiagens borradas por causa do choro e dos olhos inchados. Ele é o terceiro detetive na cena do crime e rapidamente recebe as informações dos outros dois. Há um corpo estendido perto de uma sala, está exposto. Ele dá instruções para que o cubram, com a esperança de que isso de alguma forma acalme as testemunhas.

O marido da mulher assassinada está sentado em outra sala.

– Edward Hunter – diz um dos detetives e aponta na direção dele.

– Hunter?

– É. Por quê? Você conhece?

– Acho que sim, mas não era bem esse nome. Alguém já falou com ele? – Schroder pergunta.

– Ele acabou de entrar. Quase tivemos que arrancá-lo da esposa.

A sala tem móveis novos e uma folhagem de plástico no canto cujas folhas estão cobertas de poeira. Schroder entra e fecha a porta. Sentado à mesa, Edward o observa com os olhos inchados.

– Está mais frio aqui do que antes – Edward diz e puxa a camisa para longe do corpo. Está coberta de sangue e colando em seu corpo.

Fora da sala, mais pessoas chegam, outros detetives para tomar depoimentos. Homens em uniformes brancos exploram cuidadosamente o local em busca de evidências. O problema é que a cena já foi pisoteada por muitas pessoas.

– Meu nome é Carl Schroder – diz ele, sentando-se na frente de Edward sem oferecer um aperto de mão. – Eu sei que é difícil, eu sei que responder perguntas é a última coisa que você quer fazer agora, mas você...

– Difícil, não – Edward responde. – Impossível.

– Tem razão. É impossível.

Ele faz então uma pausa, considerando a impossibilidade da situação. Não foi ele que acordou nesta manhã e perdeu a esposa.

– Você é casado? – Edward pergunta.

– Por favor, precisamos nos concentrar...

– Você consegue imaginar como seria se fosse a sua mulher lá fora?

– Quero que os homens que fizeram isso sejam presos.

– Quer dizer que ainda não os encontraram?

– Estamos trabalhando nisso, Edward. É Edward, certo? Não é Jack?

– Eu não disse meu nome para você.

– Eu sei.

– Jack é o nome do meu pai, não o meu, não mais. Quer dizer que você me reconheceu. Todos me reconhecem.

– Bem, não sei do que você está falando.

– É verdade. Você me reconheceu. Não sabia se deveria me chamar de Jack ou Edward, então você sabia. Todos sabem.

– Eu o reconheci porque eu estava lá no dia em que seu pai foi preso.

– É mesmo?

– É – ele responde.

Era seu primeiro ano na força policial. Ele não havia falado com Jack Hunter Pai, nem havia estado perto dele. Ele era um dos policiais que havia ido apenas para fazer número. Deu uma boa olhada para Jack Hunter Filho, o garotinho, imerso em lágrimas e dor.

– Eu me lembro de você – diz Jack, agora Edward. – Mas não daquela vez. Do ano seguinte. Foi você que veio quando minha mãe morreu.

– Eu sei – Schroder responde.

Aquele era seu segundo ano na força policial. Ele e seu parceiro entraram na casa e encontraram a mulher na banheira. Ainda se recorda exatamente da figura dela, de como estava o banheiro, pode ainda reconstruir em sua mente o vazio nos olhos dela. Edward e sua irmã estavam sentados no chão do banheiro, a irmã tinha o braço ao redor de Edward, os dois estavam encostados na parede, Edward não conseguia tirar os olhos do chão. Schroder e seu parceiro entraram e levaram as crianças para fora antes de examinar o corpo. A irmã contou o que havia acontecido. Edward não disse uma palavra.

– Você está sempre presente quando minha família se machuca – Edward diz e Schroder vê o garotinho de anos atrás dentro desse homem agora. – E você nunca tornou as coisas mais fáceis. Será que virei suspeito agora que você sabe quem eu sou? – ele levanta a voz, mais bravo.

– É claro que não. Por que você acha isso?

– As pessoas sempre pensam esse tipo de idiotice. Cresci com isso.

– O que eu preciso de você é que se concentre, Edward. Sei que é difícil – ele diz –, mas essa é a hora em que você mais pode ajudar.

– Eles simplesmente, simplesmente, entraram no banco – diz Edward, sacudindo a cabeça enquanto fala e levantando a palma das mãos. – Sabe? Simplesmente entraram como se fossem os donos do lugar. O jeito como eles atiraram no gerente... não estavam nem aí. Eles não precisavam matar ninguém. Eles tinham conseguido o dinheiro deles e... quer dizer... por que fazer aquilo? Por que parar para fazer aquilo? Mesmo quando já tinham terminado, levaram Jodie com eles. Para que fazer isso?

– Ouvimos de outras testemunhas que os homens queriam um voluntário.

– Tentei fazer com que me levassem.

– Sei que sim. Também disseram que você livrou uma das caixas de ser levada, talvez até tenha salvado a vida dela.

– O quê?

– Disseram que você interveio. Disseram que os homens iam levá-la e que você os deteve. Foi muito corajoso – diz ele, tentando induzir Edward –, muito corajoso de sua parte, arriscar sua vida.

– É, não foi minha vida que eu arrisquei no final das contas, foi? Em vez de levarem a caixa, levaram Jodie.

– Você não tinha como saber isso.

– Você acha?

– É um fato. É uma situação feia, Edward, uma situação feia em que pessoas morreram. E você foi o único naquele banco que teve a coragem de tentar fazer alguma coisa, tentar salvar a vida de alguém. E aquela mulher só está viva graças a você.

– Que merda de contradição, não acha? Ela está viva por minha causa e a minha esposa está morta pela mesma razão. Daria na mesma se eu tivesse puxado o gatilho.

– É muito diferente – diz ele.

– Todas estas pessoas aqui, e eles a levaram. Eles não precisavam levar ninguém.

Schroder sabe exatamente por que eles a levaram. Queriam uma pessoa morta lá fora. Queriam consumir ao máximo os recursos da polícia. Isso cria confusão e pânico e lhes dá mais tempo. Bloqueia o trânsito na rua, provoca congestionamentos, diminui a velocidade nas vias dentro e fora da cidade. Os carros que pararam do lado de fora do banco ainda estão lá, impedindo o acesso. Ele não diz nada disso para Edward. Não diz para Edward que sua esposa foi um instrumento, apenas um dispositivo que eles utilizaram para ajudá-los a escapar.

– Não havia nada que você pudesse fazer – Schroder diz.

– Você está errado quanto a isso. Eu poderia ter feito tudo. Poderia ter marcado outro horário. Poderia ter ficado de boca calada e deixar que levassem a outra mulher. Talvez eles não a matassem. Poderia ter lutado mais, poderia ter insistido para que me levassem.

– A culpa não é sua.

– Então por que eu sinto como se fosse?

– Temos que nos concentrar, Edward, em encontrar os homens que fizeram isso.

– Eu sei, eu sei.

– Então agora é hora de você me dizer o que aconteceu. Desde o começo – ele diz.

– Tudo bem – diz Edward, com lágrimas escorrendo lentamente pelo seu rosto.

Schroder pega seu caderno e anota tudo.

Capítulo 6

Ganho uma carona até em casa. O pior do sol já passou e a cidade parece mais escura agora. As sombras desenhadas pelos prédios abatidos são pequenas, mas assustadoras; as pessoas nas ruas têm um ar derrotado, aquelas apanhadas por pequenas porções de sombra estão tontas; todas as árvores, plantas e flores que formam os jardins da cidade perderam sua vivacidade. A vida está se esvaindo do mundo. Passamos por bancas de frutas murchas na beira da estrada, placas de "vende-se" em frente a casas das quais as pessoas querem partir. O sangue em minhas roupas está quase seco, a cor empalidece, passando de vermelho escuro para um marrom intenso, meu corpo coça onde as manchas se concentram e irritam a pele. A cada segundo que passa, a distância entre Jodie e mim aumenta e a esperança de tê-la de volta se transforma em desespero, como no momento em que a vi ser atingida e tombar no chão. Esta é minha cidade, minha casa, o lugar que eu amava, porém não amo mais. Não sei o que é. Certamente não é meu lar. Não agora. Agora é o lugar onde minha mulher foi morta e a mãe da minha filha foi levada embora. Agora é apenas um inferno e eu não vejo nenhum futuro aqui.

O policial que dirige o carro não diz nada. Ele nunca passou nem perto de preparar qualquer conversa, mesmo retórica, para uma situação como essa. É um percurso de trinta minutos em um trânsito pesado no qual o mundo vai passando e eu me pergunto como posso mudá-lo. O policial parece aliviado ao me deixar na entrada de casa. Nesta manhã, saí de carro de uma realidade para agora entrar em outra. Não há mais vizinhos passeando por aí ou cuidando de seus jardins. As casas estão todas sujas, as plantas e árvores estão todas secas demais, os carros são velhos e as calçadas estão todas quebradas, as cores por toda parte parecem muito desbotadas... Há breves momentos – menos de um segundo – em que estou distraído e Jodie ainda está viva, pequenos instantes da vida, como ao colocar a chave na porta, bang! Uma distração e está tudo bem no mundo. Então aquela fração de segundo passa e a realidade ressurge, esmagando-me.

São quase 16 horas e os pais de Jodie já buscaram Sam na escola. Um dos detetives providenciou para que a buscassem. Um deles fez a ligação, assim eu não tive que fazê-la. Não sei de quem eles receberam a notícia primeiro: se do detetive ou da mídia. De um estranho, eles souberam que a filha deles tivera a infelicidade de ser alvejada e morta nesta tarde, tivera a infelicidade de ser casada com um homem que não conseguira ficar com a boca calada e por isso eles teriam que buscar a neta na escola.

Minha casa se transformou em um museu. Tudo aqui dentro virou uma relíquia de meu passado, todas as lembranças felizes viraram pó. O ar-condicionado foi desligado de manhã, então a casa está abafada. Jodie está morta há três horas e estou entrando em um lugar diferente, apenas o fantasma da casa que era nesta manhã. Vagueio pela casa, sem saber ao certo o que fazer. As coisas de Jodie estão por toda parte e não me imagino empacotando-as. Sua xícara ainda está na bancada, no fundo dela, 10% do café ainda está lá, frio e ralo. Migalhas de pão formam uma trilha pelo chão da cozinha. A maquiagem na penteadeira do banheiro, a toalha dela, ainda úmida, pendurada no trilho. Jodie não está aqui e está presente ao mesmo tempo, a casa espera que ela entre a qualquer momento, o seu esposo espera a mesma coisa. Há um conjunto sobre a cama; ela deve ter escolhido uma coisa e depois mudou de ideia. Jodie é assim, em um minuto decide...

Era. Agora é "era".

– Meu Deus... – eu sussurro e me sento na beirada da cama.

Agarro a blusa dela, aperto contra meu rosto e choro. O que devo fazer com as roupas dela? Devo guardá-las? Doá-las?

Não sei em que momento devo pensar nessas coisas ou que tipo de pessoa sou por pensar nisso agora. Devo lavar as roupas dela e colocá-las de volta no armário? Devo ir para o trabalho na semana que vem? Devo deixar as roupas de Jodie jogadas no chão até o enterro e aí guardá-las? Meus chefes ainda não sabem o que aconteceu. Sabem apenas que saí para o almoço e não voltei mais.

Caminho de um lado para outro no corredor. Só preciso que alguém me diga o que fazer.

Tiro minha roupa e a coloco sobre a cama ao lado das roupas de Jodie. Um cara mais criativo poderia estudar as manchas de sangue e nelas encontrar padrões, formas de animais ou barcos, mas tudo o que vejo é minha esposa no chão sangrando. Minhas roupas estão destruídas. Eu as enrolo e me encontro paralisado. Olho fixamente para elas por um momento. Os punhos estão mais manchados do que o resto, também as mangas, a frente... Está faltando um dos botões. Não tem sangue nenhum na parte de trás. Aliso-as e as penduro.

Tomo um longo banho, o sangue vai desaparecendo da pele, o rádio de pinguim silencioso me observa. Observo no espelho o enorme ferimento do golpe que sofri no rosto. A pele ficou levemente cortada e um dos olhos não abre completamente, o que eu só reparei agora. Não quero mais conhecer esse homem, pois esse homem foi responsável pela morte da mulher. Imagino tudo acontecendo repetidas vezes. Penso na mulher do caixa, no modo como o atirador apontou a arma para ela. E então penso nos 4% de chance de Jodie ser levada que imaginei mais cedo e percebo que a estatística é falsa, já que não havia probabilidade alguma envolvida. Haveria, se não fosse por minha intervenção. Se eu tivesse ficado calado, Jodie teria a mesma chance de viver ou morrer que qualquer outra pessoa naquele banco, mas eu lhe tirei essa chance e a transformei em uma certeza. E por quê? Por que diabos eu gritei? Schroder disse que foi para salvar alguém. Talvez tenha sido. Talvez eu tenha pensado que pudesse fazer a diferença. A única coisa que sei é que fiquei tão surpreso quanto todas as outras pessoas. Não parecia eu falando e não é o tipo de coisa que qualquer pessoa esperaria de mim: o filho de um serial killer tentando salvar uma vida. Bem, missão cumprida. Aquela mulher está viva e Jodie está morta, troquei uma vida pela outra. Isso é o que dá bancar Deus, eu suponho, mas sem poder fazer nada que seja bom.

Quando o telefone toca, é um repórter. A segunda ligação também.

E a terceira. Antes de tirar o telefone do gancho, ligo para Nathaniel e Diana, os pais de Jodie. Nat atende e chora antes que eu possa dizer alguma coisa.

– Não sei o que dizer, Eddie – diz, com a voz embargada. Nunca o vi chorar antes. Nat, esse homem sólido, perto da aposentadoria, tão forte que poderia quebrar um homem ao meio, chora ao telefone como criança. – Mas conversamos e achamos... Nós achamos que você e Sam poderiam... Hum... que seria melhor que vocês ficassem conosco nesta noite. E aí ela poderia ficar conosco amanhã para deixar você se... se organizar.

– Não sei. Acho que preciso dela aqui. Só sei que preciso abraçá-la e dizer que vai ficar tudo bem.

– Não vai ficar tudo bem.

– E que diabo você quer que eu diga? – pergunto, a emoção aflorando, agora estou puto da vida com Nat. Mas é claro que ele não sabe o que dizer ou fazer, apenas está tentando a melhor maneira possível. – Que nossas vidas estão arruinadas?

Ele não responde.

Cinco segundos se passam.

– Que merda, Nat, me desculpe – digo e dou um longo suspiro. – Não quis... Eu... Que diabo, não sei.

– Nenhum de nós sabe.

– Vou até aí buscá-la.

– Você acha que está em condições de cuidar dela? Pense no que é melhor para ela, Eddie. Venha e fique aqui conosco nesta noite. É melhor. E então, amanhã, você pode... Podemos, juntos, podemos... – não consegue concluir.

– Vocês não contaram para ela ainda, contaram? – pergunto e meu coração afunda mais ainda.

– Queríamos contar para ela. E íamos contar, mas... Eu não sei. Não é porque seja difícil demais, é que... Bem, pensamos que você ia querer contar para ela. Diana e eu, nós achamos que seria melhor assim, se estivéssemos todos juntos para contar a ela. Para todo mundo.

– Vocês fizeram a coisa certa – digo e mal posso respirar agora, parece que tem uma bola de golfe entalada em minha garganta. – Estou a caminho – digo e desligo, deixando o telefone fora do gancho.

Meu carro não está aqui. O de Jodie também não está. Ligo para uma central de táxis, uma mulher sem paciência atende o telefone e dispara perguntas contra mim, quer saber onde estou e para onde quero ir.

Não consigo articular as palavras.

– Sim? Sim? Quer ir para algum lugar, não é? – ela diz. – Ou está me fazendo perder tempo?

– Hum, eu, eu... Não sei.

– Louco – ela diz e desliga o telefone.

Levo mais um tempo para colocar as ideias em ordem antes de telefonar para outra empresa de táxi e, dessa vez, consigo atribuir sons aos nomes dos lugares.

– Alguém estará aí em dez minutos – diz a mulher. – Tenha um bom dia – ela diz e eu quase caio em prantos.

O táxi me leva até a cidade. O trânsito está pesado; as pessoas estão todas muito próximas umas das outras e tentam constantemente mudar de pista. O motorista me olha daquele jeito estranho, eu sei qual, aquele em que ele pensa: "Será que este é o garotinho, aquele cujo pai atacou a cidade vinte, trinta e quarenta anos atrás, antes, durante e depois que ele nasceu?" Henry, o mendigo, ainda está na frente do prédio do estacionamento, com um sanduíche em vez da garrafa de vodca na mão, a Bíblia ainda está na outra.

– Um trocado... – ele pede.

Ele veste roupas feitas há uns vinte anos, usa um boné de beisebol feito de papelão reciclado e tem alguma coisa nele que de repente me dá nojo, embora isso nunca tenha acontecido. Tenho o ímpeto de chutá-lo. Olho em outra direção e apresso o passo antes que possa ceder à tentação. Subo as escadas correndo até onde está meu carro.

Dirijo para fora do estacionamento, quase danifico outros carros, quase bato em algumas paredes, dirijo talvez um pouco rápido demais, talvez até quase atropelando algumas pessoas. Alcanço a rua e estou a duas quadras do banco. Tomo a direção contrária. O trânsito está pesado. Não vejo um carro de polícia em lugar algum. Dirijo à beira do Avon, onde as margens com sua grama alta estão lotadas de embalagens de comida e latas de bebida vazias, partidas por algum mendigo ocasional cheirando cola sob o sol enquanto se bronzeava um pouco. Vem uma brisa daquela direção, recolhendo algum ar fresco da água escura. Alguns semáforos dos principais cruzamentos estão estragados, as luzes amarelas estão piscando, os motoristas se defendem, já que não sabem se dão passagem ou se ultrapassam o sinal amarelo.

Levo quarenta minutos para chegar à casa de meus sogros. A aparência deles é péssima. Parece que alguma criatura passou por ali, invadiu seus corpos e arrancou todas as lembranças felizes que eles tiveram na vida. Eles me abraçam forte e me dizem que vamos superar isso. Eu os abraço, mas não digo nada.

Os pais de Jodie jamais me aprovaram. Não porque eu tenha feito algo de errado ou tenha tratado Jodie mal. É por causa do passado de meu pai. Os pais de Jodie sempre olharam para mim como uma arma carregada. Sempre temeram pela filha. Tentaram ser amáveis, porém nunca conseguiram ocultar o temor que eu já tinha visto no olhar de outras pessoas quando era pequeno: o olhar de suspeita. Faz vinte anos que meu pai foi preso por assassinato, o que significa vinte anos de pessoas ao meu redor sempre pensando e se perguntando: "Quando Eddie se tornará o filho de seu pai?", "Do que Eddie será capaz?" Os pais de Jodie pensavam que eu seria capaz de cortar a filha e a neta deles em mil pedaços. Some tudo e, no final das contas, o medo deles de que a filha morresse em minhas mãos se tornou realidade.

Sam adormeceu no sofá da sala. Vi diversas fotos de Jodie quando ela era pequena e neste exato momento Sam parece exatamente igual. O ursinho de pelúcia preferido dela está encaixado sob seu queixo, o braço, dobrado ao redor dele, agarrando-o firmemente. Fico parado na entrada e a observo, meus sogros param ao meu lado e observam também. Nat tem uma chave da minha casa. Eles devem ter passado por lá e apanhado o ursinho e provavelmente algumas roupas também. O plano era que Sam dormisse aqui de qualquer forma, para que Jodie e eu fôssemos à festa de Natal de meu trabalho hoje à noite.

– Vou fazer o jantar – Diana diz e suas palavras parecem meio descabidas, ela sabe.

Não tenho a menor intenção de jantar. Provavelmente nenhum de nós tem. Ela tem que fazer alguma coisa, qualquer coisa que não seja ficar parada e deixar o horror tomar conta dela.

Sam acorda. Primeiro devagar, depois ela me enxerga e seu rosto se ilumina.

– Papai! – ela diz e pula, diminuindo à metade a distância entre nós dois. Ela tem 6 anos, e a distância entre nós é suficiente para ela imediatamente perceber que algo está terrivelmente errado. Consegue ver em nossas caras. – Cadê a mamãe? – ela pergunta e agora se aproxima com cautela.

Caio em prantos e todos nós fazemos o possível para lhe explicar.

Capítulo 7

A rua foi parcialmente desobstruída, o número de curiosos diminuiu porque a emoção acabou. A presença da mídia ainda é maciça, os repórteres estão desesperados para apanhar pepitas de ouro com suas câmeras, possivelmente na forma de corpos sendo levados em macas. Há sangue, vidro e pedaços de gesso e estilhaços espalhados pelo chão do banco. O detetive Schroder caminha entre todas essas coisas em direção ao outro lado do balcão. Dean Wellington, o gerente do Banco South Pacific do sul da ilha o acompanha.

– Ainda não acredito que isso tenha acontecido – Wellington diz, seu rosto corado por essa descrença. – Quer dizer... Deus, que bagunça. Todo aquele dinheiro, o prédio danificado, funcionários prontos para se demitirem e essa coisa toda de imprensa é um pesadelo. As pessoas não vão querer passar por essas portas por algum tempo. James era um bom gerente, um bom homem. Não vamos conseguir substituí-lo antes do final do feriado. O timing disso tudo...

– Pessoas morreram – Schroder diz.

Wellington arruma a gravata, abaixando o nó e depois o apertando.

– Eu sei, meu Deus, você acha que eu não sei? Mas este banco serve a milhares e milhares de pessoas. Ainda temos uma responsabilidade para com elas, assim como vocês têm a responsabilidade de encontrar quem fez isso. O banco quer o dinheiro de volta.

Schroder o encara por alguns segundos.

– Leve-me até o cofre.

O cofre fica próximo aos fundos do banco, no subsolo, descendo as escadas. Duas portas no caminho requerem um cartão magnético para entrar. A porta de metal é cerca de meio metro mais alta e meio metro mais larga do que qualquer porta normal e é feita de aço maciço. Lá dentro, o cofre tem o tamanho de um quarto de solteiro. Há prateleiras onde maços de dinheiro estão ordenadamente empilhados.

– Qual é a capacidade deste cofre?

– Bem, normalmente a flutuação é de cerca de 1 milhão de dólares – Wellington responde –, mas, nesta época do ano, temos um estoque maior de dinheiro. Precisamos reabastecer os caixas automáticos com uma frequência quatro a cinco vezes maior e as pessoas chegam para sacar dinheiro o tempo todo. O Natal ainda é uma época de negócios em dinheiro. Nem todo mundo tem cartão de crédito.

– Então, quanto?

– Cerca de 5 milhões.

– E quanto foi levado?

– Ainda precisamos calcular o que tem aqui. Mas, se você quer uma estimativa por cima, acredito que estamos falando de alguma coisa ao redor de 3 milhões de dólares.

– E qual deve ser o procedimento durante um assalto ao banco?

– É bem simples. Faça o que os assaltantes lhe disserem para fazer. Acione o alarme silencioso e, se tiver que vir até o cofre, não se esqueça de carregar as bombas de tinta.

– E elas foram carregadas?

– Sim. Já devem ter explodido a esta altura.

– Como funcionam?

– São magnéticas. Nós as armazenamos perto de uma chapa magnética que as controla. Se elas forem retiradas dali, um timer será ativado. Elas explodem cinco minutos após serem removidas. Todo o dinheiro é inutilizado, elas cobrem todo ele com tinta. Cobrem os assaltantes com tinta também.

– Quanto tempo leva para contarem essa quantia?

– Uma hora. Duas, no máximo.

Os maços de dinheiro restantes variam entre as cores laranja, azul, verde e roxo; notas de cinco, dez, vinte e cinquenta. Schroder se pergunta qual seria fisicamente a aparência de 3 milhões de dólares em dinheiro. Pergunta-se qual seria o peso das sacolas.

– Quer dizer que as caixas carregaram as sacolas... – diz ele, pensando alto.

– Sim. Ninguém mais veio aqui embaixo.

– Os assaltantes nunca checaram as sacolas, certo? De acordo com as testemunhas e olhando as imagens das câmeras de segurança, eles pegaram as sacolas e a outra vítima e foram embora.

– E então...?

– E então por que carregar as sacolas com notas de cem?

– O quê?

– Não vejo maços de dinheiro vermelho aqui, as notas de cem. As funcionárias poderiam ter enchido a sacola com notas de qualquer quantia. O peso das sacolas seria o mesmo. Por que não as encher com notas de cinco ou dez dólares?

– Talvez elas tenham imaginado que os assaltantes checariam.

– Mesmo assim, poderiam ter carregado quantias mais baixas no fundo. Os assaltantes nunca descobririam, a menos que virassem toda a sacola.

– Talvez elas estivessem apavoradas e tenham pensado que tinham que fazer desse jeito.

– Talvez.

– É um ponto importante mesmo – Wellington diz –, e é algo que poderemos considerar implantar futuramente no caso de, que Deus nos livre, isso voltar a acontecer de novo.

– Faça isso – diz Schroder. – E me dê uma quantia – ele diz, dá as costas para o cofre e se dirige ao andar superior.

Capítulo 8

Eu tinha 8 anos de idade na primeira vez em que tive o ímpeto de matar um animal. Tinha 9 quando finalmente o fiz. Foi cerca de um mês antes de meu pai ser preso. Não sei de onde veio o ímpeto. Acho que sempre esteve lá, adormecido dentro de mim, escondido, e aí, um dia, despertou.

A polícia apareceu lá em casa em um dia frio de julho. O sol tinha aparecido, mas perdera a batalha para o inverno; o ar estava tão frio que podíamos quase agarrar a névoa que se formava em frente ao nosso rosto quando respirávamos e dividi-la em duas partes. Era o tipo de dia que não dava vontade de sair da cama. As árvores estavam nuas e as folhas tinham virado lama no solo, lama que grudava nos sapatos e que ficava para trás no tapete dentro de casa. Era uma manhã de quarta-feira. Em geral, o mais legal de uma quarta-feira era o fato de não ser uma segunda-feira. Claro que essa quarta começou muito diferente de qualquer outra. Começou comigo em pé na janela, vestindo o uniforme da escola, olhando os carros da polícia chegarem, certo de que estavam lá para me pegar, de que, de alguma forma, alguém havia descoberto que havia sido eu quem matara o cachorro do vizinho. Observei os carros estacionarem e homens se espalharem pela calçada e pensei em fugir, apenas sair pela porta dos fundos e pular a cerca, só que eu não sabia para onde ir. Não; em vez de fugir, eu mentiria.

A polícia cercou a casa. Eles chegaram pela frente. Eu estava chorando quando minha mãe deixou os policiais entrarem. Havia entrado no meu quarto e fiquei parado atrás da porta, escutando, tremendo. Os homens entraram e falaram com meu pai. Eu não entendia o que estava acontecendo, por que a polícia estava levando meu pai por uma coisa que eu havia feito e, por mais que eu tentasse contar a verdade, estava apavorado demais para dizer as palavras.

Saí do quarto a tempo de vê-los algemar meu pai. Chorei ainda mais. Queria confessar, mas não confessei. Não entendi na hora, mas a polícia viera por uma razão completamente diferente, um motivo que envolvia um buraco que meu pai cavara para si, um que incluía uma lista de prostitutas e um passatempo muito específico.

Não fui à escola naquele dia. Em vez disso, a irmã da minha mãe veio tomar conta de mim e de Belinda enquanto minha mãe ia à delegacia para descobrir o que estava acontecendo. Ela ficou fora o dia todo. Um ano mais tarde, quando ela morreu, a irmã dela nunca mais quis saber de mim ou da Belinda.

Não sei que cachorro era aquele que matei naquele mês, antes de o meu pai ser preso. Certamente, era bem grande e bem escuro e, na maior parte do tempo, bem bravo. Tudo o que ele parecia fazer era barulho. Uivava para a Lua, latia para o sol e rosnava para o vento. Os latidos agudos, que vinham um atrás do outro eram como unhas arranhando dentro da minha cabeça. O rosnado grave era ameaçador e medonho, e os uivos eram longos e dolorosos. Meu vizinho nunca fez nada para que o cão se calasse. Na maior parte do tempo, meu vizinho não estava lá. Deixava o cachorro dele acorrentado a uma estaca velha e enferrujada fincada nos fundos do quintal. Se o cão tivesse sorte, às vezes ganhava comida; se tivesse muita sorte, então às vezes ganhava água como companhia. Os outros vizinhos abriam a janela e gritavam para o cachorro se calar, mas a frequência foi diminuindo com os anos, conforme iam desistindo. No verão, o quintal era uma lama seca, partida como um quebra-cabeça, e no inverno era escuro com lama e frio com gelo. O cachorro sentia muito calor no verão e morria de frio no inverno; ou um ou outro nos meses entre as duas estações. Eu não sabia quem odiar mais: se o cachorro ou o dono e no final das contas odiava os dois igualmente. O cachorro havia automatizado o ato de latir para as coisas e meu vizinho havia automatizado o ato de tratar mal o cachorro.

O ímpeto crescia lentamente. Eu estava na escola olhando para um problema matemático e de repente pensava nele, no cachorro, e pensava que coisa maravilhosa seria se aquele cachorro pudesse ser partido ao meio. Às vezes pensava nisso na escola e em casa muitas outras vezes, e a ideia nunca me causou repulsa. À noite, eu estremecia, minhas mãos tremiam quando o cachorro latia e eu me perguntava por que meu pai não ia lá e fazia alguma coisa. Claro que eu não sabia, mas meu pai não podia chamar atenção para si.

O ímpeto seguiu crescendo. Chegou a um ponto em que nunca estava distante de meus pensamentos. Afetava meu desempenho escolar. Minhas notas estavam baixando, minhas tarefas escolares estavam sofrendo. Se as coisas não mudassem, eu acabaria deixando a escola aos 15 anos e passaria minha vida desempregado ou prestes a ficar desempregado. Parecia que o que havia entre a vida que eu almejava e a vida de ir receber seguro-desemprego era aquele cachorro. Não importava sob qual ângulo eu visse a questão, eu sabia que, enquanto o cachorro latisse, eu não teria um futuro de verdade. Tinha que parar de pensar naquilo.

Dia e noite, esse desejo de ver o cachorro morto crescia dentro de mim, gestava, tornava-se uma necessidade enraizada que governava minha vida.

Contei ao ímpeto que não sabia como matar um cão.

O ímpeto, numa noite, encontrou uma voz que me sussurrou uma resposta. Disse-me que era muito fácil, que tudo ficaria bem a partir de então. E aí me disse como.

Minha mãe era o tipo de mulher que, quando fazia compras no supermercado, se afastava da lista que havia feito e acrescentava o que estivesse em promoção, mesmo que já tivéssemos um monte da mesma coisa em casa. Tínhamos armários cheios de toalhas de papel, farinha, enlatados que não cabiam na despensa. A carne não estava excluída dessa lista; o freezer estava sempre cheio, a quantidade exata em suas profundezas era uma incógnita. Peguei um pedaço de carne do freezer sabendo que sua falta não seria notada. Escondi na garagem em uma manhã depois da escola, embrulhei em um trapo velho e escondi em uma lata de tinta vazia com uma tampa estragada. A carne descongelou enquanto eu estudava na escola e enquanto o cachorro ficava lá acabando o resto de seus latidos. Quando cheguei em casa, a carne estava macia e parecia fresca. Meu pai estava no trabalho, minha mãe conversava com a irmã dela por telefone e minha irmã não tinha a menor intenção de se mover da frente da TV. O cachorro latia em cima de duas portas caídas. Um latido alto e consistente, mas doloroso também, o latido de um cão que não entendia por que sofria, mas que não conhecia nenhuma outra coisa além do sofrimento.

Precisei de apenas alguns minutos para preparar a carne e mais uns vinte segundos para caminhar até a casa do vizinho. Andei pela calçada e bati na porta, com o pedaço de carne embalado em um plástico guardado em minha mochila. Sabia que não havia ninguém em casa, mas tinha uma história pronta, caso houvesse alguém, uma daquelas histórias "minha bola caiu no seu quintal" que as pessoas ouvem todos os dias em qualquer vizinhança, em todo o mundo. Ninguém atendeu. O cachorro latia como louco. Caminhei até o portão lateral e vi que o cachorro rodopiava em sua corrente, precipitando-se cada vez mais para a frente, a corrente apertando seu pescoço, esgoelando-o e puxando o cão para trás. Em alguns momentos, ele perdia o equilíbrio e caía, mas continuava se levantando e novamente se lançava para a frente.

Tirei a carne do saco e joguei em cima do cachorro; ele a agarrou no ar. Avançou sobre ela imediatamente. Parou após alguns segundos, deu um passo para trás, cheirou. A suspeita em relação a essa última refeição estava evidente na maneira com que sua mandíbula se movia, como se buscasse o que tinha de errado. O azar do cachorro foi estar faminto daquele jeito, azar dele ter um instinto lhe dizendo que precisava comer, pois não sabia quando sua próxima refeição viria. Ele se atirou para a carne de novo e, mesmo quando o sangue gotejava no curto pelo no canto da boca, continuou a mastigar. A carne sumiu em umas poucas mordidas. E então o cachorro começou a correr em círculos. Continuou latindo, mas os latidos não eram tão altos, logo se tornaram ganidos. Mesmo assim, ele continuava a correr.

Também corri.

A polícia foi chamada no dia seguinte. O cachorro morrera naquela noite. Seu dono chegara em casa depois de um dia cansativo de ignorar seu cão apenas para encontrá-lo deitado no quintal dos fundos, silencioso, com o focinho ensanguentado, e na morte o cachorro mereceu uma piedade que nunca teve na vida: foi levado ao veterinário. O veterinário deu uma olhada no sangue, abriu a boca do cachorro para buscar respostas e as encontrou suficientemente na forma de anzóis e pregos e percevejos que eu apertara bem forte na carne. A polícia percorreu a rua de uma ponta a outra, bateu nas portas, sabendo que alguém na vizinhança havia feito aquilo, e ouviu, imagino, que todos tinham vontade de fazer o mesmo. A busca se tornou por quem havia transformado a fantasia em realidade. Vieram à nossa porta e falaram com meus pais. Eu estava apavorado, mas não tão apavorado quanto fiquei quando eles vieram prender meu pai. Pediram para falar comigo e com minha irmã, eu fiquei lá com Belinda e disse para meus pais e para a polícia que eu nada tinha visto. A polícia então agradeceu a todos nós pela atenção e foi conversar com as pessoas da casa seguinte.

Ninguém jamais questionou aquilo. Nunca. Nem mesmo minha mãe. Tinha certeza de que ela daria falta da carne e descobriria tudo. Pensei que ela chamaria a polícia, que eles me levariam para uma sala em algum lugar e me deixariam sozinho lá até eu me urinar, chorar e confessar. Mas ela nunca o fez. Ninguém jamais o fez.

Quatro semanas depois, meu pai foi preso. Um mês depois daquilo, meu vizinho arranjou outro cachorro – ele provavelmente imaginou que meu pai havia matado o outro, então esse ele protegeria. E ele teria ficado seguro se não tivesse latido tanto quanto o primeiro. Ele apenas o teve por um mês até a mesma coisa acontecer. A polícia veio e percorreu a rua de ponta a ponta e descobriu tanto quanto descobriu da primeira vez: nada. Meu vizinho tinha alcançado sua cota de cachorros mortos e não se preocupou em arrumar outro.

Não tenho a menor ideia de por que essa história me veio à cabeça, enquanto dirijo para casa, ou o que significa. Meu psiquiatra há muito tempo teria preenchido todo o bloco de prescrições e me manteria sob medicação, se soubesse. Ver o cachorro morrer daquele jeito, aquilo me assustou. Jurei naquele dia enquanto corria para casa que nunca, jamais, faria aquele tipo de coisa novamente. Fiz a mesma promessa da segunda vez e, dessa vez, a promessa foi cumprida. Nunca contei a ninguém sobre meus ímpetos. Certamente nunca contei à minha esposa.

Sam adormeceu no banco de trás. As férias escolares começaram, e não sei se será mais fácil para ela não ir para a escola na semana seguinte ou mais difícil agora que sua mãe está morta. Não sei se a distração da sala de aula teria sido uma coisa saudável ou não. Não sei como vou ser capaz de cuidar dela durante o fim de semana, durante os feriados, durante os próximos dez anos ou mais que ela ficará comigo até se mudar e começar a própria vida.

Quando chego em casa, sou surpreendido com a expectativa de que alguma coisa será diferente. É como se tudo o que aconteceu hoje tivesse sido um filme que chegou ao fim, os homens armados eram apenas atores e os ferimentos de minha esposa, fabricados com sangue falso. Ou então Jodie estará pelo menos em algum lugar, depois de ser liberada pelo hospital – a caminho do necrotério, alguém percebeu que ela ainda respirava e ela foi salva. Espero que a polícia esteja lá para me informar que os culpados foram presos. Espero que a vida tenha seguido em frente.

O que eu encontro desafia todas as minhas expectativas: tudo está exatamente como eu deixei. Ninguém esteve e ninguém está aqui, nem o poltergeist que aparece à noite para bagunçar as coisas apareceu. Entro em casa e vejo que, durante o período entre este momento e o instante em que eu saí, há algumas horas, nada mudou além da posição solar. O sol baixou no céu e mal entra pela janela da sala agora, mostrando a poeira flutuando no ar. A temperatura baixou um pouco, mas é só isso. Mogo está em algum lugar lá fora, fazendo seja lá o que os gatos loucos fazem. Às vezes a voz de vinte anos atrás me diz que há uma solução para eu me livrar do gato. Eu me pergunto se Mogo sente isso. Eu me pergunto, agora que Jodie não está mais aqui, se ele vai voltar.

Sam acorda quando a carrego para dentro, porém volta a pegar no sono em menos de um minuto. Coloco-a na cama e me dirijo à sala. Ligo a TV, mas ainda falta mais de uma hora para o próximo noticiário. Arrumo a cozinha, ponho o telefone de volta no gancho, coloco todas as louças na máquina, matando o tempo. Matando o tempo. Esfrego um prato e – bang! Mais uma distração, mas apenas por uma fração de segundo antes que meu mundo se despedace novamente. Arrumar a casa não parece ser a coisa certa a fazer agora, mas qual seria? Acontece que a coisa certa a fazer agora parece ser atirar dois pratos contra a parede com toda a minha força. Os dois se despedaçam. Um caco do tamanho de um dente fica fincado na parede, os demais cacos caem como chuva no chão. Agarro então um copo e ele voa na mesma direção. Antes que eu perceba, meia dúzia deles teve o mesmo destino, um coquetel de vidro quebrado e cacos de cerâmica. Despejo todos os talheres da gaveta sobre a pilha de cacos antes de me sentar e me apoiar na geladeira.

Sam está em pé na porta da cozinha. Há lágrimas escorrendo em seu rosto e ela aperta o ursinho contra o peito.

– Você e a mamãe brigaram? – ela pergunta enquanto olha para os pratos quebrados.

– Não, querida.

– Então, por que ela foi embora?

Levanto-me, abraço minha filha e a levo de volta para a cama. Sento-me ao seu lado até que pegue no sono e fico sentado ali por mais um tempo. Não sei como passar o fim de semana. Não sei como planejar um enterro. Não sei como planejar meu futuro com Sam. A verdade é que Sam é a única razão pela qual não peguei um daqueles cacos da cozinha e o utilizei para rasgar as veias do antebraço.

Limpo a cozinha e vejo minha esposa se esticar em minha direção repetidas vezes, enquanto o homem atrás dela ergue a arma. Então volto no tempo, para alguns minutos mais cedo, e nos imagino no banco, imagino a chegada dos homens atrás dela, duplas diferentes espalhando-se em diferentes direções. Levanto-me e os enfrento, tomo as armas deles, entro em luta corporal com eles, seis espingardas e seis homens armados, todos caídos no chão. As pessoas me cercam e me abraçam. Elas me reconhecem, mas o gene que meu pai me passou não as assusta, na verdade as deixa felizes. O gene do serial killer acabou de salvar a vida delas.

Em outro momento, agarro Jodie e a afasto da ação, trancando-nos em um banheiro próximo até que os assaltantes tenham ido embora. Ou então eu imagino os homens entrando, o guarda tomando uma atitude e agarrando o primeiro homem, virando-o contra os outros; as armas disparam, os bandidos todos acertam uns aos outros enquanto uma nuvem de fumaça e sangue preenche o ar. Ou eu nos imagino no almoço, rindo, fazendo planos, o tempo escorrega e de repente perdemos nosso horário no banco, estamos desapontados, mas vivos.

Imagino um pneu furado no meio do caminho para o trabalho nessa manhã. Imagino a pilha de trabalho crescendo e não consigo sair para o almoço. Imagino um apagão, um terremoto, alguém que se engasga com um pedaço de galinha no restaurante, um acidente de carro em frente ao meu trabalho. Imagino-me telefonando para Jodie e lhe dizendo que não vai dar tempo, que terá que ser na semana que vem; Jodie me diz que saco que eu sou e obviamente ficará toda a semana de mal comigo. Imagino Jodie agora na sala aprontando Sam para dormir. A TV está ligada. Sam pede biscoitos. Jodie diz que não, Sam fica aborrecida. Imagino que estou lendo uma história para Sam, alguma de elfos e princesas, depois Jodie e eu sentamos e assistimos à TV, meu braço ao redor dela, abraçando-a, acariciando seu ombro, ela então põe a mão sobre minha coxa, beijo-a e então... ela se foi. Morta. Seu corpo ensanguentado e vazio estirado sobre a rua enquanto a van acelera e se afasta.

O telefone toca. Olho para ele, mas não quero falar com ninguém. Depois de oito toques, a secretária eletrônica atende. Jodie gravou a mensagem. Sua voz ressoa no silêncio da casa e provoca duas coisas simultaneamente: me faz pensar que ela ainda está viva e me faz pensar que o fantasma dela está aqui. Duas coisas completamente opostas, que provocam uma terceira também: sinto calafrios.

– Você ligou para Eddie, Jodie e Sam, mas não estamos em casa ou estamos fingindo não estar, então, por favor, deixe uma mensagem após o sinal.

A secretária dá o sinal. Nunca vou mudar essa mensagem.

– É... olá, Eddie, aqui é John Morgan, hum... Estou ligando porque soubemos o que aconteceu e... hum... Todos nós daqui, da empresa, estamos consternados por você, estamos mesmo e... e... Ah, pensamos em cancelar a festa de Natal nesta noite por respeito, bem, ninguém quer comemorar nada neste momento, mas o local já estava reservado e pago e nós já estávamos quase todos aqui quando chegou a notícia.

Certo, acho que era isso... Bem, tem mais uma coisa, eu detesto pedir isso, mas aquela conta da McClintoch em que você está trabalhando, ela realmente precisa ser fechada antes do recesso, você sabe como é, e não dá para outra pessoa pegar e assumir porque você se empenhou tanto nela que acabaríamos correndo como baratas tontas durante a semana inteira, então... hum... estou dizendo que preciso que você... Não, espere, eu queria saber se você consegue concluir ela na próxima semana. Depois do enterro, é claro, digo, eu não esperaria que você terminasse antes, de jeito nenhum, a menos, é claro, que você realmente quisesse, se você quisesse usar o trabalho para se distrair ou algo assim. Obrigado, Edward. Bem... ahn, até mais.

Ele desliga. O som da linha permanece por alguns segundos e eu apago a mensagem. Detesto meu trabalho. Às vezes, sinto que as pessoas imaginam coisas a meu respeito, tentam calcular quantas pessoas já matei ou quantas vou matar algum dia, os contadores dentro de todas elas fazem contas.

Afundo no sofá em frente à TV. Preciso esperar até as 22h30 até começar o noticiário, que abre com a notícia do assalto ao banco. A âncora parece ter saído recentemente de uma feira de automóveis em que trabalhou como modelo. Tem apenas duas expressões: uma para as notícias ruins e outra para histórias felizes de interesse humano. Ela se prepara com a cara de notícia, recapitula as principais manchetes do dia e então avisa que "algumas cenas são chocantes".

Há imagens das câmeras de segurança e há também imagens do "depois", das equipes de TV que chegaram. E há imagens captadas por telefones celulares feitas por pessoas demasiadamente apavoradas para fazer alguma coisa, mas corajosas o bastante para filmar o que podiam. O ângulo em que foram feitas me lembra dos garotos de capuz e tenho bastante certeza de que essas imagens foram feitas por eles. Fico imaginando quanto dinheiro eles receberam por elas, como devem ter ficado animados com isso tudo. As cenas são de Jodie sendo arrastada para fora do banco e, mesmo sabendo o que vai acontecer depois, ainda rezo para que o final seja diferente. Então, eu apareço saindo, perseguindo os homens, cinco já dentro do veículo, o sexto com a arma. E, assim, os noticiários de hoje em dia, em que os padrões afrouxaram o suficiente, em que se pode ouvir "vai se foder" sem nenhum corte, esses noticiários permitem também que você possa ver sua esposa levando um tiro, pois as cenas não param por aí, elas seguem, já que a audiência é mais importante e certamente mais rentável que a ética; assim o país todo pode ver o sangue de Jodie espirrar da mesma forma que eu vi hoje, todos podem vê-la sendo derrubada pelo disparo, todos podem se colocar no meu lugar e ver o que eu vi, sem sentir o que eu senti, e aí eles podem ver tudo de novo em câmera lenta, o telefone celular captura tudo em detalhe, não em alta definição, mas com definição suficiente.

Volta a âncora que, justiça lhe seja feita, aparenta estar momentaneamente desconfortável com o que a emissora acaba de colocar no ar. Quando vai falar, gagueja nas primeiras palavras. Felizmente para a carreira dela, recupera-se e consegue fornecer outros detalhes antes de voltar rapidamente para as imagens do banco. Há rápidas tomadas de pessoas na rua observando a cena, tomadas da polícia isolando a área, uma tomada em close de mim com minha esposa nos braços e nenhuma imagem em nenhum lugar dos homens que fizeram isso.

E aí, quando não há mais nada para mostrar, a imagem corta para as pessoas que acompanharam o que aconteceu. "Ouvimos tiros e corremos", "não sabíamos o que fazer", "não dava para acreditar que estava acontecendo bem aqui", "quase fomos mortos". Então mostraram entrevistas de pessoas que estavam dentro do banco. Reconheci algumas. "Eles surgiram do nada", "foi muito apavorante", "aquelas pobres pessoas, aquelas pobres pessoas não fizeram nada e foram mortas mesmo assim". A foto de um homem aparece, é o gerente, ele tinha 56 anos e trabalhava na agência havia nove anos. A caixa de quem eu aparentemente salvei a vida aparece, o nome dela é Marcy Croft, ela tem 24 anos e trabalha no banco há nove semanas. Ela treme no momento em que a câmera dá um zoom nela e diz: "Ele ia me matar. Tenho certeza de que ia, da mesma forma que eu tenho certeza de que nunca mais vou trabalhar aqui. E aquele homem, meu Deus, aquele homem distraiu o cara e salvou minha vida, e a mulher dele, a mulher dele..." Ela diz isso e cai no choro, não consegue terminar, mas a câmera não se afasta dela, zoom na sua dor e no seu alívio, assim o país a vê chorar mais uns dez segundos até que volte para a âncora.

Após as entrevistas, aparece uma foto de minha esposa, que eu não tenho ideia de onde eles tiraram, talvez tenham conseguido no trabalho dela. As duas vítimas têm família, dor e desespero preenchendo os espaços deixados por essas pessoas. E depois apareço novamente, coberto de sangue, sendo levado para longe do corpo de Jodie. Edward Hunter, 29 anos de idade, filho de um serial killer, a apresentadora menciona. A imagem agora é uma transmissão ao vivo da frente do banco. Ainda há a fita amarela tremulando com a leve brisa. O local onde Jodie foi morta tem fita ao redor. Ela foi removida e eu tenho uma imagem dela deitada sobre uma gaveta de metal no necrotério, pálida, cinza e azul e quebrada além do que se pode consertar, não mais coberta por um lençol. O repórter está com as mangas dobradas, indicando que ele teve um longo dia de trabalho. Ele fala por um momento sobre mim.

– E Jack Hunter foi preso por assassinar onze prostitutas, não é mesmo, Dan? – a apresentadora pergunta, a imagem volta para ela, que mostra sua cara séria.

– Isso mesmo, Kim. Claro que são onze prostitutas que ele admitiu ter matado.

– Há alguma especulação de que Edward Hunter possa estar envolvido? – a âncora Kim pergunta.

– Até o momento, a polícia não teceu comentários a respeito, entretanto, pelo que ouvi, isso parece muito improvável. Acho que para Edward e Jodie Hunter, assim como para o resto dessas pessoas, a questão foi estar no lugar errado na hora errada. Assim que tivermos mais novidades aqui em Christchurch, nós voltaremos.

Kim apresenta sua segunda expressão na tela e aparece então a minha imagem tirada vinte anos atrás, de uniforme escolar, ao lado de meu pai. Quase atiro o controle remoto em cima da TV. A história chega a seu clímax ou, nesse caso, ao grand finale. A van foi encontrada. Era roubada. Nenhum rastro do dinheiro. Nenhum rastro das pessoas dentro dela. Os seis homens se dispersaram pela cidade.

Desligo a TV e sento no escuro, completamente acordado, com raiva, magoado e sozinho.

Capítulo 9

Um homem que caminhava com seu cachorro foi quem chamou a polícia. Ele viu a fumaça e telefonou para os bombeiros, que se apressaram antes que as chamas se espalhassem, ficassem fora de controle e atingissem árvores ou talvez casas da área, mas não antes que a van fosse destruída. O esqueleto retorcido e carbonizado ainda queima em brasas e Schroder sabe que qualquer evidência já era. Pode ainda haver evidência forense, mas vai levar semanas e, mesmo assim, pode não levar a nada.

A estrada é de chão batido e leva a uma floresta de pinhos. Nas laterais da estrada, correm raízes de árvores, algumas partes dela estão cobertas de pinhas. A cerca de dois metros dali, de um lado, as pessoas praticam mountain bike, correm e andam a cavalo numa direção; a dois quilômetros, na outra direção, fica o oceano. Mas esse local é um mundo abandonado, e os homens que vieram para cá sabiam disso. O solo não possibilitou nenhuma pegada ou marcas de pneu de outro veículo. O homem do cachorro não se lembra de ter visto outros carros indo ou vindo, e não há mais ninguém para perguntar. Ele sente o cheiro de gasolina e dos ramos das árvores chamuscados.

Luzes de halogênio foram armadas; apontadas para a van, iluminam as árvores que circundam o local, criando centenas de sombras entre elas. Não há a menor brisa e a cada trinta segundos mais ou menos ele precisa bater em algum inseto do tamanho da metade de uma mosca.

Schroder não consegue parar de pensar em Edward Hunter. Pensa no pai, o pai normal de uma família comum do dia a dia. Durante todo o julgamento, Jack Hunter e seus sorrisos, seus ternos asseados, mas baratos; em nenhum momento se mostrava presunçoso ou arrogante e, sobretudo, não parecia a pessoa demente que os advogados das vítimas queriam que fosse. A defesa disse ao júri que ele ouvia vozes, que sofria de esquizofrenia paranoica, que não podia controlar o que fazia, quanto mais lembrar. Disseram que as vozes o dominavam e que, naqueles momentos, não havia Jack Hunter, havia outra coisa, uma coisa dentro dele que era doente e deformada, que não havia sido diagnosticada por anos. O júri não se convenceu. O júri gostou mais da história da acusação. Esta consistia no seguinte: Jack Hunter adorava matar prostitutas e detestava ser pego. Jack Hunter não era demente, pois conseguiu se safar por muitos anos. Um homem louco sem controle de seus atos teria sido pego antes. Um homem louco não teria conseguido encobrir seus crimes do jeito que ele conseguira e nem viver do jeito que ele vivia. O júri se convenceu dessa história e Jack Hunter pegou prisão perpétua. Fim da história.

Lembrava-se da imagem de Edward abraçando seu pai naquela manhã. Até chegar à banheira para checar o pulso da mãe de Edward um ano depois, ele não havia pensado muito em Edward. Lembrou-se dele de novo alguns anos mais tarde, quando soube que a irmã havia morrido de overdose de heroína, e nunca mais desde então.

Durante as últimas horas, ele falou com testemunhas e revisou as fitas do circuito interno de segurança do banco. Não há áudio, apenas vídeo. As imagens são nítidas, mas não o suficiente para realçar algum traço físico marcante dos assaltantes. É possível determinar a altura e às vezes o peso, mas nada além disso. Entretanto, não é qualquer pessoa que consegue assaltar um banco com sucesso, por isso certamente deve haver alguém no grupo com experiência. No mínimo, a metade tem uma ficha criminal de assalto à mão armada e, muito provavelmente, todos têm ficha por alguma coisa.

O próximo passo é falar com pessoas desse universo. Alguém em algum lugar tem que saber alguma coisa. De um jeito ou de outro, esses homens responderão pelo que fizeram.

Ele observa a espiral de fumaça subir noite afora por mais um momento antes de entrar no carro e dirigir de volta para o banco.

Capítulo 10

O enterro é na segunda-feira. O corpo de Jodie passou rapidamente pela fila de corpos da sexta-feira. Não tinham muito o que fazer com ela, a não ser tirar uma centena de fotos e proceder a uma caça por dentro dela em busca das balas. Talvez eles já as tenham embalado, já que o Natal está chegando. Talvez o diretor do cemitério a tenha liberado tão cedo porque vai passar o feriado na praia de Gold Coast, na Austrália. Seja qual for a razão de seu apuro, estou aliviado. Não chamaria de reconfortante a ideia de Jodie deitada sob a terra, mas é certamente melhor do que pensar nela cortada e exposta em uma cama fria de metal nas gavetas do necrotério do hospital.

Para o resto do mundo é uma segunda-feira como todas as outras. Os outros já não trabalham e o recesso escolar começou, deixando milhares de adolescentes sem supervisão, livres para beber cerveja e invadir casas para roubar TVs de tela plana e consoles de games. É verão, o mundo continua se movendo e as compras de Natal estão em pleno vapor, com tapetes de shoppings apinhados e pais brigando nas filas pelas melhores coisas. O sol brilha de forma esplêndida, é o tipo de dia que Jodie adoraria, tenho certeza, e, se ela tivesse a chance de escolher, talvez fosse o tipo de dia em que ela gostaria de ser enterrada. Meus ferimentos sumiram. O assalto ao banco ocorreu há três dias e todos os seis homens continuam soltos. Há carência de pessoal na polícia e há excesso de pessoal entre os criminosos. A balança está danificada e ninguém parece capaz de consertá-la. A quarta-feira seria meu último dia de trabalho antes de um recesso de duas semanas, para Jodie também. Em vez disso, ela vai passar o Natal em uma trama suja e, onde eu vou passar o Natal, só Deus sabe.

Tive que escolher um vestido para Jodie e também um caixão. Jamais quero ter que comprar um caixão de novo; modelos diferentes têm especificações diferentes, o gerente da funerária tentou de tudo para me fazer sentir culpado e acabar comprando um caixão superior, como se um caixão mais barato sugerisse para o mundo que eu odiava minha esposa. Os pais de Jodie se encarregaram das flores, do padre, da música, da igreja e de todo o resto. Há provavelmente milhares de coisas acontecendo ao meu redor e eu não percebo.

O cemitério fica afastado da cidade, em uma área onde há muitas árvores, não muitas casas, e onde um bando de gaivotas voa em círculos no céu neste momento. Em uma das laterais do cemitério, há uma igreja um pouco afastada, que foi abandonada depois que o padre foi assassinado lá, há quase seis meses, mas que reabriu para o Natal com a chegada de um novo pároco, o padre Jacob. A igreja tem uma daquelas raras histórias que poucas igrejas têm; a história em que ninguém morreu na construção dela. Ame ou odeie a religião, uma coisa é certa: ela é certamente a campeã em mortes. A religião ceifa mais vidas do que o câncer, coronárias e acidentes de carro juntos. Um cinturão de árvores forma uma barreira entre a igreja e as sepulturas mais próximas; duas foram derrubadas, deixando troncos frescos cercados de serragem e cascas formando uma saliência no solo; o sol flui pelo meio da abertura e atinge os vitrôs da igreja. Uma cerca de quase 2 metros feita de barras de ferro com teias de aranha e com a tinta descascada aumenta a distância entre o cemitério e a estrada. Lá fora, estacionadas em frente, há uma dúzia de vans sem ninguém dentro.

O padre Jacob tem uma voz grave e firme, a acústica da igreja ajuda a conferir profundidade a suas palavras, que para mim soam todas ocas. Ele está de pé em um púlpito a alguns metros de minha esposa e parece mais um mágico do que um padre, seu cabelo branco necessita de um corte, ele usa um traje que se poderia usar em uma festa de gala. Ele fala sobre Deus e o paraíso e eu não tenho muita certeza sobre o que eu penso dessas coisas neste momento. Meus avós que me criaram queriam que eu acreditasse em Deus, mas eles eram as mesmas pessoas por quem meu pai fora criado e olhe só no que ele se transformou. Quero acreditar em alguma coisa; significaria que Jodie está em um lugar melhor do que este mundo agora e ela só pode estar em um lugar melhor do que Christchurch. E quero acreditar em alguma coisa para poder tornar as coisas mais fáceis para Sam. Tenho pensado muito nisso nos últimos dias e acho que o que penso se resume a isto: quero crer em Deus, porém neste momento estou irritado demais com ele para fazê-lo.

Faz quase 35 graus lá fora, mas dentro da igreja é fresco e obviamente não sou só eu que acho isso. Há alguma coisa ruim neste lugar, talvez a mesma coisa ruim que fez com que o último padre fosse assassinado, talvez seja mesmo o fantasma do padre que ainda está por aqui e nos observa agora. Eu me pergunto se o padre Jacob sente isso, se ele se pergunta se será o próximo padre a ter um final sombrio.

Muitas pessoas aparecem. Não sabia que conhecia tantas pessoas. Há pessoas do meu trabalho. Há muitos do trabalho de Jodie também e, claro, já que não éramos bichos do mato, nossos amigos e familiares também estão aqui. Não consigo reconhecer algumas pessoas; há umas que não vejo há muito, muito tempo. Ninguém sabe muito bem o que dizer, exceto John Morgan, que aperta minha mão e me lembra de aparecer, quando puder, amanhã e quarta-feira, para terminar meu trabalho na conta da McClintoch. Sorrio para ele e penso em lhe arrumar um caixão também.

Não tenho família; meus avós, que criaram Belinda e eu depois que minha mãe morreu, já estão mortos. Meu avô morreu de ataque cardíaco, minha avó, não muito tempo depois, de complicações de uma pneumonia e, principalmente, de solidão. Mais do que qualquer outra pessoa, gostaria que Belinda estivesse aqui. Quando éramos pequenos, antes de prenderem o meu pai, Belinda fazia o máximo possível para fingir que eu não existia e, quando não conseguia fingir o suficiente para me fazer sumir da frente dela, ela me dirigia a palavra, se preciso, de má vontade. Quando descobrimos o que nosso pai tinha feito, ela falava comigo, porém suas palavras eram ainda mais duras. Quando encontramos nossa mãe morta na banheira, Belinda segurou minha mão e acariciou meu cabelo enquanto esperávamos a polícia chegar.

Naquele dia, ela disse que me amava e que tomaria conta de mim. Claro que nossos avós acabaram tomando conta de nós dois, mas foi uma verdadeira batalha para eles. Eles eram idosos e não tinham condições reais de nos sustentar, porém fizeram o melhor que podiam para evitar que terminássemos em um lar adotivo. Para Belinda, cuidar de mim era responsabilidade dela. Ela era quatro anos mais velha do que eu, uma irmã mais velha e uma mãe, tudo junto na mesma pessoa, mas à noite ela não era nenhuma das duas. À noite, ela sumia de casa e trabalhava nas ruas por dinheiro. Voltava para casa chorando, com os bolsos cheios de notas sujas, abraçava-me e me dizia que ia ficar tudo bem. No final, para ela, não estava tudo bem; ela odiava o que estava fazendo e a única forma de conviver com aquilo era enganando a dor e foi aí que as drogas a dominaram. Saiu da casa de meus avós aos 16 anos, mas voltava alguns dias durante a semana para me ver. Sempre me trazia alguma coisa. Podia ser um doce ou uma revistinha. Ela me ajudava com a lição de casa. Estava sempre limpa quando vinha me visitar, ou pelo menos sempre aparentava estar, mas às vezes tinha uns tremores, como se não tomasse uma dose há dias. Meus avós eram de outra geração, portanto não entendiam o que acontecia, e eu era jovem demais para saber o que causava os tremores.

Então houve uma semana em que ela não apareceu. E mais outra semana se passou. Afinal, vieram os tiras. Foi como se aquela manhã de quarta-feira se repetisse. Eles estacionaram na rua e bateram na porta e minha vida mudou da mesma maneira que havia mudado todas as outras vezes em que eu os vi.

Sam recebe milhares de abraços, quase todos terminam com a outra pessoa chorando. Sam se tornou insensível às lágrimas. Está adorável em seu vestidinho preto e, cada vez que olho para ela, me dá vontade de chorar. Ela sabe o que está acontecendo e ao mesmo tempo não sabe. Contamos para ela que a mamãe foi para o céu, porém ela perguntou algumas vezes se a mamãe estará aqui para o Natal. Queria poder cancelar o Natal. Odeio a ideia de que o resto da cidade tem alguma coisa para desfrutar.

O caixão de Jodie está coberto de flores. Quase toda a igreja também. O contador dentro de mim se pergunta quanto tudo isso custa e pensa como a morte deve ser o negócio mais lucrativo do mundo, já que todos nós vamos chegar lá, mais cedo ou mais tarde. O pai dentro de mim segura firme a mão de Sam todo o tempo, busca forças nela. O homem dentro de mim sofre, grita por dentro, morre por dentro, está confuso e não sabe o que seu futuro lhe reserva. A cerimônia religiosa dura uma hora. As pessoas saem e dizem que estava legal, mas não é a palavra que eu usaria. Não sei qual seria. Certamente não seria legal. Devastadora poderia ser melhor. Confusa também funcionaria. Legal parece banalizar o fato.

Seis pessoas carregam o caixão de Jodie para fora. O pai dela, os dois irmãos e três amigos. Seus rostos estão contorcidos, mas não acredito que seja uma consequência do peso do caixão. Os irmãos dela tiveram que vir de várias partes do país e amanhã viajarão de volta. Mantenho a mão de Sam firme junto da minha enquanto caminhamos atrás deles. Sam agarra firme seu ursinho de pelúcia com a outra mão. O caixão novo em folha brilha, certamente não estará assim em algumas horas. Imagino qual será o peso dele, que porcentagem do seu peso é da minha mulher.

Chegamos ao carro fúnebre. É brilhante e escuro, enquanto a morte é pálida e sombria. A porta traseira está aberta, espera por ela, espera que os homens deslizem minha esposa lá para dentro como se fossem funcionários de uma empresa de mudança. A porta se fecha e todos ficam parados por um minuto ou dois, sem muita certeza do que fazer em seguida até que todos se dão conta, é o carro fúnebre. Todos dirigem em fila, com os faróis acesos, Jodie nos guia. Uma estrada sinuosa de cerca de um quilômetro separa a igreja e o novo lar de Jodie; assim, a viagem é curta e não sei bem por que ninguém foi a pé. Encontramos os ocupantes das vans vazias da imprensa a cerca de trinta metros da sepultura, alguns com câmeras afixadas sobre tripés, outros com câmeras sobre os ombros. Essa gente não tem nenhum respeito por Jodie, ou por Sam, ou por mim e absolutamente nenhum respeito pela situação. Não ligam para nossa perda, ligam apenas para seus números de audiência, e de uma coisa eu tenho certeza neste mundo: um dia, essas pessoas se tornarão vítimas de suas histórias. Um dia, alguém, quem sabe o filho de outro serial killer, vai abater esses urubus, um por um.

Mas esse dia será no futuro, hoje Sam é a neta de um serial killer, filha de uma vítima de assassinato, e a mídia já começa a especular sobre ela também. Dizem que ela é fofa e adorável, que a perda dela é trágica e se perguntam que tipo de mulher ela vai se tornar no futuro - a vida dela agora tem uma mancha sombria e junto com os genes que tem... Querem saber no que ela vai se transformar.

Os mesmos homens que carregaram Jodie para dentro do carro fúnebre vão até lá para descarregá-la. Minha mulher se tornou uma carga e sua viagem final está prestes a começar. Eles a deslocam do carro fúnebre para o túmulo, descendo-a através de uma espécie de estranha estrutura, dotada de um sistema de cordas, erguida sobre a sepultura. Padre Jacob pensa no que mais pode acrescentar e então, exatamente às 15h27 de uma tarde de segunda-feira, as cordas se movem e minha mulher é levada ao fundo da sepultura. Os seis homens que a carregaram estão em silêncio no meio da multidão e sofrem; enquanto isso, os seis homens que fizeram isso com ela gastam seu dinheiro nas ruas de Christchurch e aproveitam o lindo dia de verão.

Capítulo 11

O gerente do banco é enterrado no mesmo dia em um cemitério diferente. Não coincidimos os eventos e não oferecemos uma grande cerimônia "dois em um"; se o fizéssemos, talvez tivéssemos economizado dinheiro e facilitado para a mídia, já que assim poderiam economizar gasolina.

Despejamos punhados de terra sobre o caixão. É uma tradição que eu nunca entendi direito. Fiz isso quatro vezes no passado: minha mãe, minha irmã e meus dois avós. Agora, minha esposa. Nunca mais quero ter que fazer isso de novo.

O restante da terra está escondido sob um pedaço de lona cor de grama, outra tradição que não consigo entender. Será que eles estão achando que a terra irá cimentar a realidade de alguma maneira que minha esposa, coberta de sangue, a organização do velório e o caixão não conseguiram? Não sei. Talvez as tradições ajudem as pessoas a suportar a vida.

Sam apanha um pequeno punhado de terra e o salpica por sobre o caixão. Não pergunta por quê. Na verdade, ela não perguntou absolutamente nada hoje; fez o que lhe disseram para fazer, seguiu-me serenamente o dia todo, desde que acordamos esta manhã.

Depois do funeral, todos se dirigem à casa dos pais de Jodie. Olho para as ruas, vejo as pessoas e tenho vontade de deixar esta cidade – e gostaria de ter feito isso há muitos anos. O trânsito no Natal diminui nossa velocidade, mesmo às 16 horas de uma segunda-feira. As mães levam seus filhos ao futebol em utilitários esportivos e se dirigem aos shoppings.

Há cerca de trinta carros estacionados na rua dos meus sogros e apenas dois carros da imprensa. Tenho que estacionar a dois quarteirões de distância. A distração ocorre enquanto dirijo: vejo um carro pronto para ultrapassar o sinal vermelho e freio, evito a colisão, aquele momento passa e então Jodie invade meus pensamentos com tal brutalidade que quase não consigo conter o choro. Meus dias são preenchidos dessa forma, a memória da perda dela me impactando continuamente, na tentativa de me despedaçar. Ou talvez não mais tentativa, talvez com êxito.

O estranho comida/velório acontece agora. Mais uma tradição. Foi assim também quando minha mãe e irmã morreram, meus avós cozinharam milhares de salgadinhos de salsicha para os convidados, abriram garrafas de limonada e suco de uva, engolindo a comida e a dor, compartilhando histórias. Há tantas pessoas na casa que quase não sobra espaço para mais nada além das pessoas em pé; mesmo assim, abrem caminho para mim e para Sam, e eu a levo através da sala em direção à varanda, no sol. Digo para ela ir brincar na casinha dela, mas ela não quer. Quer segurar minha mão, e eu acho isso bom. Vez ou outra, durante a tarde, ela sorri para mim e é como se tivesse algum segredo que eu ignoro. Ela pensa que a mãe voltará.

"A mamãe é um fantasma", ela disse enquanto Jodie se escondia sob os lençóis no dia em que morreu.

Um por um, os convidados desaparecem. Recebo apertos de mão e abraços e palavras de condolência – nada disso me faz sentir melhor. Colocaria qualquer uma dessas pessoas debaixo da terra se isso trouxesse Jodie de volta.

No final, ficam apenas os familiares, nenhum deles é meu familiar, a não ser a minha filha. São familiares da Jodie e, por mais que eu queira ir embora e nunca mais voltar a vê-los, não posso. Nada disso é culpa deles. Nada disso é culpa minha. Acho que é um tipo de coisa. Isso é o que um assassinato significa nos dias de hoje: só um tipo de coisa que acontece. Acostume-se, aprenda a lidar com isso e siga em frente.

Sam finalmente foi brincar na casinha de bonecas que Nat construiu para ela uns dois anos atrás. Nat trabalhou como construtor por vinte anos e nos últimos dez mantém uma loja de ferramentas. Estou sentado na varanda observando minha filha, quando ele aparece e me oferece uma cerveja. O paletó já se foi, as mangas estão dobradas e a gravata está torta. Ele tem braços longos com pelos brancos e longos e mãos grandes que ele usa para tirar a tampa da cerveja. De repente percebo que, por mais difícil que seja para mim, talvez seja ainda mais difícil para ele.

– Que dia infernal – diz Nat, sentando-se ao meu lado na mesa construída por ele a partir de uma porta.

– É.

– Grande cerimônia. Os caras fizeram... um ótimo trabalho – ele diz, talvez reconhecendo que suas palavras soam vazias. – Percebeu como as pessoas saíram de lá dizendo que a cerimônia estava bonita? Não sei que diabo elas querem dizer com isso. Quer dizer, acho que sei o que querem dizer e provavelmente eu já tenha dito a mesma coisa em outros enterros. Mas as palavras não se encaixam. Isso faz algum sentido?

– Faz.

– Chego à conclusão de que as pessoas não tem escolha, certo? Quer dizer, o que mais as pessoas vão dizer na saída? Que foi uma porcaria de cerimônia? Que foi horrível? Que se divertiram muito? Acho que isso é tudo o que as pessoas podem dizer.

– Acho que sim.

Ele leva a garrafa até os lábios e bebe um longo gole.

– Eles vão pegar aqueles desgraçados – diz ele. – Queria ter a chance de ficar sozinho em uma sala com eles, um de cada vez. Queria... Ah, que droga. Às vezes acho que estou sonhando.

– Eu sei.

Sam acena para nós e volta para seu mundo, conversando com os bichinhos de pelúcia, talvez lhes conte como a cerimônia estava legal. "A mamãe é um fantasma." É, talvez ela converse com Jodie também.

– Você deve se sentir assim também, não é? Se você pudesse pôr as mãos naquela gente?

Adoraria. As palavras não saem, ainda bem, e nem mesmo são minhas palavras. Não sei bem de quem são.

– Eu os mataria – respondo, certo de que é isso o que ele quer ouvir, e me pergunto se ele pensa realmente que eu seria capaz. Talvez ele espere que sim.

– Vai ser duro cuidar dela sozinho.

– Eu sei.

– Mas você é um bom rapaz – ele diz. – Vai se sair bem. Sei disso. E, bem, você pode sempre contar conosco.

Abro minha cerveja e sorvo um longo gole, para não ter que dizer nada.

– Sei que sempre achou que não gostávamos muito de você. E sei por que você acha isso. E eu admito, no início, fiquei preocupado quando Jodie disse que o estava namorando e quem era seu pai. Droga, não pense que não sabíamos que não era justo pensar assim, quer dizer, somos boa gente, não temos preconceitos contra ninguém. Não importa quem seja, se a pessoa for boa conosco, gostamos dela. Pode ser qualquer um, mas que droga, até um gay, mas, bem, você nunca imagina que sua filha vai crescer e estar com alguém cujo pai é um serial killer. E antes que você nos julgue por isso...

– Não os julgo. Eu entendo. Convivi com isso a vida toda.

– Sei que conviveu, meu filho, e você não merece isso. Mas as coisas são como são e você vai ter a chance de viver isso daqui a dez anos ou mais, quando a Sam tiver idade para namorar. Verdade seja dita, acho que ficaríamos temerosos, não importa quem Jodie trouxesse para casa. Foi difícil aceitar, com o passado do seu pai e tudo o mais, mas quero que você saiba que temos muito orgulho de você, que o amamos e que sabemos que você fez a Jodie muito feliz, que temos uma neta que significa tudo para nós. Não teríamos aquela garotinha preciosa se você não tivesse conhecido nossa Jodie.

Tomo outro gole de cerveja e tento acompanhar seu processo de raciocínio, pergunto-me se ele escolheu as palavras especificamente e torço para que não tenha escolhido. Ele diz que eles não teriam a Sam se não fosse por mim. Mas ele também diz que eles ainda teriam Jodie.

– Queria que você soubesse que acreditamos muito em você – ele diz. – E que, bem, não o culpamos pelo que aconteceu. Sabemos que... que você interferiu, que tentou evitar que aquela mulher levasse um tiro.

– Jodie ainda estaria viva se eu não tivesse tentado.

Ele não responde coisa alguma por uns vinte segundos. Apenas fica concentrado em sua cerveja. Limpa a boca e se volta para mim.

– Eu sei – ele diz. – Não pense que eu não sei disso. E uma parte de mim, uma parte de mim sente raiva de você por isso. Uma parte de mim acha que, se você tivesse ficado de boca calada, nada disso estaria acontecendo.

– Eu...

– Deixe-me terminar.

– Mas...

– Por favor – ele diz e ergue sua mão. – Você fez a coisa certa. Eu, naquela situação, não sei o que teria feito. Talvez nada. Muito provavelmente, teria sido um covarde e teria deixado aquela mulher levar um tiro. Mas você se levantou e reagiu. Não sabia que estava arriscando a vida de Jodie. Até onde você sabia, era a sua vida que você estava arriscando. Você fez uma coisa boa, mas uma parte de mim vai sempre odiá-lo por isso, Eddie, e eu não posso evitar.

– Eu entendo. Uma grande parte de mim... Droga! Tudo em mim também me odeia por isso.

– Eu sei. Coloque em uma balança, distribua um pouco a responsabilidade e... Que merda, Eddie, não foi culpa sua. Foram aqueles homens que invadiram o banco. Eles são os responsáveis. Não você. E queremos que você saiba que confiamos muito em você. Você tem que cuidar daquela garotinha. Você tem que abrir mão de tudo o que puder para criá-la direito. E, haja o que houver, ela sempre poderá contar conosco. E você também pode. Lembre-se disso, Eddie. Lembre-se disso e vai dar tudo certo.

Ele põe sua mão em meu ombro, cálida e reconfortante. Por um milésimo de segundo, acredito nele e acho que tudo vai ficar bem. Bebo outro gole de cerveja.

Está em seu sangue.

– O quê? – pergunto.

– Eu disse que vai dar tudo certo.

– Não, depois disso. Você disse outra coisa depois disso.

– Não, tenho certeza de que não disse nada.

De repente, também tenho certeza de que ele não disse nada mesmo. "Está em seu sangue." É a mesma voz que eu ouvi antes, a voz que me disse que eu teria notícias em breve e agora a reconheço. Já faz quase vinte anos, mas é a voz que me falava quando eu era criança e o cachorro não parava de latir. É a voz do monstro do meu pai, ela me encontrou de novo; encontrou-me duas vezes quando eu tinha 9 anos e agora me encontrou novamente.

Capítulo 12

Está escuro quando chego em casa. A Lua crescente lança uma luz branca sobre a casa, reflete-se nas janelas da frente e confere um aspecto muito vazio a casa. Estaciono o carro na calçada e não enfrento problemas para colocá-lo dentro da garagem. O carro de Jodie ainda está estacionado na cidade perto do trabalho dela e pode ficar lá um pouco mais. Apanho a correspondência e levo Sam para dentro. A casa nova iria ter uma garagem contígua. Era algo que nós dois desejávamos, por causa dos invernos rigorosos de Christchurch.

Jodie não precisa mais se preocupar com isso agora, precisa?

– Cale a boca – sussurro.

– O quê, papai? – Sam pergunta com voz sonolenta e os olhos semicerrados.

– Nada, querida – respondo e a carrego para dentro.

A casa ficou mais arrumada nos últimos dias, principalmente porque me encontrei vagando pelos cômodos, sem nunca saber ao certo o que fazer. Às vezes, passava horas na frente da TV, assistia ao noticiário e olhava seja lá o que estivesse passando. Outras vezes, ficava na internet e pesquisava novidades sobre o caso. Muitas vezes, chegavam visitas. Sam quase sempre ficava no seu canto. Mogo aparecia para ganhar comida e só. Esporadicamente, eu limpava a casa, às vezes limpava o mesmo cômodo apenas uma hora após a última vez que o havia limpado. Brincava com Sam. Assistíamos à TV juntos. Sentávamos lá fora juntos. Foi difícil.

Carrego Sam até o quarto dela. Procuro um lampejo de minha esposa, uma sombra, um movimento em algum lugar, algo que me mostre que, de alguma forma, ela ainda está aqui. Deito Sam na cama dela, cheia de personagens da Disney estampados na colcha. Ela voltou a dormir. Coloco o pijama nela. Ela acorda um pouco, porém está cansada demais para ajudar.

Pego uma cerveja na geladeira. Não comprei nenhuma delas, mas, como os amigos aparecem no sábado para dividir sua dor comigo, as mulheres trouxeram vinho, os homens, cerveja. No início, achei que teria cerveja para o resto da vida, mas agora não tenho tanta certeza. Acho que há o suficiente para apenas mais uns dias. Ajeito-me na frente da TV e espero o noticiário começar. O assalto ao banco, os enterros não são mais dignos de manchetes. A matéria principal é sobre uma mulher de 27 anos que, em um estacionamento de um shopping center, dirigiu-se a um carro com a cor idêntica e o modelo quase idêntico ao dela, supondo ser o próprio carro. O dono, ao avistá-la colocando a chave no carro dele, correu até ela e a empurrou com tanta força que ela caiu, bateu com a cabeça na calçada e foi declarada morta no local. A segunda matéria é sobre a capotagem de um caminhão que possibilitou a fuga de algumas dúzias de ovelhas para uma notória estrada no norte da ilha. Ninguém morreu. Então, entram os funerais, trechos dos dois em uma montagem com uma música clássica triste tocando ao fundo, como se fosse o trailer de um filme. Os caixões têm cores e estilos diferentes e todos estão vestidos com elegância. Minha filha recebe uma atenção especial – somos mostrados seguindo o caixão. A outra filha, com três vezes a idade de Sam, segue o outro caixão. Então, no final da matéria, uma breve reportagem informa que os homens não foram ainda capturados e que qualquer pessoa do público que tiver informações sobre o paradeiro deles deve telefonar para os números que aparecem no vídeo.

Termino a cerveja e pego outra. Abro a correspondência. Há duas cartas do banco. A primeira é breve.

Caro senhor Edward Hunter:

Neste que deve ser um momento muito difícil para o senhor e sua família, nós, do Banco South Pacific, gostaríamos de apresentar nossas mais sinceras condolências pelo falecimento de sua esposa. Esse trágico incidente que ocorreu na frente do banco comoveu toda a equipe e, desnecessário dizer, o senhor e sua família permanecerão em nossos pensamentos e em nossas preces.

Sinceramente,
Dean Wellington

Leio a carta algumas vezes, observando as palavras que Dean Wellington utilizou. Ele conseguiu resumir todo o assassinato de minha esposa a um "incidente" e expressar todo seu horror em dois parágrafos. Imagino que ele tenha usado especificamente as palavras "na frente do banco" na esperança de que isso o absolverá de qualquer responsabilidade que a filial tenha em relação ao que aconteceu.

A segunda carta não é tão breve. É obviamente uma carta-padrão com um rabisco de uma assinatura na parte inferior. Foi enviada como carta registrada de Auckland, o que significa que eles devem ter estudado nosso pedido de empréstimo horas após a morte de Jodie.

Senhor Edward Hunter:

Infelizmente, como é de seu conhecimento, o mercado imobiliário mostra-se extremamente volátil no período atual, o que nos obriga a adotar critérios mais restritos para a concessão de empréstimos para aquisição de imóveis.
Baseados nesses critérios, vemo-nos impossibilitados de aprovar seu empréstimo nesta oportunidade.

Continuo a leitura. A carta continua por mais uma página, listando alguns dos critérios nos quais eu não mais me encaixo. Afinal, passo os olhos pelos detalhes e vou direto para o final.

Como o mercado encontra-se em constante estado de mudança, ficaremos felizes em rever esta decisão em uma oportunidade futura. Por enquanto, esperamos poder continuar a auxiliá-lo em todas as suas necessidades bancárias.

Sinceramente,
Katie Hughes

Leio a carta uma segunda vez, enquanto termino minha segunda cerveja, a raiva queima dentro de mim sem, no entanto, nenhum tipo de incredulidade. Katie Hughes deve ter digitado essa carta muito rápido mesmo. Confiro o carimbo e vejo que foi postada no sábado. Imagino que Hughes ou Wellington passaram uma tarde de sexta-feira dispendiosa com advogados para ver onde eles ficavam no meio de todo esse "incidente". Termino a terceira cerveja enquanto folheio as páginas do guia telefônico.

Não sei ao certo por que faço isso, mas procuro o nome de Dean Wellington e anoto seu endereço antes de tomar o último gole da terceira cerveja e decido que talvez seja hora de ir para a cama.

Capítulo 13

Eu desperto e tudo está como deveria. Minha esposa está viva. Compramos a casa nova. Sam é Sam e Mogo continua sendo o Mogo. E logo esses pensamentos ficam nebulosos, meu quarto vai se distinguindo e Jodie não está do meu lado na cama. Estico meu braço e o lado dela está frio, intocado, e tudo volta como uma avalanche, como aconteceu ontem de manhã e em todas as manhãs desde o... Por alguma razão, a palavra acidente me vem à cabeça, mas essa palavra não é exata. Desde o quê?

A execução, diz a voz e eu concordo, ainda que Dean Wellington considere um incidente.

Já passa das 8 horas. Normalmente, Sam estaria vendo TV e fazendo bagunça a esta hora, mas nesta manhã ela ainda dorme. Nos últimos dias...

Desde a execução...

Nos últimos dias, desde a execução, ela tem dormido até mais tarde.

Sento-me na varanda e como cereal direto do pacote. O sol da manhã de terça-feira sobe lentamente pelo céu. Há um caminhão e uma grua na rua a cerca de uma quadra daqui, motores e motosserras fazem bastante barulho enquanto podam os galhos mais altos das árvores, para que não mais sejam uma ameaça aos fios da rede elétrica. Minha cabeça está levemente confusa e minha boca, azeda, como se eu tivesse passado a noite lambendo o tapete. O cereal está seco e gruda no céu da boca. Penso no trabalho e na conta sobre a qual eu deveria estar trabalhando e imagino que não ir lá hoje e não estar mais nem aí para isso significa que eu não tenho mais um emprego.

Penso em que tipo de carta Dean Wellington enviaria se soubesse que, de uma renda, estou passando a nenhuma.

O telefone toca e me dirijo para dentro de casa, quero evitar que Sam acorde.

– Jack?

A voz soa familiar, como quando sintonizamos uma rádio e ouvimos uma música que não escutamos há vinte anos, mas sabemos como ela continua. Quando escutamos aquela música, nossa mente se agita e nos leva de volta para o momento em que a escutamos pela última vez, os cheiros, os sons, a visão, estão todos ali.

– Quem é? – pergunto e me lembro das algemas, da polícia, do sorriso em seu rosto quando me observava do banco de trás da viatura policial. Lembro-me do cachorro, do peso da carne no saco plástico. Sinto a luz do sol fria, meu uniforme da escola, minha mãe segurando minha mão e a mão de Belinda. Lembro-me dos vizinhos saindo de suas casas, das mulheres cobrindo a boca com as mãos, em choque, dos homens balançando a cabeça, da longa fila de viaturas, de dúzias de tiras, comparecendo em batalhão, como se viessem prender um pequeno exército. Lembro-me dos carros da imprensa, dos fotógrafos.

– Jack, sou eu, seu pai.

Não digo uma palavra. A cozinha desaparece, o mundo desaparece, tudo se extingue no momento em que a porta da casa de minha infância aparece, os policiais, a repulsa em suas caras. É claro que aquela casa de minha infância já se foi há muito tempo. Cerca de dois meses depois da morte de minha mãe, quando Belinda e eu morávamos na casa de nossos avós, alguém foi até lá e ateou fogo na casa. Ninguém foi preso. Sempre pensei que talvez Belinda fosse a responsável por aquilo, mas podia ter sido qualquer pessoa. Meu pai machucou muitas pessoas.

– Estou ligando para...

– Pouco me importa por que você está ligando – eu digo e, por alguma razão, por alguma razão bizarra do tipo merda-dê-o-fora-daqui, não desligo o telefone.

– Estou ligando para dizer que eu sinto muito.

Deixo essa frase suspensa e ele aguarda pacientemente. Acho que meu pai está acostumado a ser paciente.

– Você teve vinte anos para se desculpar – eu digo. – De qualquer maneira, não é para mim que você precisa dizer isso, e você não poderia ter escolhido um momento pior para fazê-lo.

– Não... Não é sobre o passado, Jack. Estou telefonando para dizer que lamento pelo que aconteceu para Jodie. Gostaria que tivesse sido diferente. Para ela. Para você. Para todo mundo.

– Como diabos você sabe sobre a Jodie? – pergunto. – Como é que você pode saber qualquer merda sobre mim ou a Jodie?

– Não estou preso na Lua, Jack.

– Não me chame assim.

– O quê?

– Jack. Não me chame de Jack.

– Oh... Como devo chamá-lo?

– Não me chame de nada. Que diabos você quer? Está ligando para dizer que você sabe como é perder alguém? Como você perdeu a mãe e a Belinda?

– Sei que está zangado comigo.

– Não. Como é que eu posso estar zangado com você? Você sempre me apoiou, um verdadeiro modelo de pai.

– Jack...

– O que você quer, pai? – pergunto e imediatamente me causa repulsa a maneira com que a palavra pai parece confortável em minha boca.

Tenho 9 anos de idade novamente. A foto que propagandeou ao mundo que eu era o filho de um serial killer dispara em minha mente. A memória se torna preta e branca como a fotografia. Estou abraçado ao meu pai, a polícia o está levando e minha mãe tenta nos separar, lágrimas em preto e branco me escorrem pela face preta e branca. Os policiais não foram amigáveis conosco. Nenhum deles queria me tocar ou me desvencilhar de meu pai, como se temessem que o gene, que estavam certos de que eu herdara, fosse contaminá-los, fosse pular de mim para suas mãos e adentrar sua pele; fosse lhes dizer coisas horríveis e os faria engolir o cabo da arma deles após um dia de trabalho longo e cansativo. Olharam para minha mãe, para minha irmã e para mim com um ódio irrefreável, tinham certeza de que tínhamos participado da ação, de que meu pai tinha trazido as prostitutas para casa nas férias, que nós havíamos nos revezado, matando-as aos poucos, estuprando-as, refestelando-nos em todo aquele sangue, o filho e a filha cometendo os pecados da mãe e do pai.

– Quero vê-lo – meu pai diz e me arranca da rememoração.

Meu sangue fervilha, não por causa de seu pedido, mas da inquestionável consciência de que, sim, vou vê-lo.

– Não posso.

– Pode, sim.

– Estou ocupado.

– É importante.

– Ser pai é importante. Não matar onze mulheres é importante. Você preso é importante.

– Ainda sou seu pai. Isso você não pode negar, por mais que você queira, mas...

– Mas eu nego.

– Lamento que as coisas tenham terminado desse jeito.

– Do jeito que você fala, parece até que tinha outros planos. Quantas mais teriam morrido, pai? Outra dúzia?

– Podemos falar sobre isso quando você vier aqui.

– Vá para o inferno – eu respondo.

– Já estou nele – ele diz. – Por favor, filho, é importante que eu o veja – ele diz e desliga.

Fico indignado com a arrogância dele ao me deixar esperando no telefone. Eu me apavoro com a ideia de ir vê-lo, ainda que esteja curioso também e, talvez, só um pouquinho animado.

– Quem era no telefone, papai? – Sam pergunta.

Não sabia que ela estava na cozinha. Volto-me para ela. Ainda está de pijama, o ursinho de pelúcia enfiado debaixo do braço e pela primeira vez me dou conta de que ela poucas vezes largou esse ursinho desde que a mãe morreu. O nome do urso é Senhor Fofo, eu o comprei para a Sam em seu primeiro aniversário. O urso foi bem tratado ao longo dos últimos cinco anos e meio desde então, mas está esfarrapado nas extremidades e encardido em algumas partes e, se perguntarem a ele, provavelmente dirá que está pronto para a aposentadoria.

– Não era ninguém.

– Você disse pai.

– Você deve ter ouvido errado – respondo e sei que é uma pequena mentira, mas dói como uma grande.

– Você disse. Eu ouvi.

– Desculpe, querida, você tem razão. Eu disse mesmo pai.

– Eu irei morar com eles?

– O quê?

– Vovô Nat e a vovó – ela diz, pois acha que era com eles que eu falava.

– Por que você diz isso?

– Não sei. A mamãe se foi e eu pensei que talvez você pudesse querer uma nova família agora.

– Alguém disse isso para você? – eu pergunto imediatamente ficando...

Faça-os sofrer!

... bravo com meus sogros por envenenarem a mente dela dessa forma. Mantenho minha voz calma, baixa e amigável, como uma canção, como quando o gato senta na porta e tento convencê-lo a entrar.

– Não, ninguém me disse nada. Mas na TV às vezes é isso o que acontece. Foi por isso que a mamãe foi embora? Por que ela não queria mais ficar comigo?

– Claro que não, meu amor – digo e me abaixo na frente dela. – A mamãe a ama muito, eu sei que...

– Você está com o mesmo cheiro do professor de arte – Sam diz, me interrompendo.

– Hã?

– Depois do almoço, às vezes, quando a gente tem artes. Ele usa o mesmo perfume.

Sorrio. Cerveja para o papai, nunca mais.

– Dê um abraço aqui no papai e vá tomar seu café. Vou deixá-la na casa do vovô Nat e da vovó um pouquinho. Preciso ver uma pessoa, mas prometo que não vou demorar. Amo você, querida.

– Não quero cereal – ela diz.

– Você pode comer o que quiser – eu lhe digo, o que é um erro, já que, trinta minutos depois, estamos sentados em um McDonald's.

O dia está ficando mais quente e eu só penso no meu pai e no que será que ele quer me dizer.

Capítulo 14

A imprensa chamava meu pai de "Jack, o caçador". Tentaram essa perspectiva e pareceram muito contentes com a simetria sugerida. Ele era um Jack, o estripador, moderno, com um nome quase perfeito, o melhor, na verdade, a menos que no final do século 19 o verdadeiro nome do assassino fosse Jack Ripper.

Antes de ser preso, não havia um nome para ele. Não havia muito interesse também. Uma prostituta desaparecia e ninguém se importava. Outra desaparecia dois, três ou quatro anos mais tarde e ninguém buscava uma ligação. Então, algumas apareceram. Alguém, em algum lugar, percebeu que as prostitutas, durante um período de vinte e cinco anos, haviam morrido de uma forma muito cruel e parecida. A imprensa deu a notícia para todo o país, mas não tinha um nome envolvente. Chamavam-no de o "Assassino de Prostitutas" e as matérias eram curtas e fáceis de passar despercebidas. Aí veio a prisão, vieram as estatísticas, a ligação com um nome na história do outro lado do mundo e meu pai se tornou o pior tipo de celebridade.

Nunca visitei meu pai. Podemos compartilhar o mesmo DNA, porém é só isso. Passei nove anos da minha vida como Jack Junior antes de começar a usar meu segundo nome. Às vezes, quando eu aprontava em casa, minha mãe me chamava de Jack Filho. Ela me chamava assim quando queria que meu pai lidasse comigo. Eu era o filho dele e responsabilidade dele, como quando fui reprovado em uma matéria na escola ou quando cortei o cabelo da boneca preferida da minha irmã. Belinda me chamava de Jacky no período anterior à mudança em nossas vidas e me dizia que eu parecia uma garotinha.

Minha última lembrança de meu pai é aquele sorriso acanhado, humilde, ostentado para mim do banco traseiro da viatura policial, a cabeça dele virada para nós, sem o menor traço de vergonha em seu semblante, quase um olhar de alívio, de certa forma, como se ele não precisasse mais esconder quem realmente era.

Eu o vi algumas vezes desde então, mas apenas na TV e nos jornais. Ninguém conseguiu fotografá-lo em dezoito anos, desde que foi fotografado dúzias de vezes sendo conduzido da traseira do veículo para a escadaria dos fundos do tribunal. A única razão pela qual eu sabia que ele ainda estava vivo era não ter recebido nenhum telefonema me informando o contrário.

Não sei se deveria ligar antes ou simplesmente aparecer, mas, assim que deixo Sam na casa dos avós, uso meu celular, ligo para o serviço de informações e peço o número. Um minuto depois, estou na linha com o departamento de visitas. Peço indicações de como chegar lá e as comparo com um mapa que está uns dez anos desatualizado, mas serve.

É uma viagem de trinta minutos de carro, partindo da casa de meus sogros. Pego um atalho atrás do aeroporto onde as estradas são mais estreitas, porém com um limite de velocidade mais alto. Há carros estacionados nas laterais do aeroporto, com os para-brisas voltados para a pista do outro lado da cerca de arame, as pessoas dentro deles assistem aos aviões irem e virem por horas a fio. Rumo para uma rodovia circundada por cercados, as margens da estrada são guarnecidas por pinheiros e flores silvestres. Há enormes torres de energia que crescem nos campos e encolhem com a distância. As marcas de sinalização no asfalto foram desbotadas pela ação do sol e desgastadas pelo tráfego constante de veículos. Caixas de correspondência chamam atenção a cada quilômetro onde estradas de cascalho se desprendem sinuosamente da rodovia entre campos de tojo em direção a vultuosas casas de campo, lá construídas para apanharem sol.

A prisão fica escondida da vista atrás de campos de árvores, bem distante dos lares que os fugitivos visitariam em minutos após a fuga. O complexo prisional é uma combinação de diversos edifícios, diversas alas, todos construídos com blocos de concreto, interligados por mais blocos de concreto, o lugar todo tem um aspecto industrial, como se dentro dele houvesse não condenados, mas homens soldando aço e criando o mecanismo que faz a cidade funcionar. Para todo lado que se olhe, há apenas concreto e aço, além de muito arame; uma quantidade razoável de arame farpado combinando com o aspecto do lugar. O topo de duas torres de vigilância nos cantos abriga homens desarmados que observam o pátio, prontos para soar o alarme ao menor sinal de problema. Atrás de tudo, esqueletos gigantes de guindaste trabalham, a poeira provocada pelo equipamento pesado se dispersa no ar. O barulho dos motores de escavadeiras e de betoneiras pode ser ouvido a milhas dali. Há um anexo extenso com andaimes erguidos próximos às extremidades onde homens trabalham em sua ampliação, homens grandes e robustos cobertos de graxa e suor. Provavelmente todos moram dentro dos muros que estão construindo.

A entrada dos visitantes é muito mais moderna, como a entrada de um hotel de três estrelas. Há portas de vidro grandes que parecem se abrir para um salão bem mobiliado. A coisa toda tem a aparência fresca de reformas e eu especulo sobre a lógica por trás disso. Não imagino como era sua aparência no passado, mas nos últimos anos viram uma série de acessórios e atualizações para acomodar os criminosos novos e ambiciosos que esta cidade vem produzindo. Parte da área dos campos abertos dessa região já foi zoneada para mais edificações, mais celas, mais detentos, e a área imediatamente próxima terá o mesmo destino. Recentemente, houve editoriais nos jornais que sugeriam que construíssem um muro de concreto ao redor da cidade de Christchurch para economizar tempo; alguns diziam até que deveríamos seguir o caminho indicado na Bíblia e encher esses muros de água. Nunca os levei a sério. Nunca acreditei que Christchurch fosse um lugar tão horrível, agora sei que é pior.

Há um jardim bem cuidado com um suntuoso gramado que leva até as portas de vidro. Não estou certo quanto à imagem que eles querem passar com tudo isso, porém a coisa toda parece muito corporativa. As portas se abrem e tem ar-condicionado no interior, o que é um alívio, já que no asfalto do estacionamento deve estar uns 40 graus. Uma mulher me olha de trás do balcão da recepção, uma chapa de acrílico a separa de mim. Há dois homens lá dentro com ela. Três câmeras de segurança me vigiam de ângulos diferentes.

– Pois não, senhor?

Aqui parece um banco: grandes vasos de plantas, cadeiras espalhadas, o balcão com uma mulher sorridente. Se seis homens armados invadissem esta sala, acho que não iriam muito longe. Pela centésima vez hoje, pergunto-me onde estão aqueles caras e sei que eles estão tão longe deste presídio quanto se pode estar.

– Senhor?

A entrada dos visitantes até pode ser fresca e amigável, mas a mulher atrás da mesa não é. Ela tem uns 40 anos e um certo olhar glacial que assustaria metade dos encarcerados.

– Ah, sim, eu vim visitar uma pessoa.

– Nome?

– O meu ou o dele?

– Os dois.

– Ah, eu sou Jack Hunter – digo, mesmo odiando o som desse nome, mas estou dizendo esse nome porque sei que é o que meu pai deve ter dado. – Meu pai é...

– Jack, o caçador – ela completa e recua, muito pouco, mas o suficiente para eu reparar. – Espere um momento – ela diz e aciona o interfone, chamando um dos guardas. – Sente-se.

Eu obedeço a fim de evitar que ela se levante e me obrigue a sentar.

Em alguns minutos, o guarda aparece. É mais velho do que eu e muito maior também, mal pode esperar que eu faça alguma coisa errada.

– Por aqui – ele diz e eu o sigo.

– É proibido tocar – ele explica. – É proibido gritar. É proibido passar objetos. Isso é tudo que você precisa saber, mas se quebrar qualquer uma dessas regras você dá o fora daqui. Entendeu?

– É proibido tocar, gritar e entregar coisas. Entendi – e me pergunto se as regras são iguais para todos.

A imagem de empresa desaparece. Caminhamos por um corredor de concreto até uma porta de metal pesada. No caminho, passamos por uma sala cheia de monitores de vídeo que mostram imagens da penitenciária. Há alguns guardas ali, um deles vem até mim, revista-me e passa um detector de metais em mim. O detector dispara algumas vezes e preciso deixar minhas chaves e minha carteira em uma bandeja. O primeiro guarda me guia até outra porta. O interfone apita e abre a porta, estamos em outro corredor. Outra porta de metal. Outro apito de interfone. O guarda abre a porta e dá um passo para trás.

– Ali dentro – ele diz, eu entro e ele me segue.

Esperava telefones enfileirados e uma chapa de acrílico grossa separando-os, a chapa de acrílico coberta de marcas de dedos e arranhões. Se não fosse isso, então seria uma sala de interrogatório, com meu pai algemado e acorrentado a uma cadeira. Em vez disso, é um salão grande com cerca de uma dúzia de mesas. Há vários outros prisioneiros em seus macacões laranja falando com seus familiares. Reconheço um deles, um homem muito parecido com meu pai. Vi sua foto estampada nas páginas dos jornais, sua cara sempre na TV. Ele está sentando de frente para uma mulher e um homem, ambos com uns 60 e poucos anos, talvez sejam os pais dele, pois a mulher é uma versão feminina mais velha dele. O homem é o Escultor de Christchurch e a imprensa exageradamente o promoveu ao serial killer mais infame de Christchurch, muito embora ele ainda reivindique sua inocência. O Escultor olha para mim. Uma cicatriz atravessa seu rosto de cima a baixo, uma das pálpebras é toda torta e parece não se encaixar direito. Ele sorri e a pálpebra atravessada pende.

Abre-se uma porta do outro lado do salão e meu pai entra por ela, um guarda vem logo atrás. Por um segundo, volto no tempo e o vejo sorrir, então retrocedo mais ainda, meu pai joga bola comigo, abraça-me de noite, coloca um curativo no meu joelho, tira um espinho, lá atrás meu pai era o melhor pai do mundo. Aos 8 anos, comprei uma caneca para ele com esses dizeres. A caneca mentia. As memórias mentiram também. Ele caminha em minha direção, mas, antes que me alcance, o guarda que o segue nos lembra que é proibido tocar, o que eu não questiono, muito pelo contrário.

– Olá, meu filho – diz ele e eu fico pensando se ele ensaiou quais seriam suas primeiras palavras.

Não respondo. Não sei como.

– Não acredito em como você cresceu – meu pai diz e se senta; eu continuo em pé.

– Você pensou que eu ainda era um garoto? – pergunto.

– Não. Claro que não. Sente-se, Jack.

– Hoje em dia sou Edward.

– Não para mim.

O que mais me impressiona é como ele mudou, mas, ao mesmo tempo, como ele ainda é exatamente o mesmo. Ele deve ter seus 65 anos, pelo menos, embora eu não tenha certeza de qual seja sua idade exata. Poderia ter quase 70. Ele parece ter 70, a julgar pela aparência. Ele era um cara grande quando eu era criança. Com certeza ele era um homem maior, mas na prisão o peso se esvaiu e minhas lembranças são antigas. A combinação dessas coisas quer dizer que o homem sentado em minha frente não é o homem que me criou durante o primeiro terço da minha vida. O tempo aqui não apenas levou seus quilos, mas também seu cabelo. Ele é careca na parte superior da cabeça com um círculo de cabelo grisalho ao redor das extremidades e costeletas que não parecem combinar. Não parou de sorrir desde o momento em que me viu, os lábios descascados agora mostram dentes levemente tortos que eu não lembrava que eram tortos. Seu maxilar está coberto por uma barba curta, as sobrancelhas cresceram, brotam pelos do seu nariz e de seus ouvidos. Mas os olhos... Os olhos dele são os mesmos. Olhos azuis, cálidos, simpáticos e sorridentes que me fitam com ternura, até as rugas nas laterais deles, as pequenas rugas que aparecem quando ele sorri, também carregam ternura. Meu pai poderia ter 110 anos e ainda assim poderia ser reconhecido pelos olhos. Vou ser assim no futuro? Esse é o rosto que eu terei um dia?

– Faz um tempo já – digo, finalmente inventando alguma coisa.

Sento-me, o guarda dá alguns passos para trás e tenta fingir que não ouve o que dizemos. O outro guarda que acompanhava meu pai anda devagar até o outro lado do salão.

– Não posso discutir isso – meu pai responde. – Vai fazer vinte e um anos no próximo inverno. Isso é muito tempo mesmo.

O fato é que é o mais longo período que qualquer pessoa já esteve nesta prisão. Um assassino comum pega de dez a doze anos e sai em liberdade condicional. Menos ainda se encontrar Jesus. Mas meu pai colecionou uma fila de damas que era longa demais e teve que responder por todas elas. Assim, para ele, a justiça se moveu em uma direção inovadora e ele se tornou a primeira pessoa que recebeu a sentença de prisão perpétua em que por "perpétua" se entende que ele jamais colocará os pés para fora destes muros mesmo.

– Eu tenho uma neta – ele diz. – Você trouxe uma foto?

– Não – respondo, embora tenha uma na minha carteira.

Não quero que este homem a veja. Não quero que este homem seja parte da vida dela e, com sorte, quando ela tiver que saber a seu respeito, ele já estará morto.

Nós nos encaramos e isso é tudo o que eu ofereço. Não sei o que dizer. Sempre pensei que saberia. Sempre pensei que gritaria com ele e de repente descubro que há algo a ser dito sobre estar com o meu pai outra vez depois de todo esse tempo. Talvez eu não tenha deixado de amá-lo nem um pouco, no passado.

– Lamento como as coisas acabaram – ele diz e mostra a palma das mãos como um mágico, como se ele pensasse que suas palavras têm mais peso se ele for capaz de provar que não tem nada escondido nas mangas. – Com sua mãe. E especialmente com Belinda. Eu amava aquela garotinha. Quase morri depois do que aconteceu com ela.

– Você fala como se fosse alguém que conhecesse – digo. – Ela era sua filha. Minha irmã. E você, lá fora, levando garotinhas de outros pais que faziam o mesmo que ela.

– É verdade – ele diz. – Verdade mesmo. Mas eu ainda choro à noite. Choro pela garotinha que perdi. Choro pela mulher que ela jamais se tornou.

– Você nunca viu em quem ela se transformou realmente. Ela abriu mão de tudo por minha causa. Ela fez o que você e minha mãe deveriam ter feito e, no final, foi isso o que a matou. Ela está morta por sua causa. Minha mãe está morta por sua causa.

– Eu sei.

– Você sabe? Só isso? Quando você chora, é de remorso ou de culpa?

– Sempre pelos dois motivos – ele diz. – Sempre.

– Duvido. Acho que você chora porque foi pego. O que você quer?

– Queria vê-lo. Sempre quis saber como você estava. Tento me manter informado o máximo que posso, o que não é muito. Se não fosse por Jodie, não teria sabido que você havia...

– O quê?

– Casado – ele conclui.

– O que você quer dizer com "por Jodie"?

– Ela me disse que jamais lhe contaria que veio me visitar. Duas vezes.

– Não se atreva a mentir para mim, pai. Se começar a mentir, eu caio fora daqui.

– Foi há oito anos, um ano antes de vocês se casarem. Acho que 22 anos é muito cedo para casar, para ser honesto, mas ela não veio me ver para pedir conselhos matrimoniais.

– E eu não preciso de conselhos matrimoniais de você – digo. "Principalmente agora", penso.

– Por que ela veio vê-lo? – pergunto, meu estômago se revira em nós.

– A primeira vez foi para me conhecer. Para ver como eu era, talvez para ver como a sua vida teria sido se você não tivesse encontrado alguém como ela, que o fizesse feliz.

– Como é que é? Minha mãe não o fazia feliz? Do jeito que você fala, parece que ela é a culpada por você matar aquelas pessoas, que se ela tivesse sido uma esposa melhor, então...

– Não quis dizer isso, de forma alguma – ele diz e ergue a mão para deter minhas palavras.

– E então o quê?

– Foi uma escolha infeliz de palavras. Meu filho, eu nunca quis que nada disso acontecesse.

– Não, é? Obrigado, pai. Adorei ouvir isso. Gostaria de retribuir essas palavras tão gentis. Talvez um dia, se você sair daqui, nós possamos passar algum tempo juntos, talvez jogar um boliche.

– Na segunda vez – ele diz, ignorando-me –, ela estava grávida.

Sinto um aperto no estômago. Odeio a imagem dela sentada aqui, encarando meu pai, expondo seus medos mais íntimos, contando-lhe como temia que as coisas que ele fez corressem no sangue da família.

Odeio a ideia de que ela tenha exposto Sam a esse mal. Fico imediatamente furioso com ela por isso. Furioso com ela por vir aqui, furioso com ela por ter morrido.

– Ela era uma garota muito legal e eu não guardo ressentimento contra ela por me odiar. Não estou brincando; não tenho amigos neste mundo, não fiz nada para merecer tê-los, e ela não me disse nada que eu não tivesse ouvido antes.

– Aonde você quer chegar, pai?

– Pai. Gosto de ouvir isso.

– Aproveite então durante os próximos dois minutos. Você nunca mais vai ouvir essa palavra de novo.

– Quero conhecer minha neta.

– Fora de questão. Por que Jodie veio vê-lo na segunda vez?

– Tenho o direito de conhecê-la. Ela é sangue do meu sangue.

– Não. Ela não se parece em nada com você e não é nada sua. Por que Jodie voltou?

– Ela veio me dizer que você era um bom homem e que eu não merecia ter um filho como você. Disse-me que eu ia ser avô e que jamais conheceria minha neta. Disse-me que eu havia arruinado muitas vidas, mas não a sua, filho. Ela disse que estava curando o mal que eu havia feito dentro de você. Queria que eu soubesse que você era um bom homem e que seria um ótimo pai. Esse foi o maior presente que ela me deu, Jack. Você teve sorte de conhecê-la e fez a coisa certa quando colocou um anel no dedo dela tão cedo – ele se inclina para a frente. – Mas você é diferente. Você é meu filho e ela sentiu isso em você.

– Cale a boca.

– Eu realmente sinto muito pelo que aconteceu com ela, filho. Desperdício, que grande desperdício. Eu tenho alguma ideia do que você está passando, e é difícil, filho, é mesmo muito difícil. E por mais vazio que possa parecer quando as pessoas dizem, é verdade, o tempo ajuda. Não cura, mas ajuda. Você vai seguir em frente, você tem a Sam e, se ela se parecer só um pouquinho com a Jodie, então você terá uma linda garotinha de quem tomar conta.

– Eu sei, eu sei – digo. – Se não fosse por ela...

Minha voz some e, por alguns segundos, nenhum de nós preenche o silêncio, até que meu pai se inclina para a frente e me olha direto nos olhos.

– Você já ouviu? – pergunta.

– Do que você está falando? – eu pergunto e me inclino para trás.

Meu pai imita meu gesto e se inclina para trás também, depois cruza uma perna sobre a outra e bate com os dedos no joelho.

– Quando você era criança, eu costumava levar a Belinda e você ao parque. Lembra? Havia um forte lá, onde vocês sempre brincavam. Tinha um balanço feito com um pneu e uma corrente. Havia um poste onde vocês escorregavam. Havia barcos por todo lado, barras que vocês podiam escalar, cordas e correntes em que vocês se penduravam.

– Aonde você quer chegar?

– Havia um carrossel lá também. Vocês dois brincavam naquela coisa e giravam tão rápido que, quando paravam e tentavam ficar em pé, caíam, realmente tontos, se agarravam no chão como se a Terra girasse e vocês tentassem ficar parados.

– O que é isso? Algum tipo de momento "pai e filho" que você viu na TV e está tentando imitar?

– Um dia, quando você tinha 8 anos – ele diz –, nós estávamos lá e havia um homem passeando com um cachorro. Ele se soltou da coleira e correu para o forte, você e Belinda brincavam no carrossel. Você parou e saltou para fora do brinquedo, mas o cachorro estava muito agitado e tentou cheirar Belinda. Ela se assustou e correu.

– Não me lembro.

– Ele correu na direção dela e tentou mordê-la. E ela continuou correndo e tentava olhar para o cachorro ao mesmo tempo, mas perdeu o equilíbrio. Correu em direção a uma árvore e se chocou contra ela. Esfolou a testa. Você se lembra do que disse quando a carregávamos de volta para o carro?

– Não faço ideia.

Meu pai se curva para a frente e me diz, com a voz mais baixa:

– Você disse que ia matar aquele cachorro.

– Não, eu não disse isso.

– Seis meses depois, o cachorro de uma casa perto da nossa que latia o tempo todo, você se lembra desse cachorro?

– Não mesmo.

– Era o mesmo cachorro do parque. Aquele cachorrão preto que não parava de latir. Aquele cachorro foi morto.

– Não me lembro.

– É muito tempo para ficar furioso com um animal – meu pai diz.

– Que diabos você está dizendo?

– Você acha que eu não dei falta da carne? – ele pergunta, sua voz agora é baixa e só agora percebo que me inclinei para ficar mais perto dele. – Eu disse para sua mãe que eu a havia pegado. Ela nunca soube que foi você quem matou o cachorro. Mas eu sabia. Aquela foi a primeira vez que você ouviu?

– Você está delirando.

– Acho que provavelmente foi. Você talvez tenha ouvido antes disso, mas não sabia o que era. Deve ter levado um tempo para criar coragem – ele diz. – Essa voz que era diferente da minha, esses pensamentos que não eram meus... Disseram-me para fazer coisas que eu não queria fazer. Recusei-me, no começo. Depois cedi na esperança de que isso pudesse calar a voz. Logo a voz era igual a minha voz e, no final, eu não sabia mais a diferença entre elas.

– Você é doente – eu digo.

– Eu sei. Foi isso o que eu disse, vinte anos atrás. Droga, eu não sou tão insensato, sei que ouvir vozes não é certo. Mas, certo ou errado, eu ouvi. Não o culpo por nunca ter vindo me perguntar sobre isso, mas...

– Nunca deveria ter vindo aqui.

– Quando você matou aquele cachorro, foi porque ouviu uma voz.

– Eu não matei cachorro nenhum.

– O que aconteceu depois daquilo? – ele pergunta. – Você continuou a ouvir a voz ou ela desapareceu? Você cedeu a ela por todos esses anos? Os corpos estão enterrados em algum lugar esperando ser encontrados?

– Não sou como você.

Começo a me levantar. Ele se estica e me puxa e, antes que o guarda possa dizer qualquer coisa, me solta. Torno a me sentar.

– A escuridão. É assim que eu chamo – ele me diz. – Sei que você ouve, mas você tem que controlá-la. Se não conseguir, ela vai levá-lo a lugares antes que você esteja pronto. Ela não se importa que você seja apanhado; ela só quer ver sangue. Você tem que colocar rédeas nessa voz, precisa chegar a um entendimento com ela e, se a estiver ouvindo agora, e tenho certeza de que está, então você deve encontrar uma maneira de impedi-la de dominá-lo.

– Eu não tenho nenhuma escuridão.

– Ela nunca vai embora – ele sentencia. – À noite, eu posso ouvi-la sussurrando, mas não há válvula de escape para ela aqui. Ela se enfraqueceu um pouco ao longo dos anos, claro, mas ainda está aqui, não há como negar isso.

– Por que está me dizendo isso?

– Para protegê-lo – ele diz – da mesma coisa que aconteceu comigo. Por favor, filho, deixe-me ajudá-lo.

– Eu chamo de "monstro" – digo, as palavras saem da minha boca antes que eu consiga evitar. Meu pai acena com a cabeça lentamente e, por um terrível momento, acho que ele vai sorrir e dizer alguma coisa doentia, como "esse é o meu garoto", mas ele não faz nada disso. A cordialidade desaparece de seus olhos e ele para de acenar com a cabeça.

– É uma pena, filho. De verdade.

– Não sabia do que mais chamá-la. Achei que você tinha um monstro e que, quando você foi para a cadeia, ele veio viver comigo. Ele veio morar dentro de mim.

– Não era o meu monstro – ele diz. – Você provou isso quando matou o cachorro antes de eu ir para a cadeia. Você tem a sua escuridão. Gostaria de poder ajudá-lo mais e ajudaria se estivesse lá fora com você. Filho, a notícia que corre por aqui é que os tiras não têm nem ideia de quem matou Jodie.

Encaro-o inerte.

– Ela não gostava muito de mim, mas pude ver que era uma boa pessoa. Era uma boa esposa, aposto, e certamente uma mãe excelente, e eu devo muito a ela pelo que fez por você. O que aconteceu com ela foi abominável. Uma coisa realmente atroz. Ainda assim, se quer saber o que eu acho, o fato de os tiras não terem prendido ninguém, isso é bom.

– O quê?

– É uma coisa boa, filho. Pense bem.

– Do que você está falando? Como diabos você pode dizer uma coisa dessas? O que é você? Que diabos é você?

Meu pai se inclina para a frente na cadeira e então lentamente se levanta. Os dois guardas se aproximam.

– Foi bom conversar com você, filho.

Ele começa a se afastar.

– Vá se foder!

– Não é permitido gritar – diz o guarda, colocando a mão no meu ombro e eu me desvencilho dele.

A cena chama a atenção do Escultor de Christchurch, que observa.

Meu pai se vira para mim novamente.

– Vá para casa e pense no que aconteceu à sua esposa – ele diz. – E aceite um conselho de seu velho pai...

– Pode guardar para você.

– Não tem nada de errado em ouvir a voz – ele diz e desaparece no corredor.

Capítulo 15

O Cara das Ventosas tinha um nome real e o Cara das Ventosas foi assassinado. O nome dele era Arnold Langham, seus amigos o chamavam de Arnie. Ele era casado, era pai e seus 42 anos na Terra terminaram quando ele foi atirado do prédio. As ventosas foram amarradas a seu corpo, ele foi despido e foi vestido com um casaco de chuva, uma unha sua encontrada no terraço prova que ele lutou pela vida, a razão de toda a encenação ainda é desconhecida. Langham não vivia mais com a esposa, não desde que lhe dera uma surra tão grande que passou três anos na prisão por isso. A esposa não foi considerada suspeita porque havia levado o filho e se mudado para outro país, ao norte e a oeste da Nova Zelândia. Além de bater na esposa, Langham não tem registro de outros crimes, nem assalto, nem estupro, nem arrombamentos ou invasões. Algumas multas por excesso de velocidade, mas só. Trabalhava turno integral em uma linha de montagem fabricando placas de controle para cadeiras de rodas motorizadas. Era um caso aberto, porém a urgência se dissipou. Tem que ser assim quando você está lidando com um caso de espancador de esposa e chega outro sobre um grupo de assaltantes de banco que mataram duas pessoas enquanto roubavam uma quantia que se revelou ser de 2,8 milhões em dinheiro. É uma questão de prioridade, e, no momento, o assalto ao banco era a prioridade de todos. O Cara das Ventosas teria que esperar. Era uma pena que, considerando as centenas de horas e todo o capital humano investido até então, tudo o que eles tivessem conseguido fossem transcrições de depoimentos sem nenhuma importância e uma van incendiada. Eles nem tinham os maços de dinheiro danificados pela tinta. Ele achava que qualquer dinheiro danificado haveria de ser abandonado com a van e queimado com ela, mas a perícia, pelo menos até o momento, não havia encontrado rastro dele. Nenhuma nota, nenhuma tinta vermelha. Tudo o que ele tem é um monte de perguntas sem resposta, dois corpos no chão que mereciam descansar em paz e uma esposa que era fria com ele a maior parte do fim de semana. O trabalho interferia na sua vida em família. Era a última semana antes do Natal, e ele deveria estar passando esse tempo com sua esposa, com a filha e o bebê deles. No ritmo que a investigação anda, o bebê deles entrará para a escola e a esposa o terá deixado antes que a investigação tenha sido concluída. Ele teve sorte de não ter perdido nenhum Natal até o momento, mas certamente perdeu muitas outras ocasiões importantes, nenhuma delas esquecida por sua esposa que, em momentos de discussões, o faz se lembrar delas. Há momentos em que ela o lembra de que foi por causa dele que eles tiveram filhos tão tarde e é por causa dele que estarão na casa dos 60 antes que os filhos saiam de casa.

Há vários criminosos nas ruas que ocasionalmente prestam favores à polícia; em troca, a polícia fecha os olhos para pequenos delitos cometidos por eles. Mas, dessa vez, nada. Os responsáveis não envolveram mais ninguém. O dinheiro, se não tiver sido danificado, também não está em circulação. Seja lá quem tenha feito isso, sabia o que estava fazendo. Deixaram o banco quase dois minutos antes de a polícia chegar. A leitura de fichas criminais abriu centenas de possibilidades, mas não foi possível ainda ligar nomes para chegar ao bando que assaltou o banco. Quase duzentos depoimentos já foram conduzidos e ele se pergunta se os homens que invadiram o banco já não deram seu depoimento também. É provável. Difícil de saber.

Schroder toma um gole de café frio e coloca o telefone no gancho. Era uma ligação do presídio. Foi informado de que Edward Hunter havia ido visitar o pai hoje. Conjectura sobre o que o levaria a fazê-lo após todos esses anos.

Alguém bate na porta da sala.

– Tem alguém aqui querendo falar com você – um oficial diz.

– Quem?

– Ele diz que é sobre o assalto.

– Outro vidente? – Schroder pergunta. Sempre que há cobertura da mídia de um acontecimento trágico, os videntes surgem. Jonas Jones, um ex-vendedor de carros, que se tornou um "renomado" investigador paranormal e dá "importantes indicações" para a polícia na TV a respeito de crimes que a polícia não consegue solucionar, já deixou dúzias de mensagens e foi proibido de passar do hall de entrada da delegacia de polícia.

– Pior. Um psiquiatra.

– Ah, não.

– Quer que eu mande ele entrar?

O problema é que um psiquiatra pode ser pior do que um vidente. Um vidente, pelo menos, dará um show. Acenderá umas velas e fingirá que está se comunicando com o mundo espiritual ou sintonizando alguma visão.

– Na verdade, não, mas vá em frente.

Benson Barlow é quase totalmente careca e se penteia de modo que disfarça a calvície; Schroder se pergunta o que outros psiquiatras diriam a respeito dessa tática. Com cerca de 50 anos e barba, as únicas coisas que faltam no psiquiatra são os protetores de cotovelo no terno e um cachimbo, mas talvez ele deixe para usar essas coisas no consultório. Após um aperto de mão, Schroder lhe oferece uma cadeira para se sentar.

– O oficial disse que você tinha informações sobre o assalto.

– Bem, de certa forma, sim.

– O que exatamente você quer dizer com "de certa forma"?

– Quero dizer que não sei na verdade nada sobre o assalto em si, não nesses termos.

Schroder se questiona se todas as pessoas que têm o primeiro e o último nome começando com a mesma letra serão sempre uma pedra em seu sapato. Benson Barlow. Jonas Jones. Theodore Tate.

– Então por que está aqui? Veio me oferecer um perfil?

– Não exatamente – Barlow diz e se inclina para a frente. – Há vinte anos, fui o psiquiatra que examinou Jack Hunter.

– Qual dos dois?

– Os dois, na verdade.

– E sobre qual dos dois você veio falar comigo? Jack Junior?

– Principalmente ele, que se chama Edward agora. Foi uma das primeiras providências que ele tomou ao completar 18 anos: mudar legalmente o nome, muito embora ele somente respondesse por Edward desde os 9 anos. Jack pai sofria de esquizofrenia paranoide. Ele ouvia vozes e acreditava que elas o controlavam. Ou controlava. Era uma voz apenas e ele a chamava de "a escuridão".

– Espere um pouco, essa foi a bobagem que a defesa tentou jogar no colo do júri. Ninguém engoliu.

– Não era bobagem, detetive. É uma doença mental de verdade de que as pessoas genuinamente padecem. Ela as faz ter pensamentos delirantes. Pode fazer a pessoa pensar que está sendo seguida, que foi escolhida por Deus para uma busca, faz a pessoa pensar que está sendo observada pelo vizinho ou pela mídia. A pessoa pode pensar que está sendo controlada por uma força externa.

– E Jack Hunter pensava que estava em uma missão divina?

– Bem, não. Ele acreditava que existia uma escuridão real dentro dele que precisava ver sangue para ficar satisfeita.

– Então ele estava certo. Não vejo o que isso tem a ver com o assalto.

– Esquizofrenia paranoide é uma doença hereditária, detetive. É o que o Jack pai tem. Há uma grande chance de que Edward possa estar lutando contra a mesma enfermidade, talvez apenas em grau menor, algo que pode ser tratado com a medicação adequada. Mas, considerando os diversos traumas pelos quais o garoto passou na infância, a sua perda recente pode agravar a situação e levar a algo mais sério. Quando ele era meu paciente, muitos anos atrás, ele me disse coisas, coisas que me levam a me preocupar com ele. Temo por ele e por aquilo que ele é capaz de fazer.

– Que tipo de coisas?

– Não posso dizer o que ele me disse. As sessões eram confidenciais.

– Então, você veio até aqui me dizer que não pode me dizer nada.

– Não. Vim aqui para lhe dizer que Edward Hunter é um perigo em potencial para si mesmo, possivelmente para os outros também. Geneticamente ele é como o pai. Emocionalmente, acho que os dois são iguais. Edward deixou de ser meu paciente quando completou 18 anos e eu não o vi desde então, mas, pelo que ouvi nos últimos dias, está claro que ele vivia uma vida muito estável dentro de um ambiente no qual ele estava confortável. Mas agora as coisas mudaram. A morte de sua esposa é um gatilho, detetive. É uma luz vermelha enorme que se acende e eu posso lhe dizer que há um sério potencial lá para ele ser um homem perigoso, talvez tão perigoso quanto o pai era.

Schroder pega um lápis e brinca com ele entre os dedos.

– E o que você quer que eu faça? Não posso prendê-lo só para satisfazer sua suspeita a respeito dele. Por que não o convida para algumas sessões?

– Eu tentei. Deixo recados, mas ele não os retorna.

Schroder não o culpa. Ele não retornaria os recados também.

– Então o que você quer?

Barlow encolhe os ombros.

– Idealmente, eu quero que Edward receba ajuda. Há medicação que pode mantê-lo sob controle.

– Você está supondo que ele tem o que o pai tem, isso supondo que o pai tenha alguma coisa além de gostar de sangue.

– Mesmo assim – Barlow diz e se levanta para ir embora quando o telefone da sala de Schroder começa a tocar. – Cumpri meu dever profissional. Ética e legalmente, devo alertar a polícia se tiver um paciente que acredito representar um perigo para os outros ou para si mesmo e foi isso o que vim fazer aqui: dar um alerta.

Capítulo 16

Ouço as notícias do meio-dia no rádio a caminho de casa. O cara que empurrou e matou a mulher no estacionamento alega que agiu sob o efeito da P, a droga da moda, a defesa da moda para assassinos, o que significa dizer que ele vai pegar seis meses de prisão ou nove meses em uma clínica de reabilitação, já que não foi realmente culpa dele, a culpa foi da droga, ou do vício, ou de todo mundo que não o ajudou antes. A maioria das ovelhas foi recapturada, porém algumas ainda estão desaparecidas. Talvez elas se juntem e arrebanhem mais ovelhas e saiam por aí assaltando fazendas. Há mais notícias: um segurança foi morto na noite passada e encontrado nu na cidade, houve um incêndio em uma escola de ensino fundamental, mas ninguém ficou ferido, então vêm as notícias de esporte e do tempo, e ninguém mais fala do roubo ao banco.

Fico preso atrás de um caminhão lento, o que aumenta a minha viagem em cerca de vinte minutos; a fumaça do escapamento saindo da traseira dele traz o aquecimento global vinte minutos mais perto de sua conclusão. Ainda estou irritado quando chego em casa. Irritado com as notícias, com a polícia, com o monstro dentro de mim, com o mundo, por girar quando deveria ter pausado, quando deveria dar um tempo para eu lamentar a morte de minha esposa e me permitir fazer a grande pergunta: por quê? De novo e de novo, por que isso teve que acontecer, por que a sociedade é do jeito que é, por que ninguém faz nada a respeito?

Ainda estou irritado com meu pai. Com um intervalo de vinte anos entre a última vez que eu o vi e esta vez, deveria haver mais coisas a se dizer. E por que ele me pediu para ir até lá só para me dizer que é bom que a polícia não prendeu os homens que fizeram isso?

Não se engane, você sabe exatamente por quê.

– Não – eu digo e pego uma cerveja na geladeira.

Estou mais irritado é comigo mesmo. Não fui lá dividir coisas com ele. Não sei ao certo por que fui, certamente não foi para falar com ele sobre o monstro, mas as palavras saíram como se tivessem vida própria. E, de certa maneira, acho que isso é exatamente o que é o monstro, uma vida própria. Eu o ouvi durante os últimos vinte anos, pequenas sugestões sussurradas em meu ouvido que eu ignorava, ideias sobre como me livrar de animais ou pessoas de que eu não gostava.

Minha esposa está morta há quatro dias, sob a terra há menos de vinte e quatro horas, e eu estou perdendo a cabeça. Sento no quintal e o sol queima meu rosto e meus olhos antes de eu me abrigar, as sombras e as formas brilhantes movem horizontalmente minha visão. Vasculho minha carteira em busca do cartão de visitas que enfiei ali na sexta-feira e, quando o encontro, não consigo ler o número escrito nele e preciso esperar um pouco para focar meus olhos.

– Detetive Schroder – ele diz ao atender o telefone.

– Oi. Aqui é... ahn... Edward Hunter. Estou ligando... ahn... para ver...

– Estava pensando em ligar para você – ele diz.

– É mesmo? Você descobriu alguma coisa? – pergunto, caminhando para fora de casa. – Pegaram os homens que mataram Jodie?

– Não. Ainda não, mas, acredite, Edward, estamos seguindo pistas muito consistentes – ele diz, mas soa como se não pudesse convencer nem a si próprio disso. – Você precisa ter paciência.

– Tenho tido paciência.

– Garanto a você que é minha prioridade número 1.

– Faltam três dias para completar uma semana – observo.

– Entendo sua frustração – ele diz.

– Não creio que entenda. Quanto eles levaram?

– O quê?

– Quanto dinheiro eles levaram do banco?

– Não posso discutir isso com você.

– Jodie foi morta por causa desse dinheiro. Dê um tempo, detetive, acho que tenho, sim, o direito de saber quanto vale a vida da minha esposa.

– Não é assim que funciona.

– Tá, tá. Eu sei, considerando que duas pessoas foram assassinadas – eu digo e o contador dentro de mim faz as contas –, então divida esse valor por dois e isso é o que vale minha esposa. Quero saber se ela morreu por mais ou por menos do que o preço de um carro novo, mais ou menos do que o preço de uma casa. Claro que depende da casa, do carro, mas...

– Olhe, Edward, garanto que estamos fazendo o melhor que podemos. Estamos mesmo. Temos todo o pessoal que dispomos procurando esses homens.

– Procurando, não perseguindo – digo. – Talvez eu devesse fazer o trabalho de vocês – eu falo e as palavras saem da minha boca antes que eu consiga detê-las.

Elas vêm de lugar nenhum, certamente não vêm de mim, e então me dou conta de que não são realmente palavras minhas, mas de outra pessoa. Não, não de outra pessoa, mas de outra coisa.

– O que você quer dizer com isso? – Schroder pergunta.

– Não quero dizer nada – respondo. – Estou irritado, só isso.

– Soube que você foi visitar seu pai hoje.

– O quê?

– Pela primeira vez desde que ele foi preso. Por que foi lá?

Eu me acalmo e penso sobre a pergunta, ciente de que ele fala comigo agora com uma disposição diferente; ele fala comigo como um policial que fala com um suspeito. Ele está tentando arrancar uma informação.

– Ele me telefonou. Disse que queria me ver.

– E você largou tudo para ir visitá-lo.

– Ele é meu pai. Queria prestar suas condolências. Queria saber o que a polícia está fazendo para pegar os homens que mataram minha esposa.

– Só isso?

– Claro que sim. Minha mulher foi assassinada, detetive. Qual pai não gostaria de tentar consolar o filho em uma situação dessas?

– Você foi ver alguém depois do assassinato de sua esposa? Foi buscar alguma ajuda? Um terapeuta ou um psiquiatra?

– Por que eu faria isso?

Um dos vizinhos liga um cortador de grama e volto para dentro para ouvir Schroder mais claramente.

– Para ajudá-lo a lidar com o que aconteceu.

– Posso lidar com isso do meu jeito.

– Espero que isso não envolva fazer alguma besteira.

– Como o quê?

– Como tentar fazer nosso trabalho.

– Um de nós tem que tentar – eu digo – porque parece que nada está sendo feito.

– Uma palavra de cautela, Edward. Deixe tudo conosco. Sabemos o que fazer.

– Então prove.

Desligo, termino minha cerveja, pego outra, mas não abro. Deixo-a no balcão da cozinha e ligo o computador.

Entro na internet e encontro todas as reportagens da semana passada relacionadas ao assalto. Há tantas que quando as imprimo tenho uma pilha de folhas de um centímetro de espessura. Levo-as para fora, sento-me sob o sol e passo os olhos sobre elas. A vigilância do banco informou que os homens entraram às 13h13. Eles ficaram dentro do banco por menos de quatro minutos, embora tenha parecido com certeza muito mais. A polícia foi chamada por diversas testemunhas que estavam do lado de fora e viram os homens entrar, assim como pelas pessoas que ouviram o primeiro disparo, mas os policiais foram alertados antes disso por um alarme silencioso. Fecho os olhos e tento me lembrar o máximo possível. Os homens estavam no banco por quase um minuto quando o gerente foi morto. Os jornais dizem que a polícia levou seis minutos para chegar ao local. Os homens já haviam deixado o local havia dois minutos. Os jornais não informam quanto dinheiro foi levado.

O contador examina os números. Quatro minutos. Seis minutos. Seis homens. Duas vítimas. Dois disparos fatais. Uma quantidade de dinheiro não informada. Os números giram em minha mente, comparo-os com tudo o que os jornais dizem, com minha memória, tento forçá-los a se encaixar com o que eu sei, nada se encaixa de uma maneira que possa me dizer para onde olhar a seguir. Os números nada significam.

Recolho a pilha de folhas e atiro-a no quintal. A maior parte fica junta, mas as do topo e do fundo deslizam, a brisa fraca as leva e as prende nos cantos do quintal. O vento leva as respostas também e, embora Schroder não tenha dito, sei que o assalto ao banco já virou história e a morte de minha esposa e a do gerente foram colocadas de lado enquanto as estatísticas do crime em Christchurch continuam se movendo, pegam impulso, levando a só Deus sabe o quê.

Acabo bebendo a cerveja e pegando no sono, de leve, mas o suficiente para uma hora se passar quase sem eu perceber, quando desperto o cortador de grama parou de trabalhar e meu rosto está duro. Quando ergo as mãos para tocá-lo, ele está sensível por ter queimado ao sol. Ao levantar, percebo que as cervejas que tomei, combinadas com o fato de que não me alimentei, me deixaram zonzo. Telefono para Nat, pergunto se ele pode cuidar de Sam nesta noite e ele me diz que sim. Na verdade, parece muito feliz com isso. Falo com Sam um pouco e ela me diz que quer vir para casa, mas lhe digo que não dá, não hoje, que o papai tem algumas coisas para resolver.

– Mas você prometeu – diz ela.

– Eu sei. Desculpe.

Finalmente ela aceita que não pode mudar as coisas e aborrecida passa o telefone de volta para Nat.

– Ela vai ficar bem – ele diz. – Sabe como são as crianças.

– Como ela está?

– Você sabe como é – ele diz.

E tem razão. Eu sei mesmo. Ele quer dizer que Sam está do mesmo jeito desde que lhe contamos sobre a mãe. Um pouco chocada, um pouco incrédula e um pouco simplesmente não entendendo. Estou igual. Todos nós estamos.

– Cuide-se, Eddie – ele me diz e tem alguma coisa no jeito que ele fala que me faz pensar que ele acha que não me verá por um tempo.

É o tipo de coisa que você diz para um amigo que vai para a prisão ou para a guerra.

Observo o sol alto no céu. Ele desaparece por trás da ponta de um pinheiro gigante do vizinho por dez minutos antes de voltar à vista e então se esgueira novamente. Bebo outra cerveja e vou até a rua recolher a correspondência. Há uma carta da companhia de seguros. Jodie e eu temos seguro de vida, mas, em uma carta de menos de uma página, nossa seguradora se exime de qualquer responsabilidade de pagar o seguro porque Jodie foi morta durante um crime. O seguro de vida existe especificamente para cobrir acidentes e doenças, mas não cobre assassinatos, assim diz a carta, e eles se desculpam por qualquer inconveniente. Imagino o que os levou para o caso tão rapidamente, pois não os havia contatado, e concluo que eles queriam dar as más notícias logo, antes do Natal.

O sol cai e a noite chega. Pratico o jogo "e se", colocando questões como "e se tivéssemos ido ao banco dez minutos mais tarde?", "e se eu tivesse ficado de boca fechada?" ou "e se eu tivesse lutado com os homens?" Há muitos "e se". Milhares deles. Claro que é um jogo inútil e eu poderia passar o resto da vida lá fora, sob o sol, bebendo cerveja, pensando sobre o que poderia ter sido e o que deveria ter sido, o tempo todo. A realidade nunca seria esquecida: eu sou a razão de Jodie ter sido morta.

Mais e mais, os "e se" começam a se concentrar no banco. Penso no segurança do banco. Penso muito sobre ele e imagino sua reação.

Mas ele não reagiu, não é mesmo? Ele ficou lá parado sem fazer nada.

Nada!, diz o monstro e acho que o primeiro passo no caminho da recuperação, como no caso de uma alcoólatra, é admitir que se tem um problema. Então, sim, eu admito, eu tenho um monstro.

E é bom estar aqui, ele diz, *bom ser saudado novamente depois de todo esse tempo.*

O segurança, treinado para ajudar, posicionado para defender, para impedir que um inocente seja ferido, ele não fez coisa alguma. Nada mesmo.

Abro outra cerveja.

Escolher não fazer nada é o mesmo que fazer alguma coisa. Não fazer nada foi o que fez todos serem mortos. Você interferir não foi o que fez com que Jodie recebesse um tiro. O segurança, a culpa é dele. Ele não fez o trabalho dele.

– Faz muito sentido – eu digo.

Repasso aquele momento repetidas vezes e não tenho certeza de como foi que aconteceu, porém as coisas ficam um pouco mais claras e a verdade aparece, muito óbvia agora, e explica muita coisa. Na primeira vez em que eu repasso os acontecimentos, vejo que o segurança não faz nada, como as fitas do circuito interno e os livros de ocorrências relatam. Mas desacelero a ação em minha mente e reparo em uma coisa que as câmeras não tinham o ângulo ou a emoção para notar; dessa vez, o guarda sorri quando os homens entram antes de seu rosto ser esmagado com a parte traseira da arma. Então eu desacelero ainda mais e vejo que há mais do que um sorriso, há uma piscada e um aceno de cabeça.

O segurança estava no esquema!

Desacelero mais uma vez, os homens se precipitam para dentro do banco, o primeiro se aproxima do segurança e dessa vez há o sorriso, a piscada, o aceno de cabeça e então o segurança levanta a mão e os bandidos o cumprimentam, eles apertam a mão do segurança, há outro aceno e bang! Esmagam a cabeça do segurança.

Mais uma vez. Os homens entram. Um se aproxima do segurança. A piscada. O aceno. O sorriso largo. O aperto de mãos. Eles se abraçam. Eles se separam e contam uma piadinha. O bandido empurra a arma, mas dessa vez a arma não acerta a mandíbula do segurança, porém ele cai de qualquer forma, ele tomba no chão e, quando está caído, o sorriso ainda está lá.

Outro sorriso largo. Outra piscada. Outra piada, e os homens se espalham para dentro do banco e roubam e matam; o tempo todo o segurança os observa.

Repasso uma última vez. Dessa vez, quando levam minha esposa, o guarda senta e começa a aplaudir.

Largo a garrafa de cerveja vazia. Há uma fila delas agora e, graças a Deus, meus amigos, aqueles cheios daquele papo furado "as coisas vão melhorar", aqueles que não sabem o que dizer, graças a Deus, eles tiveram a decência de trazer montes de cervejas. Claro, não tiveram a decência de estar lá e salvar a minha mulher e não podem mesmo ajudar agora. E já que trazer cerveja é o melhor que podem fazer, então graças a Deus pela cerveja, graças a Deus por existirem pessoas que pensam que a cerveja pode curar o mundo.

Pego outra cerveja. Está gelada e não tem um gosto muito bom, mas desce muito bem. Dirijo-me para o quintal dos fundos, trôpego – droga de quintal – e vasculho as páginas que joguei aqui fora não faz muito tempo. Encontro alguns dos artigos sobre o segurança. Foi levado às pressas a um hospital, com uma séria concussão, o que é um monte de merda. Os jornalistas, abençoado seja lá o que tiverem no lugar de um coração, listaram os nomes e os sobrenomes de todos os envolvidos naquele dia, menos, é claro, os nomes dos seis homens que estavam mais envolvidos do que qualquer pessoa. Apanho uma das matérias sobre o segurança, vou para dentro e ligo o computador. Busco o segurança. Todo mundo em países desenvolvidos hoje em dia está on-line em algum lugar, é membro de alguma comunidade em algum lugar, ou seja lá o que diabos estiver na moda hoje em dia. As pessoas compartilham suas vidas com estranhos e ladrões de cartão de crédito e...

Monstros...

... ladrões de identidade e serial killers. O computador demora muito para carregar, o que me incomoda, porém mato o tempo pegando outra cerveja, a cerveja me acalma. Estou tão sereno agora que poderia escrever uma porra de um musical.

Conecto-me à internet e coloco o nome do desgraçado no Google e está difícil digitar porque o teclado parece menor. Quando consigo dar enter no nome dele, um monte de matérias dos últimos quatro dias aparece. Não perco tempo lendo-as. Em vez disso, vou direto para a lista telefônica e passo os dedos sobre as páginas. Em vinte segundos, tenho o endereço dele. A empresa telefônica é minha amiga.

Nossa cúmplice.

– Acho que está na hora de fazer uma visita para ele – digo.

Mal posso esperar, diz o monstro.

– Mais uma cerveja para a viagem – sugiro.

Mas que diabo! Leve duas, você merece, o monstro diz, então me visto e saímos para uma volta.

Capítulo 17

O meu carro é um sedã de quatro portas, mas acho que posso me livrar de duas das portas, já que não vou mais usá-las. Talvez possa trocar meu carro por um carro esportivo; quem sabe, deixo a Sam escolher a cor. Saímos de casa, meu monstro e eu, e caminhamos em direção ao carro, tropeçando na calçada, quase derrubando a cerveja, mas graças a Deus não derrubamos. Não consigo abrir a porta, daí me dou conta de que ainda está trancada, então a destranco e as coisas funcionam muito bem. Sento-me atrás do volante e a princípio tenho a impressão de que alguém mudou a ignição de lugar, então tenho que fazer a chave dançar um pouco, mas por fim ela chega aonde tem que chegar, não sem arranhar as beiradas antes de encaixar.

A caixa de correio por pouco não se torna a primeira vítima da noite, e em seguida o gato do vizinho, mas as coisas se tornam retas e a avenida aponta para a frente e nós seguimos. Um de nós lê o mapa enquanto o outro guia o carro. As ruas, os cruzamentos e os outros carros passam por nós na forma de um borrão de cor e som.

Christchurch é uma cidade de aparência melhor conforme o dia vai indo embora, pois a escuridão ajuda a esconder a infecção. Agora enxergo isso, por todo lado, ao meu redor. Ignorava esse fato até quatro dias atrás. De manhã, o sol vem e parte essa casca, os criminosos são cuspidos para fora de seus barracos, buracos e esconderijos e saem alegremente a roubar e estuprar e matar durante os doze dias do recesso de Natal. A noite ainda está quente, algumas pessoas aproveitam a rua, outras caminham de mãos dadas ou levam o cachorro pela guia, outras, ainda, andam de mountain bikes. Já são mais de 21 horas, o sol se foi, mas ainda está claro, aproxima-se aquela hora do dia em que se passa da claridade à escuridão em uma questão de minutos. Passo por um parque onde um pai e um filho apontam para uma árvore na qual há um gato preso no meio dos galhos. No mesmo parque, um grupo de adolescentes joga uma bola de rugby de um lado para outro e a gira alto no ar antes que fique muito escuro. Há um forte e um carrossel que me fazem lembrar da história que meu pai me contou de manhã.

O segurança, um tal de senhor "deixe-me rir à vontade enquanto sua esposa leva um tiro e morre", Gerald Painter, mora em uma rua tranquila com muitas árvores, jardins e casas que parecem iguais umas às outras e percebo que o senhor Gerald Painter deveria ter sido pintor, e não segurança, e se ele tivesse feito isso, ido por essa outra estradinha que o destino e o nome dele estavam apontando para ele, então esta noite de terça-feira, a três dias do Natal, teria sido muito diferente do que será para ele agora. Está escuro na hora em que chego lá e meus faróis estão queimando. O carro de branco pobre que Painter tem, com um motor enorme de 1 milhão de decibéis e pintura certamente vermelho forte, não está estacionado na rua ou na frente de casa. Em vez dele, há um sedã de quatro portas, um Toyota, eu acho, branco, com uma placa de vende-se no vidro.

Passamos de carro pela casa, vamos até o fim da rua e fazemos a volta. Diminuímos a velocidade e damos mais uma olhada. Painter está lá dentro, contando o dinheiro dele, com vontade de gastar, mas tem que esperar. Passamos da casa e estacionamos. A casa fica do mesmo lado da rua em que estamos. Desligo o motor e os faróis e permanecemos em silêncio por um momento, pensando, pensando...

Está tudo guardado dentro da mochila escolar de Sam. Foi a única que consegui encontrar. As coisas cabem certinho lá dentro, nessa mochila vermelho claro com um personagem de desenho engraçado estampado, um dinossauro que é adorado pelas crianças em todo lugar, mas se eu pegasse um voo para o interior não passaria pela alfândega. Não tinha certeza sobre o que trazer, mas resolvemos no final. Corda. Uma faca. Na verdade, duas. Fita isolante. Luvas. Não tenho touca ninja e o melhor que pude arranjar foi um boné de beisebol. A cerveja que eu trazia caiu no meio do caminho e nenhum de nós se lembrou de trazer outra, o que significa que ainda temos muito o que aprender.

Desligo a luz de dentro do carro e abro a porta. Há luzes de Natal em algumas casas e na maioria se podem ver luzes piscando de árvores de mentira. Apoio-me no carro e então me afasto quando ele se move atrás de mim. Vou até a porta traseira, abro-a e pego a mochila de Sam. Seguro-a pela alça e a mochila se solta porque eu peguei a alça errada, todas as coisas caem no jardim, tilintam e fazem barulho.

– Merda.

Merda.

Agacho-me e coloco as coisas de volta na mochila, com cuidado para não me cortar. Olho para os lados para ver se ninguém está olhando, mas não há ninguém, pelo menos não que eu consiga ver. Tudo volta para a mochila, o boné também, que, por alguma razão, me esqueci de colocar. Eu o pego de volta e corto meu dedo com a faca.

– Ah, droga – digo e sacudo a mão.

Chupo o corte no polegar. Não foi muito fundo, mas dói. Fico em pé e dou mais uns passos para a frente. Olho a casa fixamente e me pergunto por que está tão diferente do que era quando passamos de carro por ela dois minutos antes, então me dou conta de que estou na frente da casa errada. Eu nos levei ao outro lado da rua.

Nós nos viramos e passamos por meu carro em direção à casa correta. Não sei qual é o próximo passo. Espero meu companheiro preencher os espaços vazios, o que ele faz, pois meu monstro sabe trabalhar em equipe de verdade. Ele assume o controle e nos guia no pavimento até a porta da frente. Apoio-me na casa. Ele se prepara para tocar a campainha.

Capítulo 18

Casa legal. Rua legal. Uma rua de família. Não parece uma rua de gente branca pobre, do tipo vamos-roubar-um-banco, mas suponho que aqueles desgraçados possam pagar uma casa em qualquer lugar.

A casa tem apenas um andar e é pintada com uma daquelas cores café com nomes que parecem ser latim. O quintal cheira a grama recém-cortada. Há pequenos arbustos de linho de cores diferentes em frente à casa com espaços entre eles tão precisos que parecem que foram medidos, alguns com folhas vermelhas, outros com folhas verdes. São cercados por pedras de calcário, e não por sujeira ou cascas de árvore; um jardim ajeitado que exige baixa manutenção, plantado sobre telas de controle de ervas daninhas, eu suponho. O tipo de jardim que Jodie queria e o tipo de jardim que teríamos até Gerald Painter nos tirar tudo isso. Há uma bétula prateada na frente da casa, fora do jardim, cujas raízes irromperam no solo e danificaram a calçada.

É uma casa de tijolos, uma casa bela e sólida, com uma bela porta da frente sólida, com faixas de pedaços finos de vidro, um terço do lado direito e um terço do lado esquerdo, com um trinco de prata fosco na direita. A campainha é uma caixa preta pequena com um botão branco que soa por tanto tempo quanto se apertar. Posso ouvi-la soar enquanto o monstro a pressiona. Ele não solta o botão enquanto não enxergamos a imagem de uma sombra que vem do corredor em direção à porta, lentamente, e não exatamente em linha reta; detalhes da imagem distorcida pelas faixas de vidro da porta.

A porta se abre. Meu futuro se abre e o destino desse homem também, esse homem com ferimentos no rosto e no pescoço que lembram meus próprios ferimentos. O nariz tem um pequeno band-aid. Ele comprime os olhos e empurra o corpo para a frente para ver melhor e nós queremos enfiar a faca de bife bem na cabeça dele.

Seus olhos se arregalam quando ele me reconhece, não nós dois, apenas eu, e, por alguma razão, ele não consegue ver o monstro, pois ele sorri, não um sorriso do tipo sua-esposa-está-morta-e-a-culpa-é--minha-vá-se-foder, mas um sorriso triste, empático, que se estende debaixo do band-aid.

– Entre – ele diz, antes que qualquer um de nós consiga dizer uma palavra.

– Obrigado – dizemos, e ele fecha a porta atrás de nós.

– Achei que talvez você aparecesse – ele diz.

Ele anda na nossa frente, mancando levemente, pende para a esquerda e precisa se corrigir o tempo todo. No caminho do corredor, tudo parece bem. Fotos que para mim parecem borradas, uma estante, vasos de plantas, todas merdas chatas para quem não mora aqui. Ele me leva até a sala de jantar, que está arrumada, e não tem garrafas de cerveja espalhadas, embora ele pareça mais bêbado do que eu.

– Sente-se – ele diz.

Há bancos no balcão da cozinha e sentamos em um deles. Está alguns graus mais quente aqui dentro do que lá fora e há um conjunto de portas francesas que estão escancaradas. A sala de jantar dá para um deque onde há iluminação externa, uma churrasqueira a gás e uma mesa de piquenique que ficou prateada do sol. Há uma árvore de Natal na sala de estar alta o suficiente para tocar o teto e grossa o suficiente para abrigar o que parece ser uns quinhentos enfeites.

– Você... é... Você pensou que eu pudesse aparecer? – pergunto, tentando duramente não enrolar a língua.

– Posso servir alguma coisa para você beber? Não tenho nada alcoólico – ele diz. – Eu tinha, até minha esposa despejar tudo na pia. Ordens médicas, é claro. Não que eu não tenha tentado. Tenho Coca ou Sprite, mas não é igual. Quer alguma coisa?

– Por que você... Por que você pensou que... ahn... eu ia... – respiro fundo e expiro alto – ia... ah... aparecer?

Ele dá de ombros.

– Não sei.

Painter adquire uma aparência um pouco distorcida. É como se estivesse ao lado de um fantasma idêntico a ele, como se o fantasma dele estivesse no mesmo lugar, mas alguns milímetros afastado, então parece que está tentando se desprender. Quando esfrego os olhos, o fantasma desaparece.

– Sabe, sim. Você não... – respiro fundo mais uma vez e consigo sentir o gosto da cerveja, de repente eu realmente preciso de uma bebida – não teria dito uma coisa dessas se não soubesse.

Painter deve ter mais ou menos uns 40 e tantos anos, ele tem a cabeça raspada e olhos escuros que não parecem enxergar muito nitidamente. Ele se senta em um dos bancos do balcão da cozinha lentamente, respirando com dificuldade e se apoiando no banco ao mesmo tempo. Há um forno de micro-ondas atrás dele com um relógio que não se encaixa com minha noção de tempo, pois me diz que estou aqui há cinco minutos e tenho certeza de que se passou apenas um minuto.

– Desde o... assalto, tenho tido problemas – ele diz. – Alguma coisa aqui se quebrou – ele fala e dá um tapa na cabeça, percebo que sua cabeça só foi raspada recentemente. – Quer dizer... Os médicos disseram palavras mais complicadas, mas, se a gente pega essas palavras e as coloca na sua forma mais simples, foi isso o que eles disseram. Não consigo caminhar em linha reta. Vou pegar uma coisa e erro a direção. Vou mijar e vai tudo para o chão. Tem um zumbido no meu ouvido que não para e, às vezes, do nada, começo a chorar. É permanente também. Eles falaram palavras complicadas para explicar isso também, mas não importa. É como se eles tentassem colocar uma droga de laço de fita na embalagem, o presente continua o mesmo. Isso é para o resto da vida – ele diz. – Não posso voltar a trabalhar. Não posso dirigir. Não posso sair para a rua quase nunca. Não sei o que fazer. Vou perder a casa, isso, com certeza. Tinha seguro para o que aconteceu comigo, mas não cobre merda nenhuma. Mas, puxa... Olhe só para mim, reclamando do que aconteceu comigo. O que aconteceu comigo não vale nada se compararmos com o que aconteceu com você. Com sua esposa e o gerente.

Coloco a mochila sobre o balcão.

Abra, abra, abra.

Abrimos. Minha bexiga está prestes a explodir.

– Você ia dizer alguma coisa? – ele pergunta.

– O que você... O que... quer saber de nós?

– Nós?

– Nós? Eu disse nós? Não, eu disse de mim.

– Você disse nós.

– Eu me... me enganei. Diga. O que você quer ouvir?

– Não sei.

– Você disse que me aguardava – digo e me concentro com força nas palavras.

– Aguardava, não. Esperava, acho que é uma palavra melhor.

– Esperava? Por quê?

– Não sei por quê. Não sei mesmo.

– Conte.

Ele respira fundo por um tempo e seu rosto se contorce. Ele é incapaz de ficar com as mãos paradas.

– Mal consigo dormir – ele diz. – E, quando consigo, sempre tenho sonhos... Não vi ninguém morrer, mas sei que as pessoas morreram. Eu os vi depois, sabe? Depois que foram mortos. Vi sua esposa, quer dizer, não a vi morrer, e ainda estava inconsciente quando me levaram, mas a vejo morrer de qualquer maneira. Não vi de verdade porque eu estraguei tudo e os deixei me derrubarem sem lutar. Quer dizer, eles podiam ter me matado em vez disso, certo? Preferia ter morrido tentando do que... do que isto. Sonho com eles, sabe? Com os homens que fizeram isto. Sua esposa vem até mim, à noite, nos meus sonhos.

– E o que ela diz? – pergunto, verdadeiramente curioso. – Ela ainda não veio me ver.

– Ela me diz que eu não poderia ter feito nada.

– Você acredita nela?

– Não.

– Você é patético – digo, mas as palavras não são minhas. – Patético de merda.

– Eu sei – ele diz e tenta conter o choro.

– Pare de chorar.

– Não estou chorando – ele diz, soluçando.

– Droga – digo, sacudindo a cabeça, mas agora estou sóbrio, sem risco de vomitar. – Você podia tê-los impedido – falo, minhas palavras agora são violentas, claras.

– Você acha que eu não queria? Ah, merda, não é justo, quer dizer, seis homens armados e eu tenho o quê? – ele diz, secando as lágrimas dos olhos antes que caiam. – Com certeza, nenhuma arma de nenhum tipo. O banco me fornece um uniforme, e só. Quer dizer, isso não vai exatamente desencorajar assaltantes de banco profissionais. Merda! Eu não consigo nem afastar os skatistas desgraçados da calçada. Queria fazer mais, gostaria de poder ter feito mais, só que... Ah, que merda... – ele diz. – Você veio aqui para me matar?

– É isso o que você quer?

– Eu... Eu acho que sim.

Suas mãos estão fechadas e tremem. As lágrimas lhe correm pelo rosto.

– Eu... Eu não tenho coragem de me matar.

Todas aquelas lembranças que tive antes, que não eram lembranças, que pareciam mais com rolos de filme com diferentes cenários que rodavam em minha mente, começaram a rodar de novo e vejo, em todas elas, que não há nada que esse homem pudesse ter feito. Um homem desarmado contra seis homens com espingardas. Todas as vezes que ele tenta nos proteger, uma das armas, ou mais, o coloca em seu lugar, o peito e a cabeça dele explodem como um balão de sangue.

– Você poderia ter salvado a minha esposa – me ouço dizer, embora saiba que não é verdade.

Vasculho dentro da mochila e tiro uma faca de cortar carne com serra. Ele não parece tão alegre para morrer quanto parecia cinco segundos atrás, mas não se mexe nem tenta lutar comigo.

Ele chora com mais força.

– Desculpe, eu sinto tanto... – ele diz. – Devia ter sido eu. Eu devia ter morrido.

– Tem razão. Devia mesmo.

– Eu... Eu mesmo queria fazer isso – ele diz quando nos levantamos e nos aproximamos dele. – Mas não consegui. Estava apavorado demais. Fiquei sabendo quem você era e imaginei que pudesse vir, se você fosse como seu pai.

– Edward, o caçador – digo.

Pensei que minha mão fosse tremer, mas não. Está firme, e seguramos a faca, e nossos nervos estão estáveis.

– Não posso lutar contra meu destino – digo.

– Por favor, apenas seja rápido.

– Vamos ser.

– Obrigado – ele diz, mas não tenho tanta certeza de que ele realmente está agradecido.

Capítulo 19

Dirijo-me para a rua, minhas mãos tremem, estou com a mochila em uma das mãos, a faca está enfiada lá dentro. No final, eu não usei nenhum dos outros equipamentos. Da próxima vez, vou viajar mais leve.

Ainda estou na entrada da casa quando um carro estaciona na calçada do quintal. É parecido com o outro estacionado, a mesma cor, um pouco menor, também estrangeiro. A porta do carona se abre e uma menina salta de lá de dentro e em um primeiro momento não consigo entender muito bem. Os faróis me cegaram, está escuro aqui fora, por isso, neste momento, penso que a garotinha é Sam. Não faz sentido, estou na casa de um estranho, Sam está na casa dos avós e deve estar na cama com o Senhor Fofo, encolhida e dormindo e sonhando com a mãe. Mas o pensamento vem mesmo assim e a garotinha corre em minha direção e grita "papai", antes de parar bruscamente e olhar fixamente para mim e para o personagem na mochila que tenho nas mãos.

Os faróis são desligados, o motor morre e a porta do motorista se abre. Uma mulher sai do carro, é a mulher de Painter, e ela reparou que estou parado aqui, mas não olhou muito atentamente a ponto de perceber que não sou o marido dela.

– Pensei que, quando fôssemos para a cama, poderíamos querer tomar um... – ela diz ao se aproximar, mas então, como a filha, fica paralisada. – Quem é você? – pergunta, apertando os olhos.

– Estou de saída – digo.

– Oh, meu Deus – ela diz e agora me reconhece. – Oh, meu Deus, isso que você tem na camisa é sangue? O que você fez com Gerald?

Não respondo.

Ela toma a filha nos braços. Dou alguns passos na calçada e ela recua em direção ao carro.

– Gerald! – ela grita.

Ele não responde.

– O que você fez com meu marido?

– Nada – respondo.

– O que você fez com ele? – ela repete e empurra o corpo contra o carro como se tivesse esquecido que ele está ali.

Dou a volta nela e ela se vira, sem tirar os olhos de mim. A noite refresca e nuvens cobrem o céu.

– Nada – torno a repetir.

– Está tudo bem, querida – Gerald fala, saindo pela porta. – Ele não fez nada comigo.

– Você está bem? – ela pergunta.

– Sim. Melhor do que jamais vou ficar.

– Está chorando? – ela pergunta e então se volta para mim. – Esse sangue nas suas roupas... – ela diz e sua voz vai sumindo.

– É o sangue da minha esposa – digo enquanto tento encontrar um caminho até meu carro.

Lentamente caminho naquela direção.

– Eu sei quem você é – ela diz. – Não foi culpa dele.

– Querida, está tudo bem – diz Gerald. – Está tudo bem mesmo.

– Sei que não foi – digo e dessa vez as palavras são minhas; claras e sóbrias, saem de dentro de mim e, quando passo pela esposa, ela coloca a filha no chão e a menina corre em direção ao pai e o abraça com força.

– Quem é esse estranho? – ela pergunta.

– Foi por isso que eu vim. Para lhe dizer que ele não teve culpa – digo e me volto para Gerald, que envolve a filha num apertado abraço. – Não teve. Eu sei que não.

Volto-me para a esposa. Parte da raiva dela se esvai, porém ela não diz coisa alguma. Gerald ainda chora. Soluça pesadamente agora, com lágrimas grossas, soluços tão profundos que me enraivecem, enchem-me de remorso e me fazem ter uma vontade imensa de partir. Aperto a mochila com mais força e continuo a andar em direção à rua. Agarro-a com força para ter certeza de que não vai cair e espalhar todas as coisas pelo chão como antes.

A mulher permanece encostada no carro, mas ainda me observa.

– Ele não teve culpa – ela diz.

– Eu sei.

– Sabe agora – ela diz –, depois de estar aqui – ela fala e dirige os olhos para a mochila por um breve segundo. – Mas e antes de chegar aqui? Sabia?

Não respondo.

– Vamos nos mudar – ela diz. – A casa vai ser posta à venda na semana que vem, mas acho que não podemos esperar até a venda. Minha irmã foi assassinada no ano passado; numa noite, quando voltava do cinema para casa, um louco arrombou a casa dela e a matou. Minha irmã passou a vida em uma cadeira de rodas maldita e, nesta cidade, seu carma foi ser violentada e morta. Uma colega minha do trabalho desapareceu, uns meses atrás, e foi encontrada no mês passado, cortada em uma dúzia de pedaços por um cortador de grama. Temos que sair daqui. O que aconteceu com Gerald, eu agradeço a Deus por não ter sido pior. Foi para você, eu sei, mas meu marido, ele está arrasado agora. Ainda o amo e sempre estarei com ele, mas o que aqueles homens fizeram... Ele é vítima daquilo também. Eles o mataram e o deixaram vivo. Meu marido é um homem arruinado.

– É uma cidade arruinada – digo, dou as costas para ela e vou embora.

Capítulo 20

Seu bichinha desgraçado.

– Ele não teve nada a ver com aquilo.

Ele deixou sua esposa morrer.

– Ele não teve culpa.

Quer saber? Pare com essa bobagem. Você não tem nada a ver com seu pai.

– Não quero ter.

Bem, você precisa ser como ele se quer vingança para Jodie. Ou isso não importa mais?

– Claro que importa.

Então a voz se vai.

Caminho em linha reta no início, minhas pernas estão firmes, mas então meus passos vacilam um pouco, depois um pouco mais e, quando alcanço o carro, tenho as mãos no estômago, o mundo gira fora de controle. Caio de joelhos e me agarro no chão, provavelmente do mesmo jeito que meu pai descreveu quando Belinda e eu finalmente saíamos do gira-gira. Não creio que naquela época tenha vomitado alguma vez, mas desta vez meu estômago aperta, minha garganta se contrai e aí um vômito quente jorra da minha boca, cerveja espumosa e bile formam uma poça do lado da porta do carro. Fico em pé com um gosto horrível queimando em minha boca, esfrego a mão na boca e me dou conta de duas coisas ao mesmo tempo: primeiro, não sei onde estão as chaves e, segundo, derrubei a mochila novamente. A sobriedade que o monstro trouxe com ele foi embora com ele e me abandonou, de repente o mundo gira para um lado e minha cabeça gira para outro, a mistura não parece boa e eu me sinto muito, muito enjoado.

Minha mochila está a alguns metros. Volto e a apanho. Apalpo os bolsos, mas minhas chaves não apareceram desde que os apalpei há vinte segundos. Alcanço o carro e há um gato preto e branco sentado no capô, encarando-me. Ele me observa espiar dentro do carro para ver se não deixei a chave na ignição, mas ela não está lá. Percebo que derrubei a mochila de novo. Ando em volta do carro e encontro a chave caída no chão, ao lado da poça de vômito. Apanho-a, erro o orifício da chave e a deixo cair bem na sopa de bile e cerveja. Droga. Pego-a e ela pinga, quando tento limpá-la na grama, quase perco o equilíbrio e meu boné cai. Apanho a mochila e o boné e levo um tempão tentando destrancar a porta de trás. O gato pula e se esconde atrás do primeiro arbusto que encontra pela frente. Jogo tudo no banco traseiro.

A noite ficou consideravelmente mais escura desde que cheguei, fazendo as luzes de Natal nas casas vizinhas parecerem ainda mais brilhantes. Mas não brilham o suficiente para me iluminar quando estou de pé ao lado do carro aliviando a dor na bexiga, esvaziando-a no gramado. É isso ou me mijar no carro. Meia dúzia de Papais Noéis me encara, estão trepados nos telhados; todos pensam a mesma coisa: preferiam estar em outro lugar.

Quando termino, sento meio desajeitadamente no banco do motorista e descubro que há dois volantes e duas ruas à minha frente, mas eles se fundem em um só quando coloco a mão esquerda sobre o olho direito. Pequenas gotas de chuva aparecem no para-brisa. Gerald Painter ainda está dentro de casa com a família e provavelmente ainda chora. Ponho a mão no peito para checar meus batimentos, imaginando que devam estar acelerados, mas não. Poderia ser um assassino agora. Se o monstro tivesse assumido o controle, eu seria mesmo. A pergunta é: por quanto tempo posso mantê-lo sossegado? Não, espere, a verdadeira pergunta é: eu o quero sossegado?

Levo as mãos ao volante e descanso a cabeça sobre os braços. Fecho os olhos por um momento e torno a abri-los ao som de batidas no vidro do carona. Lá fora, chove torrencialmente.

Capítulo 21

— Que diabos você faz aqui, Edward? – ele pergunta e parte dele, uma pequena parte, já sabe.

Ou suspeita.

O aviso de Benson Barlow ficou em sua mente o dia todo, um aviso que não é fácil de ignorar, principalmente porque Edward foi visitar o pai hoje e agora está estacionado a duas casas do segurança que foi ferido durante o assalto.

– O que... Quem está aí? – Edward pergunta e ergue a mão para proteger os olhos, muito embora não haja luz de verdade.

– Vamos lá. Eu lhe dou uma carona até em casa.

– O quê?

– Saia daí e passe para o banco do carona – ele diz e abre a porta. – Depressa. Estou ficando ensopado.

Edward sai. Ele enche os pulmões de ar, o que lhe causa dor, se inclina para a frente, apoia-se nas mãos e começa a vomitar. Uma poça de vômito aparece. A chuva aperta de repente. Certamente ninguém antecipou isso no mundo da previsão do tempo. As costas da camisa de Edward já estão encharcadas. Ele espera um pouco enquanto Edward tosse e, quando parece que o cara nunca vai se levantar, ele se abaixa e o segura pelo ombro.

– Vamos lá. Temos que ir.

Ele ajuda Edward a se erguer, com cuidado para não pisar no vômito. Edward gira o corpo para ter uma visão melhor da rua. Há uma viatura estacionada a uns vinte metros. Schroder o conduz para o banco do carona onde há mais poças de vômito lavadas pela chuva.

– Que diabos você está fazendo aqui? – Schroder pergunta.

– Estava dormindo.

– Estas são as roupas que você usava no banco?

– Talvez.

– Estão cobertas do sangue de sua esposa.

– Estão, é?

– Entre – Schroder diz impassível.

Edward se acomoda no banco do carona e Schroder dá a volta no carro e senta ao volante. Há uma hora tudo o que precisava fazer era se mover e por isso começara a suar. Agora está tremendo. O interior do carro está abafado e ele liga o ar-condicionado para limpar o para-brisa embaçado. O carro que o trouxe até ali o segue. Ele liga o limpador de para-brisa. A chuva diminui e depois de algumas quadras cessa quase completamente.

– Escute, Edward – ele diz, o tom de sua voz agora é mais brando. – Sei que você quer respostas, mas aqui não é o lugar onde vai encontrá-las.

– Eu sei.

– Então por que veio?

– Não sei.

– Uh-hum. Gerald Painter não teve nada a ver com o assalto. Ele é tão vítima quanto os demais.

– Não tanto quanto Jodie – Edward responde, Schroder sabe que ele tem razão.

– Escute, sei que é difícil, a sua situação é uma merda, mas você tem que ser homem. Há uma garotinha que precisa de você.

– Sei disso – diz Edward. – As pessoas não precisam me lembrar disso. Você acha que o fato de minha esposa ter sido assassinada me faz esquecer de Sam?

– Claro que não. O problema é que você precisa ser lembrado, sim. Se não precisasse, não estaria aqui agora. Não estaria bêbado e a um passo de se matar em um acidente de carro.

– Por que você veio aqui? – Edward pergunta.

– A esposa de Gerald Painter nos telefonou. Disse que você foi visitá-lo e, de acordo com ela, não foi exatamente uma visita social. Por que você apareceu?

– Por que não pergunta para ela?

– Ela não sabe e Gerald Painter não disse muita coisa, mas eu preciso dizer uma coisa, não me agrada a sua vinda aqui. Além de tudo, você está bêbado, usando as roupas com o sangue da sua mulher. Não foi só a senhora Painter que nos chamou, outro vizinho viu você tropeçando na direção de seu carro e mijando no gramado dele. Os policiais na viatura lá atrás vieram aqui para prendê-lo. O fato de eu estar aqui, isso é um favor, Edward. Estou aqui para levá-lo para casa e evitar que você durma na cadeia nesta noite. Estou aqui para impedi-lo de cometer outros erros.

– Quer que eu agradeça agora? Que tal receber meu agradecimento quando você encontrar os homens que mataram a Jodie?

– Por que veio aqui?

– Não sei.

– Acho que sabe, sim.

Edward encolhe os ombros.

– Acho que você culpa Painter por não ter feito o suficiente para salvar sua esposa. Acho que você queria fazê-lo sofrer pelo que aconteceu, mas aí chegou aqui e o encontrou sofrendo, daí percebeu que nada disso é culpa dele. Acho que, se você não tivesse se dado conta disso, eu não estaria lhe fazendo favores agora. Estaríamos tendo uma conversa muito diferente.

Edward não diz nada, apenas observa a noite pela janela. Schroder fica calado por um instante e pensa em Benson Barlow e no aviso do psiquiatra.

– Você me lembra muito um amigo meu – diz Schroder. – Ele foi se meter com uma coisa que não devia e isso custou caro para ele. Aconteceu com ele o mesmo que está acontecendo com você agora. Ele pensou que a bebida era a resposta, mas ela acabou com ele, acabou com a razão dele. Uma vez, ele saiu à noite, de carro, atropelou uma mulher e quase a matou. Essa é a merda que vai acontecer com você se não puder ter controle sobre as coisas. Meu amigo, ele era policial e sabia das coisas. Você vai terminar caindo num abismo bem do lado dele, e o abismo dele o levou para a cadeia. Pegou seis meses de cadeia pelo que fez. É isso o que você quer? Deixar sua filhinha por seis meses?

Edward não responde.

– Ou pode ser ainda pior. Você pode sair por aí com sua filha junto. Vai arrastá-la para o abismo com você e matá-la.

Nada ainda.

– Escute, Edward, nós vamos pegar os homens que fizeram isso. Essa gente sempre acaba sendo pega.

– E vocês sempre os soltam depois – Edward diz. – Não é verdade? Vocês vão encontrar esses caras, vão descobrir que já lidaram com eles, que já os prenderam e os deixaram sair.

– Não é bem assim – ele diz.

– Não é? Por que não me explica então?

– Seu pai ainda está preso.

– Mas ele é o único, certo? Todos os outros são jogados nas ruas novamente para fazer o que quiserem.

– Acha que eu não sei disso? Acha que é fácil ser policial nesta cidade? O que... – sua voz se enfraquece. – Escute, qual é a alternativa então? Não tentar? Sabe quantos policiais perdemos todo ano porque ninguém mais quer tentar? O ano passado, Edward, o ano passado foi muito duro. Com tudo o que tem acontecido, que inferno, eu mesmo tenho dias em que quero desistir. Esta cidade faz isso. Produz gente assim. Captura, leva as pessoas para os presídios e as manda de volta, mais duras e violentas do que quando entraram. Mas estamos tentando, Edward, e há progressos. As coisas vão mudar. Fazemos o melhor possível com o que temos, e eu garanto a você que vamos pegar os caras que mataram sua mulher. E prometo que eles vão pagar por isso.

– As pessoas acham que eu sou como ele – Edward diz.

– O quê?

– Meu pai. Pensam que sou como ele. As pessoas me reconhecem das notícias e pensam que vou ser o próximo grande serial killer.

– Ninguém o reconhece das notícias, Edward – ele fala e se lembra do que Barlow disse. – Aquilo aconteceu há vinte anos. E você não teve culpa de nada.

– As pessoas estão prontas para me condenar, querem que eu suma para sempre. Têm medo de mim. Mas aqueles homens, por que eles não nos metem medo suficiente para que fiquem presos para sempre? Quando você os encontrar, detetive, e os prender, o que vai acontecer depois? Quanto tempo vai se passar até que você tenha que encontrá-los novamente por ter matado a esposa de alguém? Três anos? Cinco?

– Prometo que eles vão pagar, Edward – ele diz.

Eles chegam em casa. Schroder estaciona na entrada da garagem e os dois descem do carro. A viatura que está logo atrás estaciona na calçada, os pneus arranham o meio-fio. As rodas espalharam a água suja da rua e respingaram na metade inferior do carro.

Eles caminham até a porta da frente e Schroder a destranca.

– O que aconteceu com seu amigo?

– Hã?

– O amigo de quem você falou. Ele estava procurando alguma coisa. Ele conseguiu ficar sóbrio e encontrá-la?

– É, encontrou, e pessoas morreram por causa disso.

– Ele perdeu a família para assaltantes de banco?

– Eu vou ficar com elas por esta noite – Schroder diz e sacode as chaves. – Você pode ir buscá-las amanhã de manhã na delegacia. Onde estão as cópias?

– Eu não tenho.

– Todo mundo tem chave reserva.

– Eu não, porque eu nunca as perco.

– Certo, Edward. Entre e durma um pouco – ele diz. – Não faça nenhuma besteira nesta noite. Não faça eu me arrepender por tê-lo ajudado.

Ele fecha a porta, dirige-se ao outro carro e vai embora.

Capítulo 22

Dou uma mijada, encontro as chaves reserva, dou mais uma mijada, pego uma cerveja, pego um casaco e menos de dez minutos depois de ser deixado em casa estou de volta às ruas, o que é melhor do que a cadeia, para onde pensei que Schroder fosse me levar pelo que o monstro queria que eu tivesse feito. O chaveiro com as chaves reserva tem as chaves do carro de Jodie também e, por alguns segundos, não consigo saber qual delas enfiar na ignição.

Está mais difícil de controlar o carro do que o normal, deve haver alguma coisa errada com ele. Mantenho o volante reto, porém o carro pende para a esquerda, outras vezes, para a direita. Não é hora para o carro estragar. A estrada à minha frente não está exatamente parada, mas minha visão está pesada. Tudo parece borrado e, quando aperto os olhos, acabo vendo as coisas duplas. Perco o controle do carro, bato no meio-fio e o carro para. Posso ver minha casa pelo espelho retrovisor, só andei uns trinta metros.

Tento ir novamente, mais lento desta vez, mais concentrado. Há menos trânsito ainda agora. Algumas pessoas fazem compras, já que os shoppings estão abertos. O Natal estende a hora de encerramento até a meia-noite. Estatisticamente, algumas dessas pessoas irão à falência depois que o Natal passar. Estatisticamente, muitas vão chegar em casa e descobrir que suas casas foram arrombadas ou vão sair do shopping e descobrir que seus carros foram furtados. Estatisticamente, uma dessas pessoas vai aparecer morta em um matagal de manhã e a pilha de casos de Schroder vai ficar muito mais pesada com isso.

Não estou familiarizado com a região e me perco no caminho para o cemitério. Passo alguns semáforos vermelhos sem querer, mas também acabo ficando parado em alguns sinais verdes, o que eu acho que equilibra a equação. Chego até lá em segurança e entro nas estradas secundárias que levam ao cemitério. Não há nenhum detalhe na igreja para ajudar, apenas a falta de luz, uma forma escura um pouco mais escura do que a noite ao redor dela. Continuo dirigindo e me perco em seguida. Não estive aqui desde que Jodie foi enterrada e naquele dia eu seguia as outras pessoas. É um labirinto. A igreja desaparece atrás da fileira de árvores e depois são apenas túmulos e mais túmulos por todo lado, separados por mais árvores. Talvez por isso a cidade seja uma Cidade Jardim, a porra da vista é fantástica depois que se morre.

Dirijo por mais uns cinco minutos antes de decidir que posso ir mais longe a pé. Agarro a cerveja, saio e me encosto no carro parado, mas escorrego na superfície molhada. Caio no chão e esfolo os joelhos, derrubo a cerveja e levo um minuto para encontrá-la. Caminho entre as lápides procurando Jodie e até grito seu nome depois de alguns minutos. No final, estou cansado demais para continuar. Sento-me e me apoio em um túmulo que não é tão antigo quanto os demais. A grama está muito molhada e minha calça parece estar de molho na água. Há espaços vazios na cobertura de nuvens que permitem que a luz da Lua passe, mas eu não vejo a Lua. Uma brisa suave empurra minha roupa molhada contra o corpo. Abro a cerveja e ela derrama por causa da queda. O que não vira espuma e derrama me mantém aquecido enquanto a noite ao meu redor continua a esfriar. Converso com Jodie mesmo sabendo que a pessoa embaixo de mim não é Jodie, porém alguém que morreu faz alguns meses, de acordo com o que está escrito na lápide, pois não diz mais nada, talvez ninguém se importasse o suficiente ou talvez as pessoas tenham ficado felizes quando ela morreu.

– Sinto muito, Jodie – digo. – Por tudo. Sinto que você tenha morrido. Sinto que tenha sido minha culpa. Sinto por ter quebrado os pratos na parede da cozinha.

Jodie e o cara embaixo de mim me ignoram. O cemitério está mortalmente silencioso, porém belo. O céu está limpando, as nuvens se dissipam e revelam milhares de estrelas. Elas iluminam a noite, conferem silhuetas às árvores, brilhando no solo onde a morte e os amigos que ela fez nos últimos anos estão enterrados ao meu redor. A brisa fica morna novamente, e mais forte também, e vem do noroeste acima das colinas de Port Hills, iluminadas com luzes das ruas e das casas, chicoteando através de campos de mata, grama e rocha antes de varrer a cidade lá embaixo. Quando atinge o cemitério, recolhe folhas e pétalas e as espalha ao redor. A brisa sopra poeira em meus olhos e preciso virar de costas para ela. Logo as estrelas perdem a luminosidade e não consigo mais sentir o gosto da cerveja. Acordo provavelmente apenas uns minutos mais tarde, mas devem ter passado algumas horas desde que o sol substituiu a Lua no céu. A luz forte atinge meus olhos com tanta força que quase faz um furo na minha cabeça. Rolo para o lado para enterrar a cabeça no meu travesseiro, mas há apenas grama e uma lápide. Esfrego os olhos e não tenho a menor ideia de onde estou por uns dois segundos, então tudo volta rapidamente. A brisa esmoreceu derrotada. Percebo que sou um entre muitos que pegaram no sono com uma garrafa de alguma coisa aqui com seus amados frios sob a terra. Minhas roupas fedem a suor, a vômito e a sangue de Jodie.

Meu corpo dói quando me levanto, os músculos estão duros e doloridos. Não tenho certeza de onde meu carro está, então escolho uma direção e caminho. Nada me é familiar e tudo é igual. Caminho por vinte minutos em círculos até encontrar meu carro. As chaves ainda estão na ignição. Já há pessoas que chegaram para um velório e elas me lançam um olhar de suspeita, provavelmente porque parece que eu acabei de sair de um dos túmulos daqui. O cemitério precisa de um jardineiro, a grama está muito alta e os jardins estão tomados por uma onda criminosa de ervas daninhas. Um lado do carro está sob o sol escaldante e o outro tem folhas úmidas grudadas nele.

Pego as ruas secundárias para chegar em casa, em vez de pegar as ruas principais, pois imagino que será mais rápido, mas imaginei errado. Passo por umas pessoas que constroem cercas, outras cortam a grama, atividades de verão, um mundo de distância do mundo em que vivo agora. Quando finalmente chego, corro para o banheiro e dou uma longa mijada fazendo o possível para acertar a privada, e não o chão ou meus pés. Tenho quase certeza de que estou drenando os únicos fluidos que tenho em meu corpo.

Cambaleio até a cozinha e abro a geladeira. O leite venceu, mas o gosto não parece ruim, e bebo meio copo antes de decidir que leite é absolutamente a última coisa que eu quero agora. Olho para a cerveja. Retiro o que disse, o leite não é tão ruim afinal de contas.

Apoio-me no banco da cozinha, desorientado e perdido, como se esse não fosse o meu lugar, e assim fica mais difícil lembrar direito o que aconteceu na noite passada. Parte de mim não sente que voltei para casa: estou preso em algum lugar, talvez em um purgatório onde o leite está sempre vencido e minha boca está seca e minha língua gruda no céu da boca. Até meus dentes estão doloridos de rangerem durante o sono. Penduro as roupas do banco ensanguentadas de volta antes de tomar um banho demorado. Ele me revigora um pouco, pelo menos fisicamente, mas mentalmente estou exausto por causa dos acontecimentos da noite passada, que a memória traz de volta.

Mais do que tudo, estou profundamente envergonhado.

Meu coração acelera quando lembro que detive a faca quando estava perto de cortar Painter. Sinto vontade de vomitar de novo. Não tenho a menor ideia de por que fui à casa de Gerald Painter. Nem ideia de qual era o plano. Se eu tivesse matado Gerald Painter, será que o monstro teria me mantido sóbrio ou teria me abandonado assim que o sangue jorrasse até o teto? O que teria acontecido à esposa e à filha dele se elas tivessem entrado enquanto eu estava lá?

Arrumo a cozinha, abro o que sobrou da cerveja e do vinho e jogo pelo ralo da pia. Lembro-me do que Schroder disse ontem à noite e, mais importante que isso, eu me lembro do que disse para ele, e essas lembranças parecem se chocar de uma maneira bacana que confunde todas as coisas. E de repente me lembro das palavras de meu pai ao se despedir de mim e elas fazem sentido: "Está tudo bem. Escute a voz."

Ainda estou um pouco bêbado, posso estar um pouco acima do limite, mas o mundo não gira muito enquanto dirijo. Encontro um estacionamento perto da delegacia. Minhas chaves me aguardam na recepção, atrás do balcão. Não me fazem perguntas sobre a noite passada. Apenas pedem minha identidade para ter certeza de que as chaves me pertencem mesmo. Schroder não está por perto. Está provavelmente em algum lugar na praia ou fazendo suas últimas compras enquanto Jodie jaz fria sob a terra. Eu me dou conta de que não comprei nada de Natal para Sam – Jodie e eu sempre deixávamos esse tipo de coisa para os últimos dias. Há um cara na frente da delegacia com uma propaganda pendurada nos ombros, como um sanduíche, enquanto segura uma Bíblia e prega suas ideias de forma violenta, e me pergunto se ele conhece Henry, o mendigo.

Dirijo até o presídio e passo por alguns shoppings no caminho, de cujos estacionamentos os carros são derramados para a estrada. As compras de Natal estão em plena eflorescência, as pessoas empurram carrinhos cheios de comida. Há um outdoor que tem duas vezes o tamanho de um ônibus cravado no chão na entrada da cidade fazendo propaganda de um novo empreendimento imobiliário, chamado de subúrbio do futuro. Penso na hipótese de o anúncio pressupor que Christchurch está presa no passado ou que o novo condomínio vai lembrar alguma coisa como os Jetsons. Há fumaça subindo dos campos, os fazendeiros queimam lixo. Grandes unidades de irrigação molham plantações sob o sol quente.

A mochila de Sam ainda está no banco traseiro, cheia de gostosuras da morte que preciso devolver ao lugar a que pertencem. Se o curioso Schroder tivesse espiado, as coisas poderiam ter terminado de forma muito diferente.

Não ligo com antecedência desta vez. Estaciono o carro na mesma vaga, a mesma mulher com quem falei ontem está aqui hoje e o mesmo sorriso, um sorriso que faria baleias encalhadas rolarem de volta para a água, vacila quando ela me reconhece.

– Estou aqui para ver meu pai – explico, como se pudesse haver outra razão.

– Ele o está aguardando – ela diz.

– Mas... Eu não liguei para avisar.

– Deve ser um milagre então – ela fala.

Mas ela está errada. Não sei o que pensar sobre o fato de meu pai saber de antemão que eu voltaria. Sobremaneira, me irrita muito que ele seja tão arrogante a ponto de pensar isso e suspeito que talvez arrogância não seja a palavra certa, já que ele tinha razão.

– Você escuta a voz – ele diz quando o guarda já me escoltou até a sala de visitas.

É o mesmo guarda de ontem, ele me deu as mesmas orientações e reforçou a parte de "não gritar" duas vezes. Há menos pessoas na sala de visitas, o que deveria fazê-la parecer maior, mas de alguma maneira o efeito é inverso. Menos pessoas aqui faz o lugar parecer mais frio, estagnado, muito mais depressivo, faz parecer que as paredes estão se fechando e fico só imaginando o que não são as celas. O Escultor não está aqui. Ninguém me nota.

Sento na frente dele. Está diferente de ontem, mais jovem, se é que isso é possível, como se isso o estivesse rejuvenescendo.

– Deixe-me fazer uma pergunta – ele diz. – Você acha que ser contador o credencia para saber do que é feito um homem? Qual é a soma?

– O quê?

– Veja, vinte anos aqui, é o que tenho. Um homem é formado de muitas partes – ele diz. – Há coisas em seu núcleo. São moldadas pela família, os amigos, moldadas pelo sangue que corre em suas veias. Claro que os acontecimentos moldam um homem também. Os do passado e os que se desenvolvem diante de si. Sou a soma de muitas coisas. Você, sua irmã e sua mãe eram todos parte de mim, bem como minha família, enquanto eu crescia. Mas não era o suficiente para me fazer completo. Pensei que pudesse ser, quer dizer, quando conheci sua mãe e quando começamos nossa família, pensei que seria o suficiente. Mas não foi. Você e eu somos feitos dos mesmos componentes.

– Você é cheio de merda.

– Você é meu filho – ele diz. – Não consegue negar que muito do que está dentro de mim está dentro de você também.

– Você está errado. Posso negar porque não é verdade. Você e eu não somos nada parecidos.

– Por que você quis ser contador? – ele pergunta.

Inclino-me para trás sem saber aonde ele quer chegar.

– Não sei – respondo, sacudindo os ombros.

– Quer saber o que eu acho?

– Não.

– Bem, vai ouvir mesmo assim. Afinal de contas, é a razão por que veio aqui.

– Então por que pergunta? – digo e sacudo a cabeça. – Pois fale.

– Foi para me orgulhar. Quis ser um contador para ser como seu pai.

– Espere...

– Para quê? Para poder negar.

– Espere um pouco... Você era contador?

– Você tinha 9 anos quando fui preso. Não tente fingir que não tem ideia do que eu fazia para viver. Você é igual ao seu velho pai! – ele diz.

Não respondo. Não quero pensar nisso.

– E a voz confirma o que digo. Minha escuridão e seu monstro são parecidos como nós somos parecidos.

– Isso é loucura – digo. – Você é louco. Não sei por que vim aqui. Eu me odeio por ter vindo ontem – digo sem me mover do lugar.

– Você veio aqui para aprender – ele diz – a não desconsiderar aquilo que eu digo.

– Não. Eu vim aqui porque... – minha voz some, de repente não tenho mais certeza.

– Porque você quer respostas. Tudo o que aconteceu na semana passada... Está ouvindo a voz, não está, Jack? Ela voltou.

Meu pai sorri. É o mesmo sorriso de quando era criança, e uma parte de mim, uma pequena parte que forma o todo que eu sou, pelo menos de acordo com meu pai, quer abraçá-lo, quer chorar em seu peito e pedir que torne as coisas melhores.

– Está aqui para me pedir ajuda – acrescenta.

Inclino-me para a frente e o guarda parece que vai dizer alguma coisa, mas se detém quando vê que não me inclino para abraçá-lo ou lhe dar um soco. Falo mais baixo:

– Você disse que era bom que os tiras não soubessem quem matou Jodie. O que você quis dizer com aquilo?

Meu pai lança um olhar para o guarda, que está abertamente nos observando, e se inclina para a frente também. E de repente somos parceiros, sussurramos segredos. Que venham os bons tempos!

– Disse o que você acha que eu disse.

– Acho que isso quer dizer que você é louco. Que não está nem aí para o que aconteceu com minha família. Ou mesmo com a sua família.

– Não, você não acha isso – ele diz. – Quer dizer o que quer dizer.

– Que é...?

– Quer dizer que aqueles homens ainda estão lá fora, aguardando por justiça, e não há nenhuma razão no mundo que diga que tenha de ser a justiça policial.

– A não ser pela lei.

– A lei fez alguma coisa para salvar sua esposa? – ele pergunta. – A lei aquece o outro lado da sua cama à noite? Dá para sua filha alguém com quem ela possa contar? Prepara os lanches da escola e a coloca na cama à noite e lhe diz para ter bons sonhos? A lei está lá para recompor a sua vida, está lá para segurar a mão da sua filha e dizer a ela que vai ficar tudo bem? Estava lá para estancar o sangue escorrendo do corpo de Jodie quando ela caiu no chão?

– Cale a boca! – digo. – Não quero ouvir você falar dela desse jeito.

– Há vinte anos, filho, você não estava pronto para matar aquele cachorro, mas a escuridão, o seu monstro, fez você matar. Você matou aquele cão e a polícia farejou alguma coisa, apareceu fazendo perguntas. A escuridão tenta jogar com sua impulsividade, filho, e vinte anos atrás sua escuridão fez com que eu fosse preso.

– Hã? Do que você está falando?

– Foi aquele cachorro idiota. Você o matou e com isso chamou a polícia para nossa vizinhança. Você lembra que enrolou a carne em um saco plástico? E, quando deu a carne para o cachorro, deixou cair o saco plástico. O saco veio de nossa casa e tinha minhas digitais nele. Eles compararam com as digitais encontradas nas prostitutas. A polícia conseguiu mandados para vasculhar as casas na nossa rua porque sabiam que um assassino morava lá. Vieram com suas perguntas e depois voltaram com mais perguntas. Eles vasculharam a garagem, filho. Procuraram as coisas cortantes que você colocou na carne e acharam. Mas acharam outras coisas também. Outras... recordações.

– Você guardava coisas das vítimas?

– Pequenas coisas. Na maior parte das vezes, brincos. Às vezes um colar. Não conseguia me controlar. Eles vieram atrás de anzóis e pregos e encontraram suvenires das minhas mulheres.

– Você foi... Espere um pouco, você foi pego por minha causa? – pergunto.

– A culpa não foi sua – ele diz.

– Sinceramente, não sei se me importo com o fato de ser ou não minha culpa – digo.

E é verdade. Estou feliz porque meu pai foi preso e parou de matar. Sim. Estou chateado porque ele foi preso. Claro que sim. Penso no significado disso. Por um lado, sou um herói. Salvei futuras vítimas. Por outro lado, traí minha família. Se eu não tivesse escutado a voz, se não tivesse matado aquele cachorro, minha mãe, minha irmã, elas estariam vivas. Eu as matei tanto quanto matei aquele cachorro. Na semana passada, sacrifiquei Jodie para salvar uma caixa de banco. Vinte anos atrás, sacrifiquei minha família para salvar outras prostitutas. O que isso faz de mim? Um negociador da morte?

– Filho, não o estou culpando. Você não podia saber e era jovem demais para controlar a escuridão. Desde o cachorro que você matou, quantas vezes mais você escutou?

– Por que você está me falando isso?

– Os homens que fizeram isso, eles têm alguma coisa dentro deles também, não a voz que temos, mas algo que os torna diferente. Todos eles devem ter uma ficha criminal – ele diz. – Pense um pouco, é óbvio.

Penso sobre o assunto. Penso sobre o que Schroder me disse na noite passada, nossa conversinha amigável sobre as pessoas que são presas e soltas novamente, nossa conversinha amigável sobre a porta giratória enorme que é a prisão hoje em dia.

– Todos eles cumpriram pena – continua. – Só podem ter cumprido. Aposto que alguns deles, se não todos eles, se conheceram provavelmente na prisão. A prisão é isso mesmo, não é? Para mim, é minha casa. Nunca vou ver além destes muros novamente, mas, para esses homens, a prisão é um lugar para desenvolver novas habilidades, fazer novos amigos.

Permaneço em silêncio, mas continuo a ouvir.

– A prisão abriga as pessoas, educa-as de maneiras muito, muito perigosas e depois as cospe de volta para a sociedade. A maioria dos assassinos de Jodie, se não todos, entrou e saiu por estas portas por ter cometido diversos crimes.

– E você sabe quem são essas pessoas, certo? É por isso que está me dizendo essas coisas. Quer que eu encontre essa gente para satisfazer a sua escuridão.

– Acho que podemos ajudar um ao outro – ele diz.

– De jeito nenhum. Isso é bobagem – eu digo. – Não vou ajudá-lo.

– Isso seria uma coisa tão ruim assim, filho? Ou você prefere deixá-los livres? A voz pode ser uma coisa ruim, filho, mas pode ser uma coisa boa também. Você pode usá-la para fazer os homens que fizeram isso pagar pelo que fizeram.

– Para satisfazer a sua escuridão?

– Não. Para mantê-lo são. Se não conseguir controlar isso como eu consegui, vai machucar pessoas boas.

– Espere aí um minuto. Você está dizendo que controlou naqueles anos todos?

– Claro que sim. Também cedi algumas vezes, de certa maneira, mas tinha o controle. Por isso nunca matei ninguém que fosse importante.

– Você matou 11 prostitutas – eu digo. – Como pode dizer que elas não eram importantes?

– Elas não eram.

– Eram, sim.

– Comparadas a quê? Comparadas a minha família? Aos meus amigos? Aos nossos vizinhos? Elas não eram importantes se fossem comparadas com alguém que eu conhecesse. Uma vez que você consiga controlar, isso vai impedir que você mate pessoas boas. Vai impedir que você passe dos limites e perca sua filha. O monstro não vai embora agora, não se estiver no controle e levar você a fazer coisas. Se você não conseguir controlar isso, vai ser mais parecido com seu pai do que jamais pensou ser possível. Somos homens ligados pelo sangue.

– O quê?

– As outras pessoas, elas são atraídas pela aparência, pelo dinheiro, por bons empregos, todas as coisas vazias deste mundo. Outros homens são atraídos por peitos e bundas, as mulheres têm atração por olhos e sorrisos. O seu monstro e a minha escuridão são atraídos por sangue. Isso nos faz homens ligados pelo sangue.

Ele se levanta e de repente me dou conta de que esta reunião, se essa é a palavra adequada, está terminada. Levanto-me também. Meu pai se inclina e segura minhas mãos.

– Não é permitido tocar – o guarda diz, mas meu pai não me solta e ele vem nos separar. – Por hoje é só – o guarda diz, estampando sua autoridade.

Meu pai vai embora.

– Eu o amo, meu filho – ele diz, mas não se vira para dizê-lo. – Aconteça o que acontecer, lembre-se disso.

Não sei o que responder, então não respondo. Vou embora também. E só quando estou no estacionamento olho para o pedaço de papel dobrado na minha mão.

Capítulo 23

Não vejo a escrita de meu pai há vinte anos. Ele costumava me ajudar com as tarefas escolares. Eu deitava no chão da sala com a TV ligada com volume baixo e discutia por que as abelhas colhiam mel ou como não era possível dividir sete por doze. Ele escrevia coisas para mim, lia minhas composições e fazia anotações nas margens, outras vezes, ele fazia anotações nos livros em que estava pesquisando. Ele tem uma escrita elegante, e as letras não se juntam, cada uma é separada; é fácil de ler, fácil de reconhecer mesmo depois de tanto tempo. Ele sempre queria que eu fosse o melhor que eu podia na escola. Esses dias voltam agora para mim, os cheiros da comida da minha mãe, talvez fazendo o jantar, a TV ligada, risadas, clima agradável, um cachorro que late, uniformes escolares, a vida.

Outro carro estaciona. É um Mercedes, do tipo que não é antigo o suficiente para ser clássico, mas está longe de ser novo o suficiente para ser maneiro. Há um arranhão grande na parte de baixo do carona. Um cara, talvez com uns 20 e poucos anos, desce desse carro com os dreadlocks balançando.

– Ei, mano, qual é? – ele pergunta enquanto sacode a cabeça. Imediatamente o odeio. A camiseta dele, toda furada, traz a inscrição "Eu comi no Bleeding Budgie" em letras maiúsculas, de ponta a ponta. Sem foto ou desenho, sem maiores explicações, talvez a parte posterior da camiseta tenha uma frase que complete a ideia, mas eu não olho para descobrir. Ele se dá conta de que falar comigo foi um erro, porque eu o ignoro. Ele dá de ombros e caminha em direção às portas de vidro.

De tão intenso, o calor dentro do carro quase empena o papel que meu pai me deu. Abaixo o vidro das janelas, mas não ajuda muito. Leio o que está escrito algumas vezes e penso em seu significado.

ESCUTE A VOZ. SHANE KINGSLY, ESTRADA STONEVIEW, Nº 23

Vou para casa, e a única voz que escuto vem do rádio. Começa o noticiário, o locutor ignora o assalto ao banco e não menciona nada sobre terem prendido os assaltantes. Novamente, fico preso atrás de outro caminhão lento, então pego um desvio e, em vez do caminhão, fico preso por causa de diversas obras na estrada, onde a via foi esburacada soltando poeira no ar. Há maquinário, canos e fios expostos, mas não há ninguém por perto, os trabalhadores estão de folga no recesso de Natal, enquanto as obras nas estradas estão no limbo até o mês que vem. Lascas de pedras bem minúsculas são lançadas dos pneus dos carros que trafegam na minha frente e atingem o para-brisa, porém não são capazes de lascá-lo. Meu celular toca. Reconheço o número.

– Você foi visitar o seu pai de novo – Schroder diz. – Quer me contar por quê?

– Ele é meu pai. Não preciso de outra explicação. E certamente não preciso dar explicações a você.

– Você parece diferente, Edward.

– É mesmo?

– É. Você soa como se estivesse pensando em algumas coisas e estou certo de que eu não gostaria das coisas em que você está pensando.

De alguma maneira, eu acho que Schroder é o tipo de cara que poderia gostar do que eu estou pensando; o problema é que não posso dividir isso com ele.

– Você me ligou para dizer que prenderam os homens que mataram a minha mulher?

– Estamos trabalhando nisso.

– Foi o que eu pensei. Então, você me ligou por outra razão ou só para me encher o saco por eu visitar meu pai?

– Para lembrá-lo de não ter ideias ruins.

– Não sei do que você está falando.

– Acho que sabe. Acho que está tão perdido neste momento que está buscando conselhos com seu pai e, pode acreditar, ele é a última pessoa de quem você deveria querer conselhos.

– Acho que, se você passasse menos tempo se preocupando com a minha vida, passaria mais tempo procurando as pessoas que a arruinaram.

– Não faça nenhuma besteira, Edward.

– Para quem? Ninguém sabe para quem eu poderia fazer alguma besteira mesmo! – digo e desligo. Ele não liga de volta.

De volta em casa, sento-me à mesa de jantar, desamasso o pedaço de papel e aperto-o contra a superfície plana da mesa de madeira, pressiono a ponta dos dedos e a palma da mão sobre ele, como se passasse a ferro e o desenrugasse. Minha casa ainda está vazia. Sem sombras, sem presenças, minha esposa está aqui menos ainda do que ontem. Tenho um nome e um endereço e não sei o que fazer com isso. Nem por um momento pensei em dar essas informações para Schroder quando falei com ele por telefone e, examinando agora, estou contente por não ter dado mesmo. Não foi a mulher de Schroder que foi assassinada. Isso significa que estou escutando a voz?

Escuto agora. Não há nada.

Não posso passar de novo pelo que passei ontem à noite. Não posso chegar na casa desse homem e... e o quê?

Deixe-me ajudá-lo.

E aí está ela.

– Não – eu digo e as palavras soam vazias na casa vazia.

Podemos fazer isso.

– Não.

Então, deixe eu fazer por você.

Conecto-me e faço uma busca por Shane Kingsly. Ele aparece bem rápido, apareceu e sumiu da imprensa em toda a vida dele. Nada grande, não do tipo tirar-uma-vida-para-ser-grande. Fez um monte de porcarias. Montes de condenações por roubo. Ele tem algumas acusações por agressão e duas acusações por posse de drogas. Não constam aqui todas as estatísticas para eu saber por quantos anos ele entrou e saiu da prisão. A última condenação dele foi de dois anos, por assaltar um posto de gasolina com uma espingarda. Não diz aqui quando ele foi solto da prisão, mas deve ter sido logo, por bom comportamento, o que eu imagino que seja fácil, já que na prisão não há postos de gasolina ou espingardas. Esse homem era um dos seis, mas não foi ele que planejou o assalto. Será que foi esse o homem que matou Jodie? Ele bem pode ser.

Quando o telefone toca, é meu sogro.

– Quando você vem buscar a Sam? – ele pergunta. – Ela está com saudades.

– Eu sei. Sinto muito – eu me escuto dizer. Estou no automático agora. – Estou ocupado. Estive a manhã inteira na delegacia.

– Eles... têm alguma novidade?

– Ainda não.

– Você está bem, Edward? Você parece estranho.

– Estou bem. Posso falar com Sam?

– Claro. Espere um pouco.

– Papai?

– Oi, querida. O vovô Nat e a vovó estão cuidando bem de você?

– Nós montamos uma árvore de Natal – ela conta. – Eles me deixaram ajudar. Foi maneiro. O Papai Noel vai trazer alguma coisa para a mamãe neste ano?

Sento-me, minhas pernas ficam moles. De repente me dou conta de que não tenho ideia de onde o gato está. Nem me lembro da última vez que o vi e não tenho certeza de que tenho dado comida para ele ou mesmo de que ainda esteja vivo. Meu Deus, o monstro não pegou o gato quando eu estava bêbado, pegou?

– Papai?

– Neste ano não, querida. Vou até aí vê-la, está bem? Diga para o vovô Nat e a vovó que estou indo.

Faço uma mala com algumas roupas dela. Há alguns anos, Jodie comprou uma mala para as ocasiões em que Sam passa a noite na casa dos avós. Encontro alguns brinquedos e imagino que sejam suficientes. Todo o resto, pijamas, escova de dente, etc., está na casa de Nat.

O sol ainda brilha claro, o dia já não está tão quente quanto estava há algumas horas, mas ainda dirijo com o vidro abaixado. O clima de Christchurch tem a habilidade de virar bruscamente. Há muitas pessoas nas paradas de ônibus, todas esperam para ir a algum lugar, turistas com mochilas com a metade de seu tamanho nas costas visitam a Cidade Jardim, mães empurram carrinhos de bebês e carregam sacolas cheias de compras. Todas as caixas de correio lá fora estão abarrotadas de propagandas de supermercados e lojas. As crianças correm dos regadores dos gramados na frente das casas e depois sentam sobre eles. Passo por ouriços achatados por carros e cachorros andando livremente pela rua, cheirando sacos de comida de fast-food jogados na sarjeta. Estou controlado por todo o caminho e estou controlado quando estaciono no pátio e desço do carro. Sam vem, abraça-me e me leva para dentro para mostrar a árvore. É a mesma árvore que eles têm todos os anos. Sorrio diante da árvore e digo que está bonita, mas a verdade é que eu provavelmente nunca mais vou gostar de Natal.

– Você está péssimo – diz Nat e acho que ele tem razão, não me olhei de verdade.

– Posso fazer alguma coisa para você comer? – a vovó pergunta.

– Claro, obrigado – digo.

Acho que não comi nada desde o cereal ontem de manhã.

Passo algumas horas na casa. Pareço confortável aqui, porém me sinto um estranho o tempo todo e, mesmo que meus sogros se esforcem muito, acho que esta pode ser a última vez que os visito, a não ser para deixar e buscar Sam aqui, e não sei por quê. Eles não me culpam pelo que aconteceu, mas a dor pela perda está estampada em seus rostos. Não preciso ver isso, não agora, talvez nunca mais. Depois do jantar, nós nos sentamos na varanda, Nat e eu, ele toma uma cerveja e não entende por que não quero uma também.

– Nat, vocês podem ficar com a Sam esta noite? Preciso fazer uma coisa.

Ele toma um gole longo antes de me responder:

– Sabe, Eddie, não estou brincando quando digo que você está péssimo.

– Eu sei.

– A única coisa que você deveria estar fazendo agora é cuidar da família que lhe sobrou.

– É isso o que estou fazendo.

– Uh-hum. E como exatamente você está fazendo isso?

– Vocês podem ficar com a Sam ou não?

– Claro que sim, Eddie, você sabe disso. Só estou preocupado que você esteja pensando em fazer alguma bobagem.

– Como o quê?

– Eu não sei. Alguma bobagem.

– Apenas estou ajudando a polícia com algumas coisas.

– Você tem uma filha que precisa de você. Não estou dizendo que você tem que esquecer o que aconteceu, mas você sabe que precisa deixar a polícia fazer o trabalho dela. Um homem tem que saber quais são suas prioridades.

– Eu sei. Você tem razão. É só por esta noite – digo. – Eu prometo.

– Tudo bem, Edward. E não se preocupe, não vou cobrar sua promessa – ele diz e termina a cerveja.

Capítulo 24

Sento na sala em minha casa com as cortinas fechadas, e o rádio desligado, e a TV desligada, e os telefones desligados. Estou cansado do mundo. Cansado do meu telefone; cansado das mensagens deixadas por repórteres e pelo psiquiatra que eu costumava ver anos atrás e das pessoas querendo saber como eu estou. Olho fixamente para a TV, como se estivesse ligada. No início, consigo ver meu reflexo, mas conforme o dia vai escurecendo fica mais difícil. Não tenho mais nada para fazer a não ser esperar que fique escuro. Olho para a árvore de Natal e mais uma vez penso em desmontá-la, porém uma vez mais decido mantê-la montada para Sam. O sol penetra por uma das janelas da sala, sobe as paredes conforme afunda em direção ao horizonte e seu brilho reflete nas bolas brilhantes e nos sinos da árvore. Move-se para cima até alcançar uma foto de Sam, até outra foto de meu casamento com Jodie, reflete-se por toda a sala: laranja, enfraquece e depois se vai.

Continuo esperando.

A escuridão se estabelece. Passa-se uma hora. Ligo a TV e está passando um programa neozelandês com videntes. No programa, eles tentam solucionar crimes que a polícia não consegue resolver. Um tempo atrás, tinha nojo desse tipo de coisa. Pessoas ganhando dinheiro com a tristeza de vítimas; desde o vidente até qualquer um que tivesse qualquer coisa a ver com a gravação do programa. Mulheres que foram estupradas e assassinadas e depois tinham sua história reencenada e recontada por videntes tentando ganhar dinheiro fácil e o público da TV adorando; pelo menos público suficiente para manter o programa no ar. Mas agora penso diferente. Se a polícia não faz o trabalho dela, talvez os videntes possam fazer. Antes que eu consiga mudar de canal, a fachada do banco aparece, depois aparecem duas fotos dispostas lado a lado: uma da minha esposa e outra do gerente. Jonas Jones, o principal vidente do programa, senta-se a uma mesa de escritório que pode estar ou não dentro do banco, fecha os olhos e, cercado de velas acesas, diz aos espectadores que o dinheiro roubado ainda está em Christchurch, escondido em algum lugar perto da água, o que é uma grande façanha, já que a cidade fica na ponta de um oceano. Não surpreende que os videntes não ganhem na loteria toda semana.

A meia-noite chega e passa.

Eu me visto à 1 hora. As marcas da noite passada na camisa secaram e endureceram. A camisa arranha o meu corpo e tem o mesmo cheiro que tinha pela manhã. Dirijo nas ruas da manhã de terça-feira, a maioria está deserta até perto da cidade, onde há lampejos de vida dos bêbados e vagabundos. No Natal do subúrbio, luzes piscam sobre mim de janelas, telhados e árvores, o ar negro é iluminado por vermelhos e amarelos, assim como pela luz pálida da Lua. Se Jodie estivesse viva, tudo isso pareceria fantástico. Em vez disso, é extravagante e barato. As decorações parecem vir de fábricas de trabalho escravo de países de Terceiro Mundo. Parece que as pessoas dentro dessas casas estão desesperadas por se agarrar à alegria.

Se a leitura de mapas fosse considerada por Darwin em testes de sobrevivência do mais apto, eu teria me dado muito mal. Demoro um pouco, mas consigo encontrar o endereço. Traço uma linha reta no mapa e imagino os bairros, como decaem de forma linear; perto do centro, há casas bonitas, um pouco mais adiante, casas mais ou menos, um pouco mais adiante ainda, casas que só podem ser melhoradas com a introdução de coquetel molotov. É a um lugar assim que o mapa me leva, um bairro que poderia ser visto no noticiário com insurgentes combatendo um exército invasor. Mantenho uma velocidade constante, pois não quero arriscar diminuir a marcha. Passo por carros batidos, máquinas de lavar velhas depositadas em frente às casas, pedaços de madeira espalhados, sacos de lixo abertos com os detritos espirrando para fora. A rua que procuro não é diferente. Todos os quintais estão cobertos de grama marrom e cocô de cachorro. Metade das luzes dos postes não funciona. Apenas algumas casas têm cerca, e essas têm só um quarto da cerca no máximo, uma em cada três ou quatro estacas foi roubada ou usada como lenha. Até alguns anos atrás, não existia uma vizinhança como essa. Havia áreas feias, mas não a esse ponto. Olhando a linha que desenhei no mapa, dá para ver que essa região se espalha e, como um vírus, toca os subúrbios, infecta-os e consome antes de seguir em frente. A mulher do Gerald Painter tem razão de se mudar. Eles devem morar a uns cinco quilômetros daqui, em uma bela rua com belos carros e belas árvores, porém será só uma questão de tempo até o vírus estacionar na frente da casa deles e se mudar para lá.

Passo em frente à casa que eu quero ir, meu coração dispara, minhas mãos suam, mas eu só vim aqui ver a casa, talvez dar uma olhada em Shane Kingsly e depois voltar para casa e...

Bem, voltar para casa e fazer alguma coisa. Não sei o quê. Talvez ligar para a polícia. Talvez ir para a cama. Talvez escrever o nome dele do lado do nome de Dean Wellington e do cara da companhia de seguros.

Então por que a mochila da Sam está no banco traseiro?

– Eu me esqueci de guardar – respondo. O kit para matar recheia o interior dela.

Então por que trocou de roupa?

– Por que não cala a boca?

Estaciono algumas casas adiante, sob uma lâmpada quebrada, do outro lado da rua desta vez, com a casa na minha frente desta vez, assim posso observar tudo. Este é o plano. Sentar aqui por um tempo. Observar por um tempo. Depois ir embora.

Até parece.

Imediatamente, vejo que tenho um problema. Este não é o tipo de lugar onde você possa ficar sentado por um tempo. Permaneço aqui. Logo, logo, um dos moradores vai vir me assaltar ou me matar. Já vi tudo o que podia ver com segurança, agora é hora de ir.

Não é mesmo. Deixe-me ajudá-lo.

– Não.

Tudo bem. Faça como quiser. Deixe que quem fez isso com Jodie fique livre. Volte para a sua vida e siga em frente. Não vai demorar para você ouvir isso das pessoas que conhece. Siga em frente.

– O que você precisa que eu faça? – pergunto.

Descemos do carro. Giro-me num ângulo de 360 graus em busca de alguma pessoa, qualquer pessoa, mas não há ninguém. Pego a mochila de Sam e agarro-a com força.

Movemo-nos até a beirada da propriedade. A grama seca range sob meus pés. Agacho-me e coloco o boné e as luvas de jardinagem, saco uma faca da mochila e me aproximo da casa. Não tem luz lá dentro. Nenhuma das casas desta rua tem luzes de Natal. Papai Noel nem sabe que este lugar existe. A casa de Kingsly é uma casa construída pelo governo, deve ter sido construída há uns sessenta anos, feita de tábuas de madeira que não veem uma pintura desde então. A calha está coberta por um bolor escuro e arqueada em pontos onde está trincada e quebrada. Tufos de capim crescem ali. Um carro batido está estacionado na trilha do quintal, há outro na grama e se juntássemos todos os pedaços que funcionam provavelmente teríamos um carro que não iria a lugar algum. Lentamente me aproximo da casa e tento espiar pelas janelas. Não dá para ver nada.

Circulo pelo quintal com facilidade até a lateral da casa, caminhando lentamente, com cuidado, caso haja cachorros aqui, mas até agora nada latiu para mim. Pensei que um bairro como este tivesse milhares de cachorros. Talvez o vírus os tenha pego.

Olho pela janela dos fundos e obtenho o mesmo resultado. A porta dos fundos está trancada. Não sei como entrar na casa. Acho que o jeito é bater na porta.

Não. Não sabemos quantas pessoas estão lá dentro. Não sabemos quem vai atender. É mais fácil do que isso. Apenas siga meu comando.

Não há muitos lugares para se esconder nos fundos do quintal, mas encontro um espaço vazio em um canto no meio de uns arbustos que há muito não recebem uma poda. Movemo-nos naquela direção, procurando no chão algo para atirar. Miro o telhado e jogo uma pedra. Faz um forte estrondo, eu me agacho atrás dos arbustos, os galhos me arranham e rasgam minha roupa. Permaneço completamente imóvel. Nada acontece. Atiro uma segunda pedra vinte segundos depois.

Uma luz se acende dentro da casa. Apenas uma luz em um quarto. Pode significar que os outros quartos estão vazios. Pode significar que os outros têm um sono mais pesado. Algum tempo depois, ouço a porta da frente se abrir. Vinte segundos depois, ela se fecha e, não muito depois, a porta dos fundos se abre. Um homem, uma silhueta contra a luz do corredor, pisa nos fundos do quintal. Ele só usa uma calça de pijama. Tatuagens que provavelmente têm histórias violentas por trás delas sobem da região da cintura e se espalham pelo corpo. Ele é magro e alto, sua aparência sugere que ele passou metade da vida na prisão e a outra metade nas drogas. Ele percorre o quintal com o olhar, encolhe os ombros e volta para dentro. Espero que as luzes voltem a se apagar, espero mais alguns minutos e atiro uma terceira pedra, com a mesma força, no mesmo local, o mesmo tipo de som.

As luzes se acendem muito mais rápido desta vez. De novo, apenas uma luz. Porta da frente. Nada. Então, a porta dos fundos. Ele sai no quintal dos fundos.

– Porra, quem está aí? – ele pergunta e provavelmente fez a mesma pergunta quando abriu a porta da frente e obteve a mesma resposta, possivelmente acha que está falando com um gato ou um gambá.

Não respondemos. Ele não vai muito longe, caminha um pouco, mas não se afasta muito da porta, pergunta-se se o som que ouviu veio de um animal ou de uma pinha caindo de alguma árvore. A única diferença entre esta vez e a outra é que ele trouxe uma lanterna. Não a usa como uma lanterna, entretanto, a usa como uma arma. Nem mesmo está ligada. É preta, de metal; tem mais ou menos o tamanho do antebraço dele. Eu me dou conta de que, se ele tivesse uma arma melhor, teria trazido aqui para fora. Ninguém traz uma lanterna no lugar de uma arma de fogo. Ele volta para dentro. A luz se apaga. Silêncio.

Esperamos dez minutos desta vez. Tempo suficiente para ele pensar que o barulho não vai voltar. Tempo suficiente para ele talvez voltar a dormir.

Dessa vez, as luzes não se acendem. A porta da frente não se abre. Apenas a porta dos fundos se abre abruptamente e ele se precipita para fora, batendo a ponta da lanterna na palma da mão. Dessa vez, está vestido: jeans preto, camiseta preta, tudo preto.

– Quem está aí? – ele grita. – É você, Reece? Não tem graça.

Ele avança no quintal. Ele liga a lanterna e ilumina áreas aleatoriamente. Passa-a pelos arbustos, mas não se agacha, nem move os galhos para o lado, nem chega muito perto. Não anda em volta deles. Ele acha que seja lá o que esteja atingindo seu telhado é um evento aleatório ou está sendo atirado de fora do quintal. Caminha para um lado, depois para outro, volta para a entrada da casa e olha fixamente em nossa direção sem, entretanto, nos ver. Então, fecha a porta. A luz no quarto dele se acende e apaga, mas ele não está lá, está aguardando perto da entrada, esperando o próximo som, pronto para se precipitar abruptamente em um milésimo de segundo.

Afasto-me dos arbustos, lentamente, movimentos lentos e confiantes terão uma probabilidade menor de chamar a atenção dele caso esteja observando da janela. Estabeleço uma distância maior entre a casa e nós e recuo até a propriedade vizinha, uma casa parecida caindo aos pedaços da mesma forma, as mesmas tábuas de madeira empenadas, o mesmo quintal coberto de cocô, provavelmente o mesmo tipo de pessoa morando nela. Mantenho a fileira de arbustos entre mim e Kingsly. Aproximo-me lentamente da lateral da casa do lado e me dirijo de volta à rua. Meu carro ainda está onde o deixei. Com todas as rodas. Imagino que isso seja o equivalente a ganhar na loteria aqui. Dirijo-me até a frente da casa de Kingsly e caminho sobre a calçada do quintal, mantendo-me abaixado, movendo-me lentamente. Coloco a mochila no meio do caminho entre a casa e a rua. Alcanço a porta da frente e me agacho. Espero um momento para me acalmar, tirando forças do monstro.

Bato na porta. Duas vezes. Duas batidas fortes, barulhentas. Passos golpeiam o assoalho no corredor. Corro, mantendo-me abaixado, de volta para a lateral da casa, antes que ele consiga abrir a porta. Ouço-o dizer alguma coisa, mas não tenho certeza do quê, algo que soa como "que merda é essa?" Chego aos fundos da casa, ponho a mão na maçaneta e confio no desespero de Kingsly para chegar lá fora o mais rápido que puder. Como imaginava, a maçaneta gira e a porta se abre. Não consigo ver nada lá dentro. O corredor tem uma curva, então também não consigo ver Kingsly. Ele está lá fora. Posso ouvi-lo caminhando em volta da casa, perguntando "quem está aí?", quando ele deveria fazer uma pergunta totalmente diferente. Ele deveria perguntar quem está aqui dentro. Fecho a porta. Encaminho-me para o quarto, onde a luz acendia e apagava antes, e uso minhas mãos para achar o caminho, quase tropeço em cabos desenrolados pelo chão. Kingsly permanece lá fora mais um minuto antes de voltar para dentro. A porta da frente se fecha.

No escuro, esperamos que ele entre no quarto.

Capítulo 25

Kingsly se dirige para os fundos. Caminha um pouco lá por um minuto, fala palavrões alto, não sabe bem o que procura. Sabe que não está lidando com pinhas. Finalmente volta a entrar em casa. Anda de um lado para o outro no corredor por um momento com as luzes apagadas. Não sei bem por que, mas, enquanto ele faz isso, me dou conta de que cometi meu primeiro erro. A faca não vai fazer ele falar. Ele não vai entrar aqui, ver a faca de carne em minha mão e começar a falar.

Não consigo ver nada, mas escuto Kingsly. Tudo o que consigo enxergar são os números de um rádio despertador e uma luzinha de um botão power em um aparelho de som. Kingsly conhece sua casa, sabe onde pisar sem esbarrar em nada. Ele está com a lanterna ligada, o que o ajuda, suponho, mas que me ajuda também.

A luz da lanterna adentra o quarto vindo do corredor, iluminando parte da cama do ângulo em que ele se encontra. A luz cresce conforme ele se aproxima. Agacho-me e o espero, a faca erguida diante de mim. Ao entrar no quarto, ele vira a lanterna para a parede em busca do interruptor.

Ele acende a luz no exato momento em que dou um passo para a frente. Não posso matá-lo. Preciso dele. Preciso de nomes, endereços e informações que ele não poderá fornecer se eu enfiar uma faca na sua garganta. Então eu busco o ombro dele. Ele me ouve chegar, vira-se e ergue o braço. Perco assim meu alvo. A faca atinge a mão dele e a empurra em direção à parede, mas a faca também vai em direção à parede e atravessa a camada de gesso, a lâmina é totalmente enterrada e rasga o cabo atrás do interruptor de luz.

Cada músculo do meu corpo se enrijece, minha cabeça se choca contra o queixo dele, meu ombro está dormente e dolorido. Não consigo soltar a faca. Cada músculo do corpo de Kingsly se enrijece também e o braço dele com a lanterna balança irregularmente, um revestimento de metal me atinge com força no ombro e me empurra para trás. Minha mão se solta da faca e sou jogado com força contra a cama, a batida entorta o colchão.

E então nada.

Kingsly permanece de pé, praticamente imóvel. As veias do pescoço e da testa dele estão saltadas. Ele ainda tem a lanterna agarrada à mão, o braço erguido no ar como se estivesse fazendo uma pergunta. Ele não grita. Não tenta remover a faca. Escuto um "hum" baixinho, algumas faíscas saltam da parede atrás da mão dele, mas nada mais. Nenhum estouro de eletricidade. Quase silêncio absoluto, a não ser pelo "hum" baixinho.

Então percebo que, na verdade, ele se move. Movimentos curtos, acanhados, quase todas as partes do corpo dele balançam minuciosamente, para a frente e para trás, quase como uma convulsão, como se ele tivesse no meio de um ataque epilético, mas não tivesse energia para ter um ataque completo. Não consegue se desligar, tudo o que ele pode fazer é essa dança da morte enquanto a eletricidade percorre seu corpo. Os pés dele parecem pregados ao chão. As lâmpadas do quarto ficam fracas, depois muito fortes e tornam a enfraquecer. Uma delas explode, a outra se ilumina, escurece, clareia.

A cara de Kingsly faz uma careta apertada, os lábios ficaram esticados para dentro, os dentes estão cerrados fortemente sobre a língua projetada para fora. A ponta da língua, um pedaço do tamanho de uma lesma, está esticada no meio deles. O corpo dele ainda se sacode, mais forte agora, espasmos percorrem seu corpo grande de cima para baixo, o sangue escorre sobre o nariz, sobre o rosto e sobre o queixo dele. A ponta da língua se desprende, o lado ensanguentado gruda um pouco na parede e desliza sobre ela, como um picles na vitrine de um McDonald's. Ele cai no chão. A frente das calças dele escurece. Sinto cheiro de merda. Sinto cheiro de churrasco. Os olhos dele estão esbugalhados. Não há fumaça em lugar nenhum.

Uma pequena chama brota da parede, mas se apaga rapidamente. O gemido baixo de Kingsly se extingue. As luzes se apagam. A lanterna cai no chão e continua ligada. Lentamente, Kingsly escorrega pela parede, seguindo sua língua. Desliza tanto quanto lhe permite a mão presa pela faca na parede, o suficiente para que seus joelhos se dobrem e seu rosto fique pressionado contra o marco da porta, o lábio superior se estica e rasga com o contato. A cabeça se inclina sobre o ombro, os olhos me fitam, nenhuma fumaça sai deles. Além do lábio cortado e do pedaço de língua ensanguentado, sua figura não é das piores. É claro que seus olhos agora vazios denunciam imediatamente que as coisas não estão boas para o cara.

Alguma coisa em sua mão cede. Não sei exatamente o quê, mas sua mão se abre em um V quando o peso de seu corpo a puxa para baixo, além da lâmina, e o resto dele escorrega pela parede e ele atinge o chão, cobrindo a lanterna e me envolvendo na escuridão.

Posso ouvir minha respiração. Soa desgastada. Soa dolorida. Em pânico.

Não consigo ouvir Kingsly. Não o vejo. Meu braço dói e meu peito também. Há uma dor ardida bem na base da garganta. Meu coração dispara. Conto os segundos. Um. Dois. Meu corpo todo começou a transpirar. Três. Afasto-me ainda mais de Kingsly, encostando as costas no canto da cama. Quatro. Não consigo entender por que os fusíveis não explodiram e cortaram a energia. Cinco.

Tiro meu celular do bolso e aprendo outra lição. Trazer um celular é um erro, a menos que esteja desligado. Se alguém tivesse me ligado enquanto estava escondido nos arbustos ou no quarto, as coisas teriam terminado de um jeito muito diferente. Aponto o display ao redor e ele ilumina mais ou menos 1 metro à frente. Não consigo ver muito além de meus pés e do chão. Ajoelho-me e me aproximo de Kingsly. A energia elétrica está desligada, mesmo assim, não toco nele. Rolo com o pé o corpo dele caído sobre a lanterna para vê-lo melhor.

Matei um homem.

E você gostou.

Tenho um corte longo na palma da mão; não é profundo, mas está bem feio. A faca rasgou a luva quando caí para a frente depois de golpeá-lo. E essa é também a razão por eu ter levado o choque. Se ele não tivesse me acertado com a lanterna, eu estaria estirado ao lado dele agora mesmo. Toco o rosto dele e o cutuco. A cabeça dele rola para o lado e não volta. Seu rosto está inchado, os lábios se contorceram para dentro e pedaços de carne do toco ensanguentado de sua língua ficaram presos nas pequenas falhas entre os dentes. Os fusíveis deviam ter caído. Um disjuntor devia ter entrado em ação de alguma forma. A voltagem não deveria ter feito isso com ele.

Pego a lanterna. Há sangue na parede, no chão, por toda a faca e em seu braço, e um pouco de sangue dele se misturou com o ferimento na minha mão. Refugio-me novamente na cama, levo as mãos ao estômago, tenho ânsia de vômito, abro a boca e...

E nada. Nada acontece. O enjoo passa. Sinto gosto de vômito na boca, mas ele não vem. Levanto-me do chão e subo na cama, deixando um rastro de sangue atrás de mim. Coloco minhas mãos sobre a cama, sangro sobre ela e percebo que não há nenhuma chance de eu me safar disso tudo.

– Você fez isso comigo – digo.

Você? Eu sou você!

Olho fixamente para ele, esperando que faça alguma coisa. Ele não faz. Espero que alguém apareça. Ninguém vem. Ninguém virá.

Vou em direção ao corredor e quase imediatamente encontro o quadro de distribuição – as cordas que eu pisava antes eram na verdade cabos de energia saindo dele e serpenteando pelo assoalho. Estão pregados ao quadro de distribuição por grampos de bateria. A caixa de luz é uma daquelas antigas onde os fios têm que estar enrolados aos terminais, mas, neste caso, não há fios em nenhum dos terminais, em vez deles, há pregos de cinco centímetros cravados onde os fusíveis deveriam estar encaixados. Um disjuntor teria caído em um décimo de segundo. O prego demorou trinta segundos. Tento ligar as luzes do corredor e elas acendem. O único fusível queimado é o do quarto.

Sigo os fios pelo chão até outro quarto. A porta é pesada e quente. Quando se abre, uma espuma espessa presa à base da porta desliza pelo chão e imediatamente uma luz laranja se acende, aquecendo meu rosto. O cômodo foi transformado em uma estufa de maconha. Há mesas posicionadas de uma parede à outra, cheias de mudas de plantas. Há lâmpadas penduradas no teto sobre cada uma delas para aquecê--las. O ar é mais úmido do que iluminado. Todas as cortinas estão cerradas e na frente delas há grandes placas de madeira compensada, que bloqueiam qualquer visão do mundo lá fora. Dou um passo para dentro; o ar fica mais denso. Há regadores de lata, sacos de fertilizante, todas as quinquilharias que as velhinhas de dedos verdes têm. Todas as plantas têm cerca de 30 centímetros de altura. Penso em quanto tempo elas demoram para crescer, quanto dinheiro foi investido aqui. Penso no que acontecerá com elas agora que Kingsly está morto. Empurro algumas da mesa, elas caem no chão e saem de seus recipientes, as raízes ficam expostas, a terra se espalha em todas as direções. Piso nelas, quebrando os caules e as folhas, destruo as drogas na esperança de estar criando um motivo para o assassinato de Kingsly. A polícia não vai investigar além de uma ligação com as drogas. Saio do quarto e fecho a porta.

O corredor está suficientemente iluminado para que se possa olhar para dentro do quarto e uso a lanterna para ver o resto. Um maço de dinheiro está saindo por baixo da beirada do colchão que eu tirei do lugar ao cair. Levanto o resto do colchão. Maços de notas, dinheiro fresco e virgem, todos os maços formados de notas de cem dólares. Poderia haver entre 250 mil e meio milhão de dólares aqui. Faço menção de tocá-lo, busco uma experiência de como deve ser tocar em todo esse dinheiro, mas minhas mãos recuam. Esse é o motivo de minha esposa estar morta. Ou, pelo menos, um sexto do motivo. De certa forma, esse dinheiro me pertence. Mas por um motivo muito mais importante não posso tocá-lo, muito menos pegá-lo. Esse dinheiro está sujo de sangue. Solto o colchão de volta.

Algumas revistas pornôs estão empilhadas em uma cadeira de madeira velha ao lado da cama. O rádio relógio está sobre elas, um grande e velho relógio, que poderia valer muito dinheiro, já que deve ter sido o único modelo fabricado. A cama é de casal com os lençóis embolados, branco e cinza, cobertos de cabelos, o colchão tem um desnível para baixo no meio. Então me vem à mente a ideia de que, se eu levantasse esse lençol e expusesse a superfície do colchão, não conseguiria comer por duas semanas. O equipamento de som que iluminava um pouco o quarto é novo, vejo a caixa de papelão bem do lado dele, letras grandes da marca estampadas. É a única coisa fabricada nesta década dentro do quarto.

Uma pequena escrivaninha em um canto tem em cima dela um espelho pequeno com montinhos de um pó branco e uma gilete. Um carrinho de supermercado ao lado da janela está cheio de maconha seca embalada em sacos plásticos. Uma prateleira afixada na parede, levemente inclinada, tem folhas de seda para enrolar cigarros, tabaco, tesoura e papel alumínio, tudo apontando para o chão, como se estivessem prontos para escorregar. Pôsteres na parede com carros possantes e mulheres nuas, combinados às palavras estampadas em estêncil no espelho, me revelam que tipo de bebida Kingsly adora beber.

Juntando todas essas coisas, temos um homem morto no chão com os olhos bem abertos e os dentes fortemente cerrados, caído sobre um toco de língua ensanguentado. O carpete puído apresenta manchas que devem ser de gordura, como se alguém tivesse esfregado uma centena de frangos fritos do KFC.

Encontro o banheiro e tiro a luva rasgada. Corro a mão sob a torneira e tento lavar meu sangue e o sangue de Kingsly, no entanto ainda mais sangue aparece. Coloco a luva de volta e enrolo uma fronha do quarto ao redor dela, ciente de que a infecção que existe nesta vizinhança está dentro de mim agora.

Na cozinha, vasculho os armários e encontro alvejante na lavanderia. Desenrosco a tampa e percorro a casa, despejando alvejante nos lugares onde meu sangue pingou, destruindo o DNA. Pelo menos espero que destrua. O cheiro é terrível, um cheiro acre e ácido que parece queimar minhas narinas. Puxo a faca da parede com força. Não tem mais uma borda serrilhada perto da ponta, o metal escureceu e derreteu no local. Uma bolha de saliva se forma nos lábios de Kingsly. Observo, esperando que estoure, mas isso não acontece, ela se esvazia lentamente, como se ele sugasse o ar de volta. Derramo alvejante sobre a faca, levo-a até a cozinha e a enrolo em um pano de prato. A mochila de minha filha está perto da porta. Foi revirada e seu conteúdo está espalhado no chão. Será que Kingsly sabia que estava olhando para um kit para matar?

O cheiro do alvejante me dá náuseas, então respiro na curva do cotovelo para aguentar. Percorro a casa novamente em uma busca mais detalhada, garimpando alguma coisa que possa me fornecer os outros nomes, mas minha busca não dá em nada. Meu Deus, nem sei se Kingsly estava envolvido. Talvez estivesse. Não questiono ou lamento por muito tempo o acidente, porque foi isso o que aconteceu; ele morrer foi um acidente. Concluo que ainda estou indeciso. Mas aí penso no passado dele, em suas condenações por drogas, assaltos à mão armada, e, quanto mais eu penso nessas coisas, menos me importo com o que aconteceu.

Vai ser sempre um acidente?

Talvez. Não sei.

Não há computador. Não há agendas com endereços. Olho cada anotação em cada papel que encontro. Com certeza, deve haver nomes ali e, quanto mais eu procuro e não encontro, mais desanimado fico. E irritado. Essa era minha ligação com aqueles homens. E eu a matei. Também não encontro a touca ninja, mas, se ele era um dos seis homens do banco, já a teria jogado fora a esta altura.

Você é novo nesse negócio, mas está se saindo muito bem. Pense. Pense. Como é que esses homens se comunicavam entre si?

– Um celular – falo.

Cuidando para não pisar no sangue, curvo-me sobre Kingsly e apalpo os bolsos de sua calça. Há uma saliência no lado direito. Ponho a mão lá dentro e encontro um celular e as chaves do carro. Espalho mais alvejante em cima dele antes de ir em direção à porta dos fundos, limpando as maçanetas pelo caminho, com a mochila da minha filha pendurada no ombro.

Examino o carro de Kingsly. É um Holden velho que é duas vezes maior do que qualquer sedã moderno. Tomo cuidado para não deixar sangue ou digitais na porta. Há um fio de metal no banco do carona, mais ou menos do tamanho de um pé de cabra, mas bem mais fino. É uma das ferramentas que os ladrões usam para arrombar um carro.

Vasculho o porta-luvas, mas é tão inútil quanto vasculhar a casa. Examino o porta-malas: há algumas ferramentas e nada mais.

Volto para meu carro e muitas coisas me surpreendem: meu carro ainda está lá, são quase 4 da manhã, o monstro dentro de mim não tem mais nada a dizer por enquanto. Dou um pulo no cemitério na volta para casa e tenho a mesma sorte que tive na noite anterior para encontrar o túmulo de minha esposa.

Capítulo 26

É a primeira pista importante.

Quinze notas de cem dólares penduradas em um varal que atravessa os fundos da lavanderia. Uma bacia de água e alvejante do lado delas. A maioria das notas está manchada de tinta vermelha e o alvejante não serviu para limpá-las, mas algumas estão boas e os números de série batem com os das notas levadas do banco. Outras estragaram com a pequena explosão, em alguns casos ficaram danificadas demais. Nesses casos, trata-se dos blocos de dinheiro posicionados próximos às bombas de tinta.

Shane Kingsly tem uma ficha policial de uns vinte anos. Iniciou com furto e terminou com assalto à mão armada; entre uma coisa e outra, um monte de acusações de arrombamento. Na verdade, os poucos momentos em que Kingsly não estava envolvido em confusão foram aqueles em que esteve na prisão.

Schroder já ficou sabendo que nenhum vizinho viu nada. Já sabia disso antes de lhes perguntar qualquer coisa. Essa não era o que ele chamaria de uma vizinhança amigável para com a polícia. Ninguém aqui abre a porta e oferece informações, cafezinho ou palavras gentis e prestativas.

A casa é uma armadilha mortal e, de acordo com o legista, Kingsly teria sobrevivido ao ataque, não fosse a sobrecarga de eletricidade. Schroder imagina como seria viver em um lugar como aquele, mas não por muito tempo. O mero pensamento é suficiente para fazê-lo ter vontade de correr e tomar um banho. Fios correm do quadro de distribuição para o quarto de maconha e lhe fornecem energia e luz. A casa cheira a poeira, em um dos cômodos o ar é tão seco que ele teme que pegue fogo. Há outro cômodo que é frio e úmido, muito embora lá fora passe dos 30 graus. Praticamente todas as paredes da casa têm mofo e todos os pontos de luz têm teias de aranha.

– O que você acha? – pergunta Landry. – Alguma coisa a ver com drogas?

Landry parece cansado, tem grandes manchas escuras ao redor dos olhos. Parece que ele precisa do recesso de Natal mais do que qualquer outra pessoa.

– Pouco provável. Teriam levado a droga. Se Kingsly participou do roubo, então seja lá quem o matou levou a parte dele do dinheiro, supondo que estivesse mesmo aqui, para começo de conversa. Então, ou foi alguém do próprio grupo dele, ou outra pessoa.

– Está pensando no Edward Hunter?

– Não gostaria que fosse, mas tem outra coisa.

Ele conduz Landry pelo corredor até a porta dos fundos. Lá fora, perto da escada, há uma caixa pesada de alumínio com paredes de 2,5 cm de espessura, suficientemente grande para caber uma bola de futebol.

– O que é isso? – pergunta Landry. – Algum tipo de cofre?

– Não tem tranca. Nem mesmo tem porta. Só uma tampa. Abra.

Landry levanta a tampa.

– Meu Deus, isso é sangue? – pergunta.

– Tinta.

– Tinta? Da bomba de tinta que explodiu?

– É.

– Então os ladrões isolaram os pacotes de dinheiro com as bombas de tinta para proteger o restante do dinheiro – Landry diz.

– Estavam preparados. Deviam ter a caixa dentro da van e sabiam que tinham apenas alguns minutos para transferir o dinheiro perigoso para dentro dela.

– Sabiam mesmo o que estavam fazendo – Landry diz.

– Só que isso não faz sentido – diz Schroder. – Por que não jogar o dinheiro pela janela? Por que se dar ao trabalho de guardar e, mesmo assim, por que não abandonar a caixa de metal com a van? Por que trazer para cá?

– Quem sabe estivessem planejando usá-la novamente.

– Talvez. Mas não acho que seja isso – Schroder responde. – Havia centenas de maços de notas dentro daquelas sacolas. Como você acha que eles sabiam quais tinham a bomba de tinta dentro?

– Talvez tenham usado algum tipo de detector de metal.

– É, mas, se usaram, por que esconder?

– Não estou entendendo...

– Acho que alguém de dentro do banco os ajudou.

– O quê?

– Pense bem. Quando as quatro pessoas foram até o cofre nos fundos, todas sabiam que as bombas de tinta tinham que ser colocadas. Se uma esquecesse, pareceria suspeito. Mas e se alguém as carregasse em um local específico? Colocasse-as no topo, talvez marcasse as sacolas de alguma forma. O bando de assaltantes leva as sacolas para o carro e retira as notas marcadas e as coloca imediatamente dentro da caixa de metal. Não podem jogá-las pela janela porque nós desconfiaríamos de como eles encontraram as bombas de tinta no meio de todo aquele dinheiro. Não poderiam deixar a caixa com a van porque pensaríamos a mesma coisa.

– Meu Deus, você acha que alguém de dentro do banco estava no esquema?

– Faz sentido – Schroder responde.

– Você acha que é a mesma pessoa que matou Kingsly?

– Teria levado a caixa.

– Talvez não tenha visto – Landry diz.

– Talvez. Outra possibilidade é que essa pessoa, seja quem for, esteja atrás dos outros. O próximo passo é sair em busca dos cúmplices conhecidos de Kingsly. Ver se encontramos uma ligação entre alguém e o banco.

– Você acha que Hunter seria capaz disso? – Landry pergunta, sacudindo a cabeça em direção a Shane Kingsly, no momento em que o corpo é levado dentro de um saco em cima de uma maca.

– Não sei – Schroder pensa em Benson Barlow e seu aviso. – Espero que não, mas vamos descobrir.

Capítulo 27

A batida na porta me desperta. Desliguei o alarme da parede na noite passada, uma vez que a hora não importa muito nesses dias. Levanto-me e abro as cortinas, o sol de Natal está alto e me sugere que deve ser perto do meio-dia. Sabia que a batida na porta viria hoje, só não sabia a que horas. As roupas que usei ontem à noite se foram. Da mesma forma que a arma do crime. Ou arma do acidente, para ser mais exato. Limpei bem minha mão, coloquei um curativo novo. Dói bastante, mas é o preço que se tem que pagar, eu suponho. A primeira coisa que o monstro me fez fazer quando cheguei em casa ontem à noite foi derrubar um copo no chão da cozinha quando eu tentava tomar um analgésico.

Visto um jeans e uma camiseta. Meu ombro dói e o massageio. Meu corpo está duro e dolorido. Ouço mais uma batida.

Chego à porta de pés descalços. A casa está fechada e o ar está quente e abafado. Abro a porta da frente e uma luz forte inunda a casa, o para-brisa do carro estacionado lá fora reflete uma carga de luz diretamente nos meus olhos. Ergo a mão para fazer um escudo, aperto os olhos e exponho o curativo para os homens parados na porta.

– Temos novidades – diz o detetive Schroder.

– Que tipo de novidades? – pergunto e percebo que não falei alto desde que deixei Sam na casa dos avós na noite passada.

Minha voz fica presa na garganta; minha garganta está seca e as palavras saem roucas, então preciso repetir a frase.

– Você se importa se entrarmos? Este é o detetive Landry – ele diz.

E o detetive Landry parece pequeno demais para as suas roupas e cansado demais para estar trabalhando. Conduzo-os para dentro e nos sentamos na sala. Pelo menos eu sento e Landry também, mas Schroder permanece em pé perto da árvore de Natal, o que me irrita profundamente. Não lhes ofereço uma bebida. Não é uma visita social.

– Encontraram os homens que mataram minha mulher? – pergunto.

– Recuperamos parte do dinheiro em um homicídio nesta manhã – Landry diz. – Alguém matou um traficante de drogas.

– Então alguém comprou drogas com o dinheiro roubado?

– É um pensamento rápido – diz Schroder.

– Gosto disso – acrescenta Landry. – Um cara que pensa rápido.

– Mas não. Não estamos dizendo isso – diz Schroder. – O dinheiro que encontramos era do banco. Estava manchado de tinta e inutilizado.

– Não estou entendendo – digo.

Schroder me explica o que é uma bomba de tinta, e isso faz bastante sentido. O tempo todo eu penso que há algo que ele não está me contando. Talvez eles tenham encontrado alguma coisa minha na cena do crime. Um vizinho poderia ter me visto; não parece muito provável, estava escuro demais. E por que ele não menciona o resto do dinheiro? Os maços de dinheiro sob o colchão não estavam manchados de tinta.

– Quanto dinheiro vocês encontraram? – pergunto.

– Não posso contar isso para você – Schroder responde.

– Esse foi o homem que matou Jodie?

– Não – Landry responde.

– Era um dos seis? – pergunto.

– Um dos sete – diz Schroder.

– O quê?

– Seis homens entraram no banco – diz Schroder –, mas outro homem ficou no carro.

– Um motorista para a fuga?

– Um homem sobre rodas – diz Landry.

– Então um deles o matou?

– Talvez.

– Quem o encontrou? – pergunto.

– E por que você pergunta isso? – ele questiona.

– Se é alguém que era da gangue que matou minha esposa, então seja lá quem o encontrou pode ser parte do esquema.

– Eles não teriam nos chamado – Schroder diz. – Foi o oficial da condicional dele. A vítima não apareceu nesta manhã e o oficial foi procurá-lo.

– Então o que vocês estão dizendo? Quem o matou?

– Não sabemos – responde Landry. – Não faz sentido que alguém o tenha matado e deixado toda aquela droga para trás.

E o dinheiro.

– A menos que ele tenha sido morto por outro motivo – Schroder diz.

– Algo mais pessoal – diz Landry.

– Como vingança – diz Schroder e os dois policiais trocam olhares.

– Mas vocês devem conhecer os cúmplices deles, certo? – pergunto. – Ele deve ter trabalhado com esses homens antes.

– Estamos investigando isso – diz Schroder.

– Não entendo, por que vieram até aqui me contar isso?

– Achamos que era importante mantê-lo atualizado – Schroder diz.

Não acho que seja apenas isso. E ele sabe que eu não acredito nele.

– Vocês não me contaram nada, exceto que alguém que pode estar envolvido no assalto foi morto. Como vocês sabem que ele era o motorista e não um dos seis homens que entraram no banco?

– Altura.

– O quê?

– Ele era um homem alto. Nenhum dos homens no banco era tão alto quanto ele. A equipe do banco tinha estatura mediana. Esse cara devia ter mais de 1,80 m.

– Mesmo assim, isso não quer dizer que ele dirigiu a van – digo.

– Ele dirigiu a van – diz Schroder. – E fez parte do assalto.

– E agora? Isso significa que em breve vocês terão os outros, certo?

– Temos algumas pistas – diz Schroder e a maneira como ele diz isso me faz achar que eles têm pistas sobre quem matou Kingsly, não de quem assaltou o banco. – O que houve na sua mão?

– Quebrei um copo ontem à noite – digo, lançando um olhar para a cozinha, onde derrubei o copo na noite passada, pronto para essa pergunta. – E me cortei juntando os cacos. Deveria ter levado pontos.

– Uh-hum. E sua filha? Onde está Sam?

– Na casa dos avós.

– Então você estava sozinho aqui ontem à noite?

– Até parece que você quer me perguntar alguma coisa – digo.

O celular de Schroder toca. Ele desliza a tampa e caminha alguns metros, mantendo a voz baixa.

– Sim. Queremos saber como você pode estar em dois lugares ao mesmo tempo – Landry diz.

– O quê?

– Vai nos dizer que estava sozinho em casa ontem à noite, certo?

– Eu estava.

– Temos uma descrição de seu carro, você foi visto na frente da casa de nossa vítima ontem à noite. Na verdade, estamos planejando um reconhecimento mais tarde e você vai fazer parte dele.

– Eu não estava lá – digo, tentando ao máximo não começar a suar.

– Podemos provar que estava.

– Não, não podem. Porque eu não estava. Minha mulher foi assassinada e vocês vêm aqui me tratar desse jeito? Quero que vocês se fodam, detetive – eu digo e meu coração dispara. – Mas quer saber de uma coisa? Estou feliz que ele tenha morrido. Talvez vocês possam encontrar o responsável por isso e pedir que ele encontre os outros seis.

– É interessante você colocar as coisas dessa forma – Landry diz. – Quando você diz os outros seis, e não os outros cinco, isso sugere que não acha que o assassino seja alguém do próprio grupo.

Não respondo. Antes que ele possa continuar, Schroder desliga o telefone.

– Houve desdobramentos – ele diz, parecendo desconfortável. – Isto é, um incidente.

– Que tipo de incidente?

– É o seu pai – ele diz e olha para o chão por alguns segundos antes de olhar para mim novamente e, mesmo sem que ele me diga, já sei o que houve. – Você precisa vir conosco.

Capítulo 28

O banco traseiro do carro está quente mesmo com o ar-condicionado ligado. O único outro som é dos pneus viajando na estrada, nenhum dos detetives parece estar muito para conversa, pelo menos não como estavam há vinte minutos. Provavelmente, eles não sabem o que dizer. É uma viatura à paisana, um sedã, então não parece que estou sendo preso, mas me sinto assim, só faltam as algemas. Observo a paisagem se modificar conforme passamos por diferentes bairros na cidade, o sol brilha forte em todos eles: bairros bons, bairros não tão bons, outros bairros que você preferiria morrer a ter que passar por eles. No caminho, somos retardados por um pequeno acidente perto do campo de golfe Hagley Park, que fez os carros se arrastarem, já que uma bola de golfe foi lançada para fora dos limites e atingiu o para-brisa de um carro, fazendo o motorista girar. Algumas outras pessoas correm na pista do parque, árvores de cerejeira circundam o circuito. Penso no celular de Kingsly que peguei na noite passada. Estava vazio. Nenhum registro de ligações feitas ou recebidas. Nenhuma mensagem de texto. Era um telefone novo. Pré-pago.

Estacionamos nos fundos de um edifício ao lado de uma viatura, sob o olhar atento de um grupo de patinhos que parece ter perdido a mãe. Entramos pela porta dos fundos em um corredor frio com piso de linóleo e paredes de gesso decoradas com figuras de motivos natalinos, apressadamente grudadas na parede com fita adesiva. Ninguém fala. Caminhamos em fila, um policial na minha frente e outro atrás.

Uma enfermeira de olhos azuis brilhantes nos cumprimenta e franze a sobrancelha para mim antes de falar com Schroder. Ela dá instruções a Schroder sobre como chegar à enfermaria e eu me desligo da conversa. Não consigo parar de olhar os pacientes espalhados pelo chão, pessoas ligadas a bolsas de soro que caminham pelo corredor, algumas se dirigem para fora para fumar um cigarro e não consigo ver uma pessoa neste hospital que não pareça estar entediada, este dia parece se desdobrar em muitos para estas pessoas. Se o hospital tem ar-condicionado, deve estar enterrado em algum lugar, talvez na sala das enfermeiras, pois aqui parece fazer uns 40 graus.

Subimos alguns andares pelo elevador. As portas se abrem para um corredor que se desdobra em várias alas. Dois policiais guardam um dos quartos. O maior dos dois se aproxima e deve conhecer Schroder, pois acena para ele com a cabeça e não pergunta quem somos. Landry se afasta para fazer uma ligação. Fico sozinho olhando para o chão.

– Naquele canto com a cortina abaixada ao redor dele – diz o policial.

Há seis leitos no quarto, com a mesma distância entre eles, três em cada lado do quarto. O Hospital de Christchurch não é exatamente um hospital de ponta quando se pensa nos avanços da medicina, mas consegue se manter com aquilo que tem, embora o que tenha pareça ter sido comprado de um catálogo dos anos 80. Todos os leitos estão ocupados, mas apenas um está fechado com uma cortina. Há um espaço entre a cortina e o chão grande o suficiente para se ver os pés do médico, quando nos aproximamos ele puxa a cortina e por trás dela, tcham-tcham-tcham, revela meu pai. Por um brevíssimo segundo, tenho certeza de que ele não estará lá, mas é claro que está, preso ao leito por tubos e um par de algemas que liga sua mão direita ao trilho direito da cama.

Os olhos dele estão fechados, toda a cordialidade e a cor se esvaíram do seu rosto. Ele tem as feições afundadas, como se a experiência de estar perto da morte tivesse detonado um colapso interno por meio do qual o corpo tivesse começado a murchar. Esse homem é um assassino frio, mas também é meu pai, e vê-lo desse jeito... Bem... Eu não sei o que sinto. Ele está preso porque eu matei um cachorro há vinte anos.

– Não é tão ruim quanto parece à primeira vista – o médico diz, depois que Schroder anuncia quem somos. – Um ferimento no peito com um objeto afiado. Não chegou muito perto de perfurar o pulmão esquerdo, mas, se a arma fosse mais comprida, quem sabe? Parece feio e, pode acreditar, é feio mesmo, mas poderia ter sido muito, muito pior. Durante a operação, tudo ocorreu tão bem quanto poderia. Ele ainda está pesadamente sedado, não vai acordar antes que anoiteça.

– Ele vai ficar bem? – pergunto. – Vai se recuperar completamente?

– Deve se recuperar – diz o médico, movendo a cabeça em direção a meu pai. – Vamos mantê-lo aqui por mais uns dois dias e iremos acompanhá-lo por um tempo depois disso, mas, sim, seu pai vai se recuperar. É claro que saberemos mais à noite, quando ele acordar. A única coisa com o que nos preocupamos neste ponto é uma infecção. Nós o manteremos informado – ele diz e se afasta para ver o próximo paciente.

– Quem fez isso? – pergunto, voltando-me para Schroder.

– Ninguém sabe. Houve uma briga durante o almoço. Os presos pularam uns sobre os outros e, quando os guardas os separaram, encontraram seu pai – Schroder responde. – Ele foi estocado com uma escova de dente, fácil de lixar, efetivo de usar – ele diz e até parece que está comandando uma liquidação no meio da rua, como se ele estivesse ganhando um dólar para cada escova de dente lixada enfiada em um condenado. – A pergunta é: por que alguém ia querer vê-lo morto?

– Ele matou muitas mulheres – falo.

– E as pessoas tiveram vinte anos para tentar matá-lo na cadeia. Por que agora? Por que no dia seguinte ao que você o visitou pela segunda vez?

Encolho os ombros.

– Veja bem, os tempos são bastante sugestivos, Edward. Seu pai sabe que as prisões são lugares bons para os bandidos se conhecerem. Acho que seu pai imaginou que poderia dar uma de detetive por conta própria. Checamos fichas criminais e chegamos a alguns nomes. Ainda estamos trabalhando com essa perspectiva; as coisas já estão acontecendo agora e temos pistas muito boas, porém o seu pai trabalhou mais rápido de dentro da cadeia. Para quem ele estava trabalhando? Ele quer aqueles nomes para dar para você? Ou para nós?

– Eu não tenho...

– Olhe, Edward, isso me faz pensar, me faz pensar que ele deu um nome para você. E a nossa vítima da noite passada tinha uma facada na mão, um ferimento grande e sujo, parecido com o que você tem na sua.

– A única pessoa que sabe o que meu pai estava fazendo é meu pai – digo. – E ele deixou de ser meu pai há vinte anos.

– Para você, talvez. Para ele, não.

– Bem, talvez você possa perguntar isso a ele, quando ele acordar.

– Não se preocupe, é isso o que vamos fazer. Primeiro vamos revistar a cela dele.

– Bem, até lá, se vocês não se importam, eu gostaria de ter um minuto com ele. Sozinho.

Os detetives se afastam. Fecho as cortinas atrás de mim em busca de um pouco de privacidade e olho para o meu pai. É a terceira vez em três dias. Minha esposa foi assassinada na semana passada, meu pai quase foi morto nesta semana. O que vai acontecer depois? Dizem que as coisas acontecem em três. O contador dentro de mim sabe que isso é bobagem, mas e se for verdade?

Tento imaginar como me sentiria se a faca tivesse entrado de outra maneira, 10 milímetros mais fundo ou para a esquerda, atingindo seja lá o que estivesse tentando atingir; se eu estaria feliz, triste ou indiferente. Faço menção de tocar a mão do meu pai, mas me detenho no meio do caminho. Este homem não é meu pai. Ele foi, um dia. Depois se transformou em outra coisa. Talvez o tenha chamado de pai nos últimos dias, mas ele já não era isso de verdade, não mais. Todos aqueles anos... Acrescentem-se tudo o que um homem é e terá um serial killer completo. Um demônio. Não há nenhuma pessoa que ache que ele não teve o que mereceu. Incluindo eu.

Capítulo 29

Há duas coisas que separam meu pai do necrotério. A primeira são os dois andares de concreto e aço do hospital. A segunda são 2 milímetros de sorte. Schroder e Landry me levam até o subsolo do hospital e não os questiono. Apenas os sigo, em uma linha reta para baixo em um elevador que vai dar em um corredor onde a temperatura é cerca de um quarto mais baixa do que nos andares superiores. Caminhamos da mesma maneira que antes, comigo no meio. O corredor me lembra o presídio, um bloco de concreto sem a fanfarra natalina, com uma linha no chão para seguir. Há a porta de um escritório e então um grande conjunto de portas duplas. Ao passar pelas portas duplas, o ar fica ainda mais frio.

Nunca estive em um necrotério antes. Nunca vi na realidade aquilo que vi em dezenas de diferentes programas policias e filmes ao longo dos anos: o azulejo extremamente branco, instrumentos sem fio, serras com design arcaico, muito embora sejam modernas, pontas afiadas com apenas um propósito. Também é necessário levar em consideração os caras do necrotério: pessoas compreensivas, que parecem lidar com cada morte como se fosse uma ofensa pessoal, pessoas que fazem piadas enquanto mastigam sanduíches e apontam partes da anatomia humana.

Um homem de uns 50 e poucos anos se aproxima, com as mãos enfiadas nos bolsos. Suspira longamente.

– Dia longo... – ele fala e eu não consigo deixar de dar uma olhada em meu relógio e reparar que não são 14 horas ainda. – Estão aqui para ver o cara que chegou por último?

– Aquele ali? – Schroder pergunta e aponta para um corpo em uma maca, nu e cinza, nem um pouco parecido com o que me lembro dele da noite passada.

– É ele. Não o pegamos ainda. Estou atrasado. Os suicídios do Natal começaram mais cedo neste ano. Assim que os shoppings começam a armar as árvores e colocar enfeites, as pessoas começam a pular das pontes.

– A época... – diz Landry.

– Só ficaremos aqui alguns minutos – Schroder diz.

– Fique o tempo que precisar – ele responde e se encaminha até um escritório, sacudindo lentamente a cabeça.

Aproximamo-nos do corpo. Por alguns instantes, é difícil acreditar que seja o mesmo homem. As tatuagens parecem ter derretido na pele. Os olhos estão fechados e o ferimento em sua mão está aberto, em carne viva. É repulsivo e vai do meio da palma direita até o outro lado. Ele teria sentido uma dor infernal se tivesse sobrevivido. As extremidades do ferimento escureceram.

– Este é o homem que vocês acham que eu matei? – pergunto.

– Ninguém disse que achamos que você o matou – Landry diz.

– Corte o papo furado – digo. – Por que estamos aqui, então?

– Já que estávamos por perto – Schroder responde –, achei que seria bom que você visse.

– Como?

– Poderia facilmente ter sido você – ele diz.

– Não. Não poderia ser. Eu não fiz isso com ele.

– Achei que tivéssemos cortado o papo furado – ele fala. – Olhe, Eddie, você tem que saber que está mexendo com as pessoas erradas. Não me refiro aos tiras, me refiro a estas pessoas – ele diz e aponta para Kingsly. – Este homem está deitado aqui hoje, mas, amanhã ou depois, pode ser você. É isso o que você quer?

– Claro que não.

– Então é hora de você ser direto e nos contar o que aconteceu.

– Eu não o matei – digo.

– Você tem certeza disso? – Schroder pergunta.

Eles me conduzem de volta para o andar de cima e para o sol.

Andamos uns duzentos metros de carro até que viram na direção oposta à minha casa. Depois de alguns poucos minutos, fica claro para onde estamos indo. Não reclamo. É como se tivéssemos tirado o dia para viajar pela cidade. A ida até o presídio é quase igual à ida ao hospital. Mesma quantidade de conversa silenciosa, a mesma quantidade de calor despejada pelo ar-condicionado. A única coisa diferente é a paisagem. Fazendas com capim queimado. Grandes campos cheios de animais burros queimando no sol, todos com um futuro ruim pela frente, abatedouros e mesas de jantar são o único caminho que podem vislumbrar no horizonte. Não consigo me imaginar dirigindo um trator pelos campos, arando a terra, tirando leite das vacas, acordando cedo e dormindo cedo, trabalhando no solo, com terra debaixo das unhas; um trabalho absolutamente exaustivo. Mas talvez, se tivesse imaginado isso cinco anos atrás, teria vindo morar no campo com Jodie, longe da cidade, longe dos bancos e dos assaltantes de banco.

Esta é a visão que os condenados têm se conseguem escapar da prisão. Mas ninguém precisa fugir da prisão, já que todos vão ser soltos logo mesmo; a política da grande porta giratória chuta os presidiários de volta para o espaço público, pois não há espaço para eles ou vontade verdadeira de endurecer o sistema e dizer chega.

Estacionamos bem longe da entrada dos visitantes e atravessamos a pé o asfalto quente até uma entrada nos fundos. O pavimento ondula entre nós, os operários e os guindastes, parece até que uma camada de água foi despejada em toda a sua extensão.

– Espero que não se importe – Schroder diz.

– Por quê? Você acha que vir a este lugar também é bom para mim?

Somos escoltados através do labirinto de corredores de concreto, onde deve estar quase 10 graus mais fresco do que o mundo lá fora. Vamos em direção à população geral, onde a temperatura volta a subir aos mesmos níveis do hospital. Sinto o cheiro do suor, do ódio, do sangue e do mal dos presos quando passamos por suas celas. A frente da maioria das celas é formada de blocos de concreto com pesadas portas de metal no meio, todas estão um forno com este calor. Há aberturas estreitas na altura da cabeça para que possam olhar e, no momento, muitas dessas aberturas estão cheias de olhos me encarando.

Por trás das portas, os prisioneiros gritam para nós, alguns nos ignoram, outros pedem cigarros; os que tiveram mais sorte provavelmente desmaiaram com o calor. Chegamos à cela do meu pai. É igual a todas as outras pelas quais passamos. É meio surreal ver o que meu pai chamou de lar pelos últimos vinte anos. Um buraco de concreto com uma porta de metal, que tem uma cama aparafusada ao chão com um colchão velho em cima, dois pôsteres colados com fita na parede para dar um pouco de cor, alguns livros empilhados no chão; tudo está organizado e arrumado e há um vaso sanitário de aço inoxidável no canto. Fico parado na porta com quatro guardas enquanto Schroder e Landry começam a revirar as coisas, viram tudo de cabeça para baixo e jogam tudo para o ar. Eles se demoram nessa tarefa, mesmo sabendo que não há muitos lugares onde procurar, e me deixam esperando no corredor, enquanto todos os presos mais próximos de mim falam comigo. Um deles me chama de Eddie e fala para os outros quem eu sou, todos começam a falar a mesma coisa. Todos me dizem que me verão em breve. Um deles até consegue chegar perto de uivar para mim como um lobo e os outros riem. Tudo o que consigo ver são seus olhos me observando e ocasionalmente alguns dedos aparecem por trás da abertura na porta também. É por isso que Schroder me trouxe aqui: para eu poder vislumbrar minha outra possibilidade de futuro. Ele está me dizendo que eu vou terminar no necrotério ou na prisão. Imagino-me passando vinte minutos dentro de uma dessas celas e a ideia não é agradável. Penso em como meu pai sobrevive. Penso no que o manteve vivo, no que o impediu de fazer um nó em seu lençol.

O diretor da prisão aparece. Veste um terno que deve ter custado uma centena de dólares e ostenta um olhar neutro que parece dizer estou-cansado-da-mesma-merda. O fato de meu pai quase ter sido morto não consegue provocar um grama de entusiasmo nele. Ele deve ter uns 55 anos e usa as expressões faciais que aprendeu ao longo dos anos para me olhar com total desprezo. Sem me dirigir uma palavra, adentra a cela e dirige sua ira a Schroder.

– Quem disse que você podia trazer um civil aqui? – ele pergunta em voz alta o suficiente para que a maioria dos prisioneiros daquela ala possa ouvir. – Está louco? Isso é uma violação absoluta da política do presídio e vai lhe custar seu distintivo.

Não ouço a resposta de Schroder, sua voz é baixa e enfática, quando o diretor responde a voz dele também é baixa e enfática. Esforço-me ao máximo para ouvir o que eles falam, mas não consigo pescar muito mais do que dois nomes, um dos quais já ouvira antes. A discussão em voz baixa continua por alguns minutos e quando o diretor reemerge da cela não parece feliz – esbraveja ao passar por mim, seguido pelos dois guardas que trouxe consigo, e é saudado pelo caminho por alguns dos prisioneiros.

Os dois detetives continuam vasculhando a cela do meu pai como se pudesse haver uma dúzia de compartimentos secretos, mas, depois de trinta minutos, eles não conseguem nada. No final, eles saem desapontados, como se esperassem encontrar uma razão para prender meu pai novamente. Somos escoltados de volta para a rua da mesma forma que entramos.

No carro, Schroder expõe os fatos. Não há suspeitos no caso de meu pai, a não ser pelos 50 homens que se empilharam em cima dele. Parece improvável que esse número vá se reduzir e menos provável ainda que eles tentem reduzir esse número. Quando meu pai acordar, talvez ele possa ajudar, mas até lá não há muito o que eles possam fazer.

Lembro-me do que meu pai me disse ontem ao me dar aquele nome. Ele sabia que estava se expondo. Acho que, depois de vinte anos, ele já está de saco cheio daquele lugar, então, quando pôde ver o filho novamente, viu ali uma oportunidade de ser um pai, e isso é a melhor coisa que ele pode conseguir.

Passamos por alguns carros da imprensa que se dirigem no sentido contrário e correm para o presídio; a notícia sobre meu pai já chegou à cidade. Vai estar nos noticiários desta noite, o presídio de pano de fundo, e eu vou estar no noticiário desta noite e também nos jornais de amanhã. Provavelmente me acusarão de matar minha esposa. Claro que isso é apenas jornalista agindo como jornalista, não importa se virarem minha vida de cabeça para baixo só para ter uma matéria. A cada ano que passa, a concorrência se acirra mais, levando-os a comprometer sua ética, e, nesta noite, especularão sobre a questão de a maçã ter caído ou não realmente longe da árvore genealógica do serial killer.

Chegamos à minha rua e não há carros da imprensa estacionados em lugar algum. Mas vão chegar, com suas câmeras e seus refletores e kits de maquiagem. Landry está na direção e estaciona em frente à minha casa, então eu desço do carro.

– Espere um pouco, Bill – Schroder diz para Landry e me segue. – Você pode tornar nossas vidas bem mais fáceis, Edward, se me contar sobre o que você e seu pai conversaram. Você provavelmente não enxerga, mas isso poderia ser uma grande contribuição para que pegássemos quem matou sua esposa.

– E o que o faz pensar que foi sobre isso que conversamos?

– Do meu ponto de vista, vocês têm muito o que conversar, mas, com a sequência de acontecimentos, está bem claro que seu pai estava reunindo nomes em uma lista. Escute, Edward, é melhor você pensar muito bem no que vai fazer. Pense bem, as coisas não estão boas para o seu lado. Você vê seu pai ontem e hoje um dos homens que assaltou o banco está morto. E aí seu pai é atacado.

– Eu não posso evitar isso.

– Não estou dizendo que você matou o cara ontem à noite. Logo saberemos. Havia muito sangue na cena do crime que alguém pensou que poderia limpar com alvejante, mas não limpou tudo. Vamos bater com o DNA de seu pai, assim não precisamos de um mandado para o seu DNA. Então saberemos se foi você com certeza, muito em breve. O seu problema é que não sou o único que acha que você esteve lá. Eles tentaram calar o seu pai antes que ele conseguisse mais nomes. Isso quer dizer que eles vão querer calá-lo também. Você vai se afundar ainda mais nessa confusão, Edward, a menos que comece a nos ajudar.

– Você está errado – digo, enquanto penso nas celas de concreto e nos outros homens dentro delas e em passar os próximos dez anos lá. – Tem outra possibilidade.

– É mesmo?

– Esses caras mataram alguém do grupo por outras razões. Drogas, dinheiro, alguma lealdade estranha entre gangues, sei lá. Eles o mataram e isso significa que eles não têm nenhum motivo para vir atrás de mim. Sabem que sou inocente.

– Eu realmente espero, pelo seu bem, que você tenha razão – ele diz.

Abro a boca para responder, mas não sei como. Penso em Sam e penso nas celas, concluo que a melhor solução para todos é que eu pegue minha filha e vá embora. Hoje. Dar o fora desta cidade. Deste país.

– O sangue vai nos dizer se você esteve lá ontem à noite. Você pode poupar muito sofrimento e nos contar a verdade. Tem certeza de que quer que seja assim?

Não respondo.

– Então é melhor você se cuidar – ele diz e me dá as costas, dirigindo-se para o carro.

Capítulo 30

Entro em casa. É um dia lindo, porém fecho a porta para ele. Nat e Diana iam levar Sam ao parquinho hoje, então os dois devem estar empurrando-a em um balanço ou cuidando para que ela não caia do escorregador. Eles não têm celular. Quer dizer, eles têm, mas o utilizam de uma maneira diferente do resto do mundo: apenas ligam quando precisam fazer uma ligação; no resto do tempo, economizam energia, um hábito comum, eu acho, entre as pessoas da geração da aposentadoria. Tento o celular, mas está desligado.

Tento o telefone fixo, mas ninguém atende e eles não têm secretária eletrônica. Devem estar no parquinho, ou na piscina, ou no shopping. E o que vou fazer quando ela chegar em casa? Contar a verdade para Schroder e viver meus próximos dez anos de vida do mesmo jeito que meu pai viveu nos últimos vinte? Não posso fazer isso, mas também não posso correr o risco de transformar Sam em um alvo. Detesto a ideia de deixar minha esposa para trás, mas ela vai entender. Ela vai querer o que for melhor para Sam, e o melhor para Sam fica em algum lugar como a Austrália ou a Europa. O que aconteceu ontem à noite foi um acidente, mas Schroder nunca vai acreditar nisso. Não haverá mais acidentes, entretanto. A polícia agora tem um nome, tem um ponto de partida e vai encontrar o resto dos homens que mataram Jodie. Esses homens ficarão na cadeia por oito ou dez anos, isso é o melhor que eu posso esperar. Haverá outros assaltos no futuro, futuras vítimas, mas não há nada que eu possa fazer a respeito.

Tomar a decisão de partir é difícil por um lado e fácil por outro, mas, uma vez decidido, não há motivo para demorar. Sei o quanto isso vai me fazer parecer culpado. Droga, eu deveria ter levado o dinheiro da casa de Kingsly, teria facilitado muito as coisas. Caminho pela sala, mas não me debruço sobre o fato de que em breve não verei esta casa novamente, nem meus sogros, nem esta cidade podre que levou minha esposa embora. Com isso em mente, minha vizinhança é diferente: mais sombria, tudo é arenoso, agora é o tipo de lugar em que apenas um dia ruim separa o subúrbio de uma zona de guerra. Saio de casa e, ao atravessar o quintal, olho para os lados em busca do sedã que eu sei que vai estar lá. Encontro-o a uns quinze metros de distância, cinza escuro, vejo o contorno de duas pessoas atrás do vidro, mas está longe demais para ver seus rostos. Vão cuidar de mim como um bebê, vão relatar cada movimento que eu fizer para Schroder, o que significa que eu posso chegar até o aeroporto, mas não vou conseguir embarcar em um avião.

Subo a rua e observo o sedã pelo espelho. Ele não se move, não até eu chegar ao cruzamento, só aí ele dá a partida. Dobro a esquina. Vinte segundos depois, o carro dobra a esquina também. Nunca fui seguido antes e não sei se o motorista está se saindo bem ou não. E aí me dou conta de que tudo se resume ao fato de ele se preocupar em ser visto ou não. Schroder provavelmente imagina que, se eu souber que estou sendo seguido, será um problema a menos para eles. Menos pessoas vão morrer.

Passo por um velho minigolfe que era novinho em folha quando meu pai me levou lá pela primeira e única vez, quando eu era criança. Todo o brilho e toda a cor se foram das placas com o passar dos anos, o tema Velho Oeste agora é só velho, com o capim e o musgo gradualmente puxando as placas para dentro da terra. Há alguns carros estacionados na frente, mas não vejo, através da cerca de arame, ninguém jogando. Ainda me lembro vividamente de meu pai e eu caminhando de um buraco para o outro, obstáculos de água e miniaturas e rampas, todos cercados por uma cidade fantasma em miniatura; escrevíamos nossos pontos com lápis em miniatura. Era um mundo mais simples naquela época, eu imagino. Menor, de certa forma.

Penso no que meu pai faria se estivesse livre e soubesse que estava sendo seguido. Isso deve ter acontecido com ele também, perto do fim, quando o cerco se fechou. Ele provavelmente não sentiu a pressão.

Demoro quinze minutos para chegar à casa dos meus sogros. Estaciono dentro do quintal e o sedã passa reto. Desço e bato na porta da frente, mas ninguém atende. Pego meu celular e torno a ligar, mas de novo não obtenho resposta. Caminho em volta da casa, atravesso o portão lateral e vou até o quintal dos fundos. Olho pelas janelas em busca de móveis revirados e sangue no carpete. Prendo a respiração ao me mover de uma janela para a outra, e o aviso de Schroder ganha vida em minha imaginação; mas não há nada fora do lugar. Tento a porta. Está trancada. Dirijo-me à garagem, encosto o rosto no vidro e me afasto ao enxergar o reflexo do sedã estacionado. Ele fica lá com o motor ligado. Os vidros estão fechados e o sol reflete neles, por isso não consigo ver dentro do carro, não até o vidro do carona abaixar. Um rosto pálido com um nariz queimado do sol me olha por trás dos óculos escuros.

– Eddie Hunter? – ele pergunta e seu jeito me deixa nervoso.

Se fossem policiais, eles saberiam quem eu sou. Saberiam por que estão aqui. Repórteres também saberiam.

– O que vocês querem? – pergunto.

– Sabemos quem matou sua mulher – ele diz e meu corpo instantaneamente congela. – Pelo preço justo, podemos contar para você.

– O quê?

– Nada é de graça neste mundo – ele diz. – Tenho uma coisa aqui para mostrar para você, vai provar o que digo.

Dou mais um passo à frente, uma voz em minha mente grita dizendo que é um erro, que estou sendo enganado para chegar mais perto. Dou um passo para o lado, afastando-me do carro, o cano de uma espingarda aparece no vidro aberto e dispara.

Capítulo 31

É uma questão de prioridades. Se um dos funcionários do banco estava no esquema, logo eles saberão, Schroder acredita que uma série de depoimentos vai lhe fornecer respostas antes do final do dia. Que diabo, talvez a coisa toda termine antes de o dia de Natal começar.

Ele dirige o carro até a casa de Kingsly com Landry e o deixa lá. Combinaram que Landry começará a tomar os depoimentos enquanto Schroder volta ao presídio. A viagem anterior para lá não ajudou muito. Encontraram remédios na cela de Hunter. O diretor contou que ele recebia duas pílulas para tomar todos os dias. A soma das pílulas que encontraram sugere que ele parou de tomá-las no dia do assalto. Em vez de jogá-las pela privada, ele as guardava. Talvez, Schroder imagina, Hunter estivesse planejando estocá-las para tomar todas de uma só vez.

Quando chega de volta à prisão, Theodore Tate já o está aguardando. Tate era policial até alguns anos atrás, quando se tornou investigador particular, e depois disso se tornou um criminoso. A sala de visitas está vazia, a não ser por Schroder, Tate e um guarda encostado em uma parede distante, sem prestar muita atenção neles. Faz alguns meses desde a última vez em que ele viu Tate; ele não mudou muito, exceto pelo cabelo, que está mais curto, e pela discreta perda de peso.

– Obrigado por fazer isso, Tate – diz ao sentar de frente para ele.

– Fiquei surpreso com sua ligação – diz Tate. – Quer dizer, no início. Pensei que estava ligando para saber como eu estava. Foi uma surpresa, uma surpresa boa até. Mas na realidade parece que você queria alguma coisa.

– Olhe, Tate, faz tempo que eu queria vir aqui para vê-lo – ele diz, mas, mesmo sabendo que não está mentindo, sabe que nunca iria na verdade. Não há nada pior do que ver um amigo policial na cadeia, mesmo que ele não seja mais um amigo policial. – Eu só... Você sabe... Não tive tempo de vir. Sabe como é.

– Na verdade, eu não sei, não. Você poderia me ensinar. Poderíamos trocar de lugar e ver o que acontece.

– Entendo que esteja amargurado, mas não sou responsável por você estar aqui.

– Sei disso. Só que às vezes é mais fácil se eu culpar outra pessoa. Droga, quem sabe seja até terapêutico – diz e ri desse comentário. – Então, quais são as novidades? Como está Christchurch? Ainda a mesma porcaria?

– Não é uma porcaria – Schroder diz e realmente acredita nisso. Realmente, absolutamente, quase acredita.

– Bem, eu acho que é uma porcaria, não importa de que lado das grades se esteja. Então, o que você quer, Carl?

– Sua ajuda. Você soube do Hunter, certo?

– Todo mundo soube – Tate fala.

– Ouviu alguma coisa, além disso? Tipo, quem o atacou?

– Nada. Por quê?

– Acho que foi atacado porque tinha alguns nomes.

– Que nomes?

– Acho que ele estava fazendo uma lista dos nomes dos homens que roubaram o banco na semana passada.

– E por isso foi esfaqueado?

– Foi esfaqueado por fornecer esses nomes ao filho – Schroder responde.

– E você acha que o filho vai atrás dessas pessoas?

– Tenho quase certeza de que já foi. Um dos assaltantes foi encontrado morto hoje de manhã. A vítima era o motorista da van. A sequência de acontecimentos se encaixa perfeitamente. O pai fornece o nome, o cara aparece morto, no dia seguinte o pai é atacado. A cena do crime estava bem bagunçada. Ele foi morto por uma pessoa que não tinha ideia do que estava fazendo. A coisa toda poderia ter sido um acidente ou azar, do jeito que estava.

– Você acha que o filho seria capaz?

– O que você acha? Acha que é possível um homem matar para vingar a morte da família?

– Depende do homem – responde Tate.

– Bem, esse homem é filho de um serial killer. O psiquiatra dele veio me ver ontem. Ele acha que Jack Hunter tem uma doença que pode ter passado para o filho: esquizofrenia paranoide. Segundo ele, pode ser hereditária, uma condição médica. Disse-me que Edward Hunter tem potencial para ser um homem muito cruel. Eu não acreditei muito, não na hora, mas agora acredito.

– Então o prenda.

– Prenderemos, assim que tivermos mais provas. Landry tentou um blefe e disse que tínhamos uma testemunha, mas ele não caiu nessa. Temos sangue, no entanto. Isso vai nos dizer.

– E onde eu me encaixo nessa sua equação?

– De duas maneiras. Você pode descobrir quem atacou Hunter. Isso pode nos levar de volta ao bando do assalto. Ou talvez você possa nos conseguir alguns nomes. Hunter conseguiu, então talvez você consiga também.

– Ninguém vai falar comigo.

– Tem mais chance de que falem com você do que comigo.

– E por que eu faria isso por você? Por que arriscaria meu pescoço dessa maneira?

– Porque é a coisa certa.

– Para você, talvez. Não para mim. Minha melhor chance de sobreviver aqui dentro é me manter discreto, o que é uma coisa difícil pra caramba quando há outros aqui que eu prendi.

– Tem uma menina na equação. Edward Hunter tem uma filha.

Tate acena lentamente com a cabeça.

– E você estava esperando para despejar isso em cima de mim, certo de que ia funcionar.

– Funcionou?

Tate se levanta, Schroder segue o exemplo.

– Vou ver o que consigo descobrir.

Capítulo 32

Eu me agacho, a arma dispara, e estou dentro do banco de novo, o ar-condicionado foi substituído pelo ar real, os vasos de plantas foram substituídos por arbustos e árvores, os seis homens são agora dois dentro de um carro. Um buraco surge na porta da garagem quase no mesmo instante em que meus joelhos se chocam contra o concreto.

A porta do carro começa a se abrir. Não tenho para onde fugir, não tenho ideia do que fazer. Mas aí me dou conta de que não estou sozinho, tenho meu monstro comigo, ele sabe o que fazer. Já estamos em ação. Eu me levanto e corro para a frente, o monstro me guia, o monstro tem controle total, eu estou só de carona. Chegamos perto do carro. Para mim, não parece o lado para o qual eu devo correr, mas não estou em condições de discutir. Uma perna desce do carro e toca a calçada: jeans e uma bota preta com biqueira de aço. Projeto meu corpo e jogo todo o meu peso contra a porta, conduzido por meu ombro, batendo a porta com força na perna. O cara lá dentro grita e deixa cair a arma em algum lugar dentro do carro, o que me dá alguns segundos. Não fico parado esperando. Subo a rua correndo, atravessando por trás do carro, o que dificulta que atirem em mim.

O carro dá marcha a ré. A transmissão arranha alto e a abertura se fecha. Ouço palavras de raiva vindas de dentro do carro, os dois homens trocam palavrões enquanto resolvem um problema de comunicação. Talvez o carona quisesse sair do carro e tentar mais um disparo ou o motorista quisesse me atropelar com o carro desde o começo. Corro em zigue-zague até a calçada do outro lado da rua. O carro freia bruscamente. Dá a volta e derrapa de forma que fica de frente para mim. As portas se escancaram e os dois homens saltam para fora, mas o motorista esqueceu que ainda está preso ao cinto de segurança e é puxado de volta, seus olhos estão arregalados e confusos.

O carona corre para a lateral do carro e me aponta a arma enquanto dou um pulo para a frente e fico atrás de um carro estacionado, e bang! O tiro rasga o metal da carroceria no momento em que atinjo o chão. Eu me levanto e corro em zigue-zague para um lado e para o outro entre bétulas prateadas; espero o próximo tiro, que não vem, apenas passadas batendo no chão atrás de mim.

As casas da rua são todas parecidas: têm uns dez anos de idade, estão em ótimas condições, apenas um pouco cansadas, e nenhuma delas, felizmente, tem cerca na frente. Atravesso correndo o quintal da frente e vou até a lateral de uma casa; no caminho, bato com o ombro no portão lateral e arrebento a tranca que o mantinha fechado. Passo pelo portão, que balança de volta e tem a parte superior estilhaçada em uma nuvem por causa do tiro que vem em seguida. Vou para a esquerda, cortando caminho pelo quintal dos fundos, pelo deque, e passo pelas portas francesas e por uma pequena caixa de areia com carrinhos amarelos espalhados. Pego a esquerda novamente e corro em direção à rua. Agora, há uma cerca, mas não portão. Abaixo-me junto de uma reentrância perto da porta dos fundos. É uma porta de vidro que dá para a lavanderia. Uso meu punho para golpear o vidro, o curativo em volta de minha mão me protege de cortes. O vidro se parte em milhares de cacos minúsculos. Consigo alcançar o interior, destranco a porta e entro na casa, meus pés escorregam no vidro. Entro em um corredor à esquerda, enquanto os dois homens entram na casa atrás de mim. Não tem ninguém em casa. Entro em um dos quartos e tranco a porta. Empurro uma cômoda contra a porta e, um instante depois, ela se chacoalha quando os homens forçam a porta. O batente da porta se sacode com os chutes. Tento abrir as janelas, porém elas têm travas de segurança e apenas consigo abrir o suficiente para passar meu braço. Agarro a primeira coisa que encontro: um relógio digital que arranco da tomada e golpeio contra a janela. No terceiro golpe, a janela trinca e, no quarto, se arrebenta. Um tiro ressoa pelo corredor e um buraco enorme aparece na porta, então a porta toda se dobra com o chute seguinte. Não fico parado esperando para ver o resto. Tomo distância e pulo por onde antes havia a janela. Faço o possível para evitar o vidro, mas raspo minha coxa direita sobre uma ponta de vidro saliente no esquadro.

Caio em pé e corro em direção à rua, meus pés estão cheios de sangue. Escuto o tilintar do vidro quando o homem atrás de mim quebra com a arma o que sobrou do vidro na armação da janela a fim de facilitar seu pulo. A porta da frente da casa se abre quando passo por ela, e o homem desarmado sai por ali. Ele corre, seguindo-me de perto. Abaixo a cabeça e movo meus braços para pegar impulso, corro o mais rápido que posso, meus pés batem com força no solo, meu pé, dentro do sapato, salta em uma poça, o que cria um efeito de sucção que faz o sangue se espalhar pelos lados do sapato e deixar marcas no chão. A única vantagem que tenho sobre esses caras é que eles usam sapatos pesados e eu não. Além disso, imagino que meu desejo de sobreviver seja maior que o desejo deles de me acertar, embora não tenha muita certeza quanto à última parte. Minhas pernas queimam, meu peito ainda mais, cada vez que inspiro, parece que estou engolindo fumaça.

Alcanço o carro deles. As duas portas ainda estão abertas, a chave está na ignição, o motor, ligado. Pulo para dentro, enterro meu pé na embreagem e no acelerador e engato a primeira marcha no mesmo instante em que ele me alcança e me puxa pelo ombro. O pneu patina e canta. O carro, ao virar para a frente, joga a porta com força contra os dedos dele, apertando-os. Ele urra de dor e, quando o carro acelera, ele cai e é arrastado ao lado do carro. O vidro ainda está fechado, mas eu o ouço gritar, ouço seus joelhos raspando no asfalto, enquanto seus pés saltam e chutam. Viro o carro para a esquerda e para a direita; o som dos dedos quebrando lembra um tiroteio. Acelero a 50 quilômetros por hora. E então 60. Continuo a jogar o carro para os lados, continuo a tentar balançar o carro para soltá-lo.

Não é isso. Se você quisesse soltá-lo, abriria a porta e o observaria cair. Você está no controle agora.

Enterro o pé no freio e o carro dá um solavanco. Meu carona é projetado para a frente na velocidade que o carro corria até dois segundos atrás, antes de eu frear bruscamente. A mão dele se dobra completamente para trás e as pontas dos dedos se dobram contra a parte de trás dela e então... wush! Um som molhado quando os dedos se soltam. Só que eles não se soltaram, ainda estão presos à porta. A carne se rasga na base dos dedos e escorre até a metade do antebraço como uma maçã descascada, os músculos e tendões estão expostos e ele então se liberta, voa e depois rola, passando pelo carro no meio da rua, sua mão foi reduzida a um pedaço de carne com apenas o dedo mínimo e o polegar. Ele cai com força no chão, rola algumas vezes e para com a mão ensanguentada repousada sobre o peito. Ele não se levanta. Fica lá deitado e deve se perguntar como as coisas ficaram tão feias para ele e por que sente tanta dor.

O carro para completamente na lateral da rua. O cara com a espingarda corre em minha direção e cresce na visão do espelho do carona. Ele está a cerca de duzentos metros de distância e poderia provavelmente cobrir essa distância em dezenove segundos se fosse um atleta olímpico e estivesse calçando um tênis de corrida, mas não está. Veste jeans e usa botas pesadas, carrega uma espingarda e tem uma constituição física grande; nenhuma dessas coisas o ajuda muito nesse momento. Percebo que tenho trinta segundos até ele me alcançar, mas ele não precisa cobrir toda essa distância para me colocar de volta ao alcance de sua arma.

Dou a partida no motor e as rodas giram quando viro a direção, mas perco o controle do carro; o carro continua a girar e no final fico virado para o lado oposto ao dele novamente. O motor morre. O vidro traseiro explode. Uma chuva de estilhaços de vidro bombardeia a parte posterior de meu banco e o painel, enquanto me abaixo. Minha mão encontra a chave e eu a giro. Outro disparo atinge a roda traseira quando o carro volta à vida. Arranco com o carro, e a traseira cede por causa do pneu retalhado. Da traseira vem um som tão alto e agudo que me faz encolher. Luto contra o volante, mas sigo em frente, o carro dá um pulo, boom dum, e a roda dianteira passa por cima das pernas do cara sem dedos, e então, shlock, o aro sem pneu o atropela também.

Ouço seus gritos mesmo com todo o barulho do carro. No espelho, o vejo rolar para um lado, mas a perna esquerda dele não se move, permanece no chão, decepada. A perna direita o acompanha e o sangue jorra em direção ao céu como uma fonte. Ele se arrasta e consegue atingir uma distância de meio metro entre ele e a perna decepada antes de desistir.

O companheiro passa por ele correndo e dá mais um tiro, mas não consegue me acertar, pois dou a partida, viro a direção e, em um turbilhão de faíscas, dobro a esquina e os deixo para trás. Levo o carro a 60, passo direto por alguns semáforos, dobro com tudo à direita e encosto.

Tento ligar para o celular de Nat novamente. Tenho sangue em minhas mãos e as teclas do telefone estão besuntadas dele. Bato nas teclas erradas e preciso me recostar no banco e respirar fundo algumas vezes antes de tentar novamente. Minhas mãos tremem tanto que preciso agarrar o telefone com as duas mãos para conseguir discar. Ainda não atende. Com certeza, eles estão bem. Se alguma coisa acontecesse com eles, seria dentro de casa, não no meio da rua.

Jodie morreu no meio da rua.

Então o que isso significa?

Significa que você e todos próximos a você correm perigo.

A cobertura da imprensa foi extensa; assim, os homens que mataram Jodie certamente sabem tudo a meu respeito e acham que vou atrás deles. Essas pessoas sabem que matei o amigo deles. Sabem que meu pai me passou um nome e suspeitam que ele me passou mais de um.

Dou a partida novamente e me afasto do meio-fio. Pego-me indo para minha casa e percebo que talvez não seja o melhor lugar para ir, se não quiser mesmo ser encontrado. Pode ser que o cara com espingarda tenha feito um telefonema e outra dupla esteja rumando para lá neste momento.

Mudo de direção. O carro está muito difícil de manobrar: o aro da roda raspa no asfalto, meus braços ardem por causa do esforço em controlá-lo. Assim, provavelmente não conseguiria chegar lá de qualquer forma. Outros carros diminuem a velocidade e olham fixamente para mim.

Encosto o carro. Consegui cerca de dois minutos entre mim e o atirador. Quando abro a porta, os três dedos que estavam presos nela se soltam, todos eles pertencem à mão do cara que ficou para trás e estão unidos por um pedaço de pele que lembra um papel de parede arrancado. Eles tocam o chão, o dedo médio faz mais barulho ao cair do que os demais por causa de um anel prateado unido a ele. O anel, que foi achatado, tem uma caveira encravada nele; talvez tenha sido o que impediu os dedos de escorregarem e se soltarem da porta. Desço do carro. Minha perna está coberta de sangue, meu sapato está tão encharcado dele que agora atravessa o material. Sinto-me tonto e me agarro na lateral do carro para me equilibrar. Tento ligar para Nat novamente, mas ainda não há resposta. Volto para o carro. Há pegadas de sangue como passos de dança onde eu estava recentemente parado. Começo a me sentir tonto e cansado. Abro o porta-luvas e remexo as coisas dentro dele. Lenços, um mapa, óculos escuros femininos. Há uma bolsa de academia no banco traseiro coberta de cacos de vidro. Está aberta e vejo roupas de mulher no interior. Não sei a quem pertence esse carro. Com certeza não pertence a nenhum dos homens que apareceram dentro dele.

Recosto a cabeça para trás. Mesmo com os olhos fechados, o mundo continua a girar. Minha mão segura minha perna e sente o sangue quente. O mundo se desvanece e me leva com ele.

Capítulo 33

A nova regulamentação fiscal estava sendo padronizada, a Receita estava desesperada para tirar mais dinheiro dos pobres, dos ricos e de todos aqueles no meio desses dois extremos. Havia seminários conduzidos por homens de terno entusiasmados, o tipo de cara que você vê na TV, tarde da noite, vendendo academias domésticas e eletrodomésticos futurísticos. A parte mais legal dos seminários é que todos tinham que pagar para aprender novas técnicas, para ficar em dia com as novas leis tributárias. E, é claro, os seminários eram apresentados pelo pessoal da Receita, o que era outro caminho para eles ganharem ainda mais dinheiro.

Eu estava em uma sala com cerca de cem pessoas. Dava para olhar para a fila em que eu estava sentado e ver que cada pessoa tinha o mesmo tédio no olhar, como se todos assistissem a um programa de mímicas de doze horas. Olhei para a fila à minha frente e no mesmo instante uma mulher estava olhando para trás. Dei um sorriso do tipo "estranho, né?" e ela me deu como resposta um "isso tudo é uma bobagem, o que estamos fazendo aqui?" Havia também aquela reunião social embaraçosa, em que ficávamos de pé tomando suco de laranja sem coragem de tocar nos salgadinhos de salsicha quase crus. Acho que a comida não era comestível deliberadamente, pois assim poderia ser oferecida no seminário seguinte e no próximo, tudo para conter gastos. Eu me apresentei à mulher com quem fizera contato visual. O nome dela era Jodie.

Eu era tímido diante das mulheres. Na verdade, não tinha muita experiência com elas. Temia que todas as mulheres que eu viesse a conhecer imaginassem que eu provavelmente tentaria cortá-las ao meio. Jodie parecia não conhecer mais ninguém, eu imaginei que, à sua maneira, ela era um pouco desajeitada socialmente também. Eu só sabia que ela era supergata e estava sozinha, e o sorriso que havia me dado me fez sentir bem comigo mesmo de uma maneira estranha. Logo, convidei-a para jantar.

Em nosso primeiro encontro, eu estava muito nervoso e mal podia olhá-la nos olhos. Nosso segundo encontro foi no cinema e depois sentamos em um café onde ficamos por horas e, mais uma vez, não tenho ideia de sobre o que conversamos. Tudo o que eu sabia era que havia alguma coisa naquela mulher que me fazia querer ter um futuro.

Parte de mim pensa que isso está acontecendo agora: a primeira vez em que eu a vi, aquele primeiro encontro, a primeira vez em que fomos para a cama. É uma lembrança e um sonho e, ao mesmo tempo, está se desenrolando na minha frente pela primeira vez, tudo novo, fresco e maravilhoso. Jodie está viva em meu mundo de novo e quero que ela fique.

Em nosso terceiro encontro, ela parece diferente, mas não entendo por quê. Como quando alguém começa a usar óculos ou corta o cabelo; é uma coisa sutil até que a pessoa lhe conta e aí se torna muito óbvio.

É nosso quarto encontro (esse, um almoço) e mais uma vez há alguma coisa diferente, mas não consigo perceber o quê. Ela parece de alguma forma mais leve. Não como se tivesse emagrecido, mas de outra maneira, difícil de registrar.

Revivo o quinto encontro quando percebo o que é: ela está mais pálida, quase translúcida. Em nosso sexto encontro, a pele está cinza sob os olhos e as pontas dos dedos ficaram azuis. No encontro seguinte, ela está descabelada, suas roupas estão amassadas e a pele no dorso das mãos está enrugada, como se ela tivesse deixado a mão de molho na água quente por séculos. Há formas escuras por trás da superfície do rosto dela, formas de hematomas que não são de contusões, mas alguma outra coisa. Quando caminhamos, pouso minha mão sobre suas costas, que estão encharcadas de sangue. Seus passos são desajeitados, os músculos são limitados, é como se ela estivesse usando salto alto pela primeira vez. Os braços se movem com rigidez.

E então, em um jantar, ela luta para colocar a comida para dentro da boca e, quando consegue, descobre que é impossível mastigar. Quando ela toma um gole de vinho, ele escorre pela boca e pelo queixo, empoça e se espalha na toalha de mesa. Sua pele está ainda mais cinza e, em algumas regiões, se desprende e acaba por revelar a escuridão sob a pele. Linhas escuras na forma de espaguete brotam em suas feições. Não temos muitos encontros depois desse. Quase nem nos olhamos mais. E, cada vez que a toco, ela está mais fria do que antes.

Aí, em nosso último encontro, um almoço numa sexta-feira, antes de uma reunião no banco, percebo que a mulher que está comigo está morta. A pele está repuxada, o que torna o globo ocular dela maior, seus lábios ficaram secos e rachados, seu nariz é agora uma bolha solta e ela tem cheiro de terra e vermes; tem cheiro de podre.

– Você precisa ter cuidado, Eddie – ela diz e sua boca quase não se mexe quando fala.

Sua voz soa como se ela tivesse uma pedra enfiada na garganta. Vejo as cordas vocais dela se movendo por trás da fina pele de seu pescoço.

– O quê?

– Você deve escolher o melhor para você.

– Eu sei.

– E para Sam.

– Eu sei.

– Não deixe que o monstro faça a escolha por você.

– Que monstro?

Ela se inclina na mesa, tentando me alcançar. Estou certo de que ela tenta passar do mundo dela para o meu, para vir me buscar. A mão dela se aproxima da minha, é fria e pegajosa, uma luva de pele solta escorregando para a frente e para trás. Seu sorriso também escorrega, puxa seu rosto para baixo, seus olhos se arregalam e há uma coisa se movendo por trás da superfície deles, parece um verme. Quando seus lábios abrem para continuar a conversa, outra mão aperta meu ombro, outra voz se intromete e o restaurante desaparece, os menus se desdobram em nada. Minha esposa se agarra a esse momento por alguns segundos, a deformação está estampada em suas feições decadentes. Vejo sua silhueta contra um pano de fundo perfeitamente branco, como uma tela brilhante de cinema. Então ela também desaparece, desvanecendo-se na luz em um segundo.

Abro os olhos. Ainda estou no carro. Uma mulher com o cabelo cinza preso num rabo de cavalo apertado atrás da cabeça e uma camisa branquíssima está ajoelhada do meu lado aplicando pressão sobre minha perna. Um homem tem as mãos nos meus ombros, então me pega por baixo das axilas, seus dedos se enterram em mim. O mundo muda estranhamente quando sou colocado numa maca. Olho o rosto do paramédico e me pergunto se ele é o mesmo homem que tentou salvar Jodie. Mais pressão é aplicada sobre minha perna e, quando tento olhar meu corpo, descubro que não consigo. Não consigo nem levantar a cabeça sem sentir vontade de vomitar. Observo o céu. Um céu azul, sem nuvens, um dia perfeito para... para o quê? Para matar alguém? Os dois homens que vieram atrás de mim certamente acharam que sim.

Sinto a maca andando, mas não tenho ponto de referência no céu, então não sei a que velocidade nós estamos nos movendo; é uma sensação como a de sentir o ar descendo em uma montanha-russa. A ambulância entra em meu campo de visão e sou conduzido para dentro. Colocam soro em meu braço, mais pressão é aplicada em meu ferimento e as pessoas começam o trabalho. Cerro os olhos. As portas da ambulância se fecham e as sirenes não são ligadas.

Quando volto a abrir os olhos, estou dentro do hospital. As luzes passam por mim muito rapidamente. Há outras duas caras agora. Sou levado até o pronto-socorro e espetado algumas vezes com agulhas, minha perna fica completamente dormente. Meus sapatos são removidos e minhas calças são cortadas. Eles limpam o sangue e um talho profundo se revela, mas o fato de o sangue não estar jorrando deve indicar que, felizmente, artérias importantes não foram atingidas.

– Não é tão ruim quanto parece – um médico diz ao encher uma seringa. – Logo vai estar em pé. Não vai sentir nada – ele diz.

Mas está errado. Não sinto as agulhas e suturas fincando minha carne, porém sinto raiva e medo e... e mais alguma coisa.

Animação.

Não. Não acho que seja isso.

É isso, sim. Pare de mentir para si mesmo. Está animado porque derrubou mais um. Agora só faltam cinco. Levante as mãos e fique orgulhoso.

– Orgulhoso de quê? – balbucio.

– O quê? – o médico pergunta.

– Nada.

Não há tempo para ficar orgulhoso.

– Que diabos você pensa que está fazendo? – o médico pergunta quando tento me levantar.

– Preciso sair daqui.

– Até parece – ele diz. – Cara, nem começamos a sutura.

– Eu preciso...

– Deite aí novamente ou vai continuar sangrando e, se não sangrar, vai pegar uma infecção e perder sua perna. É isso o que você quer?

Não é o que eu quero. Ele volta a trabalhar e já está quase na metade quando Schroder entra na sala.

Capítulo 34

— Você não lembra quem colocou a bomba de tinta?

Uma vez que nenhum funcionário do banco era considerado suspeito, Landry e outros dois detetives entrevistavam três das quatro pessoas que foram até o cofre, enquanto Schroder lidava com o quarto: William Steiner. As entrevistas eram conduzidas nas casas dos suspeitos, o que possibilitava aos detetives sentirem com quem estavam falando ou se os suspeitos pareciam precisar de um dinheirinho extra. Talvez, eles encontrassem uma sacola cheia de dinheiro em algum lugar também.

Steiner era um homem de 30 e poucos anos com a pele tão branca que ajudava a ressaltar as cicatrizes de acne ao redor do pescoço. Ele não parecia nervoso e, antes que pudesse responder a terceira pergunta que Schroder teve tempo de fazer sobre quem carregou a bomba de tinta, o celular de Schroder começou a tocar.

– Com licença – ele disse.

Levantou-se do sofá da sala, dirigiu-se ao corredor e abriu o telefone. Mal conseguiu pronunciar duas palavras antes de receber a informação. Edward Hunter. Um tiroteio. Um homem morto.

Isso havia acontecido dez minutos atrás. Dirigir pela cidade tinha ficado mais fácil nos últimos dias, depois que a maior parte das pessoas já havia feito suas compras de Natal.

– Mas que coisa horrível, Edward – ele diz, andando ao redor do médico e olhando para a perna.

– Vai sarar.

– Não estou falando da sua perna. Estou falando do estrago que você deixou para trás.

Edward está nervoso. As mãos dele tremem, os olhos estão arregalados e parece que ele está à base de anfetaminas.

– Tive que deixar tudo aquilo para trás. Se não tivesse feito isso, estaria morto – Edward responde.

Schroder balança a cabeça. Foi o que ele ouviu também e é o que as evidências mostram. Dali ele vai se dirigir ao cenário dos acontecimentos.

– Muitas pessoas o viram correr para salvar a sua vida – ele diz. – Muitas testemunhas.

– Nenhuma delas se sentiu compelida a ajudar? – Edward indaga.

– O que você acha?

– Acho que você está aqui quando deveria estar lá fora procurando os assassinos de Jodie.

Schroder ignora o comentário.

– Acho que você tem sorte de ainda estar vivo – ele diz – e que essa sorte vai acabar se não me contar a verdade.

– Quero ver minha filha.

– Claro, Edward, sem problemas. Assim que terminar de me contar o que aconteceu.

– Quero vê-la agora.

– Onde ela está?

– Está com os avós. Não sei onde estão.

– Onde deveriam estar? – Schroder pergunta.

Fica pensando se há alguma chance de os homens que foram atrás de Edward terem ido atrás da filha dele também. Não... Certamente que não...

– Não sei. Em casa.

Schroder sente um frio no estômago. Franze o rosto e tenta esconder sua preocupação.

– E você não sabe onde eles estão?

– É o que estou dizendo a você.

Ele pega o celular e se afasta alguns metros. Enquanto espera a chamada ser completada, observa o médico que até agora não disse nada. Ele provavelmente já ouviu histórias parecidas centenas de vezes. Schroder passa a informação sobre Sam para os investigadores na cena do crime e volta para Edward.

– Certo. Vamos mandar alguém trazê-la aqui – diz, tentando não parecer preocupado. – Enquanto isso, me conte o que aconteceu.

Edward conta o que aconteceu desde que Schroder o deixou em casa até a fuga no carro roubado, com o atropelamento de um dos agressores no caminho.

– Certo, certo, Edward, muito bem. Agora, o que eu preciso é que você me conte o que aconteceu ontem à noite. Não me faça esperar os resultados do exame de sangue. Não podemos nos dar ao luxo de perder tempo agora, principalmente se essas pessoas estão vindo atrás de você.

– A única coisa que sei é que dois homens tentaram me matar. Mesmo com todas as pessoas que chamaram a polícia, os tiros, o sangue e o caos, ninguém chegou lá a tempo de prender o segundo cara, estou certo?

– Escute, Edward, o carro vai mostrar todas as impressões digitais. O cara que morreu não usava luvas, assim como o cara com a arma provavelmente não usava também. O plano deles devia ser limpar o carro ou queimá-lo. Vamos encontrá-lo. E isso nos levará aos demais. Todos eles. Qual é o veredito? – pergunta, virando-se para o médico.

– Nada muito grande. É um corte profundo e ele perdeu bastante sangue – o médico responde. – Vamos fechar com um curativo e mantê-lo no soro por mais algumas horas. Mas não há por que não o liberar nesta noite. Entretanto, ele deverá permanecer em repouso por uns dois dias.

– Vamos, Edward – Schroder diz assim que o médico se retira –, você está muito encrencado. Você tem que me dizer o que aconteceu ontem à noite com o Greensly.

– Você quer dizer Kingsly – Edward completa e seu olhar de terror diante do próprio erro imediatamente é percebido pelo detetive.

Schroder balança a cabeça para a frente e para trás algumas vezes. De uma estranha maneira, sente-se traído. Ele realmente queria acreditar que Hunter era inocente.

– Kingsly – Schroder diz e fica em silêncio por alguns segundos. – É isso mesmo, Edward. Não é Greensly, é Kingsly. Eu nunca disse o nome dele para você e a imprensa ainda não sabe. Há apenas uma maneira de você saber esse nome, Edward, que é o seu pai ter dado esse nome para você.

– Ele me deu o nome, sim, mas eu nunca estive lá.

Schroder sabe que ele esteve. Sabe que ele foi lá e talvez não tivesse a intenção de matar Kingsly. Ou talvez tivesse. De qualquer forma, o resultado foi o mesmo e, não importa de que ângulo a situação for vista, é totalmente injusta. Nesse momento, Edward deveria estar celebrando o Natal com a esposa e a filha. A coisa mais fácil a fazer agora é conseguir uma confissão e levar Edward preso.

– Escute, Edward – ele diz, mantendo a voz baixa –, é o seguinte: os últimos dois anos foram um inferno. Muitos psicopatas malditos soltos por aí. Dois anos longos, e eu estou cansado, muito cansado mesmo de toda essa merda. Olho para esta cidade e quero acreditar que é uma cidade boa. E é, realmente é, ainda há muita coisa boa aqui, Edward, muita coisa que vale a pena defender. Há muitas pessoas que acham que esta cidade se transformou em uma merda, mas isso não é verdade. Esta é a minha cidade, eu adoro esta cidade, mas, como eu costumo dizer, está na beira de um precipício. A questão é que ela não tem que cair. Podemos salvar esta cidade, ela pode voltar a ser como era. Olho para trás e vejo que há coisas que eu gostaria de ter feito diferente. Coisas que poderiam ter agilizado investigações. Coisas que poderiam ter salvado vidas. Se eu pudesse fazer tudo de novo, eu teria quebrado algumas regras. Às vezes os fins justificam os meios, sabe? Às vezes você tem que fazer coisas ruins por uma causa maior. Coisas ruins para salvar a cidade. Matar Kingsly foi uma coisa ruim, mas, ao fazê-lo, você ajudou a defender a cidade. Você só precisa dizer que ele o agrediu primeiro e você se defendeu. Um júri não vai condená-lo por isso, não quando souber que esse foi o filho da mãe que ajudou a matar a sua esposa. Algum roteirista vai aparecer e pedir para fazer um filme sobre a sua história. E eu, se fosse a minha família, eu teria feito a mesma coisa. Você não pode continuar a negar que esteve lá, Edward, o sangue vai provar. E essas pessoas vão continuar a vir atrás de você. Deixe-me levá-lo sob custódia. Deixe-me ajudá-lo.

Edward desvia o olhar de Schroder para o teto e responde depois de um longo instante:

– Primeiro me traga minha filha. Quero vê-la. Depois nós conversaremos.

A cortina se abre e uma enfermeira empurra um carrinho cheio de faixas e gazes. Ela sorri para Edward.

– Parece ruim – ela diz –, mas vamos botar você em pé rapidinho. Não vai demorar – acrescenta.

– Vou deixar você fazer seu curativo – Schroder fala.

– Traga-me a Sam.

– Vou trazer. Prometo – ele responde na esperança de que não seja tarde demais.

Capítulo 35

É outra cena de crime bem confusa, o tipo de cena em que os assassinos não têm muita ideia do que estavam fazendo. A casa onde a maior parte da ação se passou pertence a uma família com um casal de filhos que teve sorte de não estar em casa, mas na praia. Schroder sabe que as coisas poderiam muito bem ter terminado de forma muito diferente, sabe que o legista poderia muito bem estar despachando mais de um corpo. Tem vidro quebrado na entrada, vidro quebrado nos fundos e uma porta arrombada dentro da casa. E sangue em vários locais e nas calçadas, interna e externa. Há buracos de bala nas cercas e na lateral de um carro estacionado.

A rua foi fechada, o que limita a visão apenas para os vizinhos. Até os repórteres estão afastados, com suas câmeras ao alcance, mas não há muito que consigam ver. A vítima foi coberta e o corpo está protegido por viaturas policiais. Um belo pano de fundo para as câmeras, mas nada além disso. O carro roubado pelos dois homens e usado por Hunter para escapar deles já foi colocado na traseira de um caminhão e está a caminho da delegacia para análise.

– Então, o atirador matou o parceiro dele – Schroder diz.

Sheldon, o médico-legista, sacode a cabeça lentamente, como se temesse que qualquer movimento brusco pudesse romper um músculo, e diz:

– Um tiro no rosto. Um tiro em cada mão.

– Confirma o que as testemunhas disseram.

– Que jeito horroroso de morrer.

– Já vimos muito piores. Teria sobrevivido às lesões do atropelamento?

– Perna esquerda completamente decepada, perna direita parcialmente decepada, parcialmente esmagada. Classificaria as chances dele em algum lugar entre extremamente escassas e nenhuma.

– Impossibilitado de levar o parceiro consigo e preocupado com a possibilidade de que os dois pudessem ser identificados, o atirador se precaveu no sentido de tentar esconder a identidade do morto, destruindo o rosto e as impressões digitais. Não adiantou: a equipe de perícia já esvaziou os bolsos da vítima e encontrou algumas moedas, um isqueiro e um maço de cigarros, todos contendo impressões claras. Terão um nome dentro das próximas horas. Além disso, há o carro com uma coleção de digitais – ele examina o pano usado para cobrir o corpo e a saliência onde está a perna amputada. A ponta dela, com um calçado preso, está projetada para fora, o pano não é grande o bastante para esconder o sangue no meio da rua. – Parece que o cara foi atacado por um urso.

– Meu Deus – Landry fala, aproximando-se enquanto Sheldon se retira. – Essa família Hunter deve mesmo ter alguma maldição.

– Como estamos com as entrevistas?

– Ainda estamos trabalhando nisso. As câmeras de segurança do cofre não apontam para nenhuma direção. Apenas mostram quatro pessoas em pânico colocando dinheiro em sacolas – Landry responde.

– Bem, juntando com os nomes que vamos obter daqui, acho que até o final do dia saberemos quem são todos os envolvidos. Nenhum sinal dos sogros ou da filha? – Schroder indaga.

– Nenhum. Você acha mesmo que esses caras pegaram a menina?

– Duvido. Acho que estão em um lugar qualquer e não têm ideia do perigo que podem estar correndo. De qualquer maneira, não vejo razão para os criminosos irem atrás da filha de Hunter. Não lhes dá nenhuma vantagem, só os coloca em mais risco.

– E Hunter?

– Está apavorado, mas está bem.

– Não falou nada sobre Kingsly?

– Nada – Schroder responde.

– Você acha que foi ele?

– Os caras que roubaram o banco com certeza acham que sim. Os dois Hunters em um dia. Temos que encontrar a filha dele. Hunter disse que falará quando souber que ela está em segurança.

– Cada viatura desta cidade tem uma descrição deles. Vamos encontrá-la logo.

– Espero que sim – Schroder diz –, pelo bem de todos.

Capítulo 36

Sou levado a outra sala depois de levar os pontos. Cada ponto me fez mais forte. Há três outros homens aqui em estágios diferentes de dor e angústia. Um deles tem as duas pernas engessadas, suspensas sobre ele. Um homem de uns 60 anos ronca, com um curativo no lado da cabeça raspada. O terceiro homem lê uma revista e tosse a cada quinze segundos. Há dois policiais na porta, para me proteger ou evitar que eu fuja. Penso no meu pai, ele está em outra ala com outros policiais.

Minha perna dói muito. Depois de uma hora, uma enfermeira entra e segura um cartaz com cinco "carinhas felizes". A primeira é amarela e sorridente. A última cara está franzida e é roxa, com um sorriso de cabeça para baixo. As três carinhas variam em cor de amarelo a roxo e as expressões entre feliz e muito infeliz.

– Aponte aquela que expressa como você se sente – ela diz.

Procuro a cara feliz do homem cuja esposa foi assassinada na semana passada, mas não a encontro.

– Apenas me dê um analgésico e eu ficarei bem.

A enfermeira, gorda e com seios do tamanho de bolas de boliche, me dá mais uma chance de acertar.

– Aponte – repete.

Aponto a cara feliz.

– Posso ir agora?

– Logo, logo. Agora, tome isto – ela diz e me dá um copo de plástico pequeno com comprimidos.

Despejo os dois comprimidos na minha mão e ela me dá um copo de água.

– Beba – ela diz, como se eu não pudesse entender por mim mesmo.

Ela verifica a minha pressão sanguínea e não parece satisfeita nem preocupada com o resultado. Não entendo os números.

– Encontramos a sua filha – Schroder diz ao entrar na ala.

Por uma fração de segundo, fico apavorado, completamente em pânico, pois não sei como ele vai terminar essa frase. Eles a encontraram no parque e ela brincava em um balanço com o Senhor Fofo ou eles a encontraram coberta de sangue com a garganta cortada? A pausa de Schroder é breve, quase imperceptível, mas para mim dura uma vida inteira. Eles tinham ido ao cinema. Estão em casa agora.

– Então... Eles estão bem?

– Eles estão bem. E acharam que ela ficaria muito assustada se viesse aqui no hospital. Deixamos um homem na casa deles para ficar de olho até chegarmos lá.

– Só um?

– É noite de Natal. Um homem é tudo de que dispomos, mas é o suficiente. Você é o alvo, não eles.

Ele me joga uma calça, que é velha, mas pelo menos está em melhor estado que a minha. Ele também tem um par de tênis que não está cheio de sangue, então não reclamo. A enfermeira com seios de bolas de boliche volta e tira o soro do meu braço.

– Dez minutos – Schroder diz. – Este é o acordo: eu lhe dou dez minutos com a sua filha e depois você vem comigo à delegacia para me contar tudo.

A dor é instantânea quando levanto. Minha perna treme e quase caio. Todo o sangue corre em uma só direção e eu fico tonto. A enfermeira me empurra de volta para a cama, mas eu me recupero e fico em pé.

– Viu? – eu digo, apontando para o meu rosto. – Uma cara feliz. Estou bem.

– Você não parece bem.

– Vou ficar bem.

Demoro mais do que o normal para me vestir e, em vez de sair do hospital caminhando, sou levado em uma cadeira de rodas. Todas as pessoas que pareciam estar por aí nesta tarde foram passar o Natal em casa. No caminho, passamos apenas por duas enfermeiras, um plantonista e mais ninguém, nem mesmo visitantes. Eles me entregam tudo o que estava nos meus bolsos em uma sacola branca de papel. Não me dou ao trabalho de abrir. Deixo a cadeira de rodas para trás na porta do hospital. Minha perna está apertada com todos os pontos.

O carro de Schroder está estacionado em uma vaga para deficiente próxima à entrada. O estacionamento está vazio, a não ser por dois outros carros. Acho que ele estava prestes a me colocar no banco de trás, mas me deixa ir na frente. Sabe que matei dois homens nas últimas vinte e quatro horas e tenho certeza de que vai tentar provar isso assim que me colocar em uma sala de interrogatório. Não sei como, mas o dia virou noite. Não estou mais com meu relógio no pulso e não sei se está dentro da sacola branca, se perdi na agitação do dia de hoje ou se talvez um dos paramédicos o tenha roubado. Deve ser perto das 21h30.

Uma brisa quente sopra. O céu está claro. Condições meteorológicas perfeitas para o Papai Noel e, se eu estivesse em casa com Sam, se ainda tivesse uma vida em família, estaríamos vendo na TV, juntos, a chegada de Papai Noel à Nova Zelândia, seu entusiasmo cresceria com os presentes chegando. Ainda não comprei nada para ela, mas Nat e Diana cuidaram disso, escolheram e embrulharam alguns presentes. Os shoppings estão fechados e gostaria de que eu tivesse comprado alguma coisa para ela. Meu Deus, eu sou um pai péssimo. Como pude não me esforçar para escolher alguma coisa para ela? Alguns brinquedos, uma boneca, alguma coisa para ela se sentir melhor. Estou centrado em vingança, não nas coisas importantes.

A vingança é importante.

– Você fala em defender a cidade como se estivéssemos em guerra – digo enquanto olho a cidade que passa por nós pela janela, com alguns adolescentes bêbados que vagam pelas ruas.

– Poderia discursar por cinco horas sobre esta cidade e não seria nada que você não soubesse – ele diz. – Há milhares e milhares de pessoas que vivem aqui e que ignoram a violência que ferve na alma desta cidade, até que um dia ela os alcança e os puxa. Talvez você já soubesse dela por causa do seu pai. Mas, até a semana passada, você não se importava.

– Sempre me importei. Não interessa o que você pensa, odeio meu pai pelo que ele fez. E eu o odeio por essa herança que ele me deixou.

Chegamos à rua dos meus sogros e nos aproximamos do local onde o homem que atropelei levou um tiro e morreu. Não há uma fita isolando a cena do crime. Provavelmente, eles tiveram que enrolá-la rapidamente para usar em outro lugar. Deveria haver imprensa e policiais por todo lado, mas eles já se foram e não há nada aqui que lembre o que aconteceu nesta tarde. Não dá para dizer com certeza, pois está escuro, mas provavelmente o sangue foi lavado de alguma maneira. Imagino se eles primeiro recolheram o homem ou a perna dele. Imagino quanto pesa uma perna.

De dentro da sacola de papel, um celular toca.

Não é o meu telefone, pois não reconheço o toque.

– Você não vai atender? – Schroder pergunta.

Abro a parte superior da sacola e coloco a mão lá dentro. O telefone que peguei de Kingsly pisca.

– Alô? – digo com o coração acelerado.

– Ouça bem. Se você disser mais uma palavra, vou matar sua filha.

– Quem...

– Cale a boca. Mais uma palavra e ela morre. Não estou brincando. Agora, diga sim se entendeu.

Minha mente embranquece completamente, de repente tudo volta de imediato da escuridão, o assalto no banco, os corpos, minha filha... Minha filha o quê?

– Sim – digo e é difícil articular a palavra em minha boca seca.

Preciso buscar o ar. Minhas mãos tremem, mas Schroder está concentrado demais na direção para reparar. Ele estaciona atrás da viatura.

– A sua garotinha agora é nossa. Estamos com ela. E se você não fizer exatamente o que eu disser nunca mais voltará a vê-la. Entende o que eu digo?

– Sim – respondo.

Começo a suar.

– Acho bom. Avise-me quando Schroder descer do carro.

– Espere aqui enquanto dou uma palavrinha com o policial – Schroder diz, praticamente para ele mesmo, porque eu não estou ouvindo. Aceno com a cabeça.

– Ele saiu – falo.

– Logo ele vai correr para dentro da casa. Quero que vá com ele. Quando ele pegar o celular, quero que você pegue o telefone dele.

– Você sabe que estou sob custódia?

– Claro que sabemos. Nós o observamos a tarde toda – diz a voz. – Que isso sirva de incentivo para você não errar, Eddie. Não estrague tudo. Você receberá mais instruções quando entrar. Agora vá! – ele desliga o telefone e Schroder corre em minha direção.

Capítulo 37

A situação é feia. Muito feia. Há um policial morto aqui fora e quem sabe quantos outros mortos lá dentro. Sangue por todo lado dentro da viatura. Deveria ter dois homens vigiando aqui nesta noite, diabos, deveria haver quatro, mas o orçamento não cobria as horas de trabalho necessárias e ninguém queria ficar de plantão na noite de Natal e, droga, mas que droga, ele deveria ter feito mais, porque agora o sangue desse policial está em suas mãos e o sangue de qualquer pessoa morta lá dentro também. Todo o treinamento que teve lhe diz para esperar reforços, mas seu instinto é o de entrar na casa, no desconhecido. De qualquer maneira, agora ele sabe que deve esperar, ao ver Edward mancar em direção à porta da frente.

– Volte para o carro – Schroder grita, mas Edward o ignora.

Schroder corre, agarra Edward na porta da frente e ordena novamente:

– Volte para o carro!

Tenta levar o celular ao ouvido e manter Edward sob controle ao mesmo tempo. Quase consegue, quando Edward se vira e tira o telefone dele.

– Mas que diabo... – diz, porém não consegue falar mais nada antes de o telefone ser partido ao meio e arremessado contra o chão. – Meu Deus, Eddie, o que é isso? – ele pergunta e o empurra contra a parede.

– Sam não está aqui – Edward diz.

– Como você sabe? Ainda não vasculhamos a casa – Schroder pergunta enquanto segura Edward firmemente contra a porta. – Como você pode saber?

– Eles me ligaram e contaram. E pareciam impacientes!

– Precisamos de toda ajuda possível – Schroder diz.

Alguma coisa está errada, mas ele vê o medo nos olhos de Edward e sabe que ele diz a verdade.

Ele solta Edward e abre a porta da frente. Todas as luzes estão apagadas. Ele entra e se volta para a sala. Edward o segue, mas não há mais ninguém ali. Ele acende a luz e vê que nada parece fora do lugar.

– O policial lá fora – Edward indaga –, onde ele está?

– Morto – Schroder diz. – Por que você quebrou meu telefone? Quem ligou para você?

Edward não responde, Schroder abre a porta do corredor. A única luz acesa vem do banheiro.

– Fique atrás de mim – diz.

A banheira está cheia de água. Uma bandeja de plástico boia na superfície da água, com uma das pontas encostada na lateral da banheira. Em cima da bandeja, um maço de dinheiro. Schroder entra no banheiro, olha para a água e percebe, imediatamente, que cometeu um erro e, antes que possa retificar seu erro, ouve o som de uma espingarda sendo engatilhada.

Schroder não se move. Continua encarando a banheira e seu rosto se enruga na expectativa do disparo. Por alguns segundos, ele se pergunta se resistirá ao tiro e se será capaz de ver seu peito se espatifar contra o azulejo. Como nada acontece, ergue lentamente as mãos e se vira. Um homem grande, com as mãos tatuadas, vestindo um casaco grosso de jérsei que cobre as tatuagens que provavelmente se espalham pelos braços, aponta uma espingarda para ele e Edward.

– O que você quer? – Schroder pergunta.

– Onde está minha filha? – Edward pergunta.

– Onde está meu dinheiro? – o homem armado pergunta.

– O quê?

– O dinheiro que você roubou ontem à noite.

– Do que você está falando? – Edward pergunta.

– Estou falando do dinheiro que você levou da casa de Kingsly.

– O quê? – Edward pergunta e parece genuinamente confuso.

– Não tente me enganar. Você atendeu o telefone. Só pode estar com o telefone de Kingsly se esteve lá. Então, levou o dinheiro também. Você devolve o dinheiro e devolvemos sua filha.

– Espere um pouco – Schroder diz. – O dinheiro... nós levamos o dinheiro para o laboratório hoje de manhã. Edward não pegou o dinheiro.

– Não. O que vocês levaram foi uns 2 mil dólares. Estou falando dos 400 mil.

– Edward... – diz Schroder.

– Eu não peguei – Edward diz.

– Vire-se e fique de joelhos.

– Por quê? – Edward pergunta.

– Você não. Você, tira, fique de joelhos e coloque as mãos na cabeça.

– Escute, nós podemos...

– Agora, imbecil!

É a última coisa que Schroder quer fazer, mas não vê escolha. Não há como ele pular para fora e lutar pela arma. É morte na certa. Virar-se e colocar as mãos na cabeça sugere morte também, mas é tudo o que ele pode fazer neste momento. Ele se vira e ajoelha.

– Pegue as algemas e coloque nele.

Edward procura nos bolsos de Schroder e encontra as algemas. Prende-as nos pulsos dele.

– Afogue-o.

– O quê? – Edward diz e Schroder pensa a mesma coisa.

– Coloque a cabeça dele dentro da banheira e afogue-o.

– Espere – Schroder e Edward dizem em uníssono.

– Você ouviu, afogue-o ou sua filha não vê o amanhã chegar.

Schroder tenta se levantar, porém não consegue ir muito longe, seu peito logo bate na beirada da banheira. Todo o peso de Edward está sobre ele, empurrando sua cara contra a água.

– Não posso – Edward diz.

– Agora. Afogue-o. Afogue-o agora! – o homem tatuado diz.

– Eu não consigo.

– Você consegue se quiser salvar sua filha.

– Edward... – Schroder diz.

Mas não sabe como prosseguir. Não há nada. Sabe o que vem a seguir e toma bastante fôlego.

– Eu sinto muito – Edward sussurra antes de empurrar a cabeça dele contra a água.

Capítulo 38

As mãos algemadas de Schroder o impossibilitam de conseguir se desvencilhar, ainda que ele pareça pensar diferente. Se eu fosse um pouco mais leve, ele provavelmente conseguiria. Sua cabeça se sacode contra o fundo da banheira e a água se tinge de um vermelho muito pálido. Enfio uma porção maior do corpo dele para dentro da água. Eu o seguro pela nuca e o empurro com força, enquanto os músculos dele se contraem. É como segurar um touro mecânico. Os pés dele se debatem contra o chão, a ponta dos sapatos desenha linhas pretas no azulejo. A água respinga na parede e já estou bastante molhado. O curativo em minha mão encharca e começa a se soltar. Tento imaginar que estou afogando um cachorro, e não uma pessoa, aquele vira-lata sarnento de vinte anos atrás, e esse pensamento realmente me ajuda, não muito, mas o suficiente para não o deixar subir mais. Schroder se acalma. Os pés param de se debater no chão. Ele escorrega mais para dentro da banheira.

– Continue segurando-o.

Eu continuo segurando-o. Algumas bolhas chegam à superfície. As pernas de Schroder param de se mover, mas ele ainda move a cabeça, ainda luta, ainda desesperado por sobreviver. Os segundos se passam. Mais cinco. Outros cinco. As bolhas cessam. Um estremecimento final e Schroder não luta mais. Eu o solto e ele continua na água. Não faz nenhum esforço para se levantar. Eu me viro. Minhas mãos tremem e caio de joelhos. Faço menção de vomitar.

– Não tenho tempo para essa merda – diz o homem. – Me dê o dinheiro.

Tusso como se eu é que estivesse com os pulmões cheios de água.

– Onde... onde eles estão? Minha... minha filha e meus sogros?

– O dinheiro primeiro – ele diz. – Depois conversaremos.

– Onde?

Só mais uma tossida e estou pronto. Lentamente, ponho-me em pé, agarrando-me na beira da banheira, com cuidado para não tocar em Schroder. O cara com a arma não tem o rosto coberto com a touca. Está do mesmo jeito que estava hoje à tarde. Provavelmente não trocou de roupa ou de arma. Duvido que a tenha usado nesta noite, já que é muito ruidosa. Aposto que matou o policial lá fora de outra maneira. Penso no quanto ele quer evitar usá-la.

– Você vai me matar depois que tiver o dinheiro.

– Você entendeu tudo errado, garoto. Eu vou matá-lo. O que você está fazendo agora é comprar a vida de sua filha.

– Como vou saber que vocês vão soltá-la?

– Ela não sabe quem nós somos. Não temos nenhuma razão para ficar com ela. Agora, onde está o maldito dinheiro?

– Na sala.

– Mostre – ele diz e sai do banheiro de costas.

Eu o conduzo através do corredor e pego a sacola. Esforço-me para manter minha perna ferida reta, na medida do possível. A sacola está cheia de giz de cera, lápis de cor e alguns livros de pintura de Sam e não chega nem perto do tamanho necessário para conter todo o dinheiro que vi ontem à noite. Como sempre, está aberta. Fecho o zíper, agarro-a e jogo aos pés dele.

– Mas o quê... – ele diz, olha para baixo e...

Agora. Agora! Agora!

Damos um passo à frente, meu monstro e eu, só que desta vez eu não preciso dele, estou com tanta raiva... Movo meu braço para cima, entrando por baixo no campo de visão do Homem Tatuado, o lápis aponta reto para cima. Ele provavelmente tenta, mas não consegue evitar, não consegue nem gritar. A cabeça dele faz um movimento brusco para trás no momento em que o lápis atravessa seu olho e, como um espirro, um resíduo espesso e claro respinga em minha mão. Ele permanece em pé, duro como uma tábua. Uma mão solta a espingarda, que fica pendurada na outra mão por um instante, antes de cair no chão. Fica em pé, olhando-me fixamente, um dos olhos brilha, bem aberto; o outro, uma coisa líquida com metade de um lápis para fora, a outra metade enfiada dentro do olho. Ele não cai enquanto limpo o suco de olho e o sangue da minha mão; ao contrário, espera até eu me abaixar e pegar a espingarda. Ele cai como cai um homem morto, sem preocupações no mundo, sem convicções ou medos. Seu rosto atinge o braço do sofá e o lápis se parte no caminho. Ele termina caído de lado, com um dedo de madeira entalhado no olho; ele me olha, mas não me vê correndo em direção ao banheiro.

Capítulo 39

O que está fazendo?

Estou tentando salvá-lo.

Por quê?

Preciso dele vivo.

Por quê?

Cale a boca.

A única coisa que você deveria estar fazendo agora é aproveitando a fúria. Meu Deus, que coisa linda! Puxa, Eddie, o jeito que você enfiou aquele lápis, Jesus, isso realmente merece ser lembrado, muito mais do que o Fido. Aposto que foi assim que seu pai se sentiu quando pegou a faca e...

– Eu disse cale a boca.

Assopro mais ar para dentro de Schroder. Seu peito levanta quando assopro e abaixa quando retiro minha boca. Ele não tem pulso. Seu corpo está flácido e pesado. Suponho que ele esteve submerso na água por três minutos.

Faço pressão sobre seu peito. Não sei exatamente se o que estou fazendo está certo. O último curso de primeiros socorros que fiz foi há dez anos e Schroder com certeza é bem diferente daqueles bonecos feitos de borracha e metal. Posso salvá-lo ou quebrar as costelas dele e afundá-las nos pulmões.

Assopro o ar para dentro da boca dele. Comprimo seu peito dez vezes. Era mesmo dez vezes? Doze? Sopro novamente. Por quanto tempo devo fazer isso? Ele já está morto há quase quatro minutos. Qual é o limite para um risco sério de dano cerebral? Não é perto de quatro minutos? A única coisa de que eu me lembro bem do curso de primeiros socorros é a instrutora. Ela olhava para mim como se eu fosse a razão de o boneco não estar mais respirando.

Schroder convulsiona sob mim e ouço um ronco baixo vindo de seu pulmão. Ele começa a tossir, seu corpo quase se dobra. Posiciono-o de lado e ele tosse pequenas quantidades da água da banheira. Então ele desaba para a frente, com a testa sobre o braço, respirando pesadamente contra o chão, o corpo dele sobe e desce mais do que o necessário, aparentemente, como se estivesse encenando. Além do alarde, ele não faz mais nada. Não levanta em um salto para ver se ainda corre perigo. Nada. Removi as algemas de um dos pulsos, mas elas ainda estão penduradas no outro.

Ele murmura alguma coisa que não consegue completar.

– Eu...

Ele tenta novamente falar e ergue uma mão até o rosto e a coloca sobre os olhos. Tosse de novo e tenta se sentar e se apoiar na banheira, mas não consegue.

– Vamos lá – digo e o ajudo.

Ele encolhe os joelhos contra o peito e repousa a cabeça sobre eles. O curativo em minha mão está frouxo. Eu o arranco e o jogo no chão.

– Uss... uss... – ele diz e não elabora nada por alguns segundo até – uss... – começar a tossir de novo.

– Espere aqui – falo para ele e me afasto.

Verifico os quartos. É uma casa de três quartos, construída no auge da era dos condomínios e pintada em cores de mostruário que são extremamente enfadonhas, mas que continuaram na moda por mais tempo justamente por isso. O primeiro quarto, o menor dos três, foi arrumado para Sam. Há uma cama de solteiro, móveis, brinquedos e pôsteres e ninguém parece ter lutado por sua vida aqui dentro. O próximo quarto foi transformado em um escritório, com uma escrivaninha e um computador contra uma parede e uma esteira adjacente próxima à outra.

Sobra um quarto e eu caminho na direção dele rezando para que esteja vazio. Abro a porta. O ar está quente e abafado, parece que o quarto foi desenterrado de uma caverna muito profunda. Nat e Diana estão deitados no chão, com os olhos bem abertos, olhando fixamente para mim. Aproximo-me deles e me abaixo. Nat ergue a cabeça, mas não consegue ir além, pois está amarrado como um porco, assim como Diana. Volto correndo para a cozinha e apanho uma faca. Um instante depois, estão livres e esfregando os pulsos.

– Meu Deus, Eddie, o que está acontecendo? – Nat pergunta. – Onde está Sam?

– Não sei. Acho que eles estão com ela.

– Estão com ela? Quem? Quem está com ela?

– Não sei. Os homens do banco, eu acho.

– Os que mataram Jodie? Por que diabos eles levariam Sam?

– Não sei.

– Você não sabe? – ele repete, mais alto desta vez. – Você não sabe? Como assim? Você tem que saber! Você tem que saber!

– Vou trazê-la de volta.

– Ah, eu sei que vai. Pelo seu próprio bem. Tenho certeza de que foi você quem trouxe esses homens para nossa casa. O que foi que você fez, Eddie?

– Eu não fiz droga nenhuma – digo.

– Eles não acham isso – Diana agora soluça. – E agora eles levaram nossa Sam.

– Se você causou isso, Eddie, se alguma coisa acontecer com ela – Nat diz –, eu juro que o mato. Eu o mato, droga.

Volto ao banheiro. Schroder não tem forças para ficar zangado ou agradecido.

– Você me afogou – ele diz.

– Eu o salvei.

– Você me afogou.

– Não tive escolha. Se não o tivesse afogado, ele o teria matado com um tiro. Nós dois estaríamos mortos. Agora, escute, você...

– Você me afogou – ele repete.

Nat e eu o ajudamos a levantar, nós o levamos até a sala de jantar e o colocamos sentado. Minha perna sangra e tento não sobrecarregá-la enquanto caminhamos.

– Você precisa se concentrar – digo no caminho. – Isso não tem nada a ver com você. Tem a ver com a minha filha.

– O quê?

– Você me deve, está certo? Você me deve a sua porcaria de vida. Por favor me diga que entende isso. Não me faça jogá-lo de volta na água. Você me deve porque, se tivesse feito o seu trabalho e tivesse prendido os responsáveis, nada disso teria acontecido. E, se tivesse colocado mais do que uma porcaria de um homem de plantão, minha filha ainda estaria aqui.

– Onde está ele? O homem com a arma?

– Dei um jeito nele.

– O mesmo jeito que você deu nos outros?

– Não foi bem assim – respondo. – O cara que eu atropelei, aquilo foi um acidente.

– Meu Deus, Eddie, o que está acontecendo? – Nat pergunta. – Você sabe onde está a Sam?

– E quanto a Kingsly? – Schroder pergunta. – Foi um acidente também?

– Nunca estive lá.

– Você disse que estava com o celular de Kingsly. Além disso, sabia o nome dele.

– Havia um telefone no carro roubado – digo e não sinto nada diante das mentiras desconexas que saem de minha boca. – Um dos paramédicos deve ter pensado que era meu e colocou com as minhas coisas. Eu não sabia que ele estava ali.

Ele balança a cabeça.

– Tudo bem, Edward, certo, vou aceitar isso por enquanto.

– Talvez o homem que tentou nos matar agora seja o mesmo que matou Kingsly.

– Não estou entendendo nada – Nat diz. – Onde está a Sam?

– É, talvez. Mas ele teria levado o dinheiro com ele, certo? – Schroder responde.

– Eu não tenho dinheiro nenhum. Se eu tivesse, teria entregado a ele para ter minha filha de volta.

– Nisso eu acredito de verdade.

Nat me ajuda a verificar o resto da residência, para ver se Sam está escondida aqui em algum lugar, num armário ou debaixo de uma cama.

Ele dá uma olhada no cara no chão e não diz uma palavra. Verifico a casinha de boneca lá fora; está vazia. Isso prova o que os homens estão me dizendo: estão com minha filha e eu tenho que pagar para tê-la de volta. Na sala de estar, Diana cuida de Schroder. Ela lhe trouxe umas roupas limpas e se ofereceu para fazer um café, do mesmo jeito que qualquer pessoa com mais de 60 anos ofereceria sempre alguma coisa, não importa qual fosse a situação. Schroder já tirou a outra algema do pulso.

– Temos que ir – digo.

– Preciso chamar reforços.

– Primeiro precisamos dar o fora daqui.

Agarro-o pela gola e o ajudo a se levantar.

– Eles estão com a Sam. Precisamos fazer o que for necessário para trazê-la de volta. Vamos lá. Você precisa me ajudar.

– Todos vocês precisam dar o fora daqui – diz Schroder para meus sogros.

– Para o inferno com o que você quer – Nat diz. – Vamos ajudá-los a encontrar a Sam.

– Não vão, não – eu digo. – Vocês só vão atrapalhar.

– Acalme-se – Schroder diz. – Ninguém vai fazer nada aqui, apenas eu. Vou pedir reforços pelo telefone e vocês vão deixar a polícia cuidar disso.

– Do mesmo jeito que fizeram para encontrar os homens que mataram minha filha? – Diana pergunta.

– Olhe, nós estamos...

– Fazendo o possível – Nat completa. – Para o inferno com isso.

– E aí? Você e sua esposa vão vir junto? É isso o que você acha?

– Gostaria muito – Nat diz –, mas conheço minhas limitações. Isso é importante em um homem. E se tem uma coisa que eu conheci desde que Jodie foi morta com um tiro foram as suas limitações, detetive. E é por isso que vai levar Eddie. Ele nos meteu nessa confusão e ele sabe o que fazer para nos tirar dela. Goste ou não, detetive, ele certamente fez mais para encontrar esses caras do que vocês fizeram e, se ele é o responsável pelo que aconteceu aqui, então eu vou me entender com ele quando isto terminar. Mas, neste momento, eu tenho mais fé nele para encontrar minha neta do que em você. Peça reforços. Vamos conversar com seja lá quem você mandar para cá e vamos ajudar da forma que pudermos, mas agora você e Eddie têm que sair daqui e encontrar Sam.

– Você sabe que ele tem razão – eu digo, desviando o olhar de Nat para Schroder.

– Tudo bem, tudo bem. Está certo. Onde está o cara que fez isso?

Conduzo-o até a sala. Uma poça de sangue se formou ao redor da cabeça do homem. Ele acabou deitado sobre a sacola de lápis e giz de cera. Nat e Diana ficam no corredor.

– Este é um deles – Nat diz.

– E o outro? – Schroder pergunta.

– O outro levou a Sam – Nat diz. – Não posso contar muito mais do que isso. Quer dizer... Ele se parecia um pouco com esse aí. Cabeça raspada, tatuagens... Podemos tentar descrevê-lo. Tenho certeza de que, se as coisas tivessem acontecido de outra maneira, ele teria matado todos nós. Não entendo por que ele não nos matou.

– Temos alguns retratos para vocês olharem na delegacia – Schroder diz.

Ele se aproxima do corpo e o rola para ver melhor. Por um instante, penso em quantos cadáveres esse homem já viu. Muitos, eu suponho. Certamente muitos mais do que meu pai viu.

– Oh, meu Deus – Diana diz ao ver a ponta do lápis. – Eddie... Não pensei que você pudesse, que fosse... capaz... – a voz dela diminui até sumir.

– Esses desgraçados levaram minha filha! – digo, fulminando-a com os olhos. – Preferiria que eu o deixasse me dar um tiro? Preferiria que ele matasse Schroder e depois fosse matar você e Nat? E que deixasse Sam morrer também?

Ninguém responde. Nat acena com a cabeça uma vez, talvez entendendo, enxergando pela primeira vez que estou fazendo o que posso para nos tirar vivos dessa. Todos nós.

– Você o reconhece? – pergunto para Schroder.

– Não, eu... Espere.

Ele se abaixa e vê o corpo mais de perto. Então busca minha mão quando cambaleia. Ele volta a tossir, espalha pequenas porções de água da banheira sobre o morto.

– Ele não parece familiar – fala ao se recompor.

– Ele tem que parecer.

– Não parece, não. Vou chamar apoio. As impressões digitais... já devemos ter uma pista sobre elas agora.

– E aí, o que acontece? Vocês compilam com uma lista de nomes e passam uma semana para montar um caso? Precisamos agir nesta noite.

– Eu sei, eu sei – ele diz. – Olhe, deixe-me ver, me dê um minuto apenas.

– Não temos tempo.

– Quem telefonou para você? – ele indaga. – Quando estávamos lá fora...

– Foram eles.

– E eles lhe disseram para tirar meu telefone de mim?

– Disseram que iam machucar Sam se eu não o fizesse.

Ele olha para o homem morto no chão.

– Ligue para eles, diga que vai entregar o dinheiro em troca de Sam.

– O quê?

– Ele estava pedindo a você um dinheiro que não está com você. O resto do bando está aguardando ele aparecer com esse dinheiro. Mas ele não vai aparecer. Que valor terá sua filha, então?

– E vou dizer o que para eles?

– Diga que está com o dinheiro.

Não parece a melhor das ideias, porém é a única de que dispomos. Passo os olhos pelo menu do telefone e encontro as chamadas recentes. Meus dedos tremem quando seleciono o número e aperto “chamar”. O telefone toca algumas vezes e depois alguém atende.

Capítulo 40

— Estou com o dinheiro – eu digo e aperto forte o telefone. – Onde está o meu amigo?

– Ele teve um acidente.

– E aí você acha que pode comprar sua filha de volta negociando diretamente comigo?

– Sim.

– É tarde demais – ele diz. – Sua filha está prestes a sofrer um acidente também.

Ele desliga. Nat está em pé com os braços ao redor de Diana. Os dois parecem perdidos, como se não me reconhecessem, como se não reconhecessem a casa. Schroder está trocando a camisa.

– O que aconteceu? – pergunta.

Não respondo. Olho fixamente para o telefone enquanto a raiva aumenta dentro de mim. Nem sei o que acabei de ouvir.

– Eddie? O que foi que ele disse? – Nat pergunta.

– Ele... Ele disse que é tarde demais – digo.

Diana tem um sobressalto e Nat a segura firme. Sem ter noção do que fazer, chuto o morto no chão, repetidas vezes.

– Edward, acalme-se. Acalme-se um pouco – Schroder diz num gesto de conforto, um dos braços enfiado numa manga, o outro braço nu. – Esses caras são profissionais. Eles sabem o que estão fazendo. Sabem que, se a matarem, não vão reaver o dinheiro. Dê apenas um minuto para eles. Vão ligar de volta.

– E se você estiver errado?

– Espere um minuto – ele insiste.

– Um minuto, quem sabe dois – Nat diz. – Eles vão ligar de volta. Eles sempre ligam – Nat diz, mas ele não tem nenhum ponto de referência a não ser os programas de TV; está tentando convencer a si mesmo tanto quanto aos demais.

Chuto o cara morto mais uma vez. A cabeça dele rola para a esquerda e para a direita. O lápis está tão fortemente encravado que não balança.

– Vou vomitar – Diana diz e corre para o banheiro.

Nat permanece na sala por uns cinco segundos antes de segui-la.

Um minuto se passa. E depois outro.

– Vocês estavam errados – digo.

– Espere mais um pouco.

– Vou matar essas pessoas – digo, e isso também é verdade.

Schroder não retruca. Deve estar pensando que é hora de tentar colocar umas algemas em mim. Mas também deve estar pensando que esses caras tentaram matá-lo e sabe que me deve uma.

– Olhe, Edward, você tem que parar de se enganar. Você não pode lidar com tudo isso.

– Estou me saindo bem até agora.

– Mesmo? Diga isso para os seus sogros. Diga isso para o policial morto lá fora. Depois de tudo o que você disse sobre não ser nem um pouco parecido com seu pai, suas mãos estão sujas de sangue agora.

Somos homens ligados pelo sangue, foi o que meu pai me disse.

– Não fiz droga nenhuma – digo, mas ele tem razão.

Minha esposa morreu por minha causa. O policial lá fora está morto por minha causa. Todo esse sangue em minhas mãos, um pouco de pessoas inocentes, e eu sei que ainda não terminei. O celular toca. Meus sogros aparecem como se estivessem esperando escondidos. Atendo.

– Matei um policial por causa de vocês – digo antes que o homem que ligou tenha a chance de dizer uma palavra. – Já matei dois de seus homens. Isso tudo pode acabar. Eu levo o dinheiro e vocês me devolvem minha filha.

Há uma pausa na linha.

– Ela ainda está viva. Por enquanto – o homem avisa. – Uma troca justa. Em uma hora. Venha sozinho. Se virmos qualquer outra pessoa, nós a mataremos.

– Onde?

– Telefonarei na hora certa. Não quero dar uma chance para você aprontar alguma coisa.

Ele desliga e explico tudo para Schroder, que parece tão feliz quanto Nat e Diana. Parece que o mundo caiu na cabeça deles.

– Você não pode fazer isso sozinho, Edward. Precisamos de reforços – Schroder diz.

– Eles a matarão se você fizer esse telefonema. Não vou correr riscos e isso significa pagar por ela. Você me deve essa.

– Ele tem razão – Nat diz para Schroder. – Dê o dinheiro para eles e nós teremos a Sam de volta. É como Eddie falou, é muito simples.

– Na verdade não é tão simples assim – digo –, porque não existe dinheiro nenhum.

– O quê?

– Esse dinheiro que eles estão exigindo não está comigo. Se eu tivesse ido lá, se eu tivesse esse dinheiro, estaria usando para ter minha filha de volta. Será que o departamento de polícia tem condições de levantar esse dinheiro? – pergunto a Schroder.

– O departamento não faria isso – ele diz.

– Mesmo que isso significasse salvar a vida de Sam?

– Não é assim que funciona. Se fosse, as pessoas seriam sequestradas o tempo todo, estaríamos distribuindo dinheiro para cada criminoso desta cidade.

– E quanto ao maldito banco? – Nat pergunta. – Isso tudo está acontecendo graças ao que ocorreu lá. Com certeza, eles nos dariam algum dinheiro. Têm que dar! Eles nos devem, pode apostar que devem!

– Vou dar uns telefonemas e ver o que posso fazer.

– Se Eddie não está com o dinheiro, então quem está?

– Talvez não exista nenhum dinheiro – Schroder diz e eu penso nos maços de dinheiro sob o colchão de Kingsly.

– Tem que existir – digo. – Seria muito trabalho por nada se não houvesse.

– Então quem pegou o dinheiro? – Schroder pergunta.

– E o oficial da condicional? Você disse que ele encontrou o dinheiro, certo?

– É, ele encontrou o corpo, mas você está fazendo uma suposição perigosa. Ele não é considerado suspeito de coisa alguma. Ele não teria motivos para matar seu cliente.

– É isso o que estou dizendo. Ele não era suspeito, mas pode ter levado o dinheiro.

– Não, o assassino deve ter levado o dinheiro.

– Talvez Kingsly tenha morrido por um motivo totalmente diferente. Talvez o assassino não tenha visto o dinheiro.

– Você quer contar alguma coisa, Edward?

– Poderíamos ficar uma hora aqui fazendo suposições – digo –, mas no momento o agente da condicional é o único que temos.

Abaixo-me e pego a espingarda do cara morto.

– Vamos dar uma volta.

Capítulo 41

O peito de Schroder queima e parece apertado; ele jura que ainda tem água lá dentro. Ainda assim, levando em conta tudo o que aconteceu, ele está muito melhor agora do que vinte minutos atrás. Quando tiver um tempo, vai refletir sobre aqueles instantes passados entre o momento em que parou de respirar e o instante em que voltou a respirar. Nunca foi uma pessoa religiosa, porém isso não o impediu de esperar que houvesse alguma coisa quando tudo isso acabasse, talvez não um paraíso no sentido tradicional, mas algo perto disso. Se existir, ele não chegou a ver, nem de relance. Para ele, não havia nada. Nenhuma lembrança. Isso é tudo. Afogado e depois não mais afogado. Quem disse que a morte por afogamento era uma morte serena não sabe do que estava falando.

Ele segue Edward até o carro. Não consegue parar de tossir. Ele caminha perdendo levemente o equilíbrio, como um homem com infecção no ouvido ou talvez como um homem que voltou da morte.

O carro de Edward ainda está estacionado lá fora e eles decidem usá-lo, já que não lembra uma viatura da polícia à paisana. Mas primeiro Edward pega a sacola de papel no carro de Schroder. Dentro dela há dois molhos de chaves de carro, uma carteira e outro celular. Eles passam pela viatura em que está o policial morto. Em parte, o que aconteceu é culpa de Schroder, Edward tinha razão quanto a isso. Se o policial tivesse pressionado as pessoas responsáveis para conseguir mais pessoal para cuidar da filha de Edward, talvez isso pudesse ter sido evitado. Seu caderno de anotações está molhado, mas ele consegue encontrar o nome do agente da condicional, junto com o endereço.

Edward dirige porque Schroder não está com vontade. A única coisa que ele realmente quer é se encolher no banco de trás e dormir. Nat lhe emprestou o celular e ele o usa para telefonar para Landry. Ele explica a situação até onde está a fim de explicar, sem dizer a Landry para onde eles estão indo, e escuta Landry contar as novidades.

– Theodore Tate está tentando entrar em contato com você – Landry diz. – Onde está o seu celular?

– Perdi. Ele deixou algum número?

– Ele disse que ia ficar ligando a cada vinte minutos. O diretor lhe deu permissão para usar o telefone. Ele pode ligar para o número do telefone que você está usando?

– Certo. Mande o número do escritório do diretor do presídio por mensagem e eu ligo.

Ele desliga o telefone.

– Você vai ligar para o gerente do banco? – Edward pergunta.

– Não.

– Mas você disse antes que...

– Sei o que eu disse. Só falei aquilo para acalmar seus sogros. É inútil ligar para o banco. Eles não vão ajudar. Se eu achasse que houvesse a mais remota chance no mundo de eles ajudarem, eu ligaria. Merda, maldita confusão – ele diz, mais para si mesmo do que para Edward. – E estou fazendo a coisa errada neste momento.

– Está fazendo a coisa certa – Edward diz. – Se fizéssemos qualquer outra coisa, minha filha morreria. Estamos fazendo o que é preciso para recuperá-la.

– Dentro do bom senso – ele diz.

Edward não responde.

– Eles compararam as digitais do carro – Schroder diz. – Conseguimos dois nomes e posso apostar que batem com os nomes dos dois homens mortos que você deixou para trás.

– Sabe com quem eles trabalham?

– Trabalham com um monte de gente. Estamos avançando. É só uma questão de tempo até chegarmos a mais nomes.

– Uma questão de tempo. Quanto tempo? Cinco minutos? Cinco horas? Cinco dias?

O telefone celular dá um toque. Chega a mensagem de Landry com o telefone da sala do diretor.

– Olhe, Edward, se eu não entendesse o seu lado, não estaria aqui agora.

Ele disca o número e o telefone chama algumas vezes até ser atendido pelo diretor. Ele não parece muito feliz com o fato de ainda estar na prisão quando deveria estar em casa, mas não se queixa para Schroder.

– Ele está aqui – diz o diretor, Schroder escuta o telefone ser colocado na mesa e ser atendido novamente.

– Roger Harwick – Tate diz, indo direto ao ponto.

– Roger... Hardwick.

– Harwick. Sem "d".

– Onde eu ouvi esse nome?

– Todo mundo conhece esse nome. Você não pode ter esquecido. Ele esteve na mídia durante todo este ano. Ele era colunista de um jornal pequeno e foi condenado por molestar garotos.

– Ah, sim – ele diz, lembrando-se de quanta alegria rendeu para a mídia destroçar alguém do próprio meio.

– Ele já cumpriu três meses de uma pena de dez anos. O cara não é nada além de um banco de esperma para todos ao redor dele desde que teve os dentes nocauteados na primeira noite no pedaço. Acho que ofereceram proteção para ele matar Hunter.

– Alguma ideia de quem possa ter ordenado o ataque?

– Posso continuar fazendo umas perguntas por aí.

– Sim. Eu agradeceria – ele diz e desliga o telefone.

– Foi para o presídio que você acabou de ligar, não foi? – Edward pergunta. – Era sobre o meu pai?

– É. Temos um nome.

– Esse tal de Harwick?

– É.

– Então, vocês podem poupar recursos com as penas mais curtas na cadeia, mas não puderam dispensá-los para procurar a minha filha? É isso o que você está me dizendo?

– Nós vamos encontrá-la – Schroder diz. – E, não, temos alguém lá dentro investigando.

– O quê? Você quer dizer aquele seu amigo sobre quem me contou que foi preso por dirigir embriagado? O ex-policial?

– Ele é de confiança.

– Quem é ele?

– Não importa quem ele é – Schroder diz –, importa o que ele descobriu.

– Ouvi você falar com o diretor do presídio hoje à tarde. Ouvi você mencionar um nome. Tate. Consegui ouvir esse nome. E o detetive com quem você falou alguns minutos atrás, ouvi ele mencionar esse nome. É o cara sobre quem você me falou, certo? Seu amigo? Theodore Tate? O cara que bebeu e feriu alguém? Matou pessoas? Ele apareceu bastante na imprensa no ano passado. É esse o cara?

– Não importa quem ele é – Schroder diz, mudando o assunto das perguntas.

– E por que Harwick fez isso?

– Ofereceram-lhe proteção. Um assassinato como esse, no início do cumprimento da pena, poderia apenas aumentar o tempo de Harwick em talvez mais um ano, já que ele cumpriria penas concomitantemente, mas aumentaria suas chances de sobrevivência lá dentro.

O nome do agente da condicional é Austin Bracken. Quando chegam à casa dele, Schroder diz para Edward estacionar dentro da calçada interna do pátio, mas Edward estaciona duas casas à frente.

– Mas o quê...

– Estou apenas sendo cuidadoso – Edward responde, pegando a espingarda.

– Você não vai precisar disso – Schroder diz, achando que Edward parece mais esperançoso do que cuidadoso.

– Você não sabe.

– Não sabemos se ele roubou o dinheiro e, mesmo que tenha roubado, não é ele que está atrás de você. Fazemos algumas perguntas, vemos o que ele sabe e, se ele estiver com o dinheiro, nós o pegamos. Assim, faremos as coisas do seu jeito e do meu jeito ao mesmo tempo; você consegue entregar o dinheiro, mas pedimos reforços e primeiro esperamos que cheguem. Assim é mais seguro para você e para sua filha.

– Ele não vai entregar o dinheiro se estiver com ele. O que, diabos, você espera? Acha que você vai bater na porta e ele vai lhe entregar o dinheiro?

– Alguma coisa parecida com isso – Schroder diz, completamente consciente de que não parece convincente.

Eles vão falar com Bracken e, se ele sentir um pressentimento ruim, vai chamar reforços. Não vai mais se arriscar nesta noite.

– Ele lida com patifes todos os dias – Edward aponta. – Você acha que pode dobrar uma pessoa como essa apenas conversando na porta de casa?

– E você acha que apontar uma arma para um homem inocente vai ajudar? Vamos dar uma sacada nele primeiro e depois decidimos.

Quando se dirigem para a entrada, Schroder ainda está meio tonto, como se caminhasse através de um mundo levemente fora de sintonia. Ele bate na porta e há movimento e vozes lá dentro. Então, Schroder bate mais uma vez para apressar quem estiver lá. Alguns segundos mais tarde, um homem atende à porta, com a camisa aberta, a fivela grande de seu cinto aberta e as calças quase caindo. Ele tem mais ou menos a mesma idade de Schroder, mas é maior que ele. Ele tem aquela aparência chapada: não é muito gordo, mas também não é musculoso. Tem um bigode que está em desuso há uns cem anos.

– Mas que diabo... – ele diz assim que os vê.

Schroder mostra o distintivo, que já secou, mas a carteira ainda está molhada. Bracken não olha para o distintivo, apenas encara Schroder e depois Edward, e Schroder tem certeza de que ele sabe quem os dois são.

– Temos algumas perguntas – anuncia Schroder.

– A esta hora da noite?

– Tem sorte de não aparecermos às 2 da manhã.

– Perguntas sobre o quê?

– Coisas sobre a rotina de Shane Kingsly.

– Como o quê, por exemplo?

– O passado dele.

– E você teve que vir à minha casa a esta hora da noite?

– Estamos seguindo algumas pistas.

– Com ele? – ele pergunta apontando a cabeça para Edward.

– Podemos entrar? – Schroder pergunta.

– Estou ocupado.

– É importante.

– É véspera de Natal – ele diz. – Não me importa se é importante ou não.

– Na verdade... – Schroder começa, mas é interrompido por Edward.

– Merda – diz Edward. Os dois homens olham para ele. – Meu telefone – ele diz apalpando os bolsos. – Está no carro. Sei como resolver isso.

– O quê? – diz Bracken.

– Edward... – diz Schroder.

– Só um segundo – diz Edward.

– Edward, espere – diz Schroder.

– É importante – Edward responde e Schroder o observa se afastar por alguns segundos antes de se voltar para Bracken novamente.

Sua cabeça está pesada e seus pensamentos estão embaralhados; Schroder sabe que provavelmente está cometendo um erro, mas não consegue saber exatamente qual é. Edward salvou sua vida há pouco e, por esse lado, Schroder sabe que, se tivesse se empenhado mais, a filha de Edward nunca teria sido sequestrada. O que acontecer com ela ficará em sua consciência. Então, sim, ele tem que dar a Edward um desconto. Ele sabe que tem e é por isso que está aqui. É por isso que ainda não virou Edward de costas e o algemou.

A pergunta é: qual é o limite desse desconto?

Capítulo 42

Austin Bracken mora em uma área que ainda não foi contaminada pelo vírus. As casas são modernas, bem cuidadas, e na frente dos quintais não se veem peças mecânicas enferrujadas. O painel do carro diz que estamos perto das 22h30; parece que o dia teve quarenta horas. A maioria das casas ainda parece iluminada, as pessoas provavelmente se preparam para ir para a cama e assistem ao final do horário nobre na TV, enquanto aguardam as crianças caírem em um sono bem profundo que lhes possibilite bancar o Papai Noel e colocar os presentes debaixo da árvore. O que eu deveria estar fazendo com Jodie. É um momento muito mágico e não sei se algum dia terei essa magia novamente.

Soube em dois segundos que Bracken estava com o dinheiro. Nem precisei do monstro para me ajudar nessa. Mas Schroder não conseguiu colocar os pés além da porta. Pego a espingarda porque não a trouxemos para sermos gentis. Temos um encontro com as pessoas que estão com minha filha em quarenta minutos e eu não tenho nada para trocar pela vida dela. Levo a arma com as mãos nas costas, do mesmo jeito que esconderia um buquê de flores. Mostro-a e os olhos de Bracken se arregalam. Schroder percebe sua reação e se vira para olhar, mas não se volta rápido o suficiente para evitar o que acontece. Golpeio a cabeça de Schroder com a coronha da arma, não tão forte quanto o golpe levado pelo segurança do banco durante o assalto, porém forte o suficiente para desacordá-lo. A cabeça dele balança para o lado, seus olhos se viram e ele cai muito rapidamente.

Bracken recua alguns passos enquanto eu avanço em sua direção.

Schroder fica caído no chão, fazendo o que Schroder parece fazer melhor ultimamente.

– O que você quer? – Bracken pergunta.

– O dinheiro.

– O quê?

– O dinheiro que você roubou. Estou aqui por causa dele.

– Do que você está falando?

Entro na casa e fecho a porta atrás de mim com um chute. É uma bela casa, com um hall amplo e móveis modernos. A parte externa também é bonita, plantas bonitas, um bom trabalho de pintura, anões no jardim e um policial plantado na entrada, nenhuma decoração de Natal à vista. Bracken continua a andar no corredor. Continuo a segui-lo.

– Você roubou o dinheiro do Kingsly – digo. – Provavelmente algo em torno de 400 mil dólares. Talvez um pouco mais, talvez um pouco menos.

– Não. Eu não roubei.

– Roubou, sim.

– O que você quer? Se ele tinha algum dinheiro, por que acha que eu pegaria? E como é que você sabe que ele tinha? A menos que...

A expressão dele muda, como se estivesse se dando conta, mas muda demais, como se estivesse fingindo. Tem alguma coisa errada por aqui, mas eu não sei o quê.

– Você o matou – ele diz e alguma coisa na voz dele ao dizer isso me faz pensar que ele já sabia disso.

Não que achasse que talvez eu o tivesse matado ou suspeitasse disso; é como se ele realmente soubesse, como se ele estivesse lá.

– O dinheiro – eu digo –, me leve até o dinheiro.

– Eu não tenho dinheiro nenhum.

– Os donos desse dinheiro estão com minha filha. Eles vão matá-la, a menos que eu devolva o dinheiro para eles.

– Como eu disse, eu não tenho dinheiro nenhum.

Ouça só o que ele está dizendo; está mentindo. Se ele realmente sentisse, diria onde o dinheiro está. Trataria de ser mais amigável. Diria que ia ajudar se pudesse.

– Acho que está na hora de você ir embora – Bracken diz.

– Eles vão matá-la.

– Eu sinto muito por isso. Mesmo.

Não sente coisa nenhuma.

– Outra pessoa deve ter levado o dinheiro – ele prossegue. – Alguém antes ou depois, não sei. Só sei que não está comigo.

Está mentindo.

– Você está mentindo.

– É a verdade.

Está mentindo.

– Certo, então – digo. – Alguma ideia de quem possa ter sido?

– O quê?

– Você era o agente da condicional dele. Com quem mais ele costumava trabalhar?

– Não sei. Teria que checar.

– A polícia já não lhe fez essas perguntas?

– Eu não sei. É, acho que sim.

– E...

– E o quê? Forneci um monte de nomes que eles já tinham, por isso foi uma perda de tempo.

– Certo. Certo. Quem mais está aqui?

– O quê?

– Nesta casa. Quem mais está aqui?

– Eu não sei. Só uma mulher.

– Mostre.

Ele me conduz até um quarto onde uma mulher com seios fartos e cabelos muito compridos termina de se vestir.

– Eu juro que esta é a última vez, seu filho da mãe – ela diz, arrumando a saia que estava para o lado.

Quando percebe que Bracken não responde, ela olha para nós. Primeiro me vê e depois vê a arma, a raiva some de seu rosto, num piscar de olhos, em meio segundo, e é substituída por uma expressão de medo. Ela tem os olhos inchados e rímel escorrido pelo rosto, dando-lhe um aspecto selvagem.

– Mas o quê... – ela começa, porém fica sem palavras.

– Cale a boca – Bracken lhe diz e então eu o obrigo a fazer exatamente isso, dando-lhe um golpe com a mesma força que usei em Schroder. Ele cai com a mesma força e parece que vai ficar assim pela mesma quantidade de tempo.

– Por favor, não me machuque – a mulher implora. – Eu não queria estar aqui.

Ela veste uma saia bem curta e sapatos de salto, deve manter a ingestão anual de calorias abaixo de mil.

– Quer ganhar um dinheiro? – pergunto.

Ela não pensa a respeito. Apenas pergunta, apontando para Bracken:

– Isso envolve machucá-lo?

– Seria um problema para você?

– Pode guardar seu dinheiro, benzinho – ela diz, o medo se foi. – Isso eu faço de graça.

– Então, é melhor começarmos.

Capítulo 43

A tortura tem a ver com equilíbrio e muito frequentemente se mostra uma maneira extremamente ineficaz de se obter informações. Tudo se resume ao limiar da dor: se for aplicada em demasia, a dor pode levar a vítima a dizer qualquer coisa para aliviá-la. O problema nesse caso é que ela torna a informação pouco confiável. Não infligir dor suficiente a faz continuar a resistir. Aplicar a dor por muito mais tempo pode levar o corpo ao colapso. Acho que tem mais a ver com medo do que com dor. Tenho menos de trinta minutos para provocar o máximo de medo possível em Bracken antes que seja tarde demais.

Não sei como de repente pareço saber tanto sobre tortura. É como se uma seção de meu cérebro tivesse sido aberta, um cofre de conhecimento escondido que abre seu conteúdo para mim. O monstro tem alguma coisa a ver com isso. Penso comigo mesmo que tudo isso poderia ser muito mais romântico se eu desse um nome para o monstro, como Mickey. Mickey me diz como torturar um homem. Mickey me implora para matá-lo, mas Mickey não está no controle da situação aqui, ainda não, pelo menos.

Bracken está começando a voltar a si e a notar que seu mundo caiu nos últimos minutos. Ele recobra a consciência e percebe que está nu e amarrado a uma cadeira. Ele treme, está com frio e apavorado. Sobre a mesa de jantar, há duas ferramentas: um martelo de bife da gaveta da cozinha que parece uma marreta de madeira e uma enorme faca de cozinha. O cabo da faca está sujo e usado, a lâmina está lascada perto da ponta, mas ainda está muito afiada.

Não sinto nada.

Isso é bom. Você está se saindo bem.

O detetive inspetor Schroder ainda não voltou a si, então talvez tenha levado um golpe mais forte ou talvez seja uma coisa cumulativa para ele, por causa do afogamento, uma hora atrás. Quando acordar, vai descobrir que foi arrastado para dentro da casa e apoiado na parede para ter uma visão clara do espetáculo. Suas mãos estão algemadas nas costas, os pés estão amarrados na frente dele. Há uma mordaça em sua boca porque, honestamente, estou cheio de ouvir a voz dele.

A mulher, que pode ser uma prostituta ou não, mas que provavelmente é, também está na sala de estar. Bracken pisca algumas vezes para ajustar o foco de seu novo mundo. Ele vê o martelo de cozinha e a faca e a imaginação dele prevê o futuro.

– Onde está o dinheiro?

O primeiro impulso dele é de raiva.

– Vá para o inferno – ele diz, eu enfio um pano de prato na boca dele e bato o martelo com toda a força no joelho dele.

Alguma coisa ali se quebra e ele se contorce com tanta força para a frente que a cadeira salta no chão e quase vira. A perna dele não consegue chutar para a frente porque está presa à cadeira. A cara dele fica vermelha, quase roxa, quando as lágrimas começam a escorrer pelo rosto. Ele morde o pano de prato com uma força colossal. Aliás, é a única coisa que impede que os dentes se quebrem. Dou dois minutos para ele se debater inutilmente na cadeira até que consiga se controlar.

A mulher não diz coisa alguma, só assiste a tudo, talvez agora não tenha tanta certeza de que vai me ajudar mesmo.

Tiro a mordaça.

– Nunca entendi por que eles começam com esse tipo de bobagem nos filmes – digo. – Toda essa tortura preliminar. Sempre pensei que faria melhor. O problema é que sempre fui um homem simples com prazeres simples. Só isso. A mulher mais linda do mundo era minha esposa, tivemos uma filha maravilhosa juntos... e a coisa que fez meu pai ser quem ele era nunca chegou a me afetar. Mas, nos filmes em que caras como eu torturam caras como você, eles nunca vão muito longe. Quebram ossos, cortam a pele e tal, e os caras que eles estão torturando sempre parecem aguentar firme. Acho que há duas maneiras de fazer um homem falar. Você precisa atingi-lo nos olhos ou no pinto – apanho a faca. – Vou começar com o último, assim você poderá ver.

– Espere – ele diz.

– Tarde demais – eu digo.

Levo a faca à virilha dele. Seu rosto de repente fica pálido.

– No meu quarto. No closet – ele diz, com a faca sobre o pinto dele. – Debaixo do alçapão. No chão do guarda-roupa. O dinheiro está lá. Pode levar. É seu.

Coloco a mordaça de volta na boca dele antes de entregar a faca e o martelo para a mulher, que os olha como se eles tivessem o vírus ebola. Então ela os segura. Ela os ergue nas mãos e sente o peso.

– O que devo fazer com isso?

– Se ele se mexer, faça o que a deixar feliz.

– Sem problemas – ela diz.

Dirijo-me ao quarto de Bracken e abro a porta do armário. Não há muitas roupas penduradas ali e quase tudo o que há são peças escuras, um número muito maior que o meu. Empurro-as para um lado, os cabides rangem sobre a barra de ferro. Há sapatos no chão e algumas caixas de papelão. Eu as chuto e o chão aparece. Ajoelho-me. Os pontos repuxam o machucado em minha perna; sinto alguns pontos se romperem. Levanto um pedaço do carpete. Há uma tampa com um buraco perfurado nele onde posso enfiar o dedo para levantá-la. Há um vão por onde pode passar um homem, mas não dois.

Estico o braço e encontro uma alça. Puxo a sacola para cima até que um grito abafado, mas inconfundível, vem da sala. Corro até lá. A mulher se afastou alguns passos de Bracken. Ela se vira para mim e há uma linha de sangue, em forma de curva, não muito extensa, que vai do abdome, contorna o peito, o pescoço e termina em seu rosto. Os olhos de Bracken estão arregalados e ele observa seu corpo, que está exatamente como deveria estar, exceto por cerca de dez centímetros de aço saindo do fundo de seu estômago. Os outros dez centímetros da lâmina não podem ser vistos, mas sua localização é óbvia.

– Merda – sussurro.

– Ele se mexeu – ela se justifica.

– Você não precisava...

– Não precisava fazer o quê? – ela pergunta. – Você disse que se ele se movesse...

– Sei o que eu...

– Então, foi o que eu fiz.

– Merda.

Ela dá um passo para a frente e agarra o cabo.

– Espere – digo, soltando a sacola, mas é tarde demais.

Ela retira a faca. Oferece um olhar de desgosto para o instrumento antes de me mostrar. O sangue jorra do ferimento. Muito sangue.

Ela solta a faca no carpete e se encosta na parede. Ela tem aquele olhar das pessoas que pensam que tiveram uma grande ideia, mas as coisas não saíram exatamente como elas haviam imaginado. Aquilo que ela pensou que a deixaria feliz lhe dá nojo.

– Ele mereceu – ela diz. – Ele era um...

– Não me importa – digo.

Busco alguma coisa, mas não sei o que, então tiro o pano da boca dele.

– Ai, meu Deus, meu Deus, oh, Deus – ele diz.

Abro o pano de prato e pressiono contra o ferimento, ele se contorce para trás. Aplico toda a pressão que consigo, tentando não atravessar o pano até sua espinha.

– Ah, ah, porra, ahhh!

O sangue continua vertendo para fora. Ele está em pânico e cansado ao mesmo tempo, muito mais pálido do que quando atendeu à porta, pouco antes.

– Eu... lamento ter pegado o dinheiro – Bracken diz.

– Aposto que sim.

– O cara, o cara estava... estava... morto. Achei que... não ia... Ah, meu Deus, machucar... ninguém.

– Mas me machucou. Fez minha filha ser sequestrada. Provocou a morte de pessoas. Quase provocou a morte do detetive Schroder também. E fez você levar uma facada.

– Ah, meu Deus. Por favor, por favor, você tem que me ajudar.

– Estou tentando.

– Chame uma ambulância.

– Quero meu dinheiro – diz a mulher olhando para a sacola.

– Você disse que faria de graça.

– Isso foi antes de todo esse... sangue.

– Por favor, por favor, chame uma ambulância – Bracken suplica, mais baixo agora.

– Cinco mil – ela pede.

– Você sabe quem eu sou? – pergunto.

– O quê? É, acho que sim. Da TV.

– Então você sabe o que o meu pai fez, certo?

Ela faz que sim com a cabeça.

– As pessoas acham que esse tipo de coisa está no sangue. Você quer fazer o teste?

– Talvez eu tenha dito que faria de graça.

– Talvez, sim.

– Posso ir agora?

– Saia rápido.

Antes que ela consiga sair, Schroder geme baixo. Ele ainda está apoiado na parede. Teve um longo dia. Seus olhos estão semiabertos, não fixou a visão em nada ainda e aí, ali estou eu, segurando um pano de prato em um homem que está morrendo. Ele tenta dizer alguma coisa, mas não consegue.

– Foi ele – a mulher diz e aponta para mim. – Foi ele – ela repete e vai embora.

O pano de prato está encharcado de sangue e eu consigo outro que encharca imediatamente também. Olho para meu relógio. Está quase na hora e não recebi o telefonema sobre o encontro ainda.

– Uma ambulância – Bracken pede, com os olhos semiabertos agora.

Pego o telefone celular para pedir ajuda, mas encerro a chamada. Em vez disso, digito o número do homem que está com minha filha. Bracken está sofrendo, mas a culpa é toda dele, e minha filha vem primeiro. Começa a tocar.

Só que é estranho, porque está tocando nos dois ouvidos, um toque contínuo.

Levo mais um segundo para descobrir por quê. Olho para Bracken e vejo que seus olhos estão cheios de sangue. Ele gostaria de ter desligado o telefone celular. Entretanto, ele toca no bolso de sua calça. Desligo e o telefone de Bracken para de tocar. Disco novamente e começa a tocar mais uma vez. Desligo. O telefone de Bracken para de tocar e eu guardo o telefone. Ele acaba de perder qualquer chance de eu chamar uma ambulância.

Capítulo 44

Bracken não diz nada. Tudo o que parecia estranho quando cheguei aqui não parece mais. Ele me observa pegar o telefone que está dentro de suas calças. Há muitas coisas querendo ser ditas, porém nenhuma delas pode ser ouvida neste momento. Este homem sequestrou minha filha e a deixou em algum lugar. Os olhos dele estão completamente abertos novamente. O sangue ainda escorre de seu ferimento.

– Por favor, por favor – ele diz e as palavras dele estão levemente arrastadas –, chame uma ambulância.

– Onde está a minha filha?

– Por favor...

– Ela está aqui?

– Ajude-me e eu lhe direi onde ela está.

Dou-lhe uma bofetada na cara. Com força.

– Não é assim que funciona. Você me diz onde ela está e depois eu o ajudo.

Ele aperta os olhos, sua boca se abre numa careta, seus dentes cerram, revelando uma sobremordida. Eu vou pegar o martelo de novo se ele não começar a falar. Todo o rosto dele parece ter cedido, como se ele tivesse perdido dez quilos nos últimos dois minutos. Sangue agora misturado com urina empoça no chão ao redor dele. E cheira muito mal.

– Onde ela está?

Ele não responde, apenas mantém a cara contraída e apertada de um homem que está passando por um processo muito intenso. É dor, medo e talvez alguma coisa espiritual também.

– Ei – falo e dou mais uma bofetada na cara dele.

Ele sacode a cabeça e, no momento seguinte, parece não saber onde está.

– Diga-me onde ela está e eu estanco o sangue. Schroder chama uma ambulância e eles o tratam. Quanto mais rápido você falar, mais rápido eu o ajudo.

Os olhos dele me focalizam.

– Tire as, tire as... – ele suga o ar profundamente – tire as algemas do tira primeiro. Liberte-o e eu falo.

– Você acha que ele vai protegê-lo?

– Ele não gostaria... mas tem que...

O rosto dele se contrai novamente e ele passa por mais uma onda de dor.

– Você é o filho da puta que matou minha esposa?

– Não.

– Quem foi então? Diga o nome. Foi o cara que está com a minha filha?

Ele não responde. A poça de sangue ainda se espalha, mas não tão rapidamente agora.

– Responda, maldito. Como eu consigo tê-la de volta?

– Ajude-me – ele diz, com a voz baixa.

Os olhos dele se fixam em algo acima de mim antes de se revirarem. Mais uma bofetada, eles rolam de volta e se fixam em mim.

– Minha filha – digo.

– Minha filha – ele repete, quase sussurrando agora.

– Onde está Sam?

– Sam – ele diz e fecha os olhos.

Dou uma bofetada no rosto dele, mas os olhos não tornam a abrir. Verifico o pulso dele, mas não há nada.

– Acorde! – bato mais forte. – Por favor – imploro, agarrando os ombros dele –, me diga onde ela está.

O morto não me responde. Olho para Schroder antes de me sentar no chão e repousar minha cabeça nas mãos, sem a menor ideia do que fazer. Penso no que meu pai me disse, sobre aprender a controlar o monstro ou ele me obrigaria a fazer coisas que eu não queria. Terá sido o monstro que fez isso?

Não. Claro que não.

Você sabia que ela queria machucá-lo. Por que deixou ela sozinha com ele e uma faca comprida? Você sabia que ia terminar assim.

Não sabia, não.

Mesmo? De que outra maneira poderia terminar?

Inclino-me para a frente e retiro a mordaça de Schroder.

– Escute, Edward – ele diz. – Eu imagino o que deve ter acontecido. Você o acertou, mas certamente não teve a intenção de matá-lo. Você estava tentando obter informações e estava certo sobre Bracken, ele sabia onde sua filha estava. Deixe-me ajudá-lo.

– Eu não fiz aquilo. Não fui eu que o cortei.

– Então quem foi? Quem era aquela mulher?

– Não era ninguém.

– Vamos, Edward, está na hora de parar com isso. Muitas pessoas estão se machucando.

Coloco a mordaça de volta na boca dele. Ele não oferece resistência. Está resignado com o fato de que não há nada que ele possa fazer além de esperar. Levanto-me e caminho pela sala, andando algumas centenas de metros sobre o mesmo pedaço de carpete, enquanto tento entender.

Descubro que Bracken tem dois celulares. Um normal, que parece ser de contatos de trabalho, da família. E tem um segundo, o que tocou há pouco. Há apenas dois números na memória sem nenhum nome relacionado a eles. Um é do telefone que eu estava usando. Rolo até o outro número e aperto "chamar". Toca três vezes até alguém atender.

– Ainda estou esperando – diz uma voz masculina.

– Estou com o dinheiro.

– Dinheiro?

– Por favor, eu posso...

O telefone fica mudo. Tento ligar para o número novamente, mas ele desligou o telefone.

Continuo andando. Pensando.

– Eu sei o que aconteceu – digo para Schroder. – Bracken planejou tudo e, quando eles dividiram o dinheiro, deram para Kingsly a parte dele. Quando Bracken o encontrou hoje de manhã, ele pegou o dinheiro. Em vez de dividi-lo de forma justa entre seus parceiros, ele disse que quem matou Kingsly levou tudo. Assim ele pôde ficar com tudo. Nunca houve um plano para pagar e obter a minha filha de volta. Era uma charada. Ele escondeu Sam em algum lugar, porém não tinha intenção de me fazer pagar para recuperá-la, mas de agir de forma que os outros pensassem que eu estava com o dinheiro. Bracken apenas supôs que eu havia matado Kingsly porque a imprensa levantou a hipótese de que eu seria capaz de fazer isso. Nem sei se Sam ainda está viva. Estou com todo este dinheiro, mas não tenho ninguém com quem negociar – digo e abro a sacola que encontrei sobre o assoalho. Está cheia de maços de dinheiro idênticos aos que eu encontrei, mas não levei, na noite passada. Não sei a quantia exata. Todo o dinheiro está sujo de sangue, e eu não o quero, mas pode ainda ser a única chance de encontrar Sam. Schroder não faz que sim nem que não com a cabeça nem qualquer outro movimento útil. Ele observa um homem desmoronar. – Aposto que Bracken ia matar o cara que está com Sam. Isso amarraria uma ponta solta e lhe traria todo o dinheiro. Eles também iam me matar.

Vasculho a casa. Há um quarto que foi transformado em escritório e ali eu ligo o computador. Enquanto o aguardo inicializar, vasculho o resto da casa. Verifico debaixo do assoalho, no armário, onde o dinheiro estava escondido, mas não há mais nada lá. Verifico os outros armários, mas nada encontro. Toda a vez que passo pelo corpo de Bracken, resisto à vontade de agarrá-lo pelos ombros e sacudi-lo.

Sento na frente do computador de Bracken e navego pelo desktop. É um desktop limpo, com apenas alguns ícones. Clico em um deles para abrir uma pasta cheia de pornografia. Com uns cem vídeos. Não assisto a nenhum deles. Fecho a pasta e vou para as pastas de documentos. Descubro que Bracken é, ou era, um aspirante a escritor. Há alguns manuscritos aqui nos quais ele estava trabalhando. Não leio nenhum. Há uma pasta de jogos e uma pasta de músicas. Então vasculho as pastas do disco rígido buscando alguma coisa, qualquer coisa relacionada ao trabalho ou com assalto a banco. Vasculho os e-mails dele e descubro que Bracken não tem muitos amigos. Até mesmo sua pasta de contatos é escassa, a não ser por meia dúzia de pessoas, metade das quais compartilha o mesmo sobrenome. Passo os olhos sobre os e-mails; a maioria piadas ruins que já circularam pelo mundo milhões de vezes. Não há absolutamente nenhum e-mail relacionado ao trabalho ou ao roubo de um banco. Não há e-mails de ou para Shane Kingsly. Passo quinze minutos vasculhando o computador dele, que é um tempo muito longo quando há um cadáver derramando sangue por todo o chão da sala de estar, e no final a única coisa que eu consegui foi desperdiçar um tempo precioso.

De volta à sala. Schroder desapareceu. Ele rolou para fora ou conseguiu ficar em pé. Verifico a porta da frente e vejo que está aberta. Dou um passo para fora, mas não há sinal dele. Ele pode ter escapado há quinze minutos ou a apenas dois. Seja como for, o resultado é o mesmo para mim: a polícia está a caminho. Pego as calças de Bracken e encontro a carteira dele. Então, dirijo-me ao meu carro. Imagino quais são as estatísticas agora para Schroder. Quais são as chances percentuais de ele bater na porta de um vizinho que vai ajudá-lo ou de um que vai tentar engoli-lo.

Não tenho tempo para me importar com isso.

Capítulo 45

Não é mais véspera de Natal, ele já começou há cerca de dois minutos e a cidade está cheia de pessoas comemorando. Os sem-teto e os festeiros se misturam e eu só consigo odiar todos eles e sua passagem por este mundo, ignorantes que são do que algumas pessoas passam para salvar suas famílias.

O centro de Christchurch está organizado ao redor de feiras para turistas e artistas de rua e, é claro, da catedral, uma igreja gigante, de mais de cem anos, que é popular entre os turistas, Deus e grafiteiros – embora hoje em dia o consenso seja de que Deus se mudou de Christchurch, que é o mesmo que dizer que Deus está em todo lugar, exceto aqui. Tudo fica amontoado em um local chamado Praça da Catedral. A catedral está apinhada de pessoas que celebram a missa de Natal. As feiras já se foram, e os bêbados, os sem-teto e os cheiradores de cola se veem obrigados a dividir a praça com os fiéis, que sentam nos degraus e se acotovelam nos bancos da praça, em perfeita harmonia.

A central dos agentes de presos em liberdade condicional fica apenas a algumas quadras dali, em uma parte da cidade onde os únicos clubes que existem são de striptease, onde os seguranças são maiores e têm mais e maiores tatuagens do que seus pares em clubes regulares. O prédio tem seis andares e provavelmente abriga outras coisas também, talvez escritórios de advocacia e contabilidade. Peguei o endereço dentro da carteira de Bracken em um cartão de visitas. A única saída do andar térreo são as portas automáticas que, a esta hora da noite, são impossíveis de abrir, a menos que eu jogue o carro contra elas. O resto do prédio é só azulejo e tijolo, com pichações espalhadas nas paredes, mostrando a criatividade e o talento da juventude da cidade.

Há um beco que conduz à lateral do prédio, eu entro com o carro ali. Dou a volta pelos fundos do prédio. Meu farol ilumina um cara encostado em uma lixeira com uma mulher ajoelhada na frente dele. Os dois me olham. O homem tem vômito na frente da camisa e a mulher não parece muito melhor. Acenam para meu carro como se estivessem tentando matar uma mosca antes de ajeitarem as roupas e saírem.

Nos fundos do prédio, há duas portas separadas por mais ou menos dez metros de distância. O contador em mim faz as contas. A polícia está ocupada. Foi um longo dia para os policiais. E ainda não acabou, pois eles estão na casa de Bracken, na casa de meus sogros e cuidam de cadáveres. Schroder tenta fechar o cerco ao redor dos homens que assaltaram o banco e encontrar minha filha. Enquanto isso, o resto da força policial está em casa, curtindo a noite de folga. Isso significa que, se um alarme disparar, eu provavelmente terei um minuto ou dois a mais do que o usual. E, num lugar como este, é mais provável que uma viatura da polícia apareça do que uma empresa de segurança privada. E, numa cidade como esta, talvez ninguém apareça por uma hora. Claro que apenas uma estatística importa: minha filha. Farei qualquer coisa para tê-la de volta.

Com as chaves de Bracken, há um cartão magnético. Uma das portas tem a boa e velha fechadura com chave, mas há um leitor ao lado da outra porta. Passo o cartão e faz um clique; empurro a porta e ela abre. Entro no prédio e uma luz fluorescente pisca sobre minha cabeça, cegando-me a princípio. Há uma segunda porta; essa tem um teclado numérico. Tomo distância e chuto perto do trinco. São necessários cinco chutes fortes, já que eu tenho que usar a minha perna esquerda, e mesmo assim sinto a perna direita. A porta se quebra no mesmo instante em que alguns dos pontos em minha perna se abrem. Um alarme pisca em algum lugar.

Estou em um corredor onde uma em cada quatro lâmpadas está acesa, o que é o suficiente para enxergar. Sigo pelo corredor, e há uma curva adiante que leva à entrada da frente, onde há um saguão, dois elevadores e um conjunto de escadas. Há uma indicação no elevador: descubro que a central dos agentes da condicional é no térreo. Deixei marcas de sangue entre a porta que arrombei e os elevadores. Aperto o botão do elevador, espero as portas se abrirem e entro. Tiro minha camisa e amarro-a sobre o meu pé enquanto o elevador vai para lugar algum. Então abro as portas e saio. Aperto o botão e mando o elevador para o último andar. Dirijo-me à central sem deixar uma trilha de sangue para trás. Uso o cartão de Bracken para entrar. O alarme continua piscando, mas não foi disparado. Entro em um salão amplo onde há conjuntos de salas espalhadas nas laterais e no fundo. Eu não tenho ideia de qual sala pertence a Bracken. O layout do piso me lembra o de meu escritório, o que me faz pensar em uma solução bem simples: entrar em cada sala e procurar fotos de família e desenhos feitos por crianças, com a ideia de eliminar as salas que tenham essas coisas, já que Bracken não tem família. Mas a ideia é furada, porque não há fotos nem desenhos em nenhum lugar. Suponho que centrais onde trabalham agentes de condicional não são o tipo de lugar em que os empregados querem dividir suas vidas pessoais com o público. É o tipo de lugar em que, se um dia colocarem uma foto da filha de 9 anos na parede, no dia seguinte levarão essa mesma foto para a seção de pessoas desaparecidas. Tento pensar sobre o que mais poderia diferenciar a sala de Bracken de qualquer outra.

Sessenta segundos se passaram desde que entrei nessas salas. Um momento mais tarde, um som agudo e alto vem de cada canto do prédio. Pego um pouco de massinha adesiva do balcão da recepção, faço duas bolas e enfio nos ouvidos.

Tiro do bolso o cartão de visitas de Bracken e o celular. Há três números no cartão, o número do escritório, da linha direta dele e do celular. Disco a linha direta, mas não consigo ouvir nada por causa do alarme. Aproximo-me de cada sala e escuto um telefone tocando bem baixinho na quarta sala que eu tento. Do balcão, tenho um ângulo de visão estreito, passando da área da recepção para uma janela lá fora. Olho para lá de vez em quando, esperando o momento em que a visão que tenho do estacionamento vai mudar, dando lugar a viaturas policiais.

Eu ligo o computador, que me fornece mais luz, e vasculho as gavetas. Há muitos arquivos para vasculhar, por isso os empilho sobre a mesa. O computador carrega e quando aparece o desktop estou nervoso demais para ficar por aqui. Considero a possibilidade de quebrar o computador e tirar o disco rígido, mas os arquivos provavelmente estão em um servidor em algum lugar. O alarme ainda é estridente, e a massinha adesiva nos meus ouvidos não parece ajudar em nada.

Há uma bolsa dessas de academia atrás da mesa. Abro o zíper e espalho as roupas pelo chão; já coloquei tudo o que tirei das gavetas dentro da bolsa quando uma viatura estaciona lá fora.

Quando alcanço a porta para o saguão e os elevadores, o alarme silencia. As demais luzes se acendem e eu me abaixo atrás do balcão. Há passos e vozes no saguão. Não consigo ouvir muito bem o que estão dizendo, mas as palavras que estou esperando se sobressaem às demais: sangue, elevador, último andar. Os policiais lá fora sabem que há muito chão para percorrer, mas repararam que o sangue leva ao elevador, que foi para o último andar. Ouço o som de um rádio e um dos policiais falando. "Reforços." A palavra é clara.

Outra porta se abre e há passos na escada. Trinta segundo depois, as portas do elevador se abrem e se fecham. O contador e o monstro pensam em como resolver a situação. Percebemos que já há dois policiais aqui e que outros devem chegar logo, então preciso agir agora. Supomos que um deles está provavelmente no terceiro ou no quarto andar agora. Está tendo trabalho para chegar ao último andar enquanto o parceiro passeia confortavelmente até lá pelo elevador.

Outra viatura estaciona lá fora.

Desamarro a camisa do meu pé e visto-a de volta. Abro a porta e corro para dentro do saguão com a bolsa em uma mão e um grampeador na outra, pronto para arremessá-lo com força, caso alguém ainda esteja aqui embaixo. Mas não há ninguém. Viro em direção à porta principal. Há dois policiais caminhando na direção da porta, um homem e uma mulher. Eles param e me encaram, eu faço o mesmo, eu de um lado da porta e eles do outro. Então eles correm e um deles segura a porta.

Capítulo 46

A cabeça dele melhorou desde que ele morreu, há mais ou menos uma hora. Ele gosta de pensar que as merdas que fez nesse intervalo de tempo foram causadas por essa experiência, gosta de pensar que esse não é o tipo de erro que cometeria em qualquer outro dia.

Sair da casa foi fácil. Tudo o que Schroder teve que fazer foi se arrastar até a porta da frente, ficar em pé, torcer o corpo para conseguir alcançar o trinco da porta e correr como um louco. Ou, nesse caso, pular. Ele levou alguns cansativos minutos para chegar a uma casa que tivesse as luzes acesas. Usou o nariz para tocar a campainha. Era um casal jovem, cujos filhos tinham ido dormir; eles estavam embrulhando presentes e já haviam dividido meia garrafa de vinho e pareciam olhar para Schroder com desconfiança, acima de tudo. Mas no final ele ficou grato por eles o acolherem e cortarem as cordas que prendiam os seus pés. O telefone celular de Nat ainda estava no seu bolso e ele o utilizou para telefonar para a delegacia. Então ligou para a esposa. Contou-lhe que trabalharia até tarde, que ia ser uma noite longa, disse-lhe que sentia muito e não disse que até bem pouco tempo atrás ela ficou tecnicamente viúva. Ela disse que estava desapontada, mas que entendia, e pediu que ele fosse para casa quando pudesse. Essa era a melhor possibilidade e o primeiro presente de Natal para ele.

Quando a primeira viatura chegou, Edward já tinha ido havia muito tempo. Os policiais que responderam ao chamado removeram as algemas de Schroder.

– E então? Para onde ele foi? – Landry pergunta.

Estão em pé na sala de Bracken com um fotógrafo e outros dois policiais no canto da sala. Há outros policiais investigando a vizinhança na esperança de descobrir o destino de Hunter.

– Não sei. Mas, meu Deus, Bill, tudo o que aconteceu, tudo o que Hunter fez para Bracken, ele tinha razão no final. Bracken participou do assalto. Ele mandou alguém pegar a filha de Hunter. E agora não temos nada.

– Nada, não – Landry diz. – Temos alguns nomes. Isso nos dá um monte de cúmplices conhecidos.

– Sim, mas a tempo de salvar a filha de Hunter?

– Ele não deveria ter matado Bracken, que poderia ter nos ajudado.

– Ele disse que não matou. Disse que foi a mulher.

– Você acredita nele?

– Não sei.

– Isso não é resposta, Carl. Parece que você quer acreditar nele, mas não acredita.

– Se ele matou ou não matou, mesmo assim foi para algum lugar. Alguma coisa aqui dentro lhe deu uma direção.

– Talvez ele tenha encontrado um nome ou um endereço.

– É, e levou com ele.

– Bem, se tivermos sorte, talvez ele tenha sucesso. Talvez ele consiga ter a sua filha de volta e tirar outros bandidos das ruas.

– Não imagino isso terminando desse jeito – Schroder diz.

– Claro. Mas bem que seria bom, não é?

Mais alguns detetives chegam ao local e se juntam a eles para vasculhar a casa.

– É oficial – Landry diz ao encerrar uma ligação telefônica. – Bracken também era o agente da condicional das nossas duas vítimas de hoje.

– Como Kingsly.

– É. São três por três.

– Então Bracken montou a equipe – Schroder diz. – Vou ao escritório dele. Checar seus arquivos. Talvez Hunter esteja indo para lá também.

– Talvez – Landry responde e, dez minutos depois, descobre-se que ele tinha razão.

Capítulo 47

– Merda – o policial diz porque as portas automáticas estão trancadas e não abrem para ele.

Ele procura as chaves, mas eu não fico parado olhando. Passo pelos elevadores mancando, passo pela porta arrombada e pelo rastro de sangue, na direção da entrada dos fundos. Precipito-me para fora do edifício em direção ao beco. Alcanço meu carro, a espingarda ainda está no banco do carona. A policial corre pelo beco em minha direção, aponto a espingarda para ela, que se detém. Ela ergue as mãos para o alto do mesmo jeito que o gerente do banco fez.

Mate-a.

Não é necessário.

Sempre é necessário. Tem sido sempre assim.

– Por favor – ela diz.

Ela é apenas alguns anos mais jovem do que eu e está provavelmente tão apavorada quanto eu estava quando os seis homens entraram violentamente pelas portas do banco. Ela dá dois passos para trás.

Eu engatilho a espingarda. Ela dá mais um passo para trás. Jodie foi assassinada para distrair a polícia, e funcionou. Isso fez com que uma força policial enorme se deslocasse até o banco enquanto os assaltantes fugiam. Um disparo de espingarda aqui surtiria o mesmo efeito. E me daria mais tempo para encontrar a minha filha.

Mate-a.

– Por favor, eu tenho família – ela diz.

– Venha para cá – eu digo e aponto a espingarda em direção à porta pela qual acabei de sair.

Ela obedece, eu contorno o carro até o lado do motorista e entro nele. Coloco a arma em pé no banco do carona e a policial permanece imóvel. Dou marcha a ré velozmente em direção à rua. Uma terceira viatura aparece e cobre a saída. Piso fundo no acelerador e a traseira do meu carro atinge a lateral da viatura bem no meio da roda dianteira. O solavanco da batida me faz dar um salto para trás e para a frente, a massinha adesiva cai dos meus ouvidos. A viatura é empurrada para o outro lado da rua. Meu carro apaga, eu dou a partida novamente, enterro o pé no acelerador e alcanço a rua. A traseira do carro produz um som estridente que fica mais alto quanto mais eu ando. A viatura me segue, mas só consegue andar cinco metros antes de guinar para a direita, com o eixo provavelmente quebrado. Diminuo em um cruzamento e, quando piso com o pé no acelerador, o motor ronca, mas não anda. Tento mudar a marcha, mas não faz diferença nenhuma. Outra viatura vem pelo meio-fio. Estaciono, pulo para fora do carro e atiro a sacola sobre meus ombros. O dinheiro é muito mais pesado do que os arquivos. A viatura está a uma distância de mais ou menos cento e cinquenta metros quando eu aponto a espingarda para um segurança coberto de tatuagens na porta de um clube de striptease e consigo entrar.

O clube é escuro e há fumaça de cigarro pairando no ar; é como uma neblina enrolada, trazendo consigo a escória do homem moderno. Garotas usando nada além de roupa íntima, com peitos de todos os tamanhos, caminham entre as mesas; algumas servem bebidas, outras conduzem um cliente pela mão em direção a uma dança particular de três minutos. A música está alta e é dirigida à geração à qual a maioria dessas garotas parece pertencer, uns dez anos mais jovem do que eu. Deve haver 15 ou 20 clientes no clube, a maioria homens sentados sozinhos, um grupo de seis na frente do palco. Mantenho a espingarda junto do corpo, apontando para baixo, e ninguém parece perceber. Quase toda a luz está direcionada para o palco, onde uma garota com uma roupa de enfermeira que em nada se parece com a enfermeira que me mostrou o quadro de carinhas felizes hoje está girando ao redor de um poste. O olhar no rosto dela lembra o da garçonete no dia em que Jodie morreu; o olhar dos condenados. Parece que se passou uma vida desde então. Entro em um corredor que me leva até uma saída de emergência, depois dos banheiros. A polícia ainda não chegou ao clube. Os banheiros têm cheiro de desinfetante e o piso lá fora está molhado. Bato com força na saída de emergência, mas as porcarias das portas abrem apenas cerca de trinta centímetros, uma corrente prende as barras de metal das duas portas com um cadeado mantendo-as fechadas. Aponto a espingarda para a tranca e as pessoas no clube gritam quando escutam o disparo. A música não para, mas as pessoas não estão mais olhando para o palco. A corrente cede e eu a levo comigo para fora. Fecho as portas atrás de mim e prendo a corrente ao redor das barras de metal.

O beco é parecido com o último em que eu estive, exceto pelo fato de esse ter uma orientação diferente, ao longo dos fundos dos clubes e das lojas, e não entre eles. Viro à direita e passo por mais entradas dos fundos; de algumas delas vem uma música alta, de outras, nada. Sigo por uma direção e corro por uns sessenta segundos. Apoiando a maior parte do peso na perna esquerda, arrasto-me mais do que corro. Escuto sirenes vasculhando as ruas. Subo em uma cerca e me jogo em um estacionamento aberto com iluminação ruim e uns dois carros. Do lado oposto, levo trinta segundos para recuperar o fôlego e começar a transferir os arquivos da bolsa e colocá-los junto com o dinheiro. Atravesso a faixa da bolsa nas costas e deixo a sacola vazia para trás. Sigo em frente.

O estacionamento tem uma saída para uma rua chamada Manchester. Alguns carros sem sirenes no capô passam por mim, prostitutas estão paradas nas esquinas, pessoas comuns cambaleiam pela rua, algumas com gorro de Papai Noel. Atravesso a Rua Manchester e me afasto ainda mais do centro da cidade, desço a Rua Gloucester em uma rua de mão única, menos iluminada. Uma viatura entra na rua e eu me abaixo atrás de uma fileira de arbustos na frente de uma loja de azulejos, o carro passa sem me notar. Volto a andar e, conforme me afasto do centro, as prostitutas são mais numerosas e mais feias, fazem muito mais ou muito menos. Cruzo a Rua Madras e mantenho a direção leste. As sirenes já não soam tão alto. Avanço mais uma quadra antes de virar para o norte, na direção de casa. Diminuo o passo ao ver que mais sangue escorre pela perna. Preciso de algum lugar onde eu possa ler os arquivos. Algum lugar onde possa refazer o curativo.

Percorri umas boas sete ou oito quadras quando o celular de Kingsly toca. Abro e atendo:

– Alô?

– Mas que droga, Edward! Você está piorando muito as coisas – Schroder me diz.

– Estou procurando minha filha.

– Não. Você está matando sua filha. Olhe, temos alguns nomes, estamos batendo em algumas portas neste momento. Vamos encontrá-la.

– Pode me garantir isso?

– Posso garantir que estamos fazendo o possível.

– E a pessoa que foi visitar Roger Harwick na cadeia?

– Quem?

– Alguém deve ter ido visitá-lo antes de o meu pai ser esfaqueado, certo? Alguém de fora.

– É uma boa ideia – ele diz –, só que ninguém foi visitá-lo hoje ou ontem. Na verdade, ele não recebe visitas desde o assalto ao banco.

– Mas alguém recebeu. Isso significa que outro detento foi visitado e recebeu a orientação para passar a ele. Quem?

– Estamos investigando. O problema é que há muitas oportunidades para Harwick interagir com outros detentos. Pode haver outros deles na cadeia. Alguém vem ver o detento A, que fala com o detento B, que fala com o detento C. Ou talvez um dos guardas possa ter arranjado isso.

– Então é um beco sem saída.

– Estou fazendo o possível, Eddie.

– Só que nunca é o suficiente.

– Onde você está?

– Tenho que ir.

– O que descobriu? Outros nomes? Um endereço? Edward, escute bem, se você sabe onde sua filha está, tem que me deixar ajudá-lo.

– Não sei onde ela está. Ainda não.

– Você está andando pela cidade armado, Edward. Veio a ordem: você é uma ameaça. Uma unidade de defesa armada está atrás de você.

Se eles o virem com essa espingarda, vão abrir fogo. Não vai haver diálogo. Está me ouvindo?

– Estou.

Desligo o telefone. Tento telefonar para Nat, mas o telefone só toca e toca. O que eu preciso é conseguir um transporte e um lugar para sentar e ler os arquivos. Encontro um lugar seguro para esconder a espingarda antes de me dirigir ao meio-fio e fazer sinal para um táxi. Os três primeiros passam reto, com passageiros dentro; o quarto encosta, mas, ao ver o sangue em minha perna, o motorista sacode a cabeça e vai embora. Outro táxi encosta uns cinco minutos depois e desta vez tomo o cuidado de cobrir a perna com a bolsa. O sangue em minha camisa está nas costas, então o motorista não repara. Parece apenas feliz por eu não estar carregando uma espingarda, mas sofre para expressar sua gratidão em um inglês claro. Peço-lhe para voltar ao centro, o que não lhe agrada, pois esperava uma corrida mais longa. Há uma dúzia de viaturas policiais circulando pelas ruas, mas seu padrão de buscas não inclui táxis. Estão lá fora vestidos de preto, carregam armas pesadas e anseiam por abater Eddie, o caçador, o homem que eles sempre souberam que se tornaria um assassino.

Capítulo 48

Uma trilha de sangue se estende da porta arrombada até os elevadores. Foi assim que Hunter enganou os primeiros dois policiais que chegaram ao local e os levou a pensar que ele havia subido pelo elevador. Apesar de todos os erros que Hunter tem cometido, Schroder sabe que há pelo menos uma coisa na mente dele que funciona. Ele se pergunta se faria as mesmas coisas se fosse a filha dele que tivesse sido sequestrada e conclui que faria. Ele faria qualquer coisa. Portanto é duro saber que o esquadrão de defesa armado está lá fora caçando Edward, pronto para abatê-lo.

Schroder nunca precisou vir até a central dos agentes da condicional e sabe que é muito provável que, depois desta noite, nunca mais volte aqui. O prédio é bastante ordinário e as salas lá dentro são tão impessoais quanto possível, com plantas de plástico nos dois lados do balcão da recepção e um quadro de um pôr do sol pendurado na parede, os dois únicos sinais de alegria. Ele supõe que seria difícil trabalhar em um lugar como esse e conhecer as pessoas com base em um retorno constante, já que elas são soltas de tempos em tempos pelos mesmos crimes: uso de drogas, roubar o dinheiro de outras pessoas, tirar a vida de outras pessoas, tudo em ciclos infinitos. Pelo menos ser um policial significa tirar os criminosos de circulação, enquanto esses caras têm que reintroduzir os criminosos no mundo exterior, de novo, de novo e de novo.

Ainda é cedo para dizer que Edward teve tempo de encontrar alguma coisa aqui. Depois de falar com ele, teve a impressão de que Edward ainda estava andando por aí sem a menor ideia do rumo a seguir. Isso o tornava perigoso.

A mulher da TI, Geri Shepard, está neste momento examinando o computador de Bracken. Ela deve ter quase 30 anos e um corpo que outras mulheres matariam para ter. Sua inconformidade por estar aqui é tão grande quanto sua beleza.

– Isso não podia esperar mesmo? – ela pergunta pela terceira vez. – Tem certeza disso?

– Já achou alguma coisa?

– Possivelmente. Está vendo aqui? Podemos gerar uma lista dos arquivos que ele acessou, desde a data que você quiser. Ainda não entendo por que você não pode me dizer o que você acha que Austin fez. Assim talvez pudesse acelerar as coisas.

– Procure Shane Kingsly – ele diz, ignorando-a. – Quando foi que Bracken acessou esse arquivo?

Ela digita no teclado e responde:

– Hoje. Dia 24. Bem, eu acho que já é dia 25 agora, certo?

"Hoje" bate com o que Bracken me disse de manhã. O cliente dele não apareceu, então foi procurá-lo em casa. Faz sentido que ele tenha puxado o arquivo.

– É uma prática comum os agentes da condicional irem imediatamente à casa de alguém que perdeu o horário?

– Depende do agente, depende da pessoa que perdeu o horário. Não é comum, mas pode acontecer. Parece que ele acessou os arquivos do cara ontem também.

– Havia um horário marcado?

– Hum... Isso é estranho. De acordo com a agenda dele, veria Kingsly apenas na semana que vem.

– E quanto a Adam Sinclair? – Schroder pergunta. Sinclair é o cara que Edward atropelou com seu carro.

– Deixe-me ver. Hum... 1° de novembro.

– Com que frequência ele via Sinclair?

– Ah... De acordo com isto, ele não via.

– Não via?

– Não. Não de acordo com isto.

– Então por que ele puxou esse arquivo? – ele pergunta.

– Não tenho certeza. Talvez tenha alguma relação com outra pessoa com quem ele estava tratando.

– Ryan Hann? – ele diz.

Hann é o homem no olho do qual Edward enfiou um lápis.

– Hum... Mesma coisa... 1° de novembro. Isto é curioso: Hann também não está mais em liberdade condicional.

– Certo. Bom. Isso é bom. Você pode encontrar outros arquivos que ele puxou sem ter necessidade? Que ele tenha acessado por volta desse período?

– Espere um pouco – ela diz e digita no teclado por mais um minuto. – Aqui, temos outros cinco nomes de pessoas que não estão mais em condicional. Espere, na verdade são quatro. Um desses homens acabou de morrer – ela diz e vira o monitor para que Schroder possa dar uma olhada.

Ele rola a lista para baixo. É uma lista curta e só demora um segundo para aparecer o nome de Arnold Langham. O Cara das Ventosas.

– Meu Deus – ele sussurra. – Ele era parte do esquema.

– O quê?

Arnold Langham tinha ficha criminal por bater na esposa, mas isso não queria dizer de forma alguma que bater na esposa era o único crime que havia cometido. Ele considerava duas possibilidades. Langham estava envolvido com esses outros homens, o que quer dizer que ele devia ser bom em outras coisas. Ele foi recrutado para o bando e então, na preparação do assalto, os outros devem ter descoberto alguma coisa sobre ele de que não gostaram, ou não podiam confiar nele, e ele se tornou um problema. Um tiro ou uma facada nele poderiam trazer a investigação para mais perto dos assaltantes do banco, mas vesti-lo como um pervertido e atirá-lo do alto de um prédio levou a investigação para uma direção completamente diferente.

A segunda possibilidade era a de que Langham não estava envolvido, mas soube do assalto e se tornou um problema. Schroder está mais inclinado a acreditar na primeira possibilidade, isso sugeriria que o bando de repente ficou com um homem a menos, o que explicaria por que Bracken escolheu Kingsly.

De qualquer maneira, isso ainda deixava Schroder com uma lista de quatro nomes, todos pertencentes a um homem a quem Bracken recrutou para roubar 2,8 milhões em dinheiro.

Capítulo 49

Quando desço do carro, o motorista do táxi sorri aliviado, como ele provavelmente faz todas as vezes em que um passageiro desce do seu táxi sem esfaqueá-lo. O inglês dele é perfeito quando ele diz quanto custou a corrida, mas não tão bom na hora de calcular o troco. Os aumentos do preço da gasolina puxaram as tarifas de táxi astronomicamente para cima nos últimos anos; não impressiona que mais e mais pessoas bebem e dirigem. Digo para ele ficar com o troco.

Estou bem ao lado do estacionamento do edifício onde o carro de Jodie está desde a semana passada. As minhas chaves ainda estão penduradas na ignição do meu carro, mas as chaves reserva estiveram no bolso o dia todo. Subo pelas escadas. O carro de Jodie é um Toyota quatro portas com cerca de seis anos. Ele liga na primeira vez em que giro a chave. Deixo esquentar por trinta segundos. Há um aparelho de som moderno no centro do console e um GPS no topo do painel; os dois parecem desafiar as leis da gravidade, já que não caíram nas mãos de algum transeunte. Encontro o cartão magnético de Jodie no porta-luvas e o uso para sair do estacionamento. Dirijo de volta pelo caminho de onde vim e encontro a espingarda exatamente onde a deixei. Tento ligar para Nat e Diana novamente e tenho o mesmo resultado de antes. Dirijo por alguns minutos para sair da cidade e encosto o carro.

Empilho os arquivos e os examino. Os nomes e rostos me encaram, mas nenhum deles me chama a atenção. Vinte arquivos, todos de pessoas aleatórias que não têm nada a ver com o caso. Depois de dez minutos, parece que foi tudo em vão; seja qual for o contato de Bracken com os homens que mataram a minha esposa, não está nestas páginas.

Não posso voltar ao escritório dele para procurar outras. Guardo os arquivos e sigo em frente. Há menos carros ainda no estacionamento do hospital do que havia hoje cedo; o meu dobra o número. O outro é uma van com um monte de caras alguns anos mais jovens do que eu encostados nela bebendo. Envolvo a arma em um casaco que Jodie deixou no banco traseiro do carro. O horário de visita terminou há aproximadamente seis ou sete horas. Entro no hospital como alguém que sabe onde está indo e ninguém diz nada porque não há ninguém por perto. Nenhuma pessoa nesta parte do andar térreo; todos estão em casa para o Natal ou trabalhando no pronto-socorro. Caminho pelo corredor até os elevadores e não deixo marcas de sangue para trás porque meu sapato já secou. Subo até o quinto andar e passo por um posto de enfermagem que não tem nenhum enfermeiro. Das luzes que estavam ligadas à tarde, apenas metade está ligada agora, e a temperatura caiu pela metade. Alcanço a ala onde está meu pai e vejo que não há nenhum policial do lado de fora como havia hoje à tarde. O contador dentro de mim resume isso a simples oferta e demanda. Esta noite a cidade demanda o máximo de seus guardiões e a polícia oferece cada homem que está pronto para fazer hora extra e ignora a família dele. Parece que não são muitos.

Ainda assim, isso não vai ser exatamente um passeio no parque. Não há policiais aqui, mas há um segurança sentado em uma cadeira lendo uma revista, fazendo o possível para permanecer acordado. Eu dou uma força para ele mostrando a espingarda. Ele está em uma situação parecida com a de Gerald Painter na semana passada: está sentado ali ganhando um salário mínimo sem nenhuma arma útil. Ele não levanta totalmente da cadeira. Até quer: levanta um pouco até se dar conta de que não adianta fazer nenhum outro movimento. Tampouco se senta de volta, só fica suspenso entre as duas ações.

– Não diga nada – eu falo.

– Tá.

– Levante-se.

– Ok.

– Tem mais alguém aqui?

– Quem, por exemplo?

– A polícia. Outros seguranças.

Ele faz que não com a cabeça.

– Tem alguma enfermeira lá dentro? – pergunto, apontando a cabeça em direção à ala.

– Tem uma em algum lugar, mas eu não a vejo há mais ou menos meia hora.

– Certo. Sabe quem eu sou?

Ele encolhe os ombros:

– Deveria?

– É meu pai que está ali dentro.

– Oh, merda. Por favor, por favor, não me mate.

– Então preste muita atenção...

Mando-o entrar na ala. Há seis homens dormindo no quarto, uma combinação de roncos e peidos vinda de cada canto: se alguém acendesse um fósforo, o ar explodiria. A cortina não está mais fechada ao redor da cama do meu pai. Ele vira a cabeça para a nossa direção. Então ele diz:

– A cortina – e aponta para ela.

Estico o braço e fecho a cortina ao nosso redor. O segurança fica em pé no outro lado da cama. Meu pai tem o braço esquerdo livre, mas o braço direito está preso à barra da cama.

– Ouvi dizer que você teve um dia cheio, meu filho – ele diz.

– Eles estão com Sam.

– O quê? – ele pergunta e seu rosto parece dolorido.

– Os homens que mataram Jodie. Eles levaram Sam hoje à noite, pai, e eles vão matá-la se eu não conseguir encontrá-la.

O segurança parece não saber o que fazer. Dá um passo curto para trás e acaba por se sentar, deve estar pensando que não ganha para isso.

– Eu não sabia – meu pai diz.

– Preciso de nomes.

– Eu dei um nome para você.

– Não adiantou muito. Pai, eu não estaria aqui se tivesse outra escolha. Você deve ter alguma outra coisa.

– Alcance aquela água ali para mim, filho.

Há um copo de água na mesinha perto da cama. Eu o pego para ele.

Ele bebe um gole longo e me devolve o copo.

– A água tem um gosto melhor aqui – ele diz. – Na prisão, quando a água chega até nós, uma meia dúzia de guardas já cuspiu nela. Ou pior.

– Pai...

– Kingsly foi o motorista, certo?

– Sim.

– Então, menos o homem que você atropelou, há mais cinco.

– Mais três.

Forneço-lhe os detalhes.

– O monstro pegou todos eles – acrescento.

– Certo, filho. Bem, eu tenho outro nome que pode ajudar.

– Quem?

– Não tão rápido.

– O quê?

– Vinte anos é muito tempo – ele diz. – O ar lá dentro tem um cheiro diferente. Tem cheiro de mofo, de desespero. À noite, homens durões, que tentaram matá-lo durante o dia, choram. No inverno é frio demais e no verão é um calor do inferno e... Vinte anos, filho, vinte anos é muito tempo.

– Mas é ainda melhor do que o que as mulheres que você matou tiveram.

– É mesmo? Será?

– Acho que, se pudessem responder, elas diriam que sim.

– Não tenho tanta certeza.

– O nome.

– Eu vou com você.

– O quê?

– Se quiser esse nome, vai ter que me levar com você.

– Eles estão com Sam, pai. Por favor, me dê o maldito nome.

– Sei que eles estão com Sam.

Aponto a espingarda para o peito do meu pai. Ele recua.

– Não estou brincando, pai.

– Vai atirar em mim?

– Se for necessário.

– Como isso vai ajudá-lo?

– Vai fazer eu me sentir melhor.

– Esse é o meu garoto – ele diz e sorri. – Mas não vai puxar esse gatilho.

– Não, é?

– Muito barulho. Aí você não conseguiria sair do prédio.

– Não tenha tanta certeza.

– E sairia com as mãos abanando. Você poderia procurar por aí, talvez tentar encontrar alguma droga ou instrumentos para me torturar, mas a opção mais rápida e fácil – ele diz e sacode as algemas na barra da cama – é me levar com você.

– Não posso.

– Pode, se quiser ter sua filha de volta.

Leve-o conosco. As coisas vão ser muito mais rápidas.

– As chaves – peço, apontando a arma para o guarda.

– Eu, ah... não tenho.

– Tem, sim – meu pai retruca. – Eles têm, para o caso de precisarem me levar às pressas para uma cirurgia.

O guarda se levanta lentamente e enterra as mãos no bolso.

– Houve um tempo em que haveria mais pessoas me vigiando – meu pai diz. – No passado, quando eu era mais jovem, quando eu era temido. Agora, ninguém sabe quem eu sou.

– Isso é engraçado – eu digo –, porque todo mundo sabe quem eu sou.

O segurança se curva e abre as algemas. Então se afasta rapidamente, esperando que meu pai tente cortar sua garganta. Nada acontece. Meu pai permanece na mesma posição e massageia o pulso.

– Vou precisar de uma cadeira de rodas.

– Não consegue caminhar?

– Levei uma facada hoje, filho, então, não, não consigo andar. Pelo menos, não muito bem.

Aponto a espingarda para o segurança novamente e lhe dou um conjunto de novas instruções. Alguns segundos depois, ele está deitado no chão nu, com uma mão ao redor do pé da cama amarrada a seu calcanhar. Pego o telefone dele e as chaves e saio de trás da cortina. Os outros cinco homens parecem ainda dormir. Uma enfermeira passa pela porta em direção ao corredor, mas não olha para dentro. Provavelmente, ela está tão acostumada a nunca ver um segurança sentado do lado de fora do quarto que não percebe que ele sumiu. Dou-lhe alguns segundos de vantagem e depois a sigo. Ela vai para um lado e eu vou para o outro. Dirijo-me a uma fileira de cadeiras de rodas que eu vi antes.

Volto para onde está meu pai. Metade de mim espera que ele tenha fugido e a outra metade imagina que ele tenha matado o segurança, mas nada mudou. Ele ainda está deitado na cama. Removo a agulha do soro do braço dele e o ajudo a entrar nas roupas do segurança, que são um pouco grandes, mas melhores do que uma camisola de hospital. Ele estremece e respira pesadamente, e estremece e respira mais pesadamente ainda quando o coloco na cadeira de rodas. Ele coloca as mãos sobre a região onde meio dia atrás os cirurgiões trabalharam e as mantém firmes contra o ferimento, como se estivesse tentando segurar partes de seus órgãos lá dentro.

– Fique quieto – digo para o guarda. – Deixe-nos sair daqui sem ter que atirar em nenhuma enfermeira.

– Certo.

Preciso colocar a arma no colo do meu pai para poder empurrar a cadeira de rodas. Chego ao corredor. As mãos do meu pai nunca vão além do ferimento. Chegamos aos elevadores. Escondo a espingarda atrás do meu corpo quando as portas se abrem no andar térreo, depois a coloco de volta no colo do meu pai quando percebo que ninguém aparece. Empurro-o na cadeira de rodas para fora do hospital em direção ao estacionamento e passo pelo mesmo grupo de adolescentes encostados na van. Eles mostram imenso interesse na espingarda e demonstram isso ficando imensamente quietos. Ajudo meu pai a entrar no carro e não sei como dobrar a cadeira e colocá-la no porta-malas, então a deixo para trás. Imaginei que tudo isso seria muito mais difícil. Supus que apenas ver meu pai seria bastante duro, imagine levá-lo, então. Suponho que até alguns anos atrás teria sido. Alguns anos atrás, ainda havia pessoas que se preocupavam bastante em pagar hora extra para um ou dois policiais ou realocar alguns recursos para colocá-los sentados junto com ele. Se não podem pagar homens para proteger minha filha, é claro que não vão poder pagá-los para cuidar de um velho.

– Para onde vamos? – pergunto.

– Primeiro preciso comer.

– Pai...

– Não como uma refeição decente há vinte anos, filho.

– Não temos tempo para isso.

– Bem, vamos tratar de encontrar um tempo. Com certeza, deve haver um McDonald's no caminho.

– No caminho para onde?

– No caminho para o próximo nome da lista – ele diz, eu me distancio da calçada e sigo as instruções de meu pai.

Capítulo 50

Acontece que o pedido do serial killer não é um McLanche Feliz, mas um Big Mac. Meu pai reclama de como ele se desmancha nas suas mãos, mas mesmo assim come enquanto eu dirijo, provavelmente mais rápido do que qualquer Big Mac jamais foi comido.

– Eu acho que seu médico não aprovaria – eu digo.

– Provavelmente não – ele responde, bebendo um gole de Coca-Cola em seguida –, mas ele também não aprovaria eu ter sido esfaqueado.

– Quer me falar sobre isso?

– Não tem muito para falar – ele diz e dá outra mordida.

Eu continuo dirigindo. Meu pai trata de comer as fritas. Quando ele acaba, amassa as embalagens e joga tudo pela janela.

– Pai...

– O quê? – ele diz. – Ninguém joga coisas pela janela hoje em dia?

– Onde estamos indo?

– Tudo parece igual – diz ele. – Mais novo talvez, mas não muito. Alguns conjuntos de apartamentos, algumas casas novas. Fora isso, é como se eu tivesse passado por aqui ontem.

– Fascinante, pai, realmente fascinante. Agora, aonde estamos indo?

– Você matou quatro homens, começando com Shane Kingsly, é isso?

– Algo assim.

– Então, você está ouvindo o monstro, como você diz.

– Algo assim.

– E agora os outros estão com Sam e você vai fazer o que for necessário para pegá-la de volta.

– O que você quer dizer?

– Quero dizer que nós certamente somos parecidos.

– Não somos nada parecidos.

– Você que sabe, Jack.

– Para onde?

– Quer saber, filho? Acho que não estou me sentindo muito bem – diz ele, enquanto aperta seu estômago.

Eu reduzo a velocidade.

– Eu vou levá-lo de volta para o hospital.

– Não, não, não é isso. Minha barriga está inchada. Oh, merda, eu preciso encontrar um banheiro. Essa comida... Não como comida como essa há vinte anos, merda, merda, isso está ficando ruim.

– Segure um pouco – eu digo.

– É um grande conselho, filho – ele diz, dobrando-se e segurando a barriga com o braço.

Eu viro à esquerda e dirijo até o posto de gasolina mais próximo, estaciono no lado em que há um banheiro e meu pai, encolhido, corre para dentro. Eu espero dentro do carro e cinco minutos depois ele sai, sua pele está ainda mais pálida do que quando ele entrou.

– Vai demorar até eu me acostumar com a vida aqui fora – ele diz.

– Não se acostume muito. Assim que encontrarmos a Sam, eu o levarei de volta.

– Você não fala sério.

– Entre no carro, pai.

Ele entra no carro e voltamos à estrada. Sua pele está úmida e ele não parece muito bem. Eu não tenho certeza se é a comida ou se é a facada que ele levou que o afetou. As ruas estão vazias, com exceção de algum táxi levando um bêbado para casa ou outros assassinos pelas ruas procurando suas filhas.

Meu pai me dá o endereço, eu digito no GPS e ele nos mostra o caminho. Meu pai, com o olhar fixo para fora da janela, observa a cidade, lembrando-se dela o melhor que pode. Às vezes passamos por um cruzamento novo que o confunde, mas ele ainda consegue se achar na cidade. Eu me pergunto se eu estaria fazendo um trabalho tão bom quanto o que ele está fazendo se eu tivesse passado vinte anos preso. Suspeito que há muitas outras coisas que meu pai ainda faz muito bem, outras coisas que os instintos e a memória dos músculos o ajudariam a completar.

A área a que o GPS nos leva é de outra vizinhança atingida fortemente pelo vírus; só que essa foi atingida também por uma epidemia de ferrugem: os carros estacionados nela estão todos batidos e os jardins são secos como ossos. Tudo é muito velho, como se o GPS tivesse nos levado de volta para 1982. Meu pai ainda está um pouco trêmulo quando eu o tiro do carro, mas nada parecido com o estado em que se encontrava dez minutos atrás.

– Tyler Layton – meu pai diz.

– É um dos caras?

– É a razão por que estamos aqui.

Eu olho para as ruas, as casas e os carros e penso: já estive aqui antes, talvez não exatamente neste lugar, mas com certeza em um lugar como este, certamente em um estado de espírito parecido com o que eu estou agora, com exceção de que no lugar do monstro no banco do carona está o meu pai: um tipo diferente de monstro, mas, de qualquer forma, um monstro. Talvez nós estejamos todos aqui, a escuridão de meu pai e meu monstro sentados no banco traseiro, conversando um com o outro, comparando as histórias e apostando no resultado do final da noite. Schroder estava errado quando disse que a cidade está em um precipício. Ele está errado em pensar que ela ainda pode ser salva. Basta perguntar a Jodie.

– Fale sobre ele – eu digo.

– Não tem muito para falar.

– Tem que haver alguma coisa.

– O que você quer ouvir, filho? Que ele é uma pessoa má que está recebendo o que merece?

– Algo do tipo.

– Vamos entrar.

Eu acompanho meu pai até a frente da porta. Faltam poucas horas para que as luzes do dia iluminem este lado do mundo. Isso está se tornando rotina para mim. Bato na porta algumas vezes e espero um minuto antes de bater novamente, quando o cara vem até a porta, eu meto a espingarda na cara dele. E o resto agora é tão familiar que não preciso do monstro.

Tyler Layton é exatamente o tipo de pessoa que você espera que assalte um posto de gasolina ou um banco com uma espingarda, talvez um pouco mais velho do que eu esperava. Cabeça raspada, tatuagens adornando o couro cabeludo, tatuagens de prisão em forma de lágrimas escorrendo pelo rosto, ele é mais ou menos dez anos mais novo que meu pai. Ele não disse uma palavra desde o momento em que viu a espingarda até o momento em que meu pai terminou de amarrá-lo com a corda que ele cortou da persiana. Não entramos em nenhuma consideração semântica sobre certo ou errado nem sobre a máxima "os fins justificam os meios".

– Comece a falar – eu digo.

– Falar o quê?

– Sobre minha filha. Onde ela está?

– Esse é seu filho, Jack? – Tyler pergunta, olhando para o meu pai.

– Responda a maldita pergunta – eu digo a Tyler.

– Eu não sei nada sobre sua filha – ele diz, mantendo seu olhar em meu pai. – Faz muito tempo, Jack. O uniforme de segurança não fica bem em você.

– Nem tanto tempo – meu pai diz. – Não para mim. Parece que foi ontem.

– Já faz quatro anos – Tyler diz.

– Onde está minha filha? – pergunto.

– Do que ele está falando, Jack? – ele pergunta a meu pai.

– Que diabos está acontecendo aqui? – eu pergunto.

– Eu conhecia seu pai muito bem – Tyler diz –, se é que você me entende. Algumas vezes, se eu me lembro bem, apesar de que depois das primeiras vezes eu parei de me lembrar... Foi assim pra você, Jack?

– O Tyler aqui foi muito gentil quando me apresentou para um dos elementos mais sinistros da prisão – meu pai diz, mas não há nada de gentil em sua voz. – Ele estava lá, na primeira vez em que fui jogado na cadeia. Na minha primeira noite, ele quebrou quatro dos meus dedos, rachou dois molares e retalhou meu traseiro de um jeito que eu não pude sentar por um mês. Eu mal estava recuperado e ele me retalhou novamente. Ele entrou e saiu da cadeia ao longo dos anos e sempre voltava me procurando.

– E agora você veio me procurar – ele diz.

– Que diabos, pai... Ele tem algo a ver com a Jodie ou a Sam?

– Não – ele diz.

– Então por que estamos aqui?

– Se tivéssemos mais tempo – meu pai diz, dirigindo-se ao Tyler –, eu o cortaria pedaço por pedaço.

Tyler não responde. Não reage a nenhuma tentativa de ataque, como se ele não se importasse, como se isso fosse apenas mais um dia na vida de um degenerado muito durão; há certo medo em seu olhar, idêntico ao olhar daquele cão, vinte anos atrás, ao mastigar um bife cheio de pregos. Ele tensiona os músculos de seus braços.

– Eu sempre soube que a cadeia ia ser algo difícil – meu pai diz. – Eu sempre soube que ia ser um daqueles lugares que acaba sendo tão terrível quanto você imagina ser, antes mesmo de colocar seus pés lá. A questão é... – ele diz e então eu o interrompo.

– Pai, nós não temos tempo para isso. A Sam está lá fora, nós precisamos encontrá-la.

Ele me olha, seus olhos penetrantes estão fixos em mim. Após alguns segundos, ele balança a cabeça afirmativamente.

– Você está certo, filho – ele diz e estende seus braços em minha direção. – A espingarda.

– Não – eu digo. – Eu não o libertei para que pudesse matar pessoas.

– Sim, você libertou.

– Não gente que não tem nada a ver com o que aconteceu.

– Dê a arma, filho.

– Não a dê a ele – Tyler diz.

Dê a arma a ele. Deixe-o ter controle, um pouco. Nós nos livraremos desse contratempo e encontraremos a Sam.

– Ele é um homem mau, filho. Se nós o deixarmos vivo, outras pessoas irão sofrer por isso.

Dê a espingarda para ele.

– Você quer saber quantas pessoas ele já machucou? Quantas mulheres ele estuprou? Mulheres como Jodie? Adolescentes como o tipo de garota que a Sam se tornará?

Entrego a espingarda a ele.

Capítulo 51

Tudo está acontecendo rápido demais. A noite está se tornando um caos total. Jack Hunter escapou, ajudado por Edward, e Schroder tem que deixar esse fato de lado no momento e lidar com isso mais tarde. A essa altura, ele duvida de que conseguirá ir para casa no dia de Natal, nem mesmo por cinco minutos. Sua esposa vai odiá-lo, sua filha talvez o odeie por isso também. Por sorte, seu filho tem apenas alguns meses de vida, então pelo menos alguém não ficará chateado com ele.

Cinquenta por cento do esquadrão dos defensores armados está correndo, a outra metade já saiu para o feriado ou já está bêbada e não retorna as ligações de Schroder. Isso enfraquece a equipe em mão de obra, mas mesmo assim continua um time extremamente capaz. Schroder já morreu uma vez nesta noite e não quer que isso se torne um padrão. Ele tem mais utilidade para o esquadrão agora do que tinha meia hora atrás: eles dirigem pela cidade à procura de Hunter.

Quando o celular dele toca novamente, é Anthony Watts, um detetive que no momento está com a família da esposa de Edward.

– Eles não reconhecem nenhuma das fotos do arquivo – diz Watts. – Quer dizer, o único que eles reconhecem é a vítima estirada morta no chão da sala de estar deles.

– Tudo bem. Volte para a central de agentes da condicional. Se Bracken planejou tudo isso desde que encontrou o corpo do Kingsly, então talvez essa outra pessoa tenha um arquivo que ele acessou hoje. Isso pode lhe dar um novo conjunto de fotos para identificação.

Kevin Johnson está no topo da lista de seis nomes que ele imprimiu, provavelmente porque três das outras pessoas estão mortas, incluindo Ryan Hann, que morreu com o lápis. Bracken não estava na lista, dando a Johnson a chance de um em três de ser o primeiro. Ele foi preso há nove anos, por causa de um roubo em uma joalheria em que uma vendedora perdeu permanentemente os movimentos de um dos braços depois que ele atirou nela. Johnson foi solto há quatro anos e, desde que foi solto, manteve contato com seu oficial de condicional uma vez por semana, por dois anos, depois uma vez por mês no ano seguinte. Um ano atrás, o sistema judiciário decidiu que Kevin Johnson era um cidadão modelo de Christchurch, ele havia cumprido sua pena e a posterior condicional.

Johnson mora em uma casa num conjunto habitacional em uma área da cidade que parece atrair violência assim como comida estragada atrai moscas. No momento em que estacionam, a quatro blocos de distância, um posto de comando em miniatura é armado.

– Duas coisas – diz Schroder e a equipe escuta atentamente. – Primeiro, não temos certeza de que Johnson participou do assalto. Segundo, mesmo que tenha participado, não sabemos se ele tem alguma coisa a ver com o sequestro de Sam Hunter ou se ela está lá. Isso significa que precisamos ser cuidadosos. Temos que garantir que não haja nenhum engano e que possamos pegá-lo inteiro. Alguma pergunta?

Sempre há perguntas. Eles passaram outros dez minutos respondendo-as. Quando eles estão prontos, duas vans encostam na rua onde Johnson mora, uma de cada lado. Três minutos antes, o grupo passou de carro em frente da casa e confirmou que não havia luzes acesas e nenhum sinal de vida. Uma equipe de duas pessoas está estacionada na rua de trás, para o caso de Johnson pular a cerca dos fundos e tentar fugir.

O grupo de defesa armada age rapidamente. Estão todos vestidos de preto e invadem a casa de maneira rápida e precisa, derrubando a porta, e então trinta segundos de gritos se passam, nenhum tiro. Schroder e Landry esperam na rua, um minuto depois Johnson é surpreendido de pijamas e algemado.

– Não tem mais ninguém – diz o oficial Liam Marshall, o líder da unidade. – Nenhum sinal da menina. A casa está segura.

– Coloque-o na van – diz Landry. – Eu vou tentar convencê-lo a falar enquanto vocês verificam a casa.

– Talvez ele não saiba onde ela está.

– Talvez – diz Landry –, mas logo saberemos.

Schroder leva três minutos para encontrar o dinheiro. Está escondido no sótão. Os ladrões sempre escondem as coisas lá em cima; ele imagina que todos os ladrões façam assim.

Ele liga para Landry e o atualiza dos fatos.

– Ele certamente é um deles, mas não tem nada na casa que indique que a menina esteve aqui com ele. Se tivesse sido ele, estaria com ela agora.

– Não, se ele já a matou – diz Landry.

– Eu sei, eu sei – Schroder responde e desliga.

– Um feito e dois por fazer – diz Marshall. – Estamos prontos para ir ao próximo lugar.

– Vamos lá – diz Schroder, entrando no carro.

Ele está a dois minutos do segundo nome da lista quando escuta um tiro de espingarda. O endereço não bate com nenhum dos outros dois que ele ainda tem que visitar, por isso ele se pergunta se o tiro foi aleatório ou se isso significa que Hunter encontrou sua filha ou ainda se ele descobriu alguma coisa que o leve mais perto dela.

Capítulo 52

Os gritos de Tyler param no mesmo momento em que chegamos ao carro. O tiro o atravessou e o assento da cadeira se transformou em uma pilha de estilhaços. Os genitais dele e o intestino grosso estão espalhados pelo chão. As artérias das coxas estão para fora inundando o lugar com jatos de sangue.

Essa vizinhança poderia ser do tipo em que ninguém liga para a polícia, mas não vamos ficar por aqui para descobrir. Nós chegamos ao carro, verificamos as coordenadas e as seguimos.

– Que merda, pai, você acabou de matar um homem inocente.

– Não, não matei.

– O quê? Você acaba...

– Você disse inocente, Jack. Tyler estava longe de ser inocente. Você percebeu isso na hora, certo? Foi por isso que você me deu a arma.

– Eu lhe dei a arma para apressar as coisas, só isso – eu digo. – A Sam está por aí, em algum lugar, e você está tornando isso tudo uma chance de resolver suas pendências. Você não ia me ajudar se eu não o tirasse do hospital. Aí viemos à casa de alguém que não tem nada a ver com o que estamos procurando. Isso tudo prova que não somos nada parecidos.

– Ele mereceu – diz meu pai. – E a escuridão precisava ser alimentada.

– Ser alimentada? Ele disse que não o via há quatro anos. Como você sabia aonde deveria ir? Não tem como você ter mantido controle de onde ele vivia, não a menos que você estivesse planejando fazer uma visita. Como você sabia que teria uma chance?

– Eu não sabia – diz ele. – Mas, antes de você aparecer no hospital, eu consegui descobrir.

– Como?

– Não importa.

– Por que então? Por que você iria querer descobrir?

– Você acabou de me dar um sermão dizendo que eu estou fazendo tudo em benefício próprio – diz ele –, mas agora é você que está fazendo isso. Eu pensei que você só se importasse com a busca pela Sam.

– E é óbvio que isso não é nem um pouco uma prioridade sua – eu respondo. – Porque isso não se encaixa nada bem.

– Você quer minha ajuda ou não?

– Depende, você vai realmente começar a me ajudar? E eu acho que você não tem a mínima ideia de com quem temos que conversar agora.

– Tá bom, tá bom – diz ele. – Bracken era o oficial da condicional, certo?

– Certo. Mas ele pegou o dinheiro do Kingsly e não contou para os outros. Todos acham que eu estou com o dinheiro.

– Mas você está com o dinheiro.

– Sim, eu estou com ele agora, mas eu não estava com ele antes e agora eu não sei como chegar a nenhum deles.

– Talvez eles saibam como chegar a você. Você pegou o telefone dele, certo?

– Sim, mas ninguém ligou.

– Ele deu algo a você, qualquer coisa? – meu pai pergunta.

– Bracken? Não, nada.

– Você procurou na casa dele?

– Sim, e no escritório. Tinha um número de celular no telefone dele, mas não completa a ligação.

– Você foi ao escritório?

– Não encontrei muita coisa. Só alguns arquivos que não levam a lugar algum.

– Onde eles estão?

Eu aponto com a cabeça para o banco de trás. Meu pai alcança a bolsa com o braço e grunhe quando tenta levantá-la.

– Eles estão em cima – eu digo e um instante depois ele os tem nas mãos.

– Quem são essas pessoas? – ele pergunta, abrindo os primeiros arquivos.

– Ninguém – eu digo. – Apenas arquivos que o oficial da condicional tinha na gaveta.

– Então, estes são clientes dele. Você foi até o escritório e encontrou o trabalho que ele estava fazendo, e nada mais.

– Eu não tive tempo de continuar procurando.

– Você deveria ter criado esse tempo. Estes arquivos são inúteis. Algumas dessas pessoas nem têm ficha por assalto à mão armada. O que temos aqui... – ele diz, folheando as pastas. – Temos meia dúzia de assaltos à mão armada, um incêndio culposo, dois estupradores, dois traficantes de drogas, um sequestrador, um ladrãozinho compulsivo, nenhum deles poderia fazer parte disso.

– Eu sei, pai, eu já sei disso. Dois homens pegaram a Sam, um deles, eu matei, o outro está com ela. Nat e Diana viram o outro cara.

– Você mostrou os arquivos para eles?

– Eu não posso. A polícia está com eles. Schroder ia levá-los para conferir algumas fotos.

– Então talvez eles já tenham um nome. Talvez a polícia já tenha encontrado a Sam.

– Talvez não.

– Ligue para eles.

– Para a polícia?

– Não, para os seus sogros. Talvez eles tenham reconhecido alguém e possam nos dar um nome.

– Eu tenho tentado.

– Bom, tente de novo.

Encosto o carro. O telefone chama dez vezes, estou prestes a desligar quando de repente alguém atende.

– Alô?

– Nat?

– Meu Deus, Eddie, onde você está?

– Estou procurando a Sam. Onde mais eu estaria?

– Com seu pai? A polícia disse que você o ajudou a fugir.

– Ele está ajudando.

– Ele é um monstro.

– O homem que levou a Sam também é. Vocês conseguiram reconhecer alguém?

– No começo, não. Os tiras sabem quem roubou o banco, mas nenhum deles levou a Sam. O detetive que os mostrou para nós trouxe um novo conjunto de fotos. Nós o reconhecemos de cara, Edward. A polícia sabe quem levou a Sam.

– Eles sabem o nome, mas isso não é a mesma coisa que a ter encontrado, é?

– Bem, não.

– Então me dê o nome do homem que a levou.

– Eu não sei, Eddie. Eu acho que a polícia está mais bem equipada.

– A polícia, se a encontrar, colocará o homem que a sequestrou na cadeia por cinco ou dez anos e depois o deixará sair. É isso o que você quer? Você lembra quando me disse que queria ter um tempo sozinho com as pessoas que mataram Jodie?

– Nós só queremos que a Sam volte em segurança.

– Por favor, me dê o nome. Eu juro a você, Nat, eu não vou fazer nada que a coloque em risco.

– Eu não sei...

– Eu mereço saber o nome do homem que sequestrou minha filha, Nat. Por Deus! Ela é minha filha, minha filha!

– Oliver Church – diz ele e eu reconheço o nome. – Isso é tudo o que eu sei. Eu não tenho nenhum endereço nem nada mais.

– Obrigado – eu digo e desligo.

– Viu? Eu sabia que eles iam atender o telefone – diz meu pai. – Sou seu amuleto da sorte.

– Dê aqui os arquivos.

Ele me alcança as pastas. A quarta pertence a Oliver Church. De toda a lista de crimes dos arquivos, Oliver Church é o único que tem sequestro e latrocínio ao lado do nome, mas não há detalhes dos crimes.

– O endereço não deve estar atualizado – diz meu pai –, então não há razão para irmos até lá e, mesmo que seja o endereço atual, com certeza ele não levou a Sam para lá.

– Você já ouviu falar dele?

– Nunca. Os parentes da Sam não podem pesquisar na internet sobre ele?

– Eles mal sabem o que internet significa.

– Bom, deve haver alguém para quem você possa perguntar.

– Na verdade, não. O que precisamos é de um computador – eu digo, olhando pela janela, sabendo que nove em cada dez casas lá fora tem um.

Eu penso em todas as minhas conversas com Schroder, sobre meu pai na cadeia, sobre a facada, sobre o ex-policial trabalhando para Schroder tentando resolver parte do caso.

O ex-policial.

Christchurch é uma cidade parada no tempo; sendo assim, ainda é possível passar ocasionalmente por um telefone público, por isso eu dirijo pela cidade até encontrar um. As páginas amarelas foram rasgadas e também o receptor do telefone, mas as páginas brancas ainda estão lá e eu as uso para procurar um nome e um endereço.

Capítulo 53

Todas as luzes estão apagadas dentro da casa, assim como em todas as outras casas da rua. A diferença entre ela e as outras é que as demais têm um ar natalino, luzes e decoração nas janelas, espalhando alegria e paz pelo mundo. Esta casa é fria e, com certeza, vazia; quando eu quebro a janela e entro, sinto como se fosse a minha casa, como se algo tivesse sido perdido nessa casa do mesmo jeito que algo foi perdido na minha.

Uso o celular para iluminar um pouco, então chego à conclusão de que é tão tarde da noite que eu seria muito azarado se alguém notasse as luzes ligadas, então resolvo ligá-las. Eu abro a porta dos fundos para meu pai e ele entra na casa.

É uma casa de três quartos e um dos quartos foi arrumado para uma menininha, talvez uma da mesma idade da Sam. Parece que faz muito tempo que ninguém dorme no quarto, pois está muito mais arrumado do que qualquer menininha iria deixá-lo. Tem um escritório com pouca coisa dentro, onde há um computador, e o outro quarto tem uma grande cama em que há pilhas de roupas dobradas em cima.

– Quem mora aqui? – pergunta meu pai, olhando algumas fotos. – Você conhece este cara?

– Na verdade, não – eu digo.

– Ele parece familiar.

– Talvez você o tenha visto em algum lugar.

– O único lugar em que eu tenho estado ultimamente é a cadeia – diz meu pai.

– Aí está sua resposta.

A casa pertence a Theodore Tate, o ex-policial de quem Schroder me falou a respeito algumas vezes. Ele foi preso por dirigir embriagado, é o cara que descobriu quem esfaqueou meu pai. Há outras fotos na parede, de uma mulher muito bonita e uma menina mais ou menos da idade de Sam. Eu me pergunto o que pode ter acontecido com a família de Tate e tenho uma terrível sensação de que, de alguma maneira, o vírus pegou a família dele do mesmo jeito que pegou a minha. Talvez Tate tenha perdido sua esposa e saído obstinado em busca de vingança numa tentativa de salvar sua filha. Talvez ele continue procurando quando sair da cadeia.

Eu entro na internet e rapidamente procuro as últimas notícias. O nome do homem que eu atropelei hoje à tarde foi liberado: Adam Sinclair. Há muitos detalhes: até um ano atrás, nenhum nome teria sido liberado por, no mínimo, um dia, sem falar nos fatos, mas hoje em dia você pode ver até um cadáver na primeira página de um jornal.

As reportagens mostram os eventos e estão estranhamente precisas. Eles dizem que dois homens tentaram me matar; um foi atropelado por um carro quando eu fugi do local e o segundo homem executou o primeiro. As notícias não deixam claro por que os homens estavam atrás de mim, mas sugerem meu envolvimento no assassinato de Shane Kingsly. A frase "assassinato por vingança" aparece umas cinco vezes, assim como a hipotética razão de eu ter matado Shane Kingsly e de eles tentarem me matar. É a primeira vez em vinte anos que a mídia acerta na tentativa de saber o que eu poderia ser capaz de fazer.

As mortes de hoje são muito recentes para ter algum detalhe e, além disso, é Natal, por isso a maioria dos repórteres está fazendo um favor à sociedade tirando um dia de folga. Tem apenas um vago esboço sem nenhum nome, afirmando que uma das vítimas é um oficial da polícia. A morte de Bracken é ainda muito recente para ser mencionada.

Eu digito o nome de Oliver Church no computador e um minuto depois temos a história dele.

Nove anos atrás, Church sequestrou um menino de 6 anos de idade e tentou pedir resgate aos pais, mas ele foi capturado ao tentar pegar o dinheiro. Church levou a criança para um matadouro abandonado no norte da cidade. Quando foi capturado, negou-se a dizer a localização da criança. Ele tentou fazer um acordo para diminuir sua pena em troca da segurança do menino. Advogados entraram na festa, mas, quando chegaram a um acordo, o garoto já tinha morrido: uma combinação de frio, fome e tudo o mais que acontece quando você amarra uma criança e a deixa em um lugar como aquele. Pobre menino... Provavelmente morreu de medo. Por isso foi homicídio culposo, e não assassinato. Por causa do acordo feito, ele pegou apenas seis anos. Não importa que o garoto já tivesse morrido: o acordo foi pela localização do garoto e, já que não foi especificado no papel que o menino deveria estar vivo, nada pôde ser feito para reverter o acordo.

– Você acha que ele mataria uma criança deliberadamente? – pergunto ao meu pai.

– Não duvido, filho. Foi isso o que ele fez. Ele estava detido havia três dias sem dizer a localização do menino. Ele sabia que a criança iria morrer e não fez nada para impedir. Isso significa que ele pode fazer isso de novo. Isso devia ser uma questão de dinheiro apenas, mas esse cara... Que merda... Olhe essas histórias. Os homens que roubaram o banco, talvez sejam todos assassinos, talvez apenas um ou dois deles, mas, se Bracken contratou esse cara, quer dizer que ninguém naquele grupo seria capaz de matar uma criança. Mas Church é.

– Meu Deus, pai, o que vamos fazer? O que, diabos, nós vamos fazer?

– Ele não vai levar Sam para um lugar que ela possa identificar e depois mostrar à polícia onde fica. Ele deve ter outro lugar. Por enquanto, é uma questão de dinheiro.

– Mas eu não estou com esse dinheiro, você não entende? Nunca estive! Bracken sempre soube que eu não estava com o dinheiro, ele estava só fingindo para que os outros acreditassem.

– Então talvez Oliver Church acredite também – meu pai diz. – Vamos torcer para que ele acredite.

– Isso ainda não nos diz onde ela está. Os criminosos voltam para o que eles conhecem melhor. Isso eu sei, com certeza. O matadouro está abandonado há bastante tempo – ele diz. – Quando eu era adolescente, nós costumávamos ir a esse local.

– Você acha que ela está lá?

– A esta altura, não temos mais nada.

É uma viagem de vinte e cinco minutos de carro, que eu fiz em doze, em alguns momentos atingindo uma velocidade que impressionaria até o Papai Noel. A decoração de Natal passa por nós como um borrão, tornando-se faixas de luz. Não vemos nenhum carro na estrada. Eu diminuo a velocidade antes dos sinais vermelhos, depois passo direto por eles. O subúrbio acaba e os campos começam novamente como em todas as direções nesta cidade, com exceção do leste. Nesta cidade, a única maneira de seguir para leste é se o seu carro puder flutuar. Eu tento o número de celular do Bracken de novo, mas sem sorte, o que não é justo, pois Natal deveria ser um tempo de sorte.

Quando chegamos ao matadouro, paramos num lugar um pouco afastado da estrada e vamos em direção a ela. Eu deixo no carro os três celulares, o meu, o do Kingsly e do Bracken, e então saímos. O solo está gelado e úmido, como se os fantasmas de milhares de animais tivessem drenado o solo. Eu coloco a sacola com dinheiro no porta-malas e pego uma lanterna do kit de emergência.

– Essa prostituta que estava na casa do oficial da condicional, você sabe o nome dela? – pergunta meu pai.

– O quê? Por quê?

– Só curiosidade.

– Não. Não sei o nome.

A estrada é de um material duro, que está rachado e rebaixado pelo peso dos caminhões que muito tempo atrás costumavam subir e descer por ali, então andamos pelos lados, onde o barro está endurecido. Nós temos que andar devagar por causa dos nossos ferimentos, os do meu pai e os meus. Sei que foi um dia longo para ele também.

O Natal não chega aqui. Sem brilho ou luzes, apenas um cenário ermo com sombras projetadas pela Lua e pelas estrelas.

– Como ela era?

– O quê?

– A prostituta. Como ela era?

– Não sei. Do jeito que elas todas são.

– Elas todas são diferentes, filho. Acredite. Elas são iguais apenas por dentro.

Eu não pergunto o que ele quer dizer com isso e agradeço por ele não explicar. Nós continuamos caminhando.

– Você não vai realmente me levar de volta depois disso, vai, filho? – ele pergunta.

Eu não respondo.

Avistamos o matadouro. Quanto mais nos aproximamos, mais ele parece brotar da terra, surgindo da escuridão e pesando sobre nós. As palavras "Matadouro do norte" foram escritas em letras de 1 metro de altura, grandes o bastante para aparecer no escuro. O cheiro ainda está aqui, mesmo décadas depois de o lugar ter sido fechado, pairando no ar. Ou talvez o cheiro esteja apenas em minha imaginação. Certamente tem algo aqui. Imagino que cheirava muito mal. O matadouro esteve aberto e funcionando por apenas dois anos ou um pouco mais antes de ser fechado; uma vítima do subúrbio em expansão que nunca expandiu de verdade. O prédio foi fechado antes de a estrada asfaltada chegar aqui. O terreno foi vendido, e depois disso permaneceu intocado.

Há quinze anos, esse prédio foi marcado por um homicídio duplo, nove anos atrás foi usado para esconder um menino que morreu de medo enquanto um homem tentava retirar alguns anos de sua sentença. Nesta noite, ele provavelmente esconde minha filha.

Um sedã preto de quatro portas está estacionado na frente do prédio. Nós nos separamos; meu pai se dirige aos fundos e eu sigo para o carro. Nós trabalhamos bem juntos, quando não temos que conversar; apenas alguns gestos com as mãos, como se já tivéssemos feito isso antes. Eu posso dizer com certeza que meu pai está adorando e eu o odeio por isso. Eu chego ao carro e dou uma olhada dentro dele antes de seguir em frente.

As paredes do matadouro são, em sua maioria, feitas de blocos de concreto, com algumas partes de ferro retorcido. Na parte inferior delas, o mofo cresce, mais escuro em baixo, onde cresce mais espesso. O mato cresce nas rachaduras do caminho. Eu chego a uma janela, mas não consigo ver coisa alguma dentro do prédio. A porta lateral que leva a um escritório está caída no chão, a dobradiça superior foi arrebentada; na parte de baixo, há uma dobradiça ainda presa, mas torcida uns noventa graus. A temperatura cai quando entro no prédio. Eu paro por um instante e tento ouvir algo antes de ligar a lanterna. Não há mobília, nada pendurado nas paredes, nada no chão de concreto. O lugar está completamente destruído. A porta que liga a sala ao corredor foi removida. Eu sigo em frente, atravesso outro marco sem porta e estou no matadouro: uma sala enorme que lembra uma caverna e cheira a podre. O ar é frio como um cemitério e a escuridão parece sugar os meus olhos. O lugar é muito escuro, a lanterna apenas emite um feixe fino de luz que se perde na escuridão. Sinto que há ganchos enormes pendurados no teto à minha frente em algum lugar, mas eu não consigo vê-los. As máquinas foram deixadas aqui para enferrujar; eram as ferramentas de um negócio em que os animais entravam vivos, respirando, e saíam direto para os supermercados em forma de hambúrguer. Não é de se admirar que um menino amarrado e largado sozinho aqui tenha morrido.

Eu olho para o fim do corredor. Há uma curva nele e, uma vez que eu entro, vejo uma luz vindo de uma porta, não muito longe: uma das poucas portas que restam. É uma porta de madeira pesada, na parte de baixo há muitos arranhões, provavelmente, marcas de ratos. Eu alcanço a porta e encosto minha cabeça tentando escutar algo, mas não ouço nada.

Puxo o ar profundamente duas vezes, agarrando a espingarda com força, e empurro a porta.

Capítulo 54

A ida ao endereço de Zach Everest, o segundo nome da lista, não dá em nada. O esquadrão de defesa armada invade uma casa na qual Everest não coloca os pés há mais ou menos dois anos. Os novos moradores não ficaram muito felizes com a invasão, sem falar nas crianças, que, ouvindo a comoção, ficaram terrivelmente desapontadas ao verem seis homens de preto tomarem de assalto sua casa em vez de um homem gordo vestido de vermelho. Não se conhece mais nenhum endereço de Everest, mas Schroder sabe que isso agora é só uma questão de tempo, provavelmente menos de um dia, ele acredita, até que seja preso.

Já chegaram relatos sobre a vítima da espingarda meia hora atrás. Tyler Layton foi amarrado a uma cadeira e executado. Testemunhas acordadas pelo barulho contaram que dois homens fugiram da cena do crime em um sedã preto de quatro portas que certamente não pertence a Edward Hunter, porque o carro de Hunter foi destruído na cidade. Pode ser o carro da esposa. Até o momento, não há nada que ligue Hunter e seu pai ao assassinato e nada que ligue Tyler Layton a nenhum dos homens responsáveis pelo assalto ao banco ou pelo sequestro de Sam Hunter, mas Schroder está confiante de que há algum elo em algum lugar. Layton tem uma ficha criminal longa o suficiente para garantir alguma conexão com Jack Hunter ou os assaltantes do banco e com os acontecimentos da noite. Hunter parece ser o catalisador de toda a violência por aqui.

No momento, Oliver Church é, sem dúvida, o alvo mais urgente. Church raptou e matou um menino, crimes pelos quais ele cumpriu apenas seis anos. Schroder sabe que o envolvimento de Church aumenta o fator de risco para Sam Hunter. Bracken não escolheu alguém que iria levar a menina para longe por algumas horas e libertá-la em algum lugar, mas alguém capaz de matar uma criança.

Ele manda a equipe de invasão até o endereço de Church, e vinte minutos depois não deu em nada. O endereço está atualizado, tem correspondência na casa endereçada ao Church, tem comida fresca na geladeira, uma carteira de cigarro pela metade sobre a mesa, mas nenhum sinal de Church.

Mais detetives chegam, entre eles, o detetive Watts, que tem a ficha criminal de Church com ele.

– Um prisioneiro modelo – diz Watts. – De acordo com o arquivo, ele compareceu a todos os encontros com o oficial da condicional.

– Tem que haver outro endereço.

– Os únicos outros nomes listados aqui são dos pais dele – diz Watts.

– E nós já mandamos um pessoal para lá. Ele provavelmente está em algum lugar com a menina, algum lugar para o qual ele a tenha levado e onde não haja ninguém nas redondezas.

– Pode ser qualquer um entre mil lugares – diz Watts.

– Isso não ajuda muito – Schroder o repreende. – Olhe, não pode haver tantas possibilidades. Provavelmente é algum lugar que ele conhece, certo? – ele olha para a ficha. – Da última vez, ele levou a criança para o Matadouro Norte.

– Você acha que ele a levou para lá?

– Só existe uma maneira de descobrir – Schroder diz. Ele precisa de café, precisa de um intervalo e precisa que tudo isso termine para que Sam volte a salvo. – É um lugar tão bom quanto qualquer outro.

Ele liga para Landry, procurando saber de alguma novidade.

– Johnson não sabe de nada – diz Landry. – Com certeza ele assaltou o banco, mas ele não diz nada. Eu acho que ele sabia que Sam Hunter ia ser sequestrada, mas não acho que saiba quem foi ou onde é o cativeiro.

Liam Marshal se aproxima:

– Estamos todos prontos para ir à próxima casa.

– Vamos lá – diz Schroder.

No caminho, ele liga para a delegacia e pede para que uma viatura se dirija urgentemente ao Matadouro Norte a fim de verificar o lugar.

Capítulo 55

Tudo parece normal. A não ser pelo fato de o homem que está sentado jogando em um console portátil não ser alguém que eu tenha visto antes. A não ser pelo fato de o chão ser de concreto, as janelas estarem lacradas com tábuas e as paredes estarem pichadas. Ignoro o ar horrível, ignoro o cheiro impregnado nas paredes como uma mancha teimosa, ignoro o fato de o colchão em que a minha filha está deitada ter cem anos de idade, e está tudo normal, como uma noite em casa.

A luz que vem de uma lanterna a pilha é de um azul pálido e não melhora o lugar em nada. Existem algumas relíquias aqui: um velho arquivo enferrujado, uma mesa laminada que deve pesar quase 50 quilos, cabos e fios pendurados no teto como teias de aranha. Church abaixa o *video game*, que continua fazendo sons de animal. Há um telefone na mesa perto dele e eu me pergunto o que ele está esperando.

– Meu Deus, por favor, não me mate – ele diz e estou usando todas as minhas forças para não fazer isso.

Ele é tão magro e tão assustador quanto parecia nas fotos no seu arquivo.

– Você pegou a minha filha.

– Eu sei, eu sei, mas foi só uma questão de negócios.

– E isto aqui também é – eu digo e engatilho a espingarda.

– Espere, espere – ele diz, colocando suas mãos para cima. – Nós podemos negociar – diz ele.

– Negociar?

– Posso lhe dar um nome.

– É mesmo? Que nome? Austin Bracken?

– Merda.

– Exatamente.

– Espere, espere, deve ter algo que eu possa oferecer.

Eu caminho até a Sam, mantendo a arma apontada para Church. Quando alcanço o colchão, abaixo-me, mas decido não acordá-la. Minha princesinha está dormindo, está sonhando com momentos mais alegres, sua boquinha está aberta.

Meu pai entra na sala. Ele encontrou um pedaço de uma barra de ferro de aproximadamente meio metro de comprimento com um pequeno naco de concreto na ponta. Ele olha para Church, depois para mim e mais para baixo, na direção de Sam, ele sorri para ela, atravessa a sala e se aproxima dela. É a primeira vez que ele a vê e a emoção toma conta dele. Eu nunca vi isso, mas meu pai começa a chorar.

– Então esta é a minha neta – diz ele. – Ela é tão linda...

– Ela é igualzinha à mãe dela – eu digo.

A mamãe é um fantasma.

Eu coloco o cabelo dela para trás.

– Ele não sabe nada de útil – eu digo, apontando para Church.

– Tem certeza? – ele pergunta, secando as lágrimas.

– Por favor, eu posso ajudá-los.

– Eu vou levar a Sam para o carro – eu digo.

– Eu acho que é o melhor a fazer, filho.

– Você ficará bem aqui?

– Faz vinte anos, filho. Eu tenho certas necessidades. É melhor você se apressar e tirar sua garotinha daqui. Se ele souber de mais alguma coisa, eu vou descobrir. Eu prometo.

Pego a Sam no colo. Ela apertou seus bracinhos em volta do meu pescoço sem acordar.

– Para mim, acabou – eu digo para meu pai, mantendo minha voz baixa, não quero acordar a Sam. – Você descobrindo algo ou não, para mim acabou agora. A polícia pode fazer o resto. Seja lá o que for que esse miserável tiver a dizer, logo vamos acabar sabendo.

– Tudo bem, filho. Eu entendo. Você me deixaria a espingarda?

– Por favor, deixe-me ajudá-los. Tudo o que sei é que meu oficial da condicional me ligou e me disse que eu precisava ajudá-lo. Ele disse que, se eu não o ajudasse, ele tornaria minha vida muito difícil. Não sei de mais nada. Não há razão para fazer isso, nada disso. Era só um negócio, eu juro, só negócios.

– Cale a boca – diz meu pai e se vira para mim. – A espingarda, filho.

Eu penso na Jodie e nos pais dela, depois penso no tira estacionado na frente da casa deles, no gerente do banco e depois penso em Gerald Painter. Entrego a espingarda ao meu pai e levo Sam para fora.

Capítulo 56

O céu escuro começa a clarear no horizonte, uma luz roxa surge na beira do mundo. Eu carrego Sam no meu ombro e ela está gelada. Imagino que o cobertor dela ainda esteja no carro da Jodie. Caminho em silêncio. Eu continuo esperando o tiro que vai fazer centenas de pássaros voarem para o céu e fazer Sam dar um pulo. Eu a coloco no banco do carro, cubro-a com o cobertor, ajeitando as pontas ao seu redor e embaixo do queixo. Sento no banco do motorista e fico imaginando o que meu pai está fazendo agora, mas não vou conferir. Olho para os celulares, matando tempo enquanto meu pai mata o tempo de uma forma diferente. Têm algumas ligações não atendidas de Schroder, mas eu não ligo de volta. Eu os desligo. Não me importo com mais nada, apenas com Sam.

Após alguns minutos, um motor começa a funcionar, fazendo um barulho muito alto, então luzes aparecem quando um carro corre em nossa direção, um pouco fora de controle, como se estivesse sendo dirigido por alguém que não dirige um carro há vinte anos. Ele desvia de nós, deixando uma nuvem de poeira para trás.

Eu viro a chave, mas nada acontece. Eu tento mais algumas vezes, mas o resultado é o mesmo. Eu abro o capô. Meu pai não estragou nada. Tudo o que ele fez foi desconectar o cabo de velas. Eu levo apenas um minuto para colocá-los de volta no lugar, é tudo o que eu preciso para dar a partida. Abro o porta-malas. A bolsa de dinheiro sumiu. As luzes traseiras do novo carro do meu pai também sumiram; ele está se afastando cada vez mais, com uma espingarda, uma bolsa cheia de dinheiro e seus desejos dos últimos vinte anos não mais reprimidos.

Eu não tento persegui-lo porque eu nunca o alcançaria, a menos que dirigisse numa velocidade que colocaria a vida da minha filha em risco. O que eu disse ao meu pai antes continua valendo agora: para mim, isso acabou. A polícia pode capturar o resto dos homens, eles com certeza já sabem quem estão procurando. No caso de eles ainda não terem sido capturados, eu não posso voltar para minha casa e para a casa dos meus sogros. Dirigir até a estação policial é uma incógnita, há muitas razões para eles me prenderem. Por enquanto, eles querem me prender, se não for por outra coisa, por ter libertado o meu pai. Estão procurando-o também. Antes de eu ir para a cadeia, quero pelo menos passar o dia de Natal com a minha filha.

Minha cabeça está cheia de raiva, ódio e medo e estou tão cansado que, no fim, a alternativa mais fácil é ir para um hotel de beira de estrada. Eu encontro um lugar bem moderno, construído neste ano, com uma placa dizendo: há vagas. Eu estaciono em frente à recepção e toco a campainha. Alguns minutos depois, um homem sonolento, com seus 50 anos, aparece para me ajudar. Eu pago em dinheiro.

O quarto é tão moderno quanto a fachada sugere, mas não perco tempo verificando o lugar. Carrego a Sam e a coloco gentilmente na cama, tiro seus sapatos e então pego no sono sobre a cama.

Capítulo 57

Eles acharam um dos quatro assaltantes que faltavam. Encontraram Kelvin Johnson, mas os outros dois ainda estão soltos, assim como Oliver Church. Entretanto, a notícia de que um novo corpo foi encontrado significa que talvez o Church tenha sido descoberto. A madrugada chegou e se foi, Schroder está morto de cansaço. Eles todos estão. Todos se sentem como zumbis, parecem zumbis e são noites como essas que fazem advogados que cuidam de divórcios nadar em dinheiro.

O esquadrão de defesa armada já se dispersou, os policiais guardaram suas armas e foram para casa, mas estarão em alerta em caso de necessidade. Todos provavelmente ficaram tentados a desligar seus telefones. Schroder sabe que também está tentado. Eles invadiram quatro casas e, apesar de todos os seus esforços, conseguiram capturar apenas um suspeito.

Os policiais enviados para checar o matadouro encontraram um corpo. A cabeça do homem estava tão destruída que a sua identificação foi impossível. Nem sinal de outra pessoa. Algumas revistas, um *video game* portátil e uma lanterna a pilha sugerem que quem quer que tenha estado ali ficou a maior parte da noite.

É uma viagem de vinte e cinco minutos da sua última parada até o matadouro. Ele está muito cansado para dirigir depressa e mantém a janela aberta para que o vento possa soprar em seu rosto e mantê-lo acordado. Ele faz alguns telefonemas para delegar tarefas e organiza a saída dos legistas; longas noites para todos agora começam a se tornar longas manhãs também.

O matadouro é um prédio imponente à primeira luz da manhã. É feito na maior parte de concreto que poderia provavelmente resistir a uma bomba atômica. Tem uma viatura estacionada na frente do prédio, com dois oficiais sentados dentro do carro. O ar está cheio de música dos pássaros, e o som mais alto é o dos passos de Schroder no solo. Os policiais o guiam ao interior do prédio, ele caminha bocejando o tempo todo. Considerando que vai acabar indo para casa em algum momento, acha que vai dormir durante vinte e quatro horas; mas, neste instante, essa é uma suposição na qual ele não apostaria a própria vida.

Oliver Church está todo coberto de sangue. Ele acha que é Oliver Church. As roupas sugerem que o corpo não é de Edward Hunter ou do pai dele, e o detetive não vê nenhuma outra possibilidade. A cabeça de Church está torcida para o lado, onde há um grande buraco que alongou a parte da frente de tal forma que a distância entre seu olho esquerdo e o lado esquerdo de sua boca é muito maior do que a distância do lado direito. Ele está com a aparência de alguém que caiu de uma grande altura, tanto que por um momento Schroder se lembra do Cara das Ventosas. Ao lado do corpo, há um pedaço de uma barra de ferro com um naco de cimento cheio de sangue na ponta. Não há como saber ainda se Church foi torturado para dar alguma informação ou por ter sequestrado Sam Hunter.

– Nenhum outro carro lá fora? – pergunta Schroder.

– Nenhum.

Provavelmente Jack Hunter levou o carro de Church, o que significa que pai e filho se separaram. Há um colchão velho no chão. Espremido entre ele e a parede, difícil de perceber, tem um ursinho de pelúcia. O urso não é velho, mas parece ter tido uma vida difícil. Ele aposta que Sam acariciou aquele urso todas as noites de sua vida e se pergunta como ela deveria chamá-lo. A filha dele tem um urso com o qual ela dorme. Por um momento, ele imaginou que ela estava ali, e não Sam, e a imagem é tão forte que o faz chorar. Deus, ele está muito cansado...

– Você acha que ele a encontrou? – Landry pergunta ao telefone.

– Acho que sim. Eu acho que Oliver Church pagou por tê-la sequestrado.

– Ele mereceu o que teve – diz Landry. – Ele merecia isso há muitos anos.

– Eu sei. Mas agora vou ter que prender Edward Hunter por isso. Não cabia a ele encontrar Church, não era trabalho dele resgatar a filha.

– Não era? – pergunta Landry.

Mesmo que tenha sido Jack Hunter quem esmagou o crânio de Church, tudo se volta para Edward, por ter libertado o velho. Edward tem que ir para a cadeia agora, e isso deixa a Sam onde? Talvez, se ele tiver sorte, ele pode conseguir uma liberdade condicional, se ele conseguir provar que não matou nenhum dos outros. Talvez.

Schroder se inclina e pega o urso. Jack Hunter está solto e já tem uma força-tarefa procurando-o, mas esse não é trabalho dele, o trabalho dele é encontrar os homens que roubaram o banco, e esse serviço já está quase no fim.

– Não há mais nada que possamos fazer nesta noite – diz Landry. – A menina estava lá, e não está mais. Edward Hunter já a resgatou, só pode ter sido ele. Ele deve tê-la levado para algum lugar seguro e vai mantê-la a salvo até que tudo isso acabe. Nós vamos capturar o resto do grupo hoje, você sabe que vamos. Amanhã, no máximo.

Ele desliga e passa pelos dois oficiais.

– Liguem para mim se algo mudar – diz a eles.

E com isso entra no carro e vai para casa, na esperança de ter ao menos algumas horas de sono e algum tempo com a família antes de começar tudo novamente, de onde parou.

Capítulo 58

Eu acordo no início da tarde com Sam aninhada perto de mim. Eu a deixo dormindo enquanto preparo um pouco de café e vou acordando de fato. Ligo a TV e não encontro nenhuma notícia em nenhum canal, como se esta cidade já estivesse cansada das notícias. Há filmes de Natal passando, um de fantasia em um canal, de ação no outro, drama em todos os outros canais. Eu me pergunto o que Hollywood iria achar se um dia a história de Christchurch aparecesse na sua porta, se iria achar muito obscura ou muito real para se tornar um sucesso de bilheteria de Natal. Coloco Sam em frente a um dos filmes e ela o vê calmamente, sem rir ou sorrir ou dizer uma palavra. Ela sente falta de sua mãe e do Senhor Fofo e não entende por que estamos passando o dia de Natal em um quarto de hotel em vez de estarmos em casa ou com os seus avós.

Eu levo Sam ao cemitério para que ela possa passar mais tempo com a mãe. Com tudo o que aconteceu, eu imagino que será a última vez em que nós três ficaremos juntos por um tempo. Carrego Sam para fora do carro, sento-a ao lado do túmulo da mãe, seguro a sua mão e digo repetidas vezes que tudo ficará bem. Há muitas outras pessoas no cemitério, todas como eu, passando seu tempo com os mortos. O dia de Natal é um dia de celebração, não importa em que mundo você esteja. Quando volto ao carro com Sam, as pessoas ficam nos olhando e, apesar de estar acostumado com isso, hoje me incomoda mais do que nunca. Eu tiro Sam da vista delas e a levo para o hotel. Ela cai no sono antes de chegarmos lá e a deito na cama novamente; confiro se tudo está bem com ela a cada cinco ou dez minutos, às vezes segurando sua mão, sem saber ao certo o que fazer depois. Eu deixo a TV ligada e troco de canais, mas não encontro nada interessante. Lá fora, a tarde de Natal é uma tarde quente, apenas algumas poucas nuvens no céu, o sol ilumina a cidade. O meu carro é o único no estacionamento em frente. Imagino que todas as outras pessoas têm família ou um lugar melhor para estar do que este hotel.

Eu sento perto da janela e observo o dia de Natal. Penso sobre o significado desse dia, sobre os presentes que não temos que dar, o tempo em família que nunca mais teremos, o almoço de Natal, o churrasco no jantar e a empolgação de esperar o Papai Noel. Penso no meu pai, imagino onde ele está agora, o que ou quem está procurando. Penso sobre a escuridão a que ele está tentando satisfazer. Meu monstro está quieto agora e talvez fique assim para sempre.

Meus pensamentos se dirigem a Schroder quando vejo seu carro chegar ao estacionamento do hotel. Duas viaturas encostam atrás dele, porém Schroder é o único a sair do carro. Um quarto carro, uma perua escura, também encosta. Eu vejo Schroder ir à recepção; ele desaparece lá dentro por sessenta segundos e depois volta para a rua. É dia de Natal e eu imagino que ele queria estar em qualquer outro lugar menos aqui, eu também. Mas, para mim, há outros lugares piores do que este. A cadeia é um deles. O matadouro é outro.

Ele passa pela minha janela e olha para mim, me vê, mas não para. Ele vai até a porta e bate.

– Vamos lá, Eddie – ele diz, me chamando de Eddie em vez de Edward, e eu imagino que ele pensa que isso o torna mais amigável. – Abra a porta.

– Deixe-nos em paz – eu digo.

– Eddie...

– É Natal.

– Você não pode mantê-la aqui.

– O quê?

– Você não pode manter sua filha aqui. Não é certo.

– Tem um monte de coisas que não estão certas.

– Eu sei disso, Eddie.

– Você estava errado.

– Sobre o quê?

– Sobre um monte de coisas – eu digo. – Principalmente sobre esta cidade estar à beira de um precipício. Já caiu, você não vê?

– Abra a porta, Eddie.

Eu levanto e abro a porta. Não tenho para onde fugir, e não há necessidade. Está tudo acabado. Eu tenho minha filha de volta e a polícia pode lidar com o resto, podem achar meu pai, podem achar o homem que matou minha esposa. Schroder parece não ter dormido. Ele entra, carregando uma sacola de papel marrom.

– Não a leve ainda – eu digo.

– Eddie...

– Por favor, é Natal.

– Eu sei. Não é justo. É... É apenas como as coisas são.

Eu dou um passo para trás. Schroder olha para os outros carros e a perua estaciona com a traseira virada para o quarto. Ele entra, olha para Sam, que não percebeu a presença dele ainda.

– Uma menininha muito linda... – diz ele.

– Eu sei.

– Eu também tenho uma filha – ele diz. – E um filho.

– E...

– E... eu não sei, eu acho que queria que você soubesse. Talvez o que você disse sobre a cidade... Talvez eu deva seguir o seu conselho e sair daqui.

– Nesse caso, quem protegerá a cidade?

Dois homens saíram da perua e abriram a traseira. Eles tiram uma maca e um lençol de dentro.

– Deixe-me levá-la – eu digo.

– As coisas não são assim.

– Por favor...

– Sinto muito, Eddie, eu realmente sinto muito.

A princípio, eu recuo assim que os dois homens entram, depois Schroder precisa me segurar enquanto eles deitam Sam em uma maca. Eles abrem um lençol, enrolam Sam e a levam embora. Schroder abre a sacola de papel e tira de dentro o Senhor Fofo. Ele levanta o lençol e coloca o urso entre o braço e o corpo de Sam.

– Nós cuidaremos bem dela – ele diz.

Eu tento dizer algo, porém não consigo. Sinto como se Schroder tivesse me enfiado sua mão garganta abaixo. Eu choro. Schroder então me abraça e eu coloco tudo para fora, chorando no ombro dele enquanto os dois homens levam minha filha morta para fora do quarto do hotel e para fora da minha vida.

Capítulo 59

Edward senta no banco do carona e não diz coisa alguma no caminho para a delegacia. Quando eles chegam, Schroder o leva até a sala de interrogatório, volta para pegar dois copos de café e deixar Hunter se recompor. A delegacia está mais movimentada do que jamais esteve em um dia de Natal; a força-tarefa está operando em velocidade máxima para encontrar Jack Hunter, assim como o grupo que está procurando os dois últimos assaltantes. É apenas uma questão de tempo agora, mas, é claro, tudo sempre é apenas uma questão de tempo.

Ver a menininha morta foi muito difícil. De novo, ele imaginou o que sentiria se fosse a própria filha e, mais uma vez, isso quase o levou às lágrimas. E abraçar Edward naquele momento não foi algo planejado, não tinha ideia do impacto que isso provocaria sobre ele. Hunter soluçou em seu ombro, seu corpo todo balançava, e eles permaneceram assim por muito tempo antes de Hunter se afastar.

Eram quase 7 horas quando Schroder chegou em casa. Sua família estava acordada. Não ficaram acordados esperando-o, sua filha tinha acordado cedo porque é assim no Natal, pelo menos para as crianças. Sua esposa tinha deixado a menina abrir apenas um presente; ela estava esperando o pai chegar em casa para abrir o resto. Ele conseguiu se manter acordado por mais uma hora antes de ir para a cama, dormiu quase quatro horas antes de sua mulher acordá-lo. Ela entregou o celular para ele. Ele não queria, mas teve que atender. Testemunhas tinham visto Edward Hunter naquela manhã, no cemitério, onde sua mulher foi enterrada. Elas ligaram para a polícia porque Edward estava carregando a filha de um lado para o outro e ela obviamente não estava apenas dormindo. Depois que a ligação terminou, chegaram mais novidades: outro corpo tinha sido encontrado.

Uma semana antes, Hunter tinha tudo: uma esposa, uma filha, um emprego, tinha sonhos, a família teria um Natal, eles todos tinham um futuro. Schroder fica enojado de pensar que em um dia apenas todo o futuro de Hunter mudou.

Ele volta à sala de interrogatório e fica com sua mão na maçaneta, com dois copos de café equilibrados na outra mão, quando seu telefone toca. Ele se afasta da porta e quase derruba os dois copos enquanto procura o celular.

– Schroder – diz ele.

– Oi, Carl. Ouvi dizer que foi uma noite longa – diz Tate.

– Você tem algo para mim?

– Sim. Eu sei quem mandou Roger Harwick esfaquear Jack Hunter.

– Quem?

– Você não vai acreditar – diz Tate, mas ele está errado, porque Schroder acredita.

Afinal de contas, depois dos acontecimentos das últimas vinte e quatro horas, nada mais seria inacreditável.

Capítulo 60

Eu sabia que Sam estava morta desde o momento em que entrei naquele matadouro. Eu sabia disso antes de ter pisado naquele lugar. Senti, se é que faz sentido. Sabia, sentia, vi – e ignorei. Apenas afastei isso da minha cabeça o máximo de tempo possível, esperando até que alguém viesse – e tinha que ser Schroder – e esfregasse a realidade na minha cara.

As lágrimas do meu pai não foram de alegria quando ele a viu, foram lágrimas de dor. Sam estava mais parecida com sua mãe do que nunca, porque a mamãe é um fantasma, assim como Sam é agora. Era manhã de Natal e eu levei a minha filhinha morta ao cemitério para ver a sua mãe morta enquanto as pessoas em volta me encaravam e olhavam, sem entender, imaginando o que estava acontecendo.

Schroder não me deixa muito tempo esperando na sala de interrogatório, talvez cinco minutos no total, o que eu acho que foi muito legal da parte dele. Ele entra com uma pasta debaixo do braço e dois cafés em uma pequena bandeja. Ele senta do lado oposto do meu e me oferece um café.

– Você precisa disso – diz ele.

– O que eu preciso é ficar com a Sam.

– Olhe, Eddie, isso é muito difícil. Só Deus sabe que você passou por mais coisas do que qualquer pessoa merece, mas...

Ele fica sem palavras. Simplesmente como se alguém tivesse o ferido dez minutos antes e a energia que o mantém funcionando tivesse de parar.

– Eu quero ficar com a Sam.

– Eu sei. Eu sei que você quer.

– Por favor.

– Logo mais, está bem? Só que nós temos que falar sobre algumas coisas antes. Depois eu poderei levá-lo até onde ela está. Certo?

Eu concordo.

– Conte o que aconteceu. Você sabe onde seu pai está?

– Não tenho ideia – eu digo e depois conto a ele os detalhes. Eu conto sobre o matadouro e falo que ele pode encontrar Oliver Church lá. Conto como meu pai o matou e digo que eu não tenho ideia nenhuma de onde meu pai está agora.

– Olhe, Eddie, nós já sabemos sobre o matadouro. Você chegou lá não muito antes de nós chegarmos. A verdade é que você pode ter que encarar um bom tempo na cadeia. Nós temos corpos empilhados e você está no centro de tudo.

– Eu não matei ninguém – eu digo –, com exceção do cara que me fez afogá-lo... e do cara que eu atropelei, mas aquilo foi um acidente. Eu não matei nem o Bracken. Foi uma mulher.

– Nós sabemos. Nós conferimos as impressões na faca. Havia sangue nelas. E, sob o sangue, a localização das digitais mostrou que ela é quem estava segurando a faca quando foi usada. Está tudo certo para você, uma vez que isso já foi solucionado, e talvez no caso do Church também, se você puder provar legítima defesa, se você ouvir o que eu estou dizendo. Você ou o seu pai tiveram que se defender dele. Mas, por Deus, Eddie, você ajudou um serial killer a escapar. Não podemos ignorar isso.

– Quando ela matou o Bracken, acabou com nossas chances de encontrar a Sam viva.

– Então, nós precisamos encontrá-la antes que seu pai a encontre – diz Schroder. – E tem outra coisa, Eddie. Seu pai. Descobrimos que foi ele quem pediu a Harwick que o esfaqueasse.

– O quê? O que você está dizendo?

– Foi tudo armado. Ele fez Harwick esfaqueá-lo, machucando-o o suficiente para que precisasse ser tratado no hospital, mas não o suficiente para que precisasse de um necrotério. Ele sabia que você iria até ele para soltá-lo. Ele enganou todos. Ele o enganou completamente.

Eu tento imaginar até que ponto meu pai decidiu usar a morte de sua nora para tirar vantagem; se esse homem soube imediatamente que poderia usar a tragédia para escapar. Eu me pergunto se ele ao menos se importou com o que aconteceu com a Jodie. Eu gostaria de pensar que ele levou alguns dias para tramar isso tudo, mas por alguma razão eu acho que não. Por alguma razão, eu acho que no momento em que as notícias sobre o assalto ao banco chegaram a ele, pensou que poderia me manipular; que ele me falaria sobre a escuridão e sobre o monstro e faria eu me tornar como ele; que a única coisa entre ele e a liberdade fosse uma facada inocente do tipo em que nenhum órgão vital é atingido; que ele poderia passar uma noite no hospital com pouquíssimos funcionários e que apenas uma enfermeira poderia vê-lo.

– Sinto muito, Eddie.

– Você prendeu o resto dos assaltantes do banco?

– Nós temos os nomes. Um deles está sob custódia, nós ainda estamos procurando o outro.

– E o terceiro?

– O terceiro foi encontrado há algumas horas. Ele foi cortado de uma maneira que tivemos sorte de identificá-lo. Nós encontramos as digitais do seu pai na cena do crime.

Eu o encaro sem dizer uma palavra. Meu pai pegou um dos homens que matou a Jodie. Não sei como me sinto a respeito disso. Não sei como me sinto sobre coisa nenhuma. Estou tão entorpecido, tão dormente, que tudo o que eu tenho agora é essa dor por Sam não estar mais aqui.

– Você pediu a seu pai que matasse esses homens?

– Não.

– Mas você está feliz por ele ter começado isso, certo?

– Sim.

– Como ele conseguiu o nome?

– Eu... Eu não sei. Talvez o Church tenha dito. Talvez ele já tivesse o nome o tempo todo.

– Talvez.

– O que vai acontecer comigo?

– Por enquanto? Nada. Não conseguimos fazer uma ligação entre você e um assassinato premeditado. Os resultados do exame de sangue chegaram e provam que você é inocente em relação ao assassinato de Kingsly. Eu sinto muito não ter acreditado em você antes. Só que... Bem... Eu tinha certeza de que você o havia matado.

– O sangue me inocentou?

– Nós comparamos com o sangue de seu pai e não confere, é um tipo sanguíneo totalmente diferente, então, seja lá quem for que tenha matado Kingsly, não tem ligação nenhuma com seu pai.

– Não confere? – eu digo.

– Você parece surpreso.

– O quê? Não. Não, claro que não... – eu digo, minha mente está a mil. O que isso significa? O que isso significa?

– Você libertou seu pai e por isso nós deveríamos mantê-lo sob custódia, Edward, mas as coisas aconteceram da maneira que foram. Aqueles que tomam esse tipo de decisão concordaram que, em vez disso, você pode ir para casa. Por enquanto, mas, de qualquer jeito, você terá que responder por isso, e não para mim, mas para um juiz. Se o seu pai não machucar nenhum inocente e nós o prendermos logo, eu farei o que puder para ajudá-lo. Claro que há outros fatos a considerar, como...

Ele continua falando, porém eu não escuto mais. Eu só consigo pensar no tipo sanguíneo. Meu sangue não bate com o sangue do meu pai. Se Schroder tirasse sangue de mim agora e comparasse com o sangue encontrado na casa de Kingsly, iria bater, só que ele não tem motivos para fazer isso. Não tem motivos porque não suspeita mais de mim. Ele não tem por que analisar o sangue no escritório de Bracken porque ele sabe que é meu. Se ele tirasse sangue de mim agora e comparasse com o do meu pai...

Não iria bater, o monstro diz. Então percebo que talvez o monstro não tenha ficado quieto afinal de contas.

Como isso é possível?

Vamos lá, Eddie. Você consegue entender. E Jack, ele não tem nem ideia. Pobre, pobre Jack. Você e seu pai não têm nada parecido, isso me torna fruto de uma criação sua.

– Edward? Ei, Edward? Está me ouvindo?

– Hum? – eu volto a prestar atenção em Schroder. – O quê?

– Eu estou dizendo que há outras coisas a se considerar aqui. Nat e Diana sabem da história toda. Eles sabem que você não começou esta... guerra. Mas... Edward, isto é muito difícil, mas eles não querem vê-lo novamente. Depois do... funeral, eles querem que você desapareça da vida deles. Para sempre.

– Estou livre para ir agora?

– Acho que sim.

– Então eu quero ver a Sam – eu digo e Schroder me leva ao necrotério.

Capítulo 61

– Isso é muito inusitado – ele diz.

– É uma situação inusitada.

– Bem, sim, suponho que seja, mas hoje é Natal, detetive, e no dia de Natal eu não gosto de ver pacientes. Quero ficar com meus filhos. Minha ex-mulher ficou com eles no ano passado e, neste ano, é minha vez.

– Não vai demorar – Schroder diz.

Benson Barlow suspira.

– Então, é melhor você entrar – ele diz.

A casa sugere que psiquiatria dá dinheiro. Deve haver quatro ou cinco quartos aqui, deve ter sido construída, no máximo, há uns dois anos e, se Barlow mora sozinho aqui a não ser quando pode ficar com os filhos, este deve ser um lugar muito solitário para se viver. Barlow conduz Schroder até um escritório onde os livros estão organizados por tamanho e cor, com uma vista para uma piscina cercada que as pessoas com problemas emocionais pagaram. O sol brilha forte sobre ela. Ele ouve algumas crianças rindo em algum lugar da casa e uma TV ligada. Barlow parece diferente do outro dia, parece mais com uma pessoa normal, e não uma paródia. Usa um calção com mais ou menos uma dúzia de bolsos e uma camisa polo, seus braços e sua careca estão vermelhos do sol.

– Sente-se – diz Barlow.

Nesse momento, Schroder repara que o escritório tem o mesmo aspecto que ele imagina ter o consultório de Barlow no centro da cidade. Barlow se senta atrás da mesa e se recosta em sua cadeira de couro. Pega um bloco e uma caneta, parece perceber seu equívoco e guarda-os de volta. Entrelaça os dedos e descansa as mãos sobre os joelhos. Schroder senta do outro lado da mesa, de frente para ele, em outra cadeira de couro; felizmente, não é um divã. Há alguns diplomas na parede e quadros que parecem caros. Há uma máquina de escrever manual no meio de uma mesa de carvalho velha, ambas talvez da década de 50. Há um laptop fechado em uma estante atrás de Barlow e uma pequena muda de cacto ao lado.

– Sem dúvida, veio falar de Edward Hunter? – Barlow pergunta.

– Você tem acompanhado as notícias?

– Sim. Ouvi sobre o que aconteceu. Ele ajudou o pai a escapar do hospital, embora eu não entenda bem por que ele fez isso. Edward despreza o pai.

– Edward teve a filha sequestrada pelos homens que mataram a esposa.

– Oh, meu Deus – Barlow diz. – Oh, não, pobre menininha. E Edward ajudou a libertar o pai porque achou que ele o ajudaria a encontrá-la?

– Sim.

– E a encontraram?

– Eles a encontraram, mas era tarde demais – Schroder diz.

– Tarde demais? Oh... Você quer dizer... – as palavras não saem.

– Ela foi sufocada.

– Pegaram os homens que fizeram isso?

– Jack Hunter o encontrou antes de nós. Matá-la foi o trabalho de apenas um homem.

– E o matou?

– Sim. Mas antes matou um homem que o assediava na prisão e agora está procurando os demais. Encontramos Edward hoje de manhã. Estava com a filha. Havia levado-a para visitar a mãe no cemitério e depois a levou para um hotel na beira da estrada para protegê-la. Ele agia... Bem, eu acho que ele agia como se...

– Como se ela ainda estivesse viva? – Barlow pergunta.

– É. Eu acho que sim.

– Você tem alguma ideia de onde Jack Hunter possa estar?

– Não. E é por isso que estou aqui. Sei que você o tratou anos atrás. Diga-me: para onde você acha que ele pode ter ido?

– Acho que ele vai procurar os responsáveis por matar a neta dele.

– E depois?

– Eu não sei.

– Ele parou de tomar a medicação.

– O quê?

– Quando vasculhamos a cela dele, encontramos os remédios. Ele parou de tomar os comprimidos há dias.

– Então, se não conseguir encontrar os homens que procura, ele vai passar a fazer o que sabe melhor: matar prostitutas. Ele esteve na cadeia por muito tempo, detetive, ele terá desejos. A doença dentro dele vai ter desejos. O problema é que, vinte anos atrás, ele vivia uma vida dupla e protegia uma delas matando mulheres que achava que ninguém procuraria se desaparecessem. Agora, ele não tem mais aquela vida familiar onde se refugiar nem onde se esconder. Pode ser que ele vá atrás de prostitutas, mas é incerto afirmar que ele vai se restringir a elas apenas. Qualquer um pode se tornar uma presa fácil, detetive, porque ele está fugindo e sabe que a liberdade é apenas uma coisa temporária para ele. Mas que droga, por que ele parou de tomar a medicação?

– Parou de tomar quando Jodie Hunter foi morta.

– Sim, sim. Acho que isso faz sentido. Detetive, não duvide de que Jack Hunter ouve vozes e de que ele teve inteligência suficiente para escondê-las e para lidar com elas. Ele sabia que tinha uma doença e sabia que, se parasse de tomar a medicação, essa doença, esse desejo, voltaria. Você poderia investigar o homem que esfaqueou Jack Hunter na cadeia; pode ser que conclua que foi o próprio Hunter quem organizou tudo. Provavelmente, no mesmo dia. Provavelmente, ele pensou que poderia usar o filho para ajudá-lo a escapar.

– Vou investigar isso – Schroder diz. Não está a fim de inflar o ego do psiquiatra dizendo que foi exatamente isso o que aconteceu.

– Hunter é um homem inteligente, detetive, e ainda é inteligente mesmo sem medicação. A diferença é que, quando medicado, ele pode ser controlado. Neste momento, bem, neste momento, ele pode estar em qualquer lugar fazendo qualquer coisa. Agora que vocês têm

Edward Hunter sob custódia, recomendo fortemente que me deixem vê-lo. Eu lhe disse que ele era perigoso, e a noite passada provou isso. Preciso vê-lo imediatamente. Posso ajudá-lo.

– Ele não foi detido.

– Como assim? Você disse que o encontrou com a filha.

– E depois o liberamos. Ele perdeu a filha, foi traído pelo pai, não podemos detê-lo depois de tudo isso. Nada disso é culpa dele.

– Você precisa ir atrás dele.

– Por quê?

– Qual era o estado dele quando vocês o soltaram?

– É um homem arrasado. Nós o deixamos em casa. Ele não vai a lugar algum. Na verdade, estou pensando em colocar um homem com ele apenas para ter certeza de que ele não irá tentar se matar.

– Ele é certamente um candidato para tal coisa, mas ele também é capaz de outras coisas. Edward Hunter é um homem que guarda rancores, detetive, e pode justificar esses rancores de muitas maneiras diferentes. Pode ser que ele não vá atrás das pessoas que mataram sua esposa, mas e os outros?

– Outros?

– Do banco. Os funcionários, o segurança, a imprensa, até a polícia; todos os que o decepcionaram podem ser um alvo.

– Ele foi à casa do segurança.

– O quê? Quando?

– Terça-feira à noite. Ele bebeu demais e foi até lá, mas nada aconteceu.

– E você não acha que isso era importante para me contar?

– Acabei de contar.

Barlow tira as mãos de cima do joelho e curva o corpo para a frente.

– Ouça bem, detetive. Você precisa ir buscá-lo. Talvez nada tenha acontecido na casa do segurança do banco, mas naquele momento a filha dele estava viva. Esse homem é uma bomba-relógio. Acredite, detetive, se tem uma coisa de que eu entendo é de bombas-relógios, e essa está prestes a estourar.

Capítulo 62

É noite quando chego em casa. As crianças brincam na rua, andam em bicicletas novas e skates novos, gritam e riem, tudo é bom em seu mundo, tudo é certo e alegre, e eu as invejo por isso.

Absolutamente nada mudou na casa. É mais do que nunca um túmulo. Caminho pelos cômodos tocando nas coisas, nas paredes, nos móveis, passo os dedos por qualquer coisa em meu caminho. Sento na cama de Sam por um tempo e depois sento na sala por um tempo. É como na semana passada, tudo de novo, só que agora é pior. A coisa mais inacreditável, que nunca poderia ter acontecido, aconteceu, de novo. Não consigo chorar. Não consigo fazer coisa alguma. Sento na sala com uma lata de cerveja, mas não abro. Olho fixamente para a TV, mas não ligo. Mexo nos pontos até que se desfazem. As crianças lá fora ficaram em silêncio. O dia escurece e elas entram em casa, algumas já estão cansadas de seus brinquedos novos. Levanto-me para acender a luz e, nesse momento, alguém bate na minha porta. Vou em direção a ela, parte de mim não quer atender, mas uma parte maior ainda tem esperança de que seja o último assaltante, que veio armado para me ajudar a me juntar a minha esposa e minha filha.

Não o reconheço. Levou uma surra grande e mal consegue ficar em pé, por isso se encosta na parede para se apoiar. Meu pai está atrás dele segurando a espingarda. Ainda usa as roupas do segurança do hospital, só que agora elas estão cobertas de manchas de sangue maiores, a maioria seca.

– Trouxe um presente de Natal para você – meu pai diz e empurra o homem em minha direção.

Olho para meu presente de Natal, para o sangue nele, a embalagem arrebentada e machucada e a visão dele me dão nojo. Olhar para meu pai me provoca a mesma sensação.

– Por favor, pai, vá embora. Não importa mais. Está tudo acabado. Perdi tudo e vou para a cadeia por tê-lo libertado. E a verdade é que... a verdade é... Só quero que isso acabe. Quero que tudo acabe.

– Este homem matou Jodie. Foi ele quem começou tudo isso.

Fecho os olhos por alguns segundos, respiro bem fundo, inclino a cabeça para trás e me concentro na morte de Jodie e de Sam. Lembro-me da maneira que Jodie desabou para a frente, de seu rosto antes de a arma disparar, quando ela pensou que o pior que poderia acontecer era ralar as mãos e os joelhos. Ainda posso sentir o peso do corpo de Sam em meus braços, ao levantá-la do chão do matadouro e carregá-la para fora.

Então, olho bem para o homem que meu pai me trouxe. Um homem de aparência comum que nunca teria me chamado atenção no passado, talvez pudesse ser alguém que trabalha em um posto de gasolina ou conserte sapatos, qualquer um que não fosse o homem que ele realmente é. A cara dele está inchada, o olho esquerdo está fechado, o direito, injetado de sangue. A borda da fita que cobre a boca dele está manchada de sangue. Meu pai o empurra novamente e ele cai de joelhos no hall de entrada. As mãos dele estão tão firmemente amarradas nas costas que ficaram roxas. Meu pai entra e fecha a porta.

– Não me importo – eu digo.

– Importa-se, sim.

Sim, você se importa.

– Eu sei – digo.

– Peguei um dos outros – meu pai diz. – Eu o fiz sofrer. Fiz este aqui sofrer também. Ia matá-lo quando, do nada, percebi o quanto isso seria egoísta de minha parte. Eu sinto muito pelo que aconteceu com Sam, filho, sinto mesmo; com Jodie também.

– E isso vai melhorar as coisas? Matá-lo vai trazê-las de volta?

– Não se trata de trazer as pessoas de volta, filho.

– Você acha que se trata de alimentar o monstro?

– Sempre se trata disso.

– Para você, talvez. Mas não para mim.

– Este é o homem que atirou em Jodie! Mas que droga, filho, você não entende? Este é o homem que matou sua mulher. Foi ele quem trilhou o caminho que levou à morte de sua filha. Minha neta.

Ele dá um passo para trás e fica fora do alcance da visão do homem, coloca as mãos no cinto, tira uma faca que tem a metade do tamanho de seu braço e a estende em minha direção.

– Agora faça alguma coisa!

O homem no chão não se move. Há uma arma e dois pares de olhos apontados para ele e tudo o que ele consegue fazer é olhar para baixo.

Faça!, diz o monstro.

– Não.

– Vai ajudar – diz meu pai.

Escute o que ele diz.

– Escute o monstro – meu pai diz, lutando para manter a arma apontada para a frente enquanto segura a faca. Então ele começa a abaixá-la. – Ele está dizendo para você fazer o que eu digo, não está?

– Não tem que ser assim. É Natal. Quero estar com Sam e Jodie.

– Filho...

– É assim que tem que ser. Você, ele, o monstro... Nenhum de vocês deveria estar aqui.

Passo por eles em direção à porta e saio. Não há mais crianças na rua agora. Ninguém para nos ver. As luzes de Natal piscam atrás das janelas e nos telhados, os carros estão escondidos nas garagens e estacionados nos quintais, as pessoas se abrigam em suas casas à noite, cansadas de tanto comer, do sol em demasia, de se apressar para visitar a família e de correr atrás das crianças. Meu pai se volta para mim. Pergunto-me o que Nat e Diana farão nesta noite, se o dia deles foi intercalado por pequenos instantes de rotina em que, por um segundo ou dois em cada mil, se esqueceram do que aconteceu com Jodie e Sam, apenas para o mundo desabar novamente sobre eles em seguida.

– Está no sangue – meu pai diz. – Você pode sentir? Somos iguais, meu filho. Somos homens ligados pelo sangue.

– Continuo lhe dizendo, pai: não somos nada parecidos. Nada mesmo.

– Você está errado, filho. Escute a voz, Edward – diz ele e me chama por esse nome pela primeira vez. – Pegue a minha faca. Deixe-me guiá--lo – ele diz, eu pego a faca das mãos dele.

Matar este homem não vai trazer minha família de volta.

Há outro jeito.

Capítulo 63

Ele não tem tanta certeza de que deter Edward seja a coisa certa a fazer, mas também não tem certeza de que deixá-lo sozinho seja o caminho certo. Barlow o avisou e mesmo assim Schroder não deu ouvidos a ele, poderia com certeza ter prestado mais atenção. Ele não pode ignorar o fato de que tudo o que aconteceu depois daquele encontro, todas as mortes, parte da responsabilidade por aquilo é dele. Mas dessa vez será diferente; ele vai buscar Hunter e, mesmo que ele se sinta muito mal com isso, não vai se deixar levar pela emoção. É Natal e ele está prestes a prender um homem que perdeu a esposa e a filha porque um psiquiatra quase careca e com os escassos fios de cabelo penteados para o lado, com uma ex-esposa e uma bela piscina, disse para ele fazer isso.

– Meu Deus – ele murmura.

Tem que haver outro jeito. Barlow concorda que, se Schroder deter Hunter, ele irá imediatamente conversar com ele para tentar ter uma ideia da condição mental dele. Sobre para onde Jack Hunter poderia ter ido, ele não tem ideia.

– Diga para ele que não se trata de uma prisão, mas de uma terapia forçada – Barlow lhe disse a caminho da porta. – Por favor, me dê duas horas com ele e poderei sugerir algumas opções. A outra alternativa é ficar triste com toda a situação dele e não fazer nada. Nesse caso, se ele se matar ou matar outra pessoa, aí os fantasmas serão seus.

Schroder descarta a alternativa e se dirige para a casa de Hunter. O dia de Natal não está sendo exatamente como ele planejava. Felizmente, a esposa dele entendeu a situação. É o tipo de mulher com a capacidade de analisar as coisas em perspectiva e perder o dia de Natal com o marido não representa muito se comparado com o que Edward perdeu.

Não há tanto movimento de carros nas ruas como havia ontem à noite, mas ainda assim é suficiente para fazê-lo demorar para atravessar o centro da cidade. Os adolescentes e os jovens adultos procuram algum lugar para ir. Os bares e clubes noturnos são sua opção de divertimento. As ruas estão iluminadas com neons e luzes fluorescentes e ele não consegue imaginar nada pior do que ter 19 anos novamente.

Ele chega à casa de Edward. Não há nada estranho na aparência da casa: não há carros estacionados dentro do quintal ou na frente da casa, nenhuma janela está quebrada, mas tem algo no ar que lhe dá uma sensação ruim. Trinta segundos depois, seu pressentimento se confirma quando ele desce do carro e vê sangue na calçada do quintal. Segue em direção à porta. Duas trilhas, cada uma se espalha em uma direção. Ele chama reforços. Ultimamente, suas experiências em entrar na casa de outras pessoas não têm sido muito boas, porém ele segue em frente e entra nesta aqui.

Capítulo 64

— Apareci nos jornais pela primeira vez aos 9 anos de idade. Estive nos jornais de todas as cidades do país, quase sempre na primeira página. Apareci até em jornais internacionais. Em preto e branco, um pouco borrado, estava com o rosto virado para o peito de meu pai, com as pessoas ao nosso redor. A partir daí, fui mostrado na TV, em revistas, em mais e mais jornais; sempre a mesma foto. Nunca quis nada disso, tentei evitar, mas não tive escolha.

Eu conto essas coisas para ela, mas ela não parece interessada. Conto para ela sobre a minha mãe e a minha irmã, mas as palavras passam batidas por ela. Os olhos dela estão fechados e ela está coberta de sangue. Há vinte minutos, a vida dela era muito diferente; há vinte minutos, ela estava se recolhendo no final do dia, tinha uma pilha de DVDs na mesinha da sala e uma árvore de Natal cheia de luzinhas queimadas. Dirijo em direção ao centro da cidade, o tráfego de carros é leve, todas as lojas estão fechadas. Estou usando as roupas do banco de novo, as roupas com o sangue de Jodie. Peguei-as no caminho. Foi por isso que eu as guardei, agora percebo. Para este momento.

– Eu tinha 10 anos de idade quando o julgamento começou. Foi um circo. Minha mãe ainda estava viva, mas minha irmã e eu estávamos desorientados. Nossa mãe sempre gritava conosco quando estava sóbria e chorava quando estava bêbada. Assim, quando ela gritava sóbria, desejávamos que estivesse bêbada e chorando e vice-versa. Logo os comprimidos e a bebida fizeram o estrago esperado, mas não tão rápido quanto ela desejava. Dessa forma, quando isso não foi o suficiente, ela usou uma gilete. Não sei quanto tempo levou para ela sangrar até a morte. Talvez ela ainda estivesse viva quando a encontramos. Segurei na mão de minha irmã e observamos seu corpo pálido, não mais gritando ou chorando.

A mulher está consciente o suficiente para chorar, as lágrimas se misturam com o sangue. Há muito sangue, embora o estrago não seja tão grande. O problema com ferimentos na cabeça é que eles sangram. Bastante. O sangue encharcou o assento do carro e a mulher se urinou, fazendo parecer que há muito mais sangue no piso do automóvel do que realmente há. Conto-lhe sobre Belinda, sobre como minha irmã se tornou uma viciada e morreu aos 19 anos.

– Eu era o último da família – eu digo. – O monstro do meu pai levou todos embora.

Mantenho o carro a uma velocidade constante, obedecendo à lei. Edward Hunter era um cidadão cumpridor das leis que não havia feito nada de errado no passado e que está agora prestes a corrigir seu futuro. Chegamos ao centro da cidade. Na última vez em que estive aqui, eu fugia da polícia.

– Há aqueles que acreditam que estou destinado a ser um homem ligado ao sangue também – digo. – Acham que o mesmo sangue corre em nós dois. Estão errados – eu digo.

Ele não era meu pai.

E de alguma maneira aqui estou eu, um monstro só seu.

Acelero o carro que pertencia a Oliver Church, agora numa boa trajetória reta, e bato contra uma parede de vidro, que se espalha para todos os lados, espatifa-se contra o carro e parece se encher de gritos. O carro dá um pulo para cima sobre a armação do vidro depois pula para baixo novamente, eu enterro os pés no freio, não antes de comprimir duas mesas contra o balcão. O alarme dispara instantaneamente. Os dois pneus dianteiros estouram. A dianteira do carro amassa e o motor morre. O air bag não é acionado, mas os cintos de segurança nos impedem de voar para fora do carro. Olho para minha passageira, vejo que há mais lágrimas e mais sangue e tenho certeza de que nós dois sabemos que as coisas estão prestes a ficar muito piores para ela.

Capítulo 65

– Ele se foi – Schroder diz.

– Talvez...

– E matou – Schroder acrescenta.

– Matou quem? – Barlow pergunta.

Schroder se retira da casa.

– Você tem alguma ideia de onde ele possa ter ido?

Faz-se silêncio do outro lado da linha por alguns segundos. E então ele diz:

– O cemitério. Faz muito sentido. Ele vai querer estar com a esposa. Quem foi que ele matou, detetive?

– Eu torno a ligar.

Schroder liga para a delegacia. Providencia para que algumas viaturas sigam para a casa de Gerald Painter, as casas dos funcionários do caixa, o cemitério e até mesmo a casa de Dean Wellington. Ele telefona para Landry e o coloca a par da situação.

– Você acha que Jack Hunter sabia o tempo todo qual funcionário estava envolvido?

– Talvez – diz Schroder. – Precisamos descobrir.

O depoimento que Schroder tomou do funcionário ontem foi interrompido por outro detetive. Em consequência de todos os eventos da noite passada, ninguém teve a chance de chegar a comparar os detalhes. Outra série de depoimentos ocorreu como prosseguimento nas últimas seis horas e foi difícil trazer cada um dos funcionários do caixa até a delegacia, cada funcionário relutava em ajudar, pois todos queriam estar com a família no dia de Natal.

O problema é que nenhum deles se lembrava de quem havia carregado as bombas de tinta.

Schroder liga as sirenes e volta para a cidade a toda velocidade. As casas e os carros passam por ele como um borrão. Outros carros de polícia vêm em sua direção no caminho para a casa de Hunter. Quando ele chega à delegacia, irrompe na sala de interrogatório, para onde, dez minutos antes, Kelvin Johnson foi conduzido.

– Você tem apenas uma chance aqui de se ajudar – Schroder diz, e Johnson, o único membro do grupo que assaltou o banco sob custódia da polícia, e agora o único ainda vivo, não tira os olhos da mesa de interrogatório.

– Você sabe que todos os outros estão mortos, não sabe? Encontramos Zac Everest há algumas horas e acabei de ver o corpo de Doyle todo retalhado – ele diz, uma vez que Doyle é o último da lista. – Havia muita raiva ali, Kelvin, muita raiva mesmo.

Kelvin não diz nada.

– E sabemos que alguém de dentro do banco estava envolvido.

– Você não sabe de nada.

– Na verdade, eu sei, sim. Sei que você vai para a cadeia. Sei que você sabe que Jack Hunter está por aí matando seus amigos. Sei que ele logo estará de volta à prisão, junto com você – Schroder diz, o que não é bem verdade. – Você sabe que Jack Hunter tem contatos lá dentro, já faz vinte anos, então ele sabe como aquele lugar funciona. Você sabe que a nora e a neta dele estão mortas por causa de alguma coisa que você fez e sabe que isso faz de você um alvo. Você sabe que vai acabar em uma cela muito perto da dele e eu sei que seus dias lá são limitados. Então, nós dois sabemos que a única maneira de você viver o suficiente para ter uma chance de ver o mundo aqui fora de novo é você falar. Você me diz quem vocês tinham dentro do banco e vai cumprir seus anos na cadeia em um lugar onde nunca precisará ver Jack ou Edward Hunter.

– Isso é mentira – Johnson diz.

– Não, isso é fato. Cem por cento de certeza. Então, eu vou agora dar trinta segundos para você pensar sobre o assunto. Talvez você pense que é um cara durão e que pode se virar na cadeia, uma vez que já fez isso antes. Mas você deveria estar pensando agora que há dois homens no mundo cujo único desejo neste momento é vê-lo morto. Homens que talvez não possam fazer o serviço, mas pelo menos um deles pode pagar para que alguém faça. Trinta segundos - Schroder diz -, e o tempo já está passando.

- Marcy Croft - Johnson diz, ainda restando vinte e oito segundos. - Bracken pagou a ela. Ela era um alvo fácil. Precisava do dinheiro e era nova no banco. O plano era matá-la desde o começo, de qualquer maneira. Bracken queria que ela fosse levada para a rua, mas, em vez disso, pegamos aquela outra mulher, a esposa...

- Marcy Croft - Schroder diz e mentalmente refaz a imagem da caixa do banco. - Foi ela quem teve a arma apontada para ela. Foi por ela que Jodie Hunter morreu. Ela sabia que pessoas iam morrer?

- Ela achou que seria uma coisa simples. Entraríamos no banco, pegaríamos o dinheiro e iríamos embora. Dissemos para ela que ninguém precisava morrer e, mesmo que não seja importante, foi isso o que eu pensei também.

- Então por que ninguém tentou matá-la depois do assalto?

- Não podíamos arriscar. Se tocássemos nela depois do assalto, vocês iriam investigar para saber por quê. Teriam feito a ligação.

- Vocês não ficaram preocupados com a possibilidade de ela procurar a polícia?

- Não. Bracken ligou para o celular dela cerca de dez minutos depois do assalto. Falou para ela que, se falasse com a polícia, ele a mataria e também todas as pessoas que ela amava.

- Foi Bracken quem atirou em Jodie Hunter?

- Não. Bracken não disse uma palavra dentro do banco.

- Foi você quem atirou nela?

- Não. Foi Doyle.

- Certo. Muito bem, Kelvin. Muito bem mesmo. Você pode explicar tudo isso para Hunter quando o encontrar.

- O quê? Mas você disse que...

- Eu menti.

- Seu filho da mãe - ele diz, mas Schroder quase não escuta quando fecha a porta da sala de interrogatório atrás dele.

Ele verifica as mensagens de seu celular. O cemitério foi revistado e não há nenhum sinal de Hunter. Nenhum sinal dele na casa do segurança do banco. Nenhum sinal dele na casa de algum dos caixas. Nenhum sinal dele na casa de Marcy Croft.

Ele entra no carro e decide ir à casa de Marcy primeiro. Liga para os detetives que falaram com ela hoje, que lhe disseram que ela parecia nervosa, mas atribuíram isso aos eventos da última semana. Há uma viatura estacionada na frente do prédio.

– Ninguém em casa – diz o policial. – Temos ordens para esperar até ela aparecer.

Schroder bate na porta mesmo assim. Quando a encontrar, ele sabe que ela provavelmente não vai brigar ou criar nenhuma confusão. No mínimo, vai cair em prantos e implorar perdão, o que não cabe a ele oferecer.

Marcy Croft mora em um apartamento de dois quartos com uma TV de tela plana e uma árvore de Natal, com a sala cheia de sangue no carpete e móveis revirados.

– Ele a levou – Schroder diz ao telefone. – A funcionária do banco.

– Explique isso – Barlow diz e Schroder explica.

– Hunter sabe que a funcionária participou do assalto? – Barlow pergunta.

– Talvez. Não sei. É possível. Jack Hunter talvez soubesse. Certamente, ele sabia dos outros nomes.

– Não faz sentido – Barlow diz. – Se Edward soubesse que ela era parte do roubo, já a teria matado. Você disse que ele foi à casa dela para buscá-la?

– Há sinais de luta e sangue no tapete. Não muito – ele diz.

– Certo, vamos supor que ele não a tenha matado. Vamos supor que ele somente a tenha levado. Por quê? Se ele achava que essa mulher é de alguma maneira parcialmente responsável pela morte da mulher e da filha, ele já a teria matado. Não há motivo para tê-la levado.

– Bem, ele levou. Não há dúvidas disso.

– Sim, mas por quê? Deixe-me pensar... Tem certeza de que Jack Hunter sabia dessa mulher?

– Bem, eu nunca disse que tinha certeza. Pode ser que sim, pode ser que não.

– Interessante... – ele diz, mas não continua. Schroder quase pode ouvir seu processo de raciocínio. – Essa mulher, pode ser que ele a tenha levado por outra razão.

– Que outra razão haveria?

– Tudo começou com ela. Essa mulher que Edward interveio para salvar. Não está vendo? Quando ele a salvou, condenou sua esposa à morte. Isso por sua vez condenou a filha dele à morte também. Ele a culpa, detetive e, se ele estiver em um estado mental tão frágil quanto eu penso que está, então ele a vê como catalisador de tudo o que ele perdeu. Talvez... Sim, sim, talvez ele pense que pode consertar as coisas ruins que aconteceram desde então.

– Consertar as coisas? Quer dizer que ele acha que, matando-a, pode voltar no tempo e salvar sua família?

– É possível que sim. E, se esse for o caso, vão descobrir que ele a levou para...

– O banco – Schroder conclui, já correndo em direção ao carro dele agora.

– Exatamente.

– Meu Deus – Schroder sussurra, liga as sirenes e acelera de volta para o centro da cidade.

Capítulo 66

Desço e dou a volta no carro. Abro a porta e arrasto a mulher para fora. Ela está confusa. Está assustada. Isso não é novidade para ela; já esteve confusa e assustada antes. Na verdade, ela esteve confusa e assustada exatamente neste local.

Ela tropeça, cai e corta os joelhos com o vidro. Ela tenta falar comigo, mas não escuto por causa do alarme. Ouço algumas palavras e completo o resto por mim. Ela me diz, repetidas vezes, que sente muito, mas não importa, não agora. Ela sentir muito não vai consertar as coisas. Agarro-a e arrasto-a para onde ela quase morreu da última vez. O alarme do banco continua tocando e penso que as coisas teriam se resolvido de outra maneira na semana passada se o alarme tivesse soado assim quando aqueles homens entraram no banco. Eu a coloco em pé no mesmo lugar, mas, ao soltá-la, ela se desequilibra e desaba no chão. Tudo está igual à última vez em que eu vi, só faltam as pessoas. Alguns pôsteres anunciam taxas de juros baixas, mostram imagens de pessoas felizes pagando hipotecas por vinte e cinco anos ou pedindo empréstimos para comprar um barco. Eles repararam o buraco no teto, substituíram o vidro quebrado do escritório, cobriram os buracos de bala na parede e pintaram por cima; limparam todo o sangue. Agora não há seguranças, não há fachada envidraçada, nem ninguém com espingardas. Ninguém mais pode interferir para impedir que esta mulher seja morta, colocando sua própria família na linha de fogo, ninguém com celulares para capturar imagens para o noticiário.

– Tente se levantar – digo, mas ela não levanta.

Acho que não tem problema. Não posso mesmo reencenar tudo. Eu nem tenho uma espingarda. Só uma faca. Vai funcionar do mesmo jeito. Esta mulher está aqui por Jodie. Por Sam. A mulher chora, soluça forte agora.

– É o único jeito – digo.

Faça. Sinta. Sinta o ímpeto.

Inclino-me sobre ela. Seguro firmemente a faca.

Vamos lá. Faça isso logo.

Sobre o vidro quebrado, há passos altos o suficiente para serem ouvidos, apesar do alarme. O detetive Schroder se aproxima alguns metros de nós, com as mãos para o alto. Estuda a mulher antes de centrar sua atenção na faca em minha mão.

– Abaixe a faca, Edward – ele precisa gritar para ser ouvido.

Movo-me para trás dela e aperto a faca contra a sua garganta. Ela treme. Está quente. Logo estará tudo acabado, vai ser do jeito que deveria ter sido.

– Não posso – grito de volta.

– Por favor, por favor, me ajude – a mulher diz, mas a voz dela é baixa e acho que Schroder não consegue ouvir por causa do alarme.

– Edward, abaixe a faca.

– Como é que você está aqui? Não estava aqui da última vez.

– Estou aqui porque não quero que mais ninguém morra.

– Como é que chegou aqui tão rápido? Na semana passada, ninguém apareceu por cinco minutos. Nesta semana, você está aqui em segundos. Não é justo.

– Sei o que está tentando fazer – Schroder diz. – E não vai adiantar. Você não pode corrigir o passado, Edward. Sei que você interferiu para salvar esta mulher. Ela viveu e Jodie morreu, depois Sam morreu também, mas você não pode trazê-las de volta.

– Só preciso fazer com que isso nunca tenha acontecido – digo. – Só preciso não interferir.

– Neste mundo, não tem como voltar atrás. Não tem como começar tudo de novo.

– Fazer isso vai fazer as coisas ficarem do jeito que deveriam estar.

– Queria que fosse tão fácil, realmente. A vida seria muito mais fácil, mas não é. A vida é o que é; e matar esta mulher não vai trazer Jodie ou Sam de volta.

– Eu sei que não vai. Vai impedir que elas se machuquem.

– Escute o que estou dizendo.

Escute o que eu estou dizendo, mate-a. Está na sua natureza. É o que você é.

– É isso o que você quer? – ele prossegue. – Tornar-se como seu pai?

Papai é um fantasma.

– Eu não sou nem um pouco como ele.

– Você me diz que odeia o que ele é, que odeia o resto do mundo por pensar que você vai ser como ele.

– Eu não sou nem um pouco como ele – repito.

– Olhe para você.

– Não tem nada a ver com isso. Não tem nada a ver com o que meu pai era.

– Você tem toda a razão. Isto aqui, isto tem a ver com você. Tem a ver com o que você está fazendo, com o que você já fez. Você acha que não é nem um pouco parecido com o seu pai, mas olhe o que fez nesta noite. Você pegou o homem que matou Jodie, Edward. Você o pegou mesmo.

– Estou satisfeito por tê-lo matado – eu digo e é verdade. Sou um negociador da morte.

– E seu pai? Está satisfeito por tê-lo matado também?

– Ele me traiu – eu falo sobre esse homem que nunca foi meu pai, certamente não pelos últimos vinte anos e certamente não agora. – Ele me usou, usou Jodie. Todo meu sofrimento foi um instrumento para ele. Então, sim, ele também mereceu.

Ainda posso sentir a faca entrando em seu peito, ainda posso sentir o olhar em seu rosto. Ainda posso sentir os braços de Belinda em volta de mim, enquanto sentávamos no piso do banheiro olhando minha mãe na banheira, há tantos anos... Em vez de palavras, foi o sangue que saiu pela boca de meu pai e pensei ter ouvido o ar sibilar no ferimento em seu peito quando ele cambaleou para trás, na porta de minha casa, para dentro do corredor. Cambaleou e caiu, e a escuridão que passou a vida com o meu pai finalmente o levou embora. O homem que ele trouxe para mim olhou para cima e havia esperança em seus olhos, esperança genuína que brilhou como um diamante. Então, com a mesma velocidade, desbotou para um carvão quando enterrei a mesma faca que havia estado dentro de meu pai nele também. Enterrei a faca de novo e de novo e, quando quis parar, não consegui, não tão rápido.

– Acabou, Edward. Você precisa soltá-la e vir conosco.

– Eu posso corrigir isso – digo. E a imagem de Schroder fica indefinida, então percebo que estou chorando. – Posso corrigir isso.

– Não pode, não.

Sim, você pode, Eddie. Enfie esta faca bem fundo e as coisas vão ficar muito, muito melhores.

– Não seja como seu pai – ele diz. – Abaixe a arma. Solte-a. Ela não fez nada para machucá-lo. Você salvou a vida dela, fez o que ninguém mais teve coragem de fazer, e o resto, nada disso é sua culpa. Você não matou Jodie, não matou Kingsly, não foi responsável pela morte de Sam. Você é um homem bom tentando fazer o melhor que pode em um mundo que tirou tudo de você. Não tire tudo dela – ele diz, apontando a cabeça para a funcionária do banco. – É isso o que Jodie ia querer que você fizesse? – ele pergunta.

Meu corpo endurece, fecho os olhos com força, apenas por um segundo, apenas o tempo suficiente para ver minha esposa caindo no meio da rua. Nesse mesmo segundo, vejo o resto de nossas vidas juntos, antes e depois, a vida que vivemos e a vida que deveríamos viver, vejo Sam.

– Eu não sei mesmo – digo.

– Eu não acho que ela iria querer isso – Schroder diz. – Duvido muito que quisesse que você matasse em nome dela, principalmente uma pessoa que nunca o machucou. Acho que ela iria querer o que ela sempre quis de você: que não seja nada parecido com seu pai.

Abaixo a faca e abro minha mão.

O que você está fazendo?

Não sei o que estou fazendo. A lâmina toca o chão, lasca o piso e cai de lado. Afasto-me da mulher. Ela não tinha forças antes, mas agora as encontra para se afastar de mim rastejando o mais rápido que consegue. Dois policiais aparecem do nada, carregam-na no colo e a ajudam a sair. Outros dois policiais se aproximam e ficam bem atrás de

Schroder, com as armas levantadas e apontando para mim. Há viaturas lá fora que eu não percebi quando estacionaram.

Há outro jeito de ficar com Sam e Jodie, pegue a faca de volta.

– O quê?

– Hum? – Schroder pergunta.

Pegue a faca e ataque-os. Faça-os abrir fogo. Você estará com Sam e Jodie de novo. Tudo será melhor. Se você vai ser um cagão pela vida inteira e ignorar tudo o que eu quero, então acabe com a nossa desgraça. Pegue aquela faca.

Olho para a faca no chão. Schroder percebe meu olhar e se aproxima.

– Isso não vai acontecer – ele chuta a faca para longe. – É a saída mais fácil – ele diz. – Você acha que Jodie e Sam iam querer que você fizesse isso?

Não tenho uma resposta. Ele me vira de costas e coloca as algemas em mim. Um minuto depois, estou no banco de trás de uma viatura policial, indo em direção ao meu futuro. Mas que diabo, talvez esse fosse mesmo o meu destino. Edward Hunter, o caçador. Penso nos homens que uivaram como lobos para mim na prisão ontem, penso em ver o Escultor de Christchurch e penso em conhecer Theodore Tate. O que sobrou do contador dentro de mim tenta calcular quantos anos de pena eu teria que cumprir, mas não consegue. A cidade deveria recompensar meu monstro pelo que ele fez, em vez de prendê-lo. Vejo o banco ficar pequeno atrás de mim certo de que não sou nada parecido com o meu pai, certo de que tenho meu próprio monstro, um monstro que cresce dentro de mim e me faz imaginar o que vai pedir que eu faça quando estiver aqui fora novamente.

Cartão-Resposta
9912208203/08 – DR/PR
EDITORA FUNDAMENTO
CORREIOS

CARTÃO-RESPOSTA

NÃO É NECESSÁRIO SELAR

O Selo será pago pela Editora Fundamento Educacional Ltda.

"NÃO COLOCAR EM CAIXA DE COLETA
ENTREGAR NO GUICHE DE UMA AGÊNCIA DA ECT"

80240-240 – A/C EDITORA FUNDAMENTO